ELLY GRIFFITHS

ALLER HEILIGEN FLUCH

ELLY GRIFFITHS

ALLER HEILIGEN FLUCH

KRIMINALROMAN

Aus dem Englischen von
Tanja Handels

WUNDERLICH

Die Originalausgabe erschien 2012
unter dem Titel «A room full of bones»
bei Quercus, UK.

1. Auflage März 2014

Redaktion Uta Rupprecht
Satz ITC New Baskerville PostScript (InDesign)
bei Pinkuin Satz und Datentechnik, Berlin
Druck und Bindung CPI books GmbH, Leck
Printed in Germany
ISBN 978 3 8052 5046 7

Für Nancy und Anita

Prolog

31. Oktober 2009

Der Sarg verstößt gegen jede Gesundheits- und Sicherheitsvorschrift. Er nimmt die ganze Eingangshalle ein und versperrt die Sicht auf den ausgestopften Alk, die Karte von King's Lynn aus dem 19. Jahrhundert sowie das recht verschmutzte Ölgemälde, das Lord Percival Smith zeigt, den Gründer des Museums. Die hölzernen Seitenwände des Sargs sind aufgequollen und faulig und wirken, als wollten sie jeden Moment bersten und ihren Inhalt auf schauerlichste Weise hervorspeien. Jeder Besucher hätte sich an dem Ding mit Sicherheit gestört, wenn nicht sogar ernsthaft davor geekelt. Doch wie an den meisten Tagen sind auch heute keine Besucher im Smith-Museum. Neil Topham, der Museumsdirektor, steht ganz allein am hinteren Ende des Eingangsbereichs und mustert ein wenig hilflos die unheilschwangere Kiste, die da vor ihm steht. Die beiden Polizisten, die sie bis hierher geschleppt haben, machen nicht den Eindruck, als wollten sie sie noch viel weiter schleppen. Schwitzend und entnervt stehen sie in ihrer Schutzkleidung unter dem verstaubten Kronleuchter, einer Schenkung von Lady Caroline Smith (1884–1960).

«Hier können Sie den aber nicht lassen», sagt Neil.

«Es hat geheißen, wir sollen ihn ins Smith-Museum

bringen», gibt der Jüngere der beiden, Police Constable Roy «Rocky» Taylor, zurück.

«Aber Sie können ihn doch nicht hier in der Eingangshalle stehen lassen!», protestiert Neil. «Er muss in den Saal für Lokalgeschichte.»

«Ist das oben?», fragt der Ältere, Sergeant Tom Henty.

«Nein.»

«Gut, oben ist nämlich bei uns nicht drin. Verbietet uns die Gewerkschaft.»

Neil weiß nicht genau, ob das ein Witz sein soll. Sind Polizisten überhaupt in einer Gewerkschaft? Trotzdem tritt er beiseite, während die beiden Männer ihre Last erneut schultern und sie, unter den Blicken zahlloser Glasaugen, durch die naturgeschichtliche Abteilung in einen kleineren Saal tragen, den ein Wandgemälde von Norfolk im Wandel der Jahrhunderte ziert. Mitten im Raum wartet ein aufgebockter Tisch, und die Polizisten stellen den Sarg darauf ab.

«Er gehört Ihnen», sagt Taylor schwer atmend.

«Aber machen Sie ihn bloß nicht auf», warnt Henty, «solange die Obermuftis noch nicht da sind.»

«Natürlich nicht», sagt Neil, obwohl er die Holzkiste, deren rissiger Deckel winzige Einblicke in das darin verborgene Grauen gewährt, fasziniert, fast schon gierig betrachtet.

«Superintendent Whitcliffe ist schon auf dem Weg.»

«Kommt der Boss auch?», fragt Taylor. Whitcliffe mag zwar der Polizeichef von Norfolk sein, doch für Taylor und seine direkten Kollegen ist der «Boss» auf immer und ewig Detective Inspector Harry Nelson.

«Nee», meint Henty. «So was ist nicht sein Ding. Reporter und das ganze Gesumse. Du weißt doch, der Boss kann Presse nicht ausstehen.»

«Es kommt auch jemand von der Universität», wirft

Neil ein, «Doktor Ruth Galloway, die Leiterin des Fachbereichs Forensische Archäologie. Sie soll die Sargöffnung überwachen.»

«Die kenn ich», sagt Henty. «Die versteht ihr Geschäft.»

«Das ist alles sehr aufregend», sagt Neil und misst den Sarg verstohlen mit einem weiteren begehrlichen Blick.

«Wenn Sie's sagen», meint Henty. «Auf geht's, Rocky. Zurück an die Arbeit. Kein Frieden für die Gottlosen.»

1

Doktor Ruth Galloway, die Leiterin des Fachbereichs Forensische Archäologie an der University of North Norfolk, verschwendet gerade keinen Gedanken an Särge oder Reporter oder auch nur an die Frage, ob sie im Smith-Museum auf DCI Harry Nelson treffen könnte. Stattdessen rast sie in King's Lynn durch den örtlichen Supermarkt und überlegt, ob Schokokekse sie als schlechte Mutter dastehen lassen könnten und wie viel Wein vier Mütter nebst allfälligen Lebenspartnern wohl trinken. Ruths Tochter wird morgen ein Jahr alt, und Ruth hat sich, ganz gegen ihre eigene Überzeugung, überreden lassen, eine Geburtstagsparty für sie zu geben. «Sie wird sich doch gar nicht daran erinnern», hat Ruth ihrer besten Freundin Shona gegenüber gejammert, die im fünften Monat schwanger ist und der das künftige Mutterglück aus jeder Pore strahlt. «Aber du», erwiderte Shona. «Außerdem ist es doch ein schöner Anlass. Kates erster Geburtstag. Es gibt Kuchen, sie kann ihre Geschenke auspacken und mit ihren kleinen Freunden spielen.»

«Kate spielt aber nicht mit ihren Freunden», gab Ruth zurück. «Meistens haut sie ihnen nur Bauklötze auf den Kopf.» Trotzdem hat sie sich schließlich überzeugen lassen. Und etwas in ihr glaubt tatsächlich, dass es ein schöner Anlass werden könnte, eine seltene Gelegenheit, sich einfach zurückzulehnen, Kate zuzuschauen, wie sie Geschenkpapier zerreißt und sich mit ungesunden Zusatzstoffen vollstopft, und dabei zu denken: Eigentlich habe ich das mit dem Muttersein doch gar nicht so schlecht hingekriegt.

Während sie an den Getränkeregalen vorbeirennt, fällt Ruth zum ersten Mal auf, dass der ganze Supermarkt den Mächten der Finsternis anheimgefallen ist. Hexenbesen und -kessel machen Plastikkürbissen und Vampirgebissen, die im Dunkeln leuchten, den Regalplatz streitig. Von der Decke hängen Fledermäuse, und als Ruth um die letzte Ecke biegt, findet sie sich plötzlich Auge in Auge mit einer lebensgroßen Gestalt mit Hexenumhang, Hexenhut und einer Maske, die (recht überzeugend, das muss man ihr lassen) auf Edvard Munchs *Schrei* basiert. Ruth unterdrückt ihrerseits einen Schrei. Natürlich, es ist ja Halloween. Kate hat es um Haaresbreite vermieden, am 31. Oktober zur Welt zu kommen, was, nachdem sie bereits einen heidnischen Patenonkel hat, auch wirklich ein Omen zu viel gewesen wäre. Stattdessen ist Ruths Tochter am 1. November geboren, an Allerheiligen, wie der katholische Priester sagen würde, den Ruth zu ihrem eigenen anhaltenden Erstaunen gewissermaßen als Freund betrachtet. Sie selbst glaubt weder an Gott noch an den Teufel, aber es kann sicher nicht schaden, überlegt sie sich, während sie ihre Einkäufe auf das Kassenband türmt, den einen oder anderen Heiligen auf seiner Seite zu haben. Komisch, dass der Tag der Heiligen direkt auf den Tag der Toten folgt. Oder vielleicht auch nicht. Im Grunde sind Heilige ja nichts anderes als Tote. Und Ruth weiß selbst nur zu gut, wie schmal der Grat zwischen Heiligen und Frevlern oft sein kann.

Sie lädt die Einkäufe in ihr treues, klappriges Auto. Zwei Uhr. Um drei muss sie im Museum sein, es bleibt also keine Zeit, vorher noch heimzufahren. Hoffentlich schmelzen die Schokokekse nicht im Kofferraum. Aber es ist ja nicht heiß heute, wenn auch sehr mild für Oktober. Ruth trägt eine schwarze Hose und einen schwarzen Blazer. Dazu schlingt sie sich noch einen langen grünen Schal um den Hals und vertraut auf ihr Schicksal. Natürlich werden im Museum auch Fotografen sein, aber wenn sie Glück hat, kann sie sich vielleicht hinter Superintendent Whitcliffe verstecken. Unter normalen Umständen hätte sie gar keine Chance gehabt, zu einer solchen Veranstaltung zu gehen. Phil, ihr Chef, liebt das Rampenlicht und ist jedes Mal ganz vorne mit dabei, wenn sich irgendwo die Presse ankündigt. Vor zwei Jahren, als die Sendung *Time Team* von einer römischen Ausgrabungsstätte in der Nähe berichtete, hat Phil sich vor jede Kamera gedrängelt, während Ruth im Graben hocken blieb. «Das war unfair», kommentierte Shona, die zwar mit Phil liiert, sich aber seiner Fehler durchaus bewusst ist. «Schließlich warst du doch die Expertin, nicht er.» Aber Ruth hat es nicht weiter gestört. Sie steht nicht gern im Mittelpunkt; sie forscht lieber, hält sich im Hintergrund und sichtet sorgfältig die Beweise. Außerdem sieht man vor der Kamera angeblich drei Kilo schwerer aus, und darauf kann Ruth mit ihren fast 82 Kilo nun wirklich verzichten.

Doch jetzt ist Phil bei einer Konferenz, und deshalb muss Ruth der feierlichen Sargöffnung beiwohnen. Sonst würde sie so etwas meiden wie der Teufel das Weihwasser. Sie mag keine öffentlichen Auftritte und hat ein ausgesprochen ungutes Gefühl dabei, zur besten Sendezeit live im Fernsehen (nun ja, im Regionalfernsehen) einen Sarg zu öffnen. Wie hat Erik immer gesagt? «Hüte dich davor, die Ruhe der Toten zu stören.» Erik Anderssen, Erik der Wikinger, Ruths Doktorvater an der Universität und noch Jahre später ihr Mentor und großes Vorbild. Inzwischen sind ihre Gefühle für Erik deutlich ambivalenter, doch das hindert sie nicht daran, in erschreckend regelmäßigen Abständen seine Stimme im Ohr zu haben. Für

Archäologen gehört es natürlich zum Berufsrisiko, die Ruhe der Toten zu stören, aber Ruth legt großen Wert darauf, Knochen immer mit Respekt zu behandeln, ganz gleich, wie lange sie schon tot sind. Einen albtraumhaften Sommer lang hat sie Kriegsgräber in Bosnien untersucht, Stätten, an denen die häufig nur wenige Monate zuvor getöteten Leichen einfach in Gruben geworfen worden waren, um in der Sonne zu verwesen. Sie hat die Leiche eines kleinen Mädchens ausgegraben, das vor mehr als zweitausend Jahren, in der Eisenzeit, gestorben war und um dessen gut erhaltenes Handgelenk noch ein aus Gras geflochtenes Armband lag. Sie hat römische Leichen unter Hausmauern entdeckt, Opfergaben an Janus, den zweigesichtigen Gott, und sie hat die Skelette von Soldaten freigelegt, deren Ermordung erst siebzig Jahre zurücklag. Aber nie hat sie sich gestattet zu vergessen, dass sie es mit Menschen zu tun hatte, die einmal gelebt haben, einmal geliebt wurden. Ruth glaubt nicht an ein Jenseits, und umso wichtiger ist es ihrer Ansicht nach, menschlichen Überresten im Diesseits Respekt entgegenzubringen. Sie sind schließlich alles, was bleibt.

Der Holzsarg, in dem man den Bischof Augustine Smith vermutet, kam bei den Bauarbeiten für einen neuen Supermarkt in King's Lynn zum Vorschein. Auf dem Grundstück, einem seit Jahren vernachlässigten Industriegelände, hatte früher einmal eine Kirche gestanden. Das Gotteshaus, das den recht romantischen Namen St. Mary Outside the Walls trug, war im Zweiten Weltkrieg zerbombt worden, und in den Fünfzigern hatte man es ganz abgerissen, um Platz für eine Fischkonservenfabrik zu schaffen. Auch die Fabrik verfiel schließlich, und nun wird dort ein nagelneuer Supermarkt gebaut. Da es sich aber um ein historisches Grundstück handelt, mussten die Bauarbeiter zunächst die Feldarchäologen hinzuziehen, und die haben erwartungsgemäß die Grundmauern einer mittelalterlichen Kirche entdeckt. Durchaus nicht erwartungsgemäß war allerdings der weitere Fund unter dem einstigen Hochaltar: ein Sarg, der aller Vermutung nach die sterblichen Überreste besagten Bischofs aus dem 14. Jahrhundert enthält.

Die Entdeckung war gleich aus mehreren Gründen spektakulär: Die Kirche ist im Domesday Book verzeichnet, und Bischof Augustine spielt seinerseits eine große Rolle in einer Chronik aus dem 14. Jahrhundert, die in der Kathedrale von Norwich aufbewahrt wird. Eigentlich war man immer davon ausgegangen, Augustine, einer der ersten Bischöfe überhaupt, liege dort in der Kathedrale beerdigt. Was hatte er also unter einer relativ unbedeutenden Gemeindekirche in King's Lynn verloren? Doch sowohl die Inschrift auf dem Sarg als auch die Datierung des Holzes weisen eindeutig auf Augustine hin. Der nächste Schritt wäre eine Radiokarbondatierung der Knochen, und irgendwann wurde beschlossen, den Sargdeckel öffentlich zu lüften – vor den Augen der versammelten Lokalprominenz, darunter auch einiger Mitglieder der Familie Smith.

Und das ist der andere Grund. Die Familie Smith ist immer noch wohlauf und bester Dinge und in Norfolk ansässig. Im Lauf der Jahrhunderte hat sie katholische Märtyrer und protestantische Verräter hervorgebracht, sie wurde von Elisabeth I. geadelt und unternahm den glücklosen Versuch, King's Lynn im Bürgerkrieg für die Königstreuen zu halten. Lord Danforth Smith, der derzeitige Träger des Titels, trainiert Rennpferde und ist, wenn auch nicht ganz freiwillig, eine örtliche Berühmtheit. Sein Sohn Randolph, der sich nie ohne eine amerikanische Schauspielerin oder einen russischen Tennisstar im Arm sehen lässt, geht deutlich entspannter mit der öffentlichen Aufmerksamkeit um und macht regelmäßig die Klatschspalten unsicher. Die Smiths früherer Zeiten waren da schon von ernsthafterer Gesinnung, überall in Norfolk finden sich sichtbare Zeichen ihrer Nächstenliebe. Neben dem Museum gibt es einen Smith-Flügel im Krankenhaus sowie die Sammlung Smith oben auf der Burg. An Ruths Universität gibt es sogar eine Smith-Professur für Lokalgeschichte, deren Träger allerdings seit Jahren nicht mehr gesichtet wurde. Ruth hat den Verdacht, dass er längst verstorben ist.

Sie stellt ihre Rostlaube vor dem Museum ab. Der Parkplatz neben dem Gebäude ist völlig leer. Ruth ist früh dran; es ist erst Viertel nach zwei, doch die Zeit reicht trotzdem nicht, um nach Hause und wieder zurück zu fahren. Da kann sie auch ins Museum gehen und sich dort noch ein bisschen umschauen. Ruth liebt Museen – zum Glück, denn als Archäologin verbringt sie mehr als genug Zeit damit, in verstaubte Glasvitrinen zu schauen. Sie weiß noch, wie sie als Kind das Horniman-Museum in Forest Hill besucht hat. Das war ein magischer Ort voller Masken und ausgestopfter Vögel. Wenn sie es recht bedenkt, war das Horniman-Museum wahrscheinlich sogar der Ort, der ihr Interesse für die Archäologie geweckt hat: Es gab dort nämlich eine Sammlung von Werkzeugen aus Feuerstein, darunter auch einige aus Grimes Graves in Norfolk. Sie erinnert sich, wie erschüttert sie war, als ihr klarwurde, dass diese merkwürdig geformten Steinstücke tatsächlich einmal von jemandem verwendet worden waren, einem Menschen, der vor mehreren tausend Jahren gelebt hat. Der Gedanke, dass man tatsächlich hingehen und etwas ausgraben konnte, was so alt war, dass dieses rätselhafte Geschöpf namens Steinzeitmensch es hergestellt und zurechtgeklopft hatte – dieser Gedanke verursacht ihr bis heute Gänsehaut und hat ihr über zahllose langwierige und erfolglose Ausgrabungen hinweggeholfen. Da ist immer die Hoffnung, unter dem nächsten Erdklumpen könnte es sich finden, das Objekt – verwittert und nur für die Augen der Expertin erkennbar –, das das Denken der Menschheit auf immer verändern wird. Ruth kann selbst ein paar glückliche Funde für sich verzeichnen. Und doch ist da immer die verlockende Vorstellung von der einen, der ganz großen Entdeckung, von der Tafel neben der Glasvitrine: «Entdeckt von Doktor Ruth Galloway», von den Artikeln, den Büchern … Sie steht vor dem Museum.

Das Horniman-Museum ist klein und doch auf seine Weise eindrucksvoll, mit einem Uhrenturm vor und einem gläsernen Treibhaus hinter dem Gebäude. Das Smith-Museum jedoch ist ganz anders, ein niedriger Backsteinbau, eingezwängt zwischen zwei Bürohäusern. Das vorstehende mattrote Giebeldach sieht aus, als hätte sich das Haus einen Hut tief in die Stirn gezogen. Ein paar Stufen führen zu einer rot gestrichenen Tür hinauf, an der ein vielversprechendes Schild den Besucher «Willkommen!» heißt. Ruth öffnet die Tür und findet sich in einer kleinen Eingangshalle wieder, die von einem ausgestopften Vogel im Käfig und dem Porträt eines sichtlich missgelaunten Herrn mit Perücke dominiert wird. An einer Pinnwand hängen ein paar vergilbte Prospekte, und auf einem Tisch liegt ein Stapel Kopien nebst dem vielleicht etwas optimistischen Hinweis «Für Schulklassen». Doch nichts weist darauf hin, dass hier demnächst ein Medienereignis stattfinden soll. Keine Häppchen, kein Wein (dabei erinnert sich Ruth genau, dass von «Bewirtung» die Rede war), keine Pressemappen, noch nicht einmal ein Plakat, das die große Eröffnung des Bischofssargs ankündigt. Der halbvergilbte Kronleuchter an der Decke klirrt noch leise im Luftzug, den Ruth mit sich hereingebracht hat. Sonst ist es völlig still.

Ruth tritt durch die Schwingtür und steht in einem langgezogenen Saal, der zu beiden Seiten bis an die Decke mit Glasvitrinen bestückt ist. Fenster gibt es nicht, und die einzige Beleuchtung kommt von den Vitrinen, die in einem schaurigen Phosphorlicht erstrahlen. Ruth bleibt vor einem Schaukasten stehen. «Uhu», erklärt das Hinweisschild, und drinnen sitzt ein großer ausgestopfter Vogel, der Ruth vorwurfsvoll mustert. Rasch geht sie weiter, wird aber das Gefühl nicht los, dass der Blick des Uhus ihr weiterhin folgt. Die nächste Vitrine, «Mantelmöwen», zeigt einen Möwenschwarm, der gerade über ein Lamm herfällt. Die Schnäbel der Vögel sind mit künstlichem Blut beschmiert, und das Lamm blickt mit resigniert-zynischer Miene zu ihnen empor. Ein paar Meter weiter steht man plötzlich mitten im Wald: Verstaubte Füchse spähen in braun ausgemalte Erdlöcher, Eichhörnchen sind an Baumstämmen befestigt, Dachse mustern mit glasigem Blick mottenstichige Kaninchen, und an einem Pappfelsen lehnt ein dreibeiniges Reh. Unwillkürlich geht Ruth immer schneller. Fell und Federn fließen ineinander, ihre Schritte hallen auf den Bodenfliesen.

Sie geht quer durch den Saal, um in die Vitrinen auf der anderen Seite zu schauen. Hier weicht die Taxidermie dem Halloween-Feeling. Die Tiere auf dieser Seite sind nur Skelette, ihre zarten Knochen hängen wie Mobiles vor blau gestrichenen Wänden, die den Himmel darstellen, weiße Wölkchen und V-förmige Vogelschwärme inbegriffen. Die Große Otterspitzmaus, die Zwergspitzmaus, der Riesengoldmull, der Westeuropäische Igel. Sie sehen alle gleich und ziemlich traurig aus, wie sie da neben ihren kleinen getippten Namensschildern hängen. Die größte Vitrine beherbergt ein Skelett, das sich im Vergleich zu den anderen gewaltig ausnimmt. Ruth ist erstaunt, dass es sich dem Schild zufolge nur um ein Hauspferd handelt.

Der längliche Schädel mit seinen großen Zähnen grinst sie aus dem Dämmerlicht an. Ruth, die eine Schwäche für Pferde hat, lächelt mitfühlend zurück und eilt weiter.

Am Ende der Galerie hat sie statt Fliesen plötzlich Teppich unter den Füßen und stellt überrascht fest, dass sie sich in einem rot tapezierten viktorianischen Schreibzimmer befindet. Über einem aufgemalten Kamin hängt ein Hirschkopf, und am Schreibtisch sitzt ein Mann, der mit missbilligend gerunzelter Stirn seine Feder ins Tintenfass taucht.

«Oh, Verzeihung ...», sagt Ruth und merkt erst dann, dass die Augen des Mannes verstaubt sind und ihm ein Arm fehlt. Ein Absperrseil trennt sie von der Puppe an ihrem Schreibtisch, doch Ruth beugt sich darüber, um die Hinweistafel zu lesen:

Lord Percival Smith, 1830–1902, Abenteurer und Tierpräparator. Die meisten Exponate des Museums wurden von Lord Smith im Lauf seines ereignisreichen Lebens selbst erworben. Seine Liebe zur Welt der Natur offenbart sich in seiner großartigen Sammlung von Tieren und Vögeln, die er größtenteils eigenhändig geschossen und ausgestopft hat.

Eigenartige Methode, seine Liebe zur Welt der Natur zu zeigen, indem man auf sie schießt. Ruth registriert die beiden Gewehre, die über der Wachsfigur von Lord Smith an der Wand hängen. Lebendig oder tot, mit dem ist nicht zu spaßen.

Zwei Wege führen aus Lord Smiths Studierzimmer heraus. Über dem einen steht «Sammlung Neue Welt», über dem anderen «Lokalgeschichte». Ruth zögert, fühlt sich ein bisschen wie Alice im Wunderland. Ein leises Geräusch, wie ein Flüstern oder Flattern, lockt sie schließlich zur Lokalgeschichte. Eine tröstliche Sammlung von Kunstgegenständen aus Norfolk, genau das braucht sie jetzt. Sie kann nur hoffen, dass dort keine Wachsfiguren und ausgestopften Tiere mehr warten.

Der Wunsch wird ihr erfüllt. Der Saal für Lokalgeschichte ist weitgehend leer, bis auf einen Sarg auf einem aufgebockten Tisch. Neben dem Sarg, auf dem Boden, liegt ein Mann. Durchs offene Fenster weht ein Luftzug herein und blättert in den Seiten eines Museumsführers, der ebenfalls auf dem Boden liegt. Es klingt wie das Flügelschlagen eines eingesperrten Vogels.

2

Der Mann liegt mit angezogenen Beinen auf der Seite, in einer Art Embryohaltung. Ruth fasst nach seiner Hand: noch warm. Ist ein Puls zu spüren? Sie kann keinen finden, doch ihre eigene Hand ist mit einem Mal schweißnass, und sie weiß nicht mehr genau, wo sie eigentlich suchen soll. Warum hat sie diesen Erste-Hilfe-Kurs bloß nie belegt? Sie merkt, dass sie die Luft anhält, und zwingt sich weiterzuatmen, ein und aus, durch Mund und Nase. Wenn sie jetzt umkippt, ist auch niemandem geholfen. Vorsichtig dreht sie den Mann um und ist gleich doppelt geschockt, so sehr, dass sie fast wieder zu atmen aufhört.

Das Gesicht ist voller Blut, und es ist ein Gesicht, das sie kennt.

Neil Topham, der Museumsdirektor, der einmal bei einem ihrer Vorträge zur Konservierung von Knochen war. Der höfliche, bescheidene Neil, der sie hin und wieder wegen eines Exponats um Rat gefragt hat. Und der jetzt hier, mitten in seinem Museum, auf dem Boden liegt, Nase und Mund blutverschmiert.

Mit zitternden Händen tastet Ruth nach ihrem Handy. Großer Gott, wenn sie es bloß nicht im Wagen gelassen hat! Nein, da ist es. Sie wählt die Notrufnummer und bestellt einen Krankenwagen. Als sie nach der Anschrift gefragt wird, ist ihr Kopf plötzlich völlig leer, und sie kann nur noch quäken: «Smith-Museum. Bitte kommen Sie schnell!» Die Stimme am anderen Ende der Leitung klingt gelassen und ruhig, fast schon ein wenig gelangweilt. «Ein Wagen ist unterwegs.» Ruth beugt sich näher an Neils Mund heran. Sie hört und fühlt keinen Atem. Doch als sie ihm eine Hand auf die Brust legt, spürt sie einen Herzschlag, schwach und unregelmäßig zwar, aber doch unverkennbar. Halt durch, Neil, ermahnt sie ihn stumm. Ob sie ihn vielleicht anders hinlegen soll? Aber in den Büchern steht doch immer, das solle man gerade nicht tun. Verzweifelt sieht sie sich um. Über ihnen ragt dunkel und dräuend der Bischofssarg auf. Sonst ist nichts im Raum, bis auf einen kleinen Schaukasten in einer Ecke und einen einzelnen Männerschuh, direkt neben dem Fenster.

Was ist bloß mit Neil passiert? Hatte er etwa einen Herzinfarkt oder einen Schlaganfall? Aber er ist doch noch jung! Junge Männer fallen nicht so einfach tot um. Erst jetzt kommt Ruth auf den Gedanken, dass Neils Unfall womöglich keiner natürlichen Ursache geschuldet ist. Wieder sieht sie sich um. Die Seiten des Museumsführers flattern immer noch hin und her. Durch das offene Fenster hört sie den Straßenverkehr, die gedämpften Rufe von Kindern im Park. Wieso steht das Fenster überhaupt offen?

Wieder greift Ruth nach dem Handy und wählt mit immer noch zitternden Händen die Nummer der Polizei.

«Es ist im Smith-Museum, Boss.»

«Was?»

DCI Nelson sitzt am Steuer, und sein Mitarbeiter, Detective Sergeant Clough, telefoniert. Das entspricht nicht ganz der üblichen Rollenverteilung: Normalerweise fährt der rangniedrigere Beamte. Aber Nelson hält es auf dem Beifahrersitz nicht aus. Bei dieser unerwarteten Nachricht dreht er sich zu Clough um, und der Wagen schlingert von der Fahrbahn und verfehlt nur um Haaresbreite ein Motorrad und einen Rollstuhl. Clough nimmt sich vor, sich beim nächsten Mal selbst ans Steuer zu setzen. Die Fahrkünste seines Chefs bzw. ihr Nichtvorhandensein sind längst legendär.

«Die Leiche. Die ist im Smith-Museum.»

Nelson und Clough waren gerade auf dem Rückweg von Felixstowe, wo sie einem letztlich unergiebigen Hinweis auf einen Drogenschmuggler-Ring nachgegangen sind, als der Notruf kam, in King's Lynn sei eine Leiche gefunden worden. Die Umstände deuteten auf Fremdeinwirken hin, und Nelson, der im Landkreis für Mordermittlungen zuständig ist, hat sich gleich auf den Weg gemacht. Erst als sie bereits am Stadtrand sind, hat Clough endlich alle Einzelheiten zusammenbekommen. Jetzt brummt er nur nervtötend in sein Telefon, und Nelson bringt den Wagen erneut ins Schlingern.

«Was denn? Was?»

«Es ist der Museumsdirektor, Boss. Im Museum sollte doch diese Riesensause steigen, mit Sargöffnung und so. Wo Sie nicht hinwollten, wissen Sie noch?»

«Und ob ich das noch weiß», knurrt Nelson.

«Also, etwa eine Stunde bevor die ganzen Würdenträger anrücken sollten, war jemand von der Archäologie zu früh dran und hat den Direktor gefunden, Neil Topham, wie er neben dem Sarg auf dem Boden lag, mausetot.»

«Und wer von der Archäologie?», fragt Nelson. Dabei kennt er die Antwort eigentlich. Er hat es bereits gewusst, als Clough das Smith-Museum erwähnt hat.

Clough wiederholt die Frage für seinen Gesprächspartner am anderen Ende der Leitung.

«Es war Ruth, Boss. Ruth Galloway.»

Der Wagen schlingert wieder über die Fahrbahn.

Als Nelson am Museum ankommt, steht dort Rocky Taylor vor der Tür – ein Detail, das nicht gerade dazu beiträgt, Nelsons erschütterten Seelenfrieden wiederherzustellen. Rocky, ein Junge aus dem Ort, ist für ihn der Inbegriff des unterbelichteten Landeis. Nelson selbst stammt aus Blackpool und betrachtet sich immer noch als Nordengländer, was für ihn gleichbedeutend ist mit schneller Auffassungsgabe und einem ordentlichen Humor. Als er in die Eingangshalle tritt, sieht er zu seiner Erleichterung, dass auch Tom Henty da ist. Tom ist zwar ebenfalls in Norfolk geboren und aufgewachsen, verkörpert für Nelson aber trotzdem den perfekten Sergeant: bodenständig, hartnäckig und durch nichts aus der Ruhe zu bringen. All diese Eigenschaften wird er heute dringend brauchen. Tom steht neben einem Käfig, in dem ein auffallend scheußlicher ausgestopfter Vogel hockt. Und auf einem Stuhl daneben, bleich, aber doch gefasst, sitzt Ruth Galloway.

«Ruth.» Nelson nickt ihr zu.

«Hallo, Nelson.»

Clough, der gleich hinter Nelson eintritt, ist da schon zuvorkommender. «Ruth! Lange nicht gesehen! Wie geht's Ihrer Kleinen?»

«Sehr gut. Sie wird morgen ein Jahr alt.»

«Ein Jahr! Nicht zu fassen! Kommt mir vor wie gestern, dass sie auf die Welt gekommen ist.»

«Genug geplaudert, Sergeant», unterbricht Nelson,

ohne Ruth eines Blickes zu würdigen. «Das ist hier eine Mordermittlung, kein Kaffeekränzchen.» Er wendet sich an Henty. «Was ist passiert?»

«Der Notruf ist um halb drei eingegangen.» Henty blättert in seinem Notizbuch. «Über die Zentrale. Doktor Galloway war hier im Museum und hat den Direktor, Neil Topham, auf dem Boden gefunden, neben dem Sarg. Der sollte ja um drei geöffnet werden. Doktor Galloway hat die Einsatzkräfte verständigt – Polizei und Rettungsdienst. Taylor und ich sind zeitgleich mit dem Krankenwagen hier eingetroffen. Die Sanitäter haben ihn ins Krankenhaus gebracht, aber bei der Ankunft war er schon tot.»

«Mist.»

Keine gute Ausgangslage, weder für Neil Topham noch für die Ermittlungen. Die Leiche ist jetzt garantiert voller Fingerabdrücke von den eilfertigen Sanitätern. Und die Beweislage am Tatort beschränkt sich auf eine einzige Zeugin. Ruth Galloway.

«Sind die Angehörigen schon verständigt?»

«DS Johnson ist gerade im Krankenhaus.»

Ein Glück. Judy Johnson ist gut in so was. Wer dagegen je eine schlechte Nachricht von Clough erhalten hat, der erholt sich so schnell nicht wieder.

Nelson sieht auf die Uhr. Halb vier inzwischen. «Und haben Sie die Geier noch davon abhalten können, sich gleich darauf zu stürzen?»

Henty räuspert sich missbilligend. «Ich habe Superintendent Whitcliffe angerufen und die Lokalpresse informiert.»

«Whitcliffe kommt wahrscheinlich nicht her, oder?»

«Nein. Er meinte, das überlässt er Ihnen.»

Na typisch, denkt Nelson grimmig.

«Rocky hat die anderen Gäste weggeschickt», fährt Henty fort. «Ihr Freund war auch da. Dieser Zauberlehrling.»

Nelson brummt nur; er kann die Beschreibung problemlos zuordnen. «Cathbad? Das war ja klar. Eine Sargöffnung ist genau seine Sorte Nachmittagsunterhaltung.»

«Er meinte, er will mit Ihnen reden», berichtet Henty ungerührt weiter. «Irgendwas von wegen Schädeln und Toten, die keine Ruhe finden.»

Nelson brummt erneut. «Tja, das muss wohl warten. Zeigen Sie mir den Saal, wo der Tote gefunden wurde? Clough, Sie bleiben hier bei Doktor Galloway.» Damit stolziert er davon, ohne sich noch einmal umzudrehen.

Über dem Saal für Lokalgeschichte liegt eine eigentümliche Ruhe. Der Raum ist lang und schmal, die Decke für die mangelnde Breite etwas zu hoch, so als wäre der Saal früher größer gewesen. Der Boden ist, wie im ganzen Museum, schwarzweiß gefliest, die Wände sind mit einem Muster in fröhlichen Grundfarben bemalt. Das Fenster steht offen, Wind bläht die staubigen Vorhänge. Mitten im Raum steht klobig der Sarg mit seinen aufgequollenen Seitenwänden und in einer Ecke ein einzelner Glasschaukasten, in dem sich allem Anschein nach eine ausgestopfte Ringelnatter befindet. Sonst liegt nur ein Museumsführer auf dem Boden und, etwa einen halben Meter vom Sarg entfernt, ein einzelner Schuh, ein brauner Halbschuh aus Wildleder. Nelson mustert ihn ungerührt. Typischer Künstlerschuh. Echte Männer – echte Nordengländer – tragen grundsätzlich Schnürschuhe.

«Gehört der ihm? Topham?»

Henty zuckt die Achseln. «Denk ich mal.»

«Haben Sie vorher mit ihm gesprochen? Sie haben das Ungetüm da doch hergebracht, Sie und Rocky.»

«Ja, ich habe mit ihm gesprochen. Ist erst ein paar Stunden her.»

«Wie hat er da auf Sie gewirkt?»

«Keine Ahnung. Bisschen nervös. Aufgedreht. Hat sich wohl schon sehr auf das große Ereignis gefreut.»

Henty hat einen trockenen Humor, der Nelson gefällt. Der Mann könnte glatt Nordengländer sein.

«Kein Herzflattern? Keine Anzeichen, dass er demnächst tot umfällt?»

«Nein. Er war relativ jung. Schlank. Machte einen gesunden Eindruck. Wie gesagt, ein bisschen überdreht. Er hat Rocky angebrüllt, weil der an irgendwas drangestoßen ist.»

«Rocky brüllt jeder an. Das hat nichts zu bedeuten.» Nelson sieht sich im Saal um. «Sie haben hier ja nichts angefasst.» Es ist keine Frage, eher eine Feststellung.

«Nein, Sir. Die Spurensicherung ist schon unterwegs.»

Genau. So läuft moderne Polizeiarbeit. Nichts anfassen, bis die Spurensicherung anrückt mit ihren Weltraumanzügen und ihren Pinseln und ihren Kunststoffkistchen. Früher, als Nelson noch ein junger Polizist in Blackpool war, stürzten sie sich gleich auf den Tatort, bewegten die Leiche und verteilten überall ihre Fingerabdrücke. Jetzt dreht sich Nelson langsam um die eigene Achse und nimmt den Tatort von weitem in Augenschein. Falls es überhaupt ein Tatort ist.

Auf dem Boden befinden sich ein paar Schlieren, die Blut sein könnten, und die Fliesen wurden offensichtlich erst kürzlich gefegt, sind an manchen Stellen aber immer noch dreckig. Gut. Die Jungs von der Spurensicherung stehen auf Dreck, den perfekten Träger für Fingerabdrücke, DNA-Spuren und all das andere Zeugs, das sie so lieben. Die Vorhänge flattern jetzt heftiger. Der Wind frischt auf.

Nelson dreht sich zu Henty um. «War das Fenster schon offen, als ihr hier ankamt?»

«Ja.»

Merkwürdig, so ein offenes Fenster im Oktober. Nelson geht hinüber und schaut nach draußen. Sie sind im Erdgeschoss, es wäre also kein Problem, hereinzuklettern. Draußen ist der Parkplatz mit ein paar Mülltonnen und einem Altkleidercontainer. Kein praktisches Blumenbeet, in dem man Fußspuren finden könnte, aber vielleicht hat ja jemand in den umliegenden Büros etwas gesehen. Er wird Rocky auf Befragungstour schicken müssen.

Langsam umrundet Nelson den Museumsraum. Die Wände, stellt er fest, sind gar nicht gemustert, sondern mit einer Reihe von Gemälden verziert. Norfolk im Wandel der Zeit. Vor allem eine Darstellung springt ihm ins Auge: ein Kreis aus Holzpfählen am Strand und inmitten dieses Kreises eine ungelenk gezeichnete Gestalt im weißen Gewand, die Arme von sich gestreckt wie eine Vogelscheuche, während über ihr eine übertrieben gelbe Sonne strahlt. Nelson tritt näher heran. «Bronzezeit-Henge aus Holz am Strand des Salzmoors», liest er, «1997 entdeckt von Professor Erik Anderssen von der Universität Oslo.» Und von Ruth Galloway, denkt er bei sich. Das Salzmoor steht ihm vor Augen, diese trostlose Ebene aus windzerzaustem Gras, die tückischen Treibsandfelder, die Flut, die über das Watt hereinbricht und Festland in Meer verwandelt – eine tödliche Falle für Unachtsame. Einen größeren Gegensatz zu der fröhlichen blau-gelben Strandszene vor ihm an der Wand kann man sich kaum denken. Nelson wendet sich dem nächsten Wandgemälde zu. «Römische Villa in Swaffham, vermutlich früher Teil einer Garnisonsstadt.» Inmitten gepflegter Gartenanlagen prangt ein Haus mit weißen Säulen, wie aus dem Katalog eines teuren Maklerbüros. Nelson betrachtet es stirnrunzelnd. Für die Römer hat er kaum mehr übrig als für diese Spinner aus der Bronzezeit. Zwischen der römischen Villa und dem Henge befindet sich noch ein Bildchen, auf dem sich mit viel gutem Willen ein auf der Seite liegendes Mädchen erkennen lässt. «Mädchen aus der Eisenzeit, 2007 entdeckt von Doktor Ruth Galloway von der University of North Norfolk».

«Boss?»

Nelson dreht sich um. Ein Glück, dass Tom Henty keine Gedanken lesen kann!

«Wollten Sie noch mit Doktor Galloway reden? Sie meinte nämlich, sie müsste bald ihre kleine Tochter von der Tagesmutter abholen.»

Nelson seufzt. «Ist gut. Wenn die Jungs von der Spurensicherung antanzen, sagen Sie ihnen, sie sollen das Fenster unter die Lupe nehmen. Gut möglich, dass sich da einer gewaltsam Zutritt verschafft hat.»

«Dann glauben Sie also, es war Mord, Boss?»

«Keine Ahnung. Sicher kann es auch eine natürliche Todesursache gewesen sein, aber das offene Fenster gefällt mir nicht. Das sieht doch sehr nach Einbruch aus. Ist Chris Stephenson inzwischen unterwegs ins Krankenhaus?»

Chris Stephenson ist der zuständige Gerichtsmediziner. Er steht nicht allzu weit oben auf Nelsons Favoritenliste – die zugegebenermaßen ohnehin nicht sehr lang ist.

«Ja. Anscheinend war er mit seinen Kindern auf irgendeiner Halloween-Party.»

«Na, dann kann er ja gleich mit dem Besen hinfliegen.»

Nelson hat nichts übrig für Halloween. Alte Leute, die von wild gewordenen Teenies mit Horrormasken erschreckt werden, Autos, die mit Eiern bombardiert, Fensterscheiben, die mit Steinen eingeworfen werden. Klar, früher, als die Mädchen noch klein waren, ist Michelle auch mit ihnen losgezogen und hat «Süßes oder Saures» verlangt, aber damals war das alles irgendwie noch viel zahmer. Und die Mädchen haben sich immer schon geweigert, so etwas Unvorteilhaftes wie ein Hexenkostüm anzuziehen. Er hat zwei Disney-Elfen in Erinnerung, die zu den Nachbarn hinübertrippelten, um sich eine Handvoll Haribo abzuholen. Zugegeben, Rebecca hatte auch eine Vampirphase, aber die kam erst später.

«Gut», sagt er. «Gibt es hier irgendwo ein Büro oder so was, wo ich mich mit Doktor Galloway unterhalten kann?»

«Das Direktionsbüro ist gleich den Gang runter.»

«Bestens. Dann schicken Sie sie mir mal vorbei, ja?»

Er hat keine Mühe, das Büro zu finden. Es liegt am Ende eines Ganges, der auch als Kunstgalerie fungiert und eine Ansammlung düsterer Ölgemälde präsentiert. Hier stehen auch Tische mit Weinkisten und Plastikgläsern, der bisher einzige Hinweis darauf, dass im Museum heute Gäste erwartet wurden. Nelson nimmt sich im Vorbeigehen ein paar Chips aus einer Schüssel. Eigentlich ist er ja auf Diät, aber Morde machen immer so hungrig. Auf halbem Weg den Gang entlang entdeckt er eine Tür mit der Aufschrift «Notausgang». Nelson dreht den Türknauf. Abgeschlossen. Klarer Verstoß gegen die Sicherheitsvorschriften. Oder wollte da jemand mögliche Fluchtwege abschneiden?

Im Direktionsbüro findet Nelson ein Durcheinander aus Kisten und Ausstellungsstücken des Museums vor, die entfernt wurden, weil sie reparaturbedürftig sind oder weil sie auf irgendeine Weise den Anforderungen nicht mehr entsprechen. Er zwängt sich durch zwischen einem ausgestopften Biber und einem schielenden Wikinger, dessen Helm nur noch ein Horn hat. Auf dem Boden liegen Werkzeuge durcheinander. Vielleicht wollte Topham seine Exponate ja selber reparieren?

Der Schreibtisch liegt voll mit Papier, was Nelson nervös macht; sein eigener Schreibtisch im Polizeirevier King's Lynn ist grundsätzlich leer, bis auf die unvermeidliche Erledigungsliste. Nelson liebt Listen, und er hat den Eindruck, dass die eine oder andere Liste auch Neil Topham gute Dienste geleistet hätte. Womöglich hätte sie sogar den Mord verhindern können. 1. Zur Arbeit gehen. 2. Büro aufräumen. 3. Nicht von messerschwingenden Psychopathen ermorden lassen. Aber da ist ja weit und breit kein Messer, und er kann nicht einmal sicher sein, dass Neil Topham wirklich ermordet wurde. Irgendwann muss er dieses Büro hier gründlich durchsuchen. Aber jetzt erst mal Ruth Galloway.

Die Tür geht auf. «Du hast nach mir geschickt?» Ruths Stimme trieft vor Sarkasmus.

«Ich dachte, hier können wir uns in Ruhe unterhalten.»

Ruths spöttische Miene wird ein wenig … wie soll man sagen? Misstrauischer? Verletzlicher?

«Also dann.» Nelson räumt ein Stück Schreibtisch frei, indem er ein paar alte Ausgaben von *Museums Today* beiseiteschiebt, und bedeutet Ruth, sich zu setzen. «Wann genau warst du im Museum?»

«Machst du dir denn keine Notizen?» Da ist er wieder, der sarkastische Ton.

Nelson zückt schwungvoll sein Notizbuch. Dann nickt er auffordernd.

«Ich war gegen vierzehn Uhr sechzehn hier …»

«Ziemlich früh, was? Ich dachte, die Fete sollte erst um drei losgehen.»

«Ich war noch einkaufen. Da hat es sich nicht mehr gelohnt, nach Hause und wieder zurück zu fahren.» Sie sieht ihn an. «Kate hat doch morgen Geburtstag. Ich habe für ihr Fest eingekauft.»

Für einen langen Moment herrscht Schweigen. Nelson zuckt unter ihren Worten zusammen wie unter echten, körperlichen Schmerzen. Und dann, als setzten sie eine vor langer Zeit begonnene Unterhaltung fort, fangen beide gleichzeitig an zu reden.

«Entschuldige …»

«Ich wollte dich nicht …»

Sie brechen beide wieder ab. Ruth ist rot im Gesicht, Nelson sehr bleich. Sie schaut zur Seite. Das einzige Fenster befindet sich weit oben in der Wand und ist zu klein, um im Sitzen hinauszusehen, aber Ruth hält den Blick dennoch darauf gerichtet.

«Ich wollte dich nicht aufregen. Ich weiß ja, dass du nicht über sie reden willst.»

«Das stimmt doch nicht.» Nelson betrachtet den unordentlichen Schreibtisch und fängt an, wahllos einzelne Gegenstände herumzuschieben. Einen Briefbeschwerer mit einer Versteinerung hierhin, einen Stapel ungeöffneter Rechnungen dorthin. «Es ist nur …» Er hält inne. «Ich hab's versprochen.»

«Ich weiß. Du hast Michelle versprochen, dass du sie nicht mehr siehst.» Ruths Ton ist ausdruckslos. «Und mich auch nicht.»

«Es war die einzige Möglichkeit, meine … es wiedergutzumachen.»

«Ich verstehe das. Das habe ich dir damals doch auch gesagt.»

«Du verhältst dich toll. Ich bin das Problem.» Er greift wieder nach dem Briefbeschwerer und lässt einen Seufzer hören, der fast ein Stöhnen ist. «Ich hab's für uns alle in den Sand gesetzt.»

«Komm, Nelson, spiel hier nicht den katholischen Sündenbock.» Ruth zieht ihr Handy aus der Tasche, um nachzusehen, wie spät es ist. Ein neues Handy, wie Nelson bemerkt. Ein ziemlich schickes. «Bringen wir's hinter uns. Wenn mich nicht alles täuscht, hast du hier eine Ermittlung zu leiten.»

«Von mir aus.» Nelson strafft die Schultern. «Du warst also um vierzehn Uhr sechzehn hier. War sonst noch jemand da?»

«Nein. Das fand ich seltsam. Schließlich war es keine Stunde mehr bis zur Veranstaltung. Aber nachdem kein Mensch da war, dachte ich mir, ich schaue mich ein bisschen um. Ich war in der naturhistorischen Abteilung ...»

«Wo die ganzen ausgestopften Viecher stehen?»

«Genau.»

«Da krieg ich ja das kalte Grausen.»

«Ich auch. Dann bin ich in den Saal für Lokalgeschichte gegangen, und da lag er, neben dem Sarg.»

«Hast du ihn erkannt?»

«Erst nicht, aber dann habe ich ihn umgedreht ...» Ruth hält inne.

«Alles klar? Willst du ein Glas Wasser?»

Sie lächelt schwach. «Ist das deine Samthandschuhtaktik bei Verhören? Nein, es geht schon. Ich bin Neil nur ein-, zweimal begegnet, aber ich habe ihn erkannt.»

«Wo genau lag er?»

«Neben dem Sarg. Er lag auf der Seite, mit angezogenen Beinen, einen Arm über dem Kopf.»

«War Blut zu sehen?»

«Ja. Er hatte Blut im Gesicht.»

«So, als hätte man ihm eine Kopfwunde verpasst?»

«Nein. Eher an der Nase. So, als hätte er Nasenbluten gehabt.» Sie schweigt wieder.

«Hast du ihn angefasst?»

«Klar.» Ihr Ton wird schärfer. «Natürlich habe ich ihn angefasst. Ich wollte schließlich wissen, ob er noch lebt.»

«Und, hat er noch gelebt?»

«Ich weiß es nicht genau», muss Ruth zugeben. «Er war noch warm, aber ich konnte keinen Puls finden. Nachdem ich den Krankenwagen gerufen hatte, kam es mir so vor, als würde ich einen schwachen Herzschlag spüren. Aber ich kenne mich nicht aus mit Erster Hilfe.»

«Wann hast du die Polizei gerufen?»

«Vielleicht eine Minute später. Da bin ich überhaupt erst auf die Idee gekommen, dass jemand anders ihm das angetan haben könnte.»

«Du hast also gedacht, er könnte ermordet worden sein?»

«Ich wusste nicht mehr, was ich denken sollte. Es sah aus, als hätte er eine Art Anfall gehabt. Vielleicht war er ja Epileptiker oder so was.»

«Falls das so war, werden wir's herausfinden. Chris Stephenson ist schon unterwegs ins Krankenhaus.»

Ruth verzieht das Gesicht. Die Abneigung gegen Stephenson teilt sie mit Nelson.

«War das Fenster offen?», will Nelson wissen.

«Wie bitte?»

«Das Fenster in dem Saal, wo du den Toten gefunden hast. War es offen?»

«Ich glaube schon, ja. Da lag ein Buch auf dem Boden, und der Wind hat die Seiten umgeblättert.»

«Ich werde den Jungs von der Spurensicherung sagen, sie sollen sich das Buch ansehen. Vielleicht sind Fingerabdrücke drauf.»

«Dann glaubst du also auch, dass er vielleicht ermordet wurde?»

Nelson setzt gerade zu einer Antwort an, da klopft es nachdrücklich, die Tür geht auf, und ein Mann kommt herein: groß, sonnengebräunt, grauhaarig und mit unverkennbar gebieterischer Ausstrahlung. Er hat eine so gewaltige Hakennase, dass sie schon ein paar Sekunden vor ihm den Raum zu betreten scheint. Und er kommt Nelson irgendwie bekannt vor. Hinter ihm drückt sich Rocky Taylor herum.

«Ich sagte doch, ich will nicht gestört werden!», bellt Nelson.

«Danforth Smith.» Der hochgewachsene Mann streckt ihm die Hand hin. Nelson ignoriert sie und hält den Blick auf Rocky gerichtet.

«Das ist Lord Smith», stellt der ebenfalls hinzugekommene Henty schuldbewusst vor. «Ihm gehört das Museum.»

«Ich bin natürlich sofort gekommen», sagt Danforth Smith mit dem selbstbewussten Oberschichtston, der Nelson jedes Mal die Zehennägel aufrollt. «Was für ein schrecklicher Vorfall. Der arme Neil. Stimmt es denn, dass er tot ist?»

Nelson hebt die Hand. «Woher wissen Sie von Mr. Topham?»

«Gerald hat es mir erzählt.»

Na klar. Gerald Whitcliffe, Nelsons Vorgesetzter und bester Freund aller Reichen und Schönen.

«Ich wollte mich gerade auf den Weg zur Sargöffnung machen, als Gerald mich anrief. Ich habe sofort versucht, Neils Eltern zu erreichen. Sie werden fassungslos sein.»

«Sergeant.» Nelson spricht über Smiths Kopf hinweg zu Tom Henty. «Ich bin hier mitten in einer Befragung.»

«Schon gut, Nelson.» Ruth erhebt sich. «Ich muss sowieso los, und wir sind hier ja fertig, oder?»

Mit leicht erhobenem Kinn sieht sie ihn an.

«Ja», sagt Nelson. «Wir sind fertig.»

Lord Danforth Smith setzt sich auf den Stuhl, den Ruth gerade freigemacht hat, und streckt die Beine von sich, als gehörte ihm der ganze Raum. Was ja auch stimmt. Rocky trabt auf der Stelle los, um Kaffee zu machen. Elender Arschkriecher. Wenn die Revolution erst einmal kommt, stehen solche wie er als Erste an der Wand. (Die Adligen haben sich dann eh längst davongemacht.)

«DCI Nelson», stellt Nelson sich vor.

«Ich weiß schon, wer Sie sind», erwidert Smith leutselig. «Gerald lobt Sie in den höchsten Tönen.»

«Was Sie nicht sagen. Also, Lord Smith, ich vermute, Sie wissen in etwa so viel wie wir. Doktor Galloway kam früher als geplant ins Museum und fand Mr. Topham auf dem Boden, neben dem Sarg Ihres Vorfahren. Sie hat sofort einen Krankenwagen verständigt, aber Mr. Topham ist noch auf dem Weg ins Krankenhaus gestorben.»

«Wie schrecklich. Weiß man denn schon, wie er gestorben ist? Er war doch noch jung.»

«Wie jung?»

«Mitte, Ende dreißig, glaube ich. Da müsste ich noch einmal nachsehen. Mir kommt ja inzwischen alles in den Dreißigern blutjung vor.» Lord Smith lächelt und zeigt ein langes Pferdegebiss. Nelson muss daran denken, dass er Rennpferde trainiert.

«Wie lange arbeitete Mr. Topham schon für Sie?»

«Etwa fünf Jahre. Ein ganz famoser Junge. Sehr begeisterungsfähig.»

«Keine gesundheitlichen Probleme?»

«Nicht, dass ich wüsste.»

«Hatte er sonst irgendwelche Probleme? Etwas, was ihm Sorgen machte?»

Jetzt blickt Lord Smith zum ersten Mal ein wenig unbehaglich drein. Er schlägt die Beine übereinander. Handgefertigte Schuhe, darauf würde Nelson wetten. Schnürschuhe.

«Als ich zuletzt mit ihm gesprochen habe, ging es nur um die Sargöffnung. Er machte einen guten Eindruck, freute sich sehr auf die Veranstaltung. Er hoffte, Bischof Augustine dauerhaft hier im Museum behalten zu können.»

«Es war sicher sehr anstrengend, so eine Veranstaltung zu organisieren?»

«Sicher, aber das gehörte ja zu Neils Aufgaben. Er machte das gerne. Es machte ihm Spaß, Leute ins Museum zu holen. Wir haben hier eine sehr schöne Sammlung, aber sie bekommt einfach nicht die Aufmerksamkeit, die sie verdient. Hören Sie, Inspector, worum geht es hier eigentlich? Ist irgendetwas verdächtig an Neils Tod?»

«Das kann ich noch nicht genau sagen.» Nelson mustert ihn ausdruckslos. «Aber falls doch, erfahren Sie es natürlich als Erster.» Jetzt fällt ihm wieder ein, wo er diese Nase schon einmal gesehen hat. Sie ist auf mindestens der Hälfte der bescheuerten Ölgemälde draußen verewigt.

Nachdem Lord Smith gegangen ist, diensteifrig flankiert von Rocky und Tom Henty, tut Nelson, was er schon die ganze Zeit tun wollte: Er öffnet die verschlossene Schublade an Neil Tophams Schreibtisch. Der Schlüssel lag – nur mäßig originell, wie Nelson findet – unter dem steinernen Briefbeschwerer versteckt.

Der Blick in die Schublade erweist sich als lohnend. Nelson findet darin einen Plastikbeutel mit weißem Pulver und einen Stoß handgeschriebener Briefe. Keine Umschläge, doch alle auf demselben Papier geschrieben, cremefarbenes, sichtlich teures Briefpapier. Liebesbriefe vielleicht? Na, Liebe ist immer ein gutes Mordmotiv. Nelson faltet den ersten Brief auf und liest die schwungvoll in Blau geschriebenen Zeilen:

Sie sind unserer Aufforderung nicht nachgekommen.
Nun müssen Sie die Konsequenzen tragen.

3 Ruth fährt auf direktem Weg zur Tagesmutter, um Kate abzuholen. Sandra kümmert sich immer um Kate, wenn Ruth bei der Arbeit ist, aber heute ist Samstag, und Ruth hat ein schlechtes Gewissen. Sandra allerdings scheint es nichts weiter auszumachen, und Kate, die bis zu den Ellbogen im Mehl steckt und beim Kuchenbacken hilft, hat offensichtlich einen Heidenspaß. Wie immer hat Sandra mehrere Kinder bei sich, die alle mit sinnvollen Tätigkeiten beschäftigt sind: Sie backen Kuchen, machen Klebebilder oder spielen im Wohnzimmer ein übergroßes (abwaschbares) Leiterspiel. Sandras eigene Kinder sind bereits erwachsen, es muss sich also um die Sprösslinge anderer Mütter handeln, die ebenfalls zu chaotisch sind, um sich eine Kinderbetreuung fürs Wochenende zu organisieren. Ruth kann ja auch unmöglich die Einzige sein. Immerhin bezahlt sie Sandra dafür, es ist also eine ganz saubere Geschäftsbeziehung und keines dieser schwammigen Arrangements mit Freunden. Kannst du mir einen Gefallen tun? Macht es dir auch wirklich nichts aus? Ich schulde dir was, versprochen. So ist es doch viel besser: Bezahlung bar auf die Hand.

Ruth findet Sandra sympathisch, weiß aber nie, worüber sie mit ihr reden soll, und so bedankt sie sich nur, nimmt Kate auf den Arm – Mehlfinger auf ihrem besten Blazer – und verlässt das kleine Reihenhaus. Sandra winkt zum Abschied, ein Kleinkind auf jedem Arm.

«Geschlafen hat sie nicht, sie hat den ganzen Nachmittag durchgehalten», ruft sie noch. «Vielleicht haben Sie heute Nacht ja Glück.»

Es gab Zeiten, da hätte Ruth einen solchen Satz gar nicht verstanden. Inzwischen ist sie klüger. Kate hat nicht geschlafen. Wenn es Ruth also gelingt, sie die Heimfahrt über wach zu halten, schläft sie womöglich um sechs ein und wacht erst am Morgen wieder auf. Kate und Ruth haben die Sache mit dem Schlafen immer noch nicht richtig im Griff. Rituale etablieren, so steht es in allen Büchern, doch Ruths Tochter akzeptiert nur ein einziges Einschlafritual: dass Ruth stundenlang bei ihr bleibt, ihr vorliest, Schlaflieder singt oder einfach nur neben ihr liegt und ihre Hand hält. Sobald Ruth versucht, sich aus dem Zimmer zu schleichen, fängt Kate an zu brüllen. Schreien lassen, sagen die Bücher, aber das hält Ruth nicht aus. Vielleicht wäre es ja anders, wenn noch ein zweiter Elternteil da wäre, jemand, der ihr ein Glas Wein einschenkt und sie ermahnt, stark zu bleiben; doch allein knickt Ruth immer wieder ein. Sie kommt bestenfalls bis zur Treppe, dann ist sie schon wieder im Einsatz mit Singen, Vorlesen und Händchenhalten. Meistens schläft sie dabei selber ein, auf dem Boden neben Kates Kinderbett, wo sie gegen Mitternacht mit steifen Gliedern und trockenem Mund wieder aufwacht. Wenn es dann schrecklich bald Morgen wird, ist eine von ihnen ausgeschlafen und tatendurstig, und das ist nicht Ruth.

«Mum», sagt Kate. «Mum Mum Mum Mum.»

Das ist neu, und Ruth bekommt regelmäßig einen Kloß im Hals. Es gefällt ihr, dass Kate nicht «Mummy» zu ihr sagt, sondern «Mum», als wäre sie bereits ein kleiner Teenager. Ruth fühlt sich sehr viel wohler mit «Mum». «Mummy» klingt so affektiert, nach Landadel. Sie ist sich sicher, dass Shula und David aus der Radioserie *The Archers* «Mummy» zu ihrer Mutter sagen.

Etwas verstörender ist es da schon, dass Kate neuerdings auch «Dada» sagt, die Kleinkind-Variante von «Daddy». Da es aktuell kein männliches Wesen gibt, das die Vaterposition für sie besetzen würde, verfolgt sie einen flächendeckenden Ansatz und hat bislang den Kater Flint, ihren Großvater, Cathbad sowie den Postboten mit dieser Anrede bedacht. Ruths Vater und Cathbad waren entzückt, Flint und der Postbote zeigten sich eher weniger begeistert.

Auf der Fahrt durch die Straßen von King's Lynn, vorbei am Kai, dem Zollhaus und dem Marktplatz, plappert Ruth ununterbrochen fröhlich drauflos, um ihre Tochter wach zu halten. «Schau mal, Kate, schau mal, der Hund! Hat der aber viele Tupfen! Fast wie bei den einhunderteins Dalmatinern. Das Buch liest Mum dir dann mal vor, wenn du größer bist. Es ist toll. Viel besser als der Film. Schau mal, die Kinder sind als Hexen verkleidet! Und da sind noch mehr! Und die da drüben haben sich als Massenmörder verkleidet. Wie niedlich!» Je weiter der Nachmittag in den Abend übergeht, desto mehr dieser Miniatur-Teufel bevölkern die Straßen. Wann ist die «Süßes oder Saures»-Sitte eigentlich so ausgeartet? Das wird sie Kate niemals erlauben. Aber da, wo sie wohnen, gibt es ja auch keine Nachbarn, nur das Meer und kilometerweit raschelndes Sumpfland. Vielleicht sollten sie doch umziehen. Ruth kurbelt das Fenster herunter, in der Hoffnung, dass die kühle Luft Kate am Einschlafen hindert. Sie nimmt die Bruce-Springsteen-Kassette aus der Anlage und legt stattdessen eine mit Kinderliedern ein. *«My bonnie is over the ocean, my bonnie is over the sea …»* Keine Chance. Kate sinkt der Kopf auf die Brust.

Ruth findet sich rasch damit ab. Sie weiß zwar, dass sie es später büßen wird, doch im Moment kann sie etwas Ruhe gut brauchen. Vielleicht schläft Kate ja weiter, wenn sie zu Hause sind, und Ruth kann sie nach oben in ihr Bettchen tragen. Mum muss nachdenken, erklärt sie ihrer Tochter im Stillen. Sie ist ein bisschen durcheinander, weil sie heute deinen Dad getroffen hat. Dad. Zu Nelson hat Kate noch nie «Dada» gesagt, aber sie hat ihn auch seit einem halben Jahr nicht mehr zu Gesicht bekommen. In den ersten Monaten nach Kates Geburt kam Nelson häufig zu Besuch, zwar zerfressen von Schuldgefühlen Michelle gegenüber, aber doch auch bezaubert von dieser unvorhergesehenen neuen Tochter. Kate kam zur Welt, nachdem Ruth und Nelson eine einzige Nacht miteinander verbracht hatten, ein paar wenige Stunden, einer Reihe schrecklicher Ereignisse abgerungen, an deren Anfang der Mord an einem Kind stand. Ruth hat immer gewusst, dass Nelson seine Frau und seine anderen Töchter nicht verlassen wird, und sie ist stolz darauf, dass sie nichts von ihm verlangt. Doch Nelson konnte das nicht auf sich beruhen lassen, er wollte Ruth Geld geben, ein Teil von Kates Leben sein. Er hat sogar darauf beharrt, dass Ruth die Kleine taufen lässt und Michelle und er Taufpaten werden. Und bei der Taufe hat Michelle es gemerkt.

Ruth weiß bis heute nicht, wie es dazu kommen konnte, doch zwei Tage nach der kurzen Zeremonie in einer katholischen Kirche stand Nelson bei ihr vor der Tür, so kreidebleich, dass sie ihn im ersten Moment gar nicht erkannt hat. Michelle wusste jetzt, dass er Kates Vater war. «Sie hat mich ganz direkt gefragt, da konnte ich doch nicht lügen.» Dazu hatte Ruth durchaus ihre eigene Meinung, sie war aber so klug, die nicht zu äußern. Nelson jedenfalls hatte alles zugegeben, und Michelle und er hatten «reinen Tisch gemacht». Sie hatten sich fürchterlich gestritten («Es war schrecklich, Ruth, wir haben uns zwei Tage lang gestritten. Wir streiten sonst nie.» – «Ach?»), mit dem Ergebnis, dass Nelson versprochen hatte, weder Ruth noch Kate jemals wiederzusehen. «Es war die einzige Möglichkeit, unsere Ehe zu retten. Es tut mir leid.» Und was, wollte Ruth mit versteinerter Miene wissen, wenn sie sich bei der Arbeit begegneten? «Falls das passieren sollte, akzeptiert sie das natürlich.» Nelson wollte «finanzielle Vorsorge treffen», ihr jeden Monat Geld zukommen lassen, doch das lehnte Ruth ab. Ihr war nicht klar gewesen, wie weit Nelson gehen würde, um seine Ehe zu retten. Und auch nicht, wie weh ihr das tun würde.

Es war schlimm gewesen, Nelson heute im Museum zu begegnen, viel schlimmer noch, als den bedauernswerten Neil Topham tot und zusammengekrümmt neben dem Bischofssarg liegen zu sehen. Ruths Gefühle für Nelson sind derart kompliziert, dass sie längst aufgehört hat, sie verstehen zu wollen. Immer, wenn sie ihn sieht, empfindet sie in rascher Folge: Ärger (weil er der rechthaberischste Mensch ist, den sie kennt), Achtung (weil er seine Arbeit wirklich gut macht), Freude (weil er sie zum Lachen bringt) und eine nicht zu leugnende Anziehung. Liebt sie ihn? Auch diese Frage stellt sie sich längst nicht mehr. Sie weiß, dass sie nie wieder mit einem Mann zusammenleben will. Zu genau erinnert sie sich, wie vor sieben Jahren, als Peter auszog, sogar das Haus vor Erleichterung aufzuatmen schien. Endlich waren sie unter sich: Ruth und die Katzen und der wilde Horizont. Heute sind sie zu dritt unter sich: Ruth und Kate und der Kater Flint. Und trotzdem war es schön, Nelson in der Nähe zu wissen. Er ist zwar ein Mann und ein Chauvi-Schwein, aber in Notlagen konnte er doch ganz nützlich sein.

Bring back, bring back, oh bring back my bonnie to me …

Sie hat das Salzmoor erreicht. Es ist längst dunkel, doch sie hört das Meer in der Ferne seufzen. Die Straße erhebt sich ein gutes Stück über die sumpfige Ebene, und an einem Tag wie heute hat man das Gefühl, am Ende der Welt angelangt zu sein. Ruth mag die Plastikmonster und Zwerghexen hinter sich gelassen haben, doch hier ist es wahrhaft unheimlich. Das Dunkel, das Unbekannte. Ruth hat im Salzmoor schon echte Ängste ausgestanden, und dennoch liebt sie es. Neben ihrem Häuschen gibt es noch zwei weitere, doch eines davon steht leer, und das andere ist ein Ferienhaus, in dem nur selten jemand ist. Es ist ein einsamer Wohnort, doch alles in allem schätzt Ruth die Einsamkeit. Und so verspürt sie jetzt, als sie vor ihrem Haus hält und das Licht des Bewegungsmelders, den Nelson vor zwei Jahren installiert hat, auf das «Verkauft»-Schild vor dem Haus nebenan fällt, den gewohnten Unwillen, fast schon Zorn. Sie weiß, dass der neue Eigentümer das Haus vermietet hat, und rechnet jeden Moment damit, dass ein hippes Pärchen über den Gartenzaun späht und sie auf ein paar Sushi einlädt oder irgendein vollbärtiger Einzelgänger ihr seine Sammlung getrockneter Algen zeigen will. Oder aber ein … Schluss jetzt, ruft sie sich zur Ordnung, während sie die Tür aufschließt und Kate ins Haus trägt. Es kann ja schließlich auch ein Seelenverwandter sein oder jemand mit Kindern in Kates Alter, mit denen sie spielen kann. Doch in Wahrheit will Ruth gar keine neuen Freunde. Die vorhandenen machen ihr schon genug Ärger.

Nelson ist in ähnlich aufgewühlter Verfassung unterwegs zum Krankenhaus. Das Wiedersehen mit Ruth war genau so schlimm, wie er es sich ausgemalt hat. Und als sie dann auch noch von Katie gesprochen hat! Was Nelson für Ruth empfindet, ist so sehr mit Ängsten und Schuldgefühlen versetzt, dass er das alles unmöglich auseinanderklamüsern kann. Seine Gefühle für Katie hingegen sind glasklar. Er liebt sie, obwohl er sie überhaupt nur dreimal im Arm gehalten hat, und er will ihr Vater sein. Aber das ist nicht möglich.

Die Ereignisse bei der Taufe vor einem halben Jahr schmerzen immer noch so sehr, dass Nelsons Gedanken automatisch zurückschrecken, sobald er der Erinnerung auch nur nahekommt. Jetzt zwingt er sich, daran zu denken. Anfangs gab es keinerlei Probleme mit Michelle. Sie freute sich darauf, Patin zu werden; sie hatte Ruth und Kate sogar ganz besonders ins Herz geschlossen, ein Umstand, der Nelson, wenn er darüber nachdachte, vor lauter Schuldgefühlen und düsteren Ahnungen fast Übelkeit verursachte. Und doch war er so blöd gewesen, diese Befürchtungen zu ignorieren. Er hatte auf einer katholischen Taufe bestanden, weil er selbst katholisch aufgewachsen ist und weil er sich mit Cathbads heidnischer Namensweihe, die ein paar Monate zuvor stattgefunden hatte, ausgesprochen unwohl fühlte. Mehr noch, er fürchtete, dass sie Kate damit Böses mit auf den Weg gaben, indem sie die gesichtslosen, blutrünstigen Götter anriefen, die Cathbad so verehrt. Er wollte ihr den Schutz der Engel und Heiligen seiner eigenen Kindheit sichern. Und so hatte er Ruth überredet, Kate taufen zu lassen, und Pater Hennessey, den katholischen Priester, den er von einem früheren Fall kannte, gebeten, die Messe zu halten. Und Ruth hatte eingewilligt, weil Patrick Hennessey auch bei ihr tiefen Eindruck hinterlassen hatte, und nicht zuletzt auch, vermutet Nelson, weil sie selbst wenige Wochen zuvor nur knapp dem Tod entronnen war.

Zunächst war es auch ein freudiger Anlass gewesen. Es war ein wunderschöner Maitag, das weiß er noch, die Bäume blühten, und in der Luft lag schon ein Vorgeschmack des Sommers. Er hielt Kate im Arm (das dritte Mal), und Michelle, die eine Schwäche für Babys hat, war ganz in ihrem Element. Cathbad und Shona, die anderen Paten, benahmen sich nicht durchgeknallter als sonst auch. Hinterher waren sie in ein Pub auf dem Land gefahren und hatten Ruth und Kate auf dem Rücksitz mitgenommen. Während der Fahrt hatte Michelle noch fröhlich mit Ruth geplaudert, doch als Ruth ausgestiegen war, hielt Michelle Nelson mit herrischer Geste zurück. Sosehr er sich auch dagegen sträubt, er sieht ihr Gesicht immer noch vor sich. Ihre Miene war so eiskalt vor Zorn, dass ihm dafür nur die Beschreibung «furchterregend» einfällt.

«Sie ist von dir, stimmt's?»

«Was?»

«Kate. Sie ist von dir. Ich habe sie mir vorhin angeschaut, und sie hat einen kleinen Wirbel im Haar, der in eine ganz andere Richtung weist als der Rest. So einen Wirbel hast du auch. Und Rebecca.»

Erst stritt er alles ab. Sie standen auf dem Parkplatz vor dem Phoenix und keiften sich an, während lauter glückliche Familien an ihnen vorbeimarschierten, um sich ein Mittagessen in der Sonne zu gönnen.

«Du spinnst doch!», sagte er. «Was redest du denn da von einem Haarwirbel?»

Michelle musterte ihn abschätzig. «Du brauchst dir gar nicht die Mühe zu machen, es zu leugnen. Es passt alles zusammen. Ich hatte mich sowieso schon gefragt, warum du immer so besorgt um Ruth bist. Ich dachte, du wirst auf deine alten Tage noch ein netter Mensch. So kann man sich täuschen.»

Er versuchte, verständnislos zu wirken. «Was meinst du denn bloß, Schatz?»

«Nenn mich nicht ‹Schatz›. Du hast mit Ruth geschlafen, sie hat ein Kind von dir gekriegt, und jetzt willst du alles abstreiten. Ich hatte keine Ahnung, Harry, dass du so feige sein kannst.»

Und er ist tatsächlich feige. Das weiß er inzwischen. Sie mussten schließlich doch noch ins Pub gehen, auf Kates Wohl trinken und über Cathbads Späßchen lachen. Michelle, von spröder Schönheit in ihrem selbstgerechten Zorn, hat das Baby sogar auf den Arm genommen und nachdenklich den verräterischen Wirbel im dunklen Haar gestreichelt. Als sie wieder zu Hause waren, stellte Michelle ihm ein Ultimatum. Er dürfe Ruth und Kate nicht wiedersehen. «Aber wir arbeiten doch zusammen», protestierte er. – «Du weißt schon, was ich meine. Beruflich darfst du mit ihr sprechen, aber es darf nie, nie darüber hinausgehen.» Und er hatte eingewilligt.

Ihm war immer klar gewesen, dass er seine Familie nicht zerstören, Laura und Rebecca nicht in hasserfüllte Fremde verwandeln und Michelle nicht in die uralte Klischeerolle der Exfrau drängen wollte. Obwohl seine Töchter inzwischen beide studieren, brauchen sie ihn immer noch. Sie brauchen ihre beiden Eltern, sie brauchen ein Zuhause. Und Michelle. Er hat sie praktisch sein ganzes Erwachsenenleben lang geliebt. Sie ist immer noch eine der schönsten Frauen, die er je gesehen hat, und sie ist die Mutter seiner geliebten Töchter. Wie könnte er sie jemals verlassen? Eine Zeitlang hat er sich der Phantasie hingegeben, beide Frauen haben zu können und alle drei Kinder, aber so funktioniert die Welt nun mal nicht. Doch indem er sein Eheversprechen hält, hat er Ruth verraten. Er hört sich noch, wie er sich ereifert und wortreich abstreitet, dass überhaupt etwas zwischen ihnen war. Ein Satz aus der Karfreitagsliturgie kommt ihm in den Sinn: In dieser Nacht, ehe der Hahn kräht, wirst du mich dreimal verleugnen.

Seufzend biegt Nelson auf das Krankenhausgelände ab. «Parkplatz voll. Aktuelle Wartezeit: 30 Minuten.» Er hat gesündigt, und der Lohn der Sünde ist der Tod. In den letzten Jahren ist ihm der Tod beklemmend nahe gerückt. Er kann es sich nicht leisten, die Götter noch weiter zu erzürnen. Aber einstweilen hat er einen Toten am Hals, und Ruth Galloway ist die einzige Zeugin.

Dieser ganze Fall macht ihm Kopfzerbrechen. Neil Topham kann durchaus eines natürlichen Todes gestorben sein, doch Nelson findet die Tatsache verstörend, dass er direkt neben diesem anderen, längst verstorbenen Leichnam lag. Und dann die Briefe. Nelson hatte schon einmal mit einem Fall zu tun, bei dem anonyme Briefe eine Rolle spielten, und die Schriebe aus Tophams Schreibtischschublade enthalten genügend Anklänge daran, dass es ihm die Nackenhaare aufstellt.

Ihr seid unserer Aufforderung nicht nachgekommen.
Nun müsst Ihr die Konsequenzen tragen.
Ihr habt unsere Toten entehrt.
Nun werden die Toten sich an Euch rächen.
Wir werden kommen, Euch zu holen.
Wir werden Euch in der Traumzeit holen.

Mit quietschenden Reifen hält Nelson in einer Parkbucht, die für Rettungswagen reserviert ist. Detective Sergeant Judy Johnson kommt nach draußen, um ihn in Empfang zu nehmen. Sie gehört zu Nelsons besten Mitarbeitern: schlau, fleißig und mit einem großen Talent für die ganze Gefühlsduselei. Anfang des Jahres hat sie geheiratet, und Nelson lebt seither in der Angst, dass sie bald in Mutterschaftsurlaub gehen wird. «Das hat man davon, wenn man Frauen befördert», hat er seinem Chef gegenüber geschimpft. Whitcliffe war schockiert. «Harry! So was dürfen Sie doch heutzutage nicht mehr sagen.» Die Liste der Dinge, die Nelson nicht mehr sagen darf, wird minütlich länger. Trotzdem ist er überzeugt, dass Whitcliffe weiß, wie er das gemeint hat. Da investiert man Zeit und Mühe in die Ausbildung einer Polizistin, und wenn sie endlich richtig einsatzfähig ist, hört sie wieder auf. Oder sie versucht, Arbeit und Kinder unter einen Hut zu bringen, und ist ständig müde und gestresst. Judy hat allerdings noch nichts in Richtung Familiengründung verlauten lassen; überhaupt war sie in den letzten Wochen auffallend still.

«Hallo, Boss.»

Sie stehen direkt vor dem Eingang zur Notaufnahme. Fast pausenlos stolpern verletzte Feiernde an ihnen vorbei, teilweise noch mit Halloween-Maske. Die ersten Kriegsversehrten. Dabei ist es noch nicht einmal sechs Uhr.

«Tot eingeliefert?», fragt Nelson Judy zur Begrüßung.

Sie nickt. «Er ist in der Leichenhalle. Ich habe die Eltern bereits verständigt. Sie sind auf dem Weg hierher.»

«Hat Chris Stephenson ihn sich schon angesehen?»

«Ja. Er nimmt die Autopsie morgen vor.»

«Hat er sonst noch was Brauchbares gesagt?»

«Es gibt Anzeichen für Drogenkonsum.»

Nelson muss an das weiße Pulver denken, das er in der Schreibtischschublade gefunden hat. War das nur für Tophams persönlichen Gebrauch? Was ging da vor im Smith-Museum?

«Todesursache?», fragt er und macht einen Schritt zur Seite, um einem taumelnden Mann im Mumienkostüm auszuweichen.

«Das ist nicht ganz klar. Es könnte ein Herzinfarkt gewesen sein.»

«Ich schau ihn mir mal an.»

Judy geht mit Nelson über den Parkplatz auf das diskrete Schild mit der Aufschrift «Leichenhalle» zu. Unterwegs begegnen sie zwei Krankenschwestern mit Hexenhüten und einem erschreckend real wirkenden Vampir, der einen Rotwein namens Stierblut aus der Flasche trinkt.

4

Man sollte nicht meinen, dass fünf Kinder so viel Krach machen können. Ruths kleines Haus ist wie gebläht vom Lärm, die Wände spannen sich unter dem Druck von Schokokeksen, Geburtstagsspielen und einem lauthals geschmetterten «Happy Birthday, liebe Katie». Letzteres weckt bei Ruth unbehagliche Erinnerungen an Nelson, der Kate beharrlich Katie nennt. Warum können die Leute nicht einfach akzeptieren, dass Ruth entscheidet, wie ihre Tochter heißt, auch wenn man es mit «-ie» am Ende besser singen kann?

Kates kleine Gästeschar besteht aus zwei Kleinkindern aus Sandras Kundenstamm, die sich gegenseitig keines Blickes würdigen und sich damit amüsieren, Luftballons platzen zu lassen, und den beiden älteren Kindern einer Kollegin von Ruth. Daisy und Ben, die Älteren, versuchen, die Kleinen zum Mitmachen zu animieren, spielen schließlich aber allein und mit großem Ernst die Reise nach Jerusalem. Ben gewinnt eine Flickenpuppe, die er schweigend an seine Mutter weiterreicht.

Shona, strahlend schön in ihrer rosa Samttunika, sitzt mit Kate auf dem Boden, sodass alle, die sie nicht näher kennen, prophezeien, was für eine tolle Mutter sie werden wird. Ruth lächelt unverbindlich. Sie kennt Shona schon sehr lange. Begegnet sind sie sich bei einer Ausgrabung vor zwölf Jahren. Es war die Ausgrabung, bei der Erik seine Sternstunde hatte und den Henge aus der Bronzezeit entdeckte. Auch Cathbad spielte damals eine tragende Rolle und organisierte die Protestbewegung, um zu verhindern, dass der Henge ins Museum kam. Shona hatte sich auf die Seite der Demonstranten geschlagen, so wie auch Ruth und Erik bis zu einem gewissen Grad. Der Henge wurde trotzdem fortgebracht, und obwohl im Treibsand des Salzmoors keine Spur von ihm zurückgeblieben ist, bestimmen die Nachwirkungen jenes Sommers noch immer das Leben zahlloser Menschen. Ruth hat sich einmal von Shona verraten gefühlt, der schönen Shona, die jeden Mann bekam, den sie haben wollte, doch ihre Sehnsucht nach einer Freundin erwies sich als stärker, und sie haben es geschafft, ihr Verhältnis wieder zu kitten. Inzwischen lebt Shona mit Ruths Chef Phil zusammen und erwartet ein Kind von ihm. Sie ist selig vor Glück, und so behält Ruth ihre Zweifel für sich, auch wenn sie sich fragt, wie ihre glamouröse Freundin die kurzen Nächte, die Krabbelgruppen und die *Teletubbies* auf Endlosschleife wohl verkraften wird. Shona kann tatsächlich gut mit Kate umgehen, und vielleicht findet sie sich ja ganz mühelos in die Mutterrolle ein. Falls es wirklich so kommen sollte, muss Ruth sich unbedingt ein paar Tipps von ihr geben lassen.

Als Alleinunterhalterin bleibt Shona allerdings weit hinter Cathbad zurück, der viel zu spät eintrifft, die Kinder dann aber umgehend zu einer wilden Polonaise animiert: über das Sofa, die Treppe hoch und wieder hinunter und bis hinaus in Ruths kleinen, verwilderten Garten.

«Hat er selbst Kinder?», erkundigt sich eine der Kleinkind-Mütter, während sie ihren Sprössling aus einer Brombeerhecke klaubt.

«Eine Tochter. Sie ist aber schon fast erwachsen.»

«Er wirkt so … vital.»

«Allerdings.»

«Woher kennst du ihn?»

«Er ist ein Kollege von der Uni.» Ruth sieht sich außerstande, ihre ganze Geschichte mit Cathbad aufzurollen. Dass sie ihn bei den Henge-Grabungen kennengelernt hat und er dann wieder auftauchte, als im Salzmoor ein Kind verschwand. Dass er seither immer aufgetaucht ist, wenn sie in Lebensgefahr war. Und dass er sich zum inoffiziellen Schutzengel ernannt hat, nicht nur für Ruth und Kate, sondern auch für den betont undankbaren DCI Harry Nelson.

«Er ist Kates Taufpate», ergänzt sie.

«Ach so.» Die Mutter wirkt erleichtert, als wäre Cathbads Anwesenheit damit hinreichend erklärt. Ruth hält es für überflüssig zu erwähnen, dass Cathbad außerdem Druide ist. Zum Glück trägt er heute seinen Umhang nicht.

Als Nächstes geht Cathbad dazu über, große Teile des Knabberzeugs zu verzehren und ein neues Spiel zu starten, bei dem es darum geht, Erdnussflips in die Luft zu werfen. Ruth schaut auf die Uhr. Es ist fünf. Bald werden sie doch sicher alle nach Hause gehen? Sie beschließt, den Wein zu öffnen.

«Für mich nicht», sagt Cathbad, der gerade ein paar Zaubertricks unter Verwendung von Schottischen Eiern im Hackfleischmantel vorführt. «Ich muss noch fahren.»

«Du bist eh schon im Geschmacksverstärkerrausch.»

«Ich amüsiere mich nur.»

«Schön, dass du gekommen bist.»

Cathbad grinst. Mit seinem dunklen Teint und dem ergrauenden, zum Pferdeschwanz gebundenen Haar erinnert er ein wenig an einen Piraten. «Alles in den Paten-Pflichten inbegriffen. Und du weißt ja, ich bin grundsätzlich auf Seiten des Chaos. Aber sag mal, Ruth …», er senkt die Stimme, «was war da eigentlich gestern wirklich los im Museum?»

Ruth ist sofort auf der Hut. Als Expertin für forensische Archäologie war sie bisher dreimal in polizeiliche Ermittlungen verwickelt, und jedes Mal hat Cathbad es geschafft, sich ebenfalls einzumischen, was in einem Fall dramatische Folgen hatte. Es macht sie misstrauisch, dass er offenbar schon von dem Todesfall im Museum weiß.

«Woher weißt du davon?», herrscht sie ihn an.

«Ich wollte zu der Sargöffnung und wurde an der Tür von diesem trotteligen Wachtmeister abgefangen. Es hieß, der Direktor wäre tot aufgefunden worden.»

«Stimmt.» Ruth sieht keinen Sinn darin, etwas abzustreiten, was am nächsten Tag ohnehin in allen Zeitungen stehen wird. «Es muss aber gar nichts Verdächtiges daran sein. Der arme Kerl hatte vielleicht einfach einen Herzinfarkt.»

Cathbad mustert sie. «Glaubst du das wirklich?»

Typisch Cathbad. Sein Versuch, sie dazu zu bringen, mehr zu sagen, als sie eigentlich will.

«Ich glaube gar nichts.» Ruth macht sich daran, zerdrückte Schnittchen einzusammeln. Es ist eindeutig mehr Essen auf Tisch und Boden gelandet als in den Bäuchen der Kinder, obwohl Daisy sich langsam, aber sicher durch die Schokokekse arbeitet. «Warum interessiert dich das überhaupt?»

Cathbad wirft ein Cocktailwürstchen in die Luft und fängt es mit dem Mund auf. Ein effektvolles Kunststück. Daisy, die als einziges der Kinder noch am Tisch sitzt, sieht ihn mit großen Augen an.

«Hast du schon mal von den Elginisten gehört?», fragt er, nachdem er das Würstchen verzehrt hat.

«Nein», sagt Ruth. «Sollte ich?»

«Ich weiß nicht», gibt Cathbad süffisant zurück. «Solltest du?»

Ruth will gerade erwidern, dass er sich das mysteriöse Getue gefälligst sparen soll, da kommt Kate heran, einen Luftballon in der einen und ein Schottisches Ei in der anderen Hand. Sie gibt Cathbad beides zum Halten und klettert ihm dann zielsicher auf den Schoß.

«Dada», sagt sie.

Es wird sieben Uhr, bis sich die Gesellschaft zerstreut. Daisy hat sich auf die Treppe übergeben, und Kate ist wie ausgeknipst auf dem Sofa eingeschlafen, ein angebissenes Stück Geburtstagskuchen noch in der Hand. Ruth deckt sie zu und räumt dann weiter auf. Sie spürt, wie sich zwei sehr konkrete Gedanken durch die ständig präsente, formlose Masse von Sorgen (Wer wird sich um Kate kümmern, wenn Ruth krank wird oder stirbt? Wann wird sie endlich wieder Zeit finden, einen Artikel zu schreiben oder einen Vortrag zu halten? Wird Phil sie feuern, wenn sie das nicht bald macht? Warum nimmt sie bloß nicht ab? Wer ist eigentlich Kerry Katona, und was soll noch aus dieser Welt werden?) nach oben arbeiten. Der erste ist das quälende Gefühl, dass Nelson eigentlich hätte anrufen müssen. Natürlich weiß sie, was er über die Kontaktsperre gesagt hat, aber sie kann sich einfach nicht vorstellen, dass er den Geburtstag seiner eigenen Tochter ignoriert. An Kates «Namenstag» sind Michelle und er mit einem übertrieben teuren Geschenk aufgetaucht. Aber da wusste Michelle ja auch noch nichts. Und Ruth war noch nicht offiziell die Hure von North Norfolk. Es tut ihr einfach leid für Kate. Jeder sollte doch von beiden Elternteilen etwas zum Geburtstag geschenkt bekommen. Selbst ihre eigenen Eltern haben ihr immer etwas geschenkt, auch wenn es sich, nachdem sie zu Gott gefunden hatten, meist um Kinderbibeln oder irgendwelche scheußlichen Veröffentlichungen über Missionare in China handelte. Aber Bibeln sind besser als gar nichts. Was soll sie Kate bloß sagen, wenn sie einmal alt genug ist, um den Mangel zu bemerken? Womöglich muss sie Cathbad als Vater ausgeben.

Cathbad ist gegangen, ohne sich näher über die Elginisten auszulassen. War Elgin nicht so ein Komponist? Nein, der hieß Elgar. Elgin, das war der mit den Marmorfriesen. Aber was haben die Elgin Marbles aus dem British Museum mit dem Smith-Museum in King's Lynn zu tun? Soweit Ruth das beurteilen kann, gibt es da doch nur ausgestopfte Tiere.

Das führt sie direkt zu ihrer aktuell größten Sorge: Wo in aller Welt steckt Flint? Er hat in dem Moment die Flucht ergriffen, als sich fünf Kinder mit dem Schlachtruf «Miez-miez-miez!» auf ihn stürzten. Ruth kann es ihm nicht verdenken. Sie ist davon ausgegangen, dass Flint sich eine Weile im Garten verstecken und dann zum Abendessen zurückkommen wird. Normalerweise frisst er immer um sechs, wenn Ruth von der Arbeit kommt, doch als Big Ben im Radio die Stunde schlug, tauchte kein rotgetigerter Kopf in der Katzenklappe auf. Ruth ist in den Garten hinausgegangen und hat mit der Trockenfutterschachtel gerappelt: «Flint! Essen!» Aus dem Augenwinkel hat sie gesehen, dass vor dem Häuschen nebenan ein Umzugswagen steht. Das gefürchtete Hipster-Pärchen ist also eingetroffen, doch einstweilen kann Ruth nur an Flint denken. Vielleicht jagt er ja draußen auf dem Moor Vögel und ist viel zu beschäftigt, um an sein Katzenfutter zu denken. Aber inzwischen ist es stockdunkel draußen, und immer noch fehlt von Ruths geliebtem Kater jede Spur.

Ihr ist klar, dass sie ein bisschen neurotisch reagiert, wenn es um Flint geht. Früher hatte sie noch eine zweite Katze, eine hübsche kleine schwarz-weiße Kurzhaar namens Sparky. Sparky war zurückhaltender als Flint und um einiges anspruchsloser, aber dennoch eine echte Persönlichkeit, frohgemut und unabhängig. Ruth hing sehr an ihr, doch eines späten Abends öffnete sie ihre Haustür und fand Sparky mit durchschnittener Kehle auf der Schwelle. Ihr kommen immer noch die Tränen, wenn sie bloß daran denkt. Sparkys Tod war nur eines in einer ganzen Reihe albtraumhafter Ereignisse, die schließlich in einem Mord gipfelten. Ruth weiß, dass der Mord an einem Menschen viel schwerer wiegt. Sie liebt ihre Katzen, trotzdem sieht sie die Dinge noch im richtigen Verhältnis. An der Universität ist man ständig auf Angriffe von Tierschutzorganisationen gefasst, doch obwohl der Einsatz von Tieren für wissenschaftliche Versuche Ruth gewaltig gegen den Strich geht, sieht sie ein, dass es hin und wieder nötig ist. Sie stellt die Rechte von Tieren keineswegs über die des Menschen, ihre Katzen sind ihr aber unbestreitbar lieber als die allermeisten Menschen. Und deshalb fühlt sie sich jetzt, als Flint nicht auf ihr Rufen reagiert, unwohl und beklommen. Er ist ein Kater, sagt sie sich. Katzen tun nun mal, was sie wollen. Trotzdem sieht sie ihn immer wieder vor sich, misshandelt, sein schönes rotes Fell von Blut verklebt …

Hör auf damit, ruft sie sich zur Ordnung, während sie zum zehnten Mal die Treppe schrubbt. Wahrscheinlich hat er gerade einen Heidenspaß dabei, Wühlmäuse durchs hohe Gras zu jagen. Aber Flint ist ein Gewohnheitstier, und sonst ist er um diese Zeit immer zu Hause, liegt lang ausgestreckt auf dem Teppich und schnurrt wie ein Wäschetrockner im Schleudermodus. Ruth kennt keine andere Katze, die so laut schnurrt. Wo steckt er bloß?

Das Schlimmste ist, dass sie wegen Kate nicht einfach aufs Moor hinausgehen und nach ihm suchen kann. Sie geht bis ans Ende des Gartens und wieder zurück und lauscht auf ein verräterisches Rascheln in den windzerzausten Büschen, das ihr sagen könnte, ob Flint in der Nähe ist. Nichts. Alles ist still, bis auf das Meer, das im Hintergrund rauscht, und den fernen Ruf einer Eule. Die Eule. Das Attribut der Hekate. Ruth fühlt sich der Göttin der Zauberkunst sehr verbunden, deshalb betet sie auch zu ihr und nicht nur zu dem anderen Gott mit seinen machohaften Zügen. Glauben tut sie letztlich an keinen von beiden.

Sie kehrt wieder ins Haus zurück. Eigentlich sollte sie Kate ja nach oben ins Bett tragen, aber sie schläft so friedlich, dass die Versuchung groß ist, sie einstweilen zu lassen, wo sie ist. Wie kann sie bloß schlafen, wo Flint doch verschwunden und womöglich einer Gewalttat zum Opfer gefallen ist? Es riecht immer noch ein wenig nach Erbrochenem, Ruth muss die Treppe noch einmal putzen.

Da klopft es an der Tür, und Ruth erstarrt, den Putzlappen in der Hand. Besucher sind selten im Salzmoor, und um diese Uhrzeit verheißen sie meist nichts Gutes. Ruth hat keine Angst, an einem so abgelegenen Ort zu wohnen, das erzählt sie auch jedem; sie ist einfach nur vorsichtig. «Wer ist da?», ruft sie.

«Ich habe hier eine Katze», antwortet eine unbekannte Stimme. «Gehört die eventuell Ihnen?»

Ruth ist sofort an der Tür. Selbst ein Massenmörder wäre ihr hochwillkommen, wenn er Flint gefunden hat.

Draußen steht ein stämmiger dunkelhaariger Mann mit Flint auf dem Arm. Als der Kater Ruth sieht, maunzt er vorwurfsvoll.

«Flint!» Überglücklich streckt Ruth die Arme nach ihm aus. Er macht sich schwer und quiekt, als sie ihn an sich drückt.

«Man kennt sich also, wie ich sehe», bemerkt der Mann hörbar belustigt.

«Allerdings. Vielen Dank! Wie haben Sie … Wo war …?»

«Er war in meinem Schuppen eingeschlossen. Ich bin heute eingezogen und muss wohl die Tür offen gelassen haben. Tut mir sehr leid.» Mit breitem Lächeln streckt der Mann ihr die Hand entgegen. «Ich bin Ihr neuer Nachbar. Bob Woonunga.»

«Oh.» Ruth setzt Flint auf den Boden und schüttelt die dargebotene Hand. «Freut mich, Sie kennenzulernen.» Wie die eine Hälfte eines hippen Pärchens sieht er nicht gerade aus.

«Übrigens», sagt Bob, «hier liegt ein Päckchen für Sie.»

Er reicht ihr eine Schachtel, die mit wenig Geschick in rosa Geschenkpapier gewickelt wurde. «Für Katie», steht darauf. «Von Dad.»

5 Langsam fährt Nelson die schmalen Waldstraßen entlang. Das tut er, weil er sich auf dem Land grundsätzlich unwohl fühlt; außerdem hat es geregnet, die Straßengräben haben sich in Sturzbäche verwandelt, und alle paar Meter warnt ein weiteres Schild vor freilaufenden Rennpferden. Nelson deutet diese vielen Schilder als Hinweis darauf, dass es nicht mehr weit bis zu Lord Smiths Rennstall sein kann. «Ich hoffe, es macht Ihnen nichts aus, mich hier draußen auf dem Hof zu besuchen», hat Smith am Telefon gesagt. «Für mich ist es immer recht schwierig, mich loszueisen.» – «Dann komme ich aber sehr früh», drohte Nelson. «Bestens», erwiderte Smith. «Ich stehe immer um fünf auf. Der erste Pulk geht um sechs an den Start.» Nelson hatte keine Ahnung, wovon der Mann redete, aber er wusste, wann er sich geschlagen geben musste. Sie einigten sich darauf, dass er um sieben dort sein würde.

Als er die Abzweigung zum «Rennstall Slaughter Hill» nimmt, kommt ihm eine Kolonne Pferde entgegen, die langsam durch den Nebel herantraben. Nelson hält, bis sie vorbei sind; die Pferde haben Decken übergelegt, sie kauen auf ihren Trensen, reißen die Köpfe hoch und schlagen mit den Hinterhufen, als könnten sie dieses langweilige Tempo keine Sekunde länger ertragen.

Nelson will mit Lord Smith über den Tod seines Museumsdirektors sprechen. Die Obduktion von Neil Tophams Leiche ist ergebnislos verlaufen (auch wenn Chris Stephenson sich redlich Mühe gegeben hat, dieses Wort zu vermeiden). Topham war an einer akuten Lungenblutung gestorben, die dem Gerichtsmediziner zufolge eine Vielzahl von Ursachen haben kann, darunter Tuberkulose, einen Lungenabszess oder einen Faktor-X-Defekt. «Faktor X, was soll das sein?», blaffte Nelson. Es hörte sich fast an wie eine von diesen unerträglichen Fernsehsendungen, die seine Töchter immer guckten. «Ein Faktor, der zur Blutgerinnung beiträgt. Menschen mit Faktor-X-Mangel neigen verstärkt zu Lungenblutungen.» – «Aber Sie sagen, so was kann alle möglichen Ursachen haben?» – «Richtig. Lungenblutungen können auch durch Infektionen ausgelöst werden oder durch Drogenkonsum und sogar durch einen Schock.» – «Dann sind wir also keinen Schritt weiter mit der Frage, wer den armen Kerl umgebracht hat?» – «Nein», musste Stephenson zugeben.

Inzwischen ist die Leiche freigegeben, und Tophams Eltern organisieren die Beerdigung, doch Nelson zögert noch, den Fall abzuschließen. Da ist schließlich noch diese kleine Sache mit den Drogen. Das weiße Pulver aus Tophams Schreibtischschublade hat sich als lupenreines Koks entpuppt. Und die Leiche des Museumsdirektors wies klare Anzeichen von Drogenkonsum auf. An und für sich vielleicht gar nicht so verwunderlich. Soweit Nelson das überblickt, sind solche Künstlertypen oft auf Drogen. Aber waren diese speziellen Drogen nur Tophams Privatvergnügen (laut den Kollegen vom Rauschgiftdezernat war es eine ganze Menge Koks, im Wert von mehreren tausend Pfund)? Und wie kann es sein, dass Neil Topham, der sich um halb zwei anscheinend noch bester Gesundheit erfreute, um zwanzig nach zwei tot aufgefunden wird? Außerdem sind da noch die Briefe. Es sieht alles danach aus, als hätte es jemand auf Neil Topham und das Smith-Museum abgesehen, und Nelson will wissen, weshalb.

Die Fahrbahn endet vor einem Sicherheitstor, das sich jedoch öffnet, als Nelson näher kommt. Er hält neben einem modernen Flachbau, an dem ein Schild Besucher bittet, sich dort anzumelden. Nelson klingelt; keine Reaktion. Auf dem Parkplatz stehen mehrere Wagen, darunter ein protziger blauer Ferrari, es ist aber kein Mensch zu sehen. Gleich gegenüber sieht Nelson eine hohe Mauer mit einem Torbogen und einem Uhrenturm. Nachdem er ein paar Minuten lang ungeduldig gewartet hat, marschiert er durch den Torbogen und bereut im Stillen, keine Gummistiefel angezogen zu haben. Nach dem ganzen Regen schwimmt hier sicher alles vor Schlamm.

Weit gefehlt. Der Durchgang führt auf einen riesigen Hof, der auf drei Seiten von Pferdeställen umschlossen ist. In der Mitte befindet sich eine quadratische Grasfläche, so makellos grün wie ein Golfplatz. Nirgends ist auch nur ein Spritzer Schlamm zu sehen. Jede Box hat im oberen Teil eine V-förmige Aussparung, durch die die Pferde ihre Köpfe nach draußen recken und dabei allesamt so ungeduldig dreinschauen, wie Nelson sich fühlt. Er geht auf den nächstbesten Pferdekopf zu, doch das Tier verdreht zornig die Augen und bläht die Nüstern.

«Kommen Sie dem lieber nicht zu nahe», sagt eine Stimme hinter ihm. «Das ist ein ziemlicher Rabauke.»

Nelson dreht sich um und sieht eine Frau in Reithose und Warnschutzweste. Das Pferd wiehert, als es sie kommen sieht – ob zur Begrüßung oder aus Ärger, ist nicht ganz klar.

«Kann ich Ihnen helfen?», fragt die Frau mit hochgezogenen Brauen. Sie ist groß und hat schwarzes Haar, das ihr offen über die Schultern fällt. Ganz attraktiv, denkt Nelson, auch wenn sie gar nicht sein Typ ist. Sie hat dunkle Augen, gerade schwarze Brauen, die sich fast in der Mitte treffen, und eine bemerkenswerte Nase. Und sie kommt Nelson irgendwie bekannt vor.

«DCI Nelson von der Polizei Norfolk», stellt er sich vor. «Ich bin mit Danforth Smith verabredet.» Den Teufel wird er tun und noch ein «Lord» anhängen.

«Ach, Sie wollen zu Vater», sagt die Frau. «Dann kommen Sie doch gleich mit ins Büro.»

Im Vergleich zu dem penibel sauberen Hof ist das Büro überraschend chaotisch. Alles liegt mit Rennzeitungen voll, dazwischen stehen halbgeleerte Kaffeetassen, und sogar ein angebissener Donut liegt herum. Neben dem Rechner sitzt eine große rotgetigerte Katze und beäugt unverwandt den Donut. Die Katze – und der Donut – lassen Nelson an Ruth denken. An der Innenseite der Tür hängt eine Jockeykluft in grellen Rosa- und Lilatönen.

«Entschuldigen Sie bitte, wie es hier aussieht», sagt die Frau, «aber ich muss bis zehn mit den Nennungen durch sein.»

«Nennungen?»

«Die Angaben, welches Pferd wo läuft.»

Eine Fremdsprache, denkt Nelson. Es ist eine ungewohnte Erfahrung für ihn, in eine so völlig unbekannte Welt einzutreten. Draußen reitet ein Jockey auf seinem Pferd an der offenen Tür vorbei. Nelson mit seinem ungeübten Blick ist tief beeindruckt von dem Tier, von dem fedrigen Schwanz, der um die seidigen Hinterbeine streicht. Er hätte nie gedacht, dass Pferde aus der Nähe so groß sind. Die Steigbügel des Reiters sind auf einer Höhe mit der Fensterbank. Jetzt werden auch andere Pferde aus ihren Boxen geführt, ihre Atemwolken erfüllen die kalte Luft. Weitere Männer (und, wenn ihn nicht alles täuscht, auch Frauen) in gelben Warnschutzwesten zurren die Sattel fest und schwingen sich auf die schmalen Pferderücken. Kurz darauf ist der ganze Hof voller tänzelnder, sich aufbäumender Pferde, die langsam das Grasviereck umrunden.

Nelson – das hat er allerdings keiner Menschenseele je verraten – hat eine Schwäche für Pferde. Er erinnert sich noch gut, wie entsetzt sein Vater war, als er als kleiner Junge Reitstunden nehmen wollte. Ihm wurde schnell klar, was für einen gravierenden Fehler er da gemacht hatte: Pferde waren etwas für Mädchen, Jungs spielten Fußball. Und so hatte er die Bitte eiligst in Fußballtraining abgewandelt und konnte sich an der Miene seines Vaters freuen, als er sein erstes Tor für die Bispham Juniors schoss. Archie Nelson verpasste kein einziges Spiel seines Sohnes und brüllte sich an der Seitenlinie heiser, obwohl er sonst in jeder Hinsicht ein leiser Mensch war. Seine Schwestern, das weiß er noch, nahmen Ballettstunden, aber das zählte daheim nicht einmal halb so viel wie Harrys Fußballspiel. Er kann sich nicht erinnern, dass sein Vater auch nur bei einer einzigen Tanzvorführung war, obwohl seine Schwestern beide als ziemlich begabt galten.

Und so hatte Nelson seine Pferdebegeisterung unterdrückt und sie aufs alljährliche Wetten beim Grand National beschränkt. Das Rennen sieht er sich auch gern im Fernsehen an, wenn die Pferde zum Aufgalopp in die Koppel stürmen und mit windzerzausten Schwänzen zur Startbox kantern. Unfassbar, dass die Jockeys, wie sie da halb auf den Hälsen dieser nervösen Muskelpakete hocken, überhaupt im Sattel bleiben. Nelson selbst hat noch nie auf einem Pferd gesessen, und jetzt ist es auch zu spät dafür.

«Der zweite Pulk bricht gerade auf», sagt die Frau, die sich inzwischen mit dem Rechner beschäftigt hat.

«Wohin denn?», fragt Nelson und überlegt dabei, ob das jetzt eine blöde Frage war.

«Auf die Galoppbahn.»

«Bisschen Bewegung?»

Sie dreht sich um und schenkt ihm ein leichtes Lächeln. Es steht ihr nicht; ihre Züge eignen sich eher für die große Tragödie. «Hundertzwanzig Kilometer bergauf. Ich glaube, das kann man schon Bewegung nennen.»

Bei «bergauf» fällt Nelson etwas ein.

«Slaughter Hill – komischer Name für die Gegend hier.»

«Hier hat vor ewigen Zeiten mal eine Schlacht stattgefunden», sagt die Frau abwesend und setzt dann merklich erleichtert hinzu: «Ach, da kommt Vater.»

Danforth Smith steht in der Tür. Auch er trägt Reithose und Stiefel. Die Uniform der Oberschicht, denkt Nelson. Eindrucksvoll wirkt es aber trotzdem.

«Ich hoffe, ich habe Sie nicht zu lange warten lassen», begrüßt Smith ihn herzlich. «Hat Caroline sich um Sie gekümmert?»

«Hat sie», sagt Nelson und registriert erstaunt, dass Caroline errötet.

«Gehen wir doch rüber ins Haus», sagt Smith. «Da haben wir es bequemer.»

«Entschuldige die Unordnung.» Caroline errötet noch mehr. Ihr Verhalten hat sich mit dem Auftauchen ihres Vaters komplett verändert. «Willst du Tommy Tuppence in Newmarket nennen?»

«Nein», sagt Smith. «Er ist immer noch nicht ganz in Ordnung. Ich bringe ihn nachher auf die Koppel. Hier entlang, DCI Nelson.»

Smith geht voraus, über die Rasenfläche bis ans andere Ende des Hofes. Die Pferde defilieren bereits durch den Torbogen nach draußen, ihre Hufe klappern auf dem asphaltierten Boden.

«Wie viele Pferde haben Sie denn?», fragt Nelson.

«Achtzig», antwortet Smith mit einem gewissen Stolz. «Sowohl für Flach- als auch für Hindernisrennen. Die Flachrennsaison ist fast vorbei, aber die Hindernissaison fängt gerade erst an. Wir haben eine Allwetterbahn, das heißt, wir können das ganze Jahr über reiten.»

«Sind das dieselben Pferde für Flach- und Hindernisrennen?», will Nelson wissen.

«Großer Gott, nein.» Smith bleibt vor einer Box auf der anderen Hofseite stehen. «Das sind zwei völlig verschiedene Paar Stiefel. Schauen Sie sich den Burschen hier mal an. Das klassische Springpferd. Ein Widerrist von glatten eins siebzig. Der hat Stehvermögen.»

Wieder weiß Nelson nicht genau, was das heißen soll, doch dort, im holzduftenden Dämmerlicht, steht das größte Pferd, das er je gesehen hat: pechschwarz, bis auf einen weißen Streifen von der Stirn bis zu den Nüstern.

«Der Necromancer», sagt Smith mit Ehrfurcht in der Stimme. «Er ist gerade aus Dubai zu uns gekommen. Beste Aussichten beim Grand National nächstes Jahr.»

«Ich werd's mir merken», meint Nelson.

Das schwarze Pferd mustert sie einen Moment lang eindringlich und senkt dann den Kopf wieder zu seinem Trog.

Als sie einen zweiten, kleineren Hof durchqueren, sieht Nelson zu seinem Erstaunen zwei ganz andere Tiere, die aus einem Heunetz an der Scheunenwand fressen.

«Sind das … Esel?»

Smith lacht. «Manche Pferde schätzen die Gesellschaft anderer Pferde nicht allzu sehr. Der Necromancer zum Beispiel. Trotzdem sind sie aber Herdentiere. Sie sind nicht gern allein. Darum haben wir die zwei Kameraden hier angeschafft, damit sie ihnen Gesellschaft leisten. Wir haben sie vom Gnadenhof hier in der Nähe. Sie heißen Monty und Python, weil sie solche Witzbolde sind.»

Der Zusammenhang ist Nelson nicht ganz klar. Er streichelt einen der Esel und ist ganz verwundert, wie weich dessen Fell ist. Beide Tiere, bemerkt er, haben eine Art Kreuz auf dem Rücken. Seine Mutter hat ihm einmal erzählt, alle Esel trügen dieses Mal, weil Jesus auf einem Esel in Jerusalem eingeritten sei. Die zwei hier sehen allerdings nicht aus, als hätten sie großes Interesse an religiöser Symbolik. Sie rupfen weiter an ihrem Heu, und die langen Ohren zucken.

«Niedliche Tierchen», sagt Smith mit beiläufiger Zuneigung. Monty (oder auch Python) wirft ihm einen Blick aus großen, langwimprigen Augen zu. Seine Hufe sind klein, fast wie bei einer Ziege.

Sie lassen die niedlichen Esel hinter sich, passieren eine weitere heugefüllte Scheune, durchqueren einen Carport aus Beton und stehen schließlich vor einem großen, modernen Haus. Nelson ist enttäuscht. Von einem Lord hätte er mindestens ein Herrenhaus erwartet.

«Ist das Ihr Landsitz?», fragt er.

«Leider nein», sagt Smith. «Slaughter Hill House musste abgerissen werden. Im Garten können Sie noch die Ruine sehen.»

Wieder stolpert Nelson über den merkwürdigen, irgendwie unheilvollen Namen. Er fragt Smith danach.

«Im Bürgerkrieg gab es hier eine Schlacht. King's Lynn gehörte zu den Königstreuen, das wissen Sie ja sicher, und der Earl of Manchester hat die Stadt im Namen der Parlamentarier angegriffen. Es fanden gewaltige Kämpfe statt. Hunderte sind dabei gefallen.»

Nelson würde einiges darauf verwetten, dass er weiß, auf wessen Seite Lord Smith damals gestanden hätte. Er selbst ist sich da nicht so schlüssig. Er hat nichts gegen die königliche Familie (er war sogar schwer geschockt, als Ruth sie einmal als «Parasiten» bezeichnet hat), hat aber auch Cromwell immer für seine kompromisslose Haltung bewundert. Und dieser Earl of Manchester ist ihm spontan sympathisch. Er stellt ihn sich ein bisschen wie Sir Alex Ferguson vor, den berühmten Trainer von ManU.

«Mir gefällt vor allem das mit dem Hügel», bemerkt er. «Es gibt ja keine gescheiten Berge hier in Norfolk.»

«Im Park gibt es tatsächlich eine Steigung», sagt Smith. «Deswegen habe ich dort auch die Galoppbahn angelegt. Es ist gut für die Pferde, bergan zu laufen. Das stärkt die Ausdauer. Aber ich glaube, der Name kommt ursprünglich von den großen Leichenbergen nach der Schlacht.»

Originell, denkt Nelson, sein Haus nach einem Riesenhaufen stinkender Kadaver zu nennen. Laut sagt er: «Und warum wurde das Haus abgerissen?»

«Es war baufällig», antwortet Smith traurig. «So sehr, dass es nicht mehr zu retten war. Es steht schon seit den Sechzigern nicht mehr. Eine Schande. Ich bin dort aufgewachsen, es steckte voller Erinnerungen.» Mit leicht gerunzelter Stirn sieht er an dem neuen Haus hoch und reißt sich dann merklich zusammen. «Aber das hier ist in vieler Hinsicht besser, deutlich komfortabler. Und ich bin näher bei den Pferden. Wenn es nachts einmal ein Problem gibt, bin ich sofort da. Meine Tochter Caroline wohnt in dem kleinen Haus gleich am Tor.»

«Caroline arbeitet für Sie?»

«Ja. Sie macht die Verwaltung. Ein tolles Mädchen. Nimmt mir den ganzen Papierkram ab und reitet trotzdem noch dreimal täglich aus. Sie hat mir noch nicht einen Tag im Leben Sorgen bereitet.» Es ist auffällig, wie er das Wörtchen «sie» betont.

Durch die Hintertür treten sie in eine blitzsaubere, in Rot und Weiß gehaltene Küche.

«Kaffee?», fragt Smith.

«Ja, gerne.» Nelson hat allerdings nicht damit gerechnet, dass Lord Smith den Kaffee eigenhändig kochen würde. Es gibt doch sicher irgendwelche dienstbaren Geister im Haus? Er fragt ihn danach.

«Nein», antwortet Smith. «Wir haben zwar eine Haushälterin, aber die hat heute frei. Und meine Frau ist bei der Arbeit. Die meiste Zeit bin ich hier allein mit Randolph.»

«Randolph?»

«Mein Sohn. Möchten Sie vielleicht einen Keks? Ich bin Diabetiker, deshalb habe ich eigentlich nur ungenießbaren zuckerfreien Zwieback hier. Aber irgendwo müssten noch ein paar Hobnobs sein.»

Nelson hätte tatsächlich große Lust auf einen Hobnob. Gerade überlegt er, was es mit dem geheimnisvollen Sohn auf sich hat (vielleicht ist er ja irgendwo in ein Turmzimmer gesperrt), da fliegt die Tür auf, und ein gutaussehender dunkelhaariger Mann kommt herein.

«Morgen allerseits!»

Smith dreht sich nicht um, setzt die Kaffeekanne aber unnötig heftig ab.

«Weißt du, wie spät es ist?», sagt er.

«Keine Ahnung», erwidert der junge Mann freundlich. «Wie spät ist es denn?»

«Du warst die ganze Nacht weg. Deine Mutter ist fast umgekommen vor Sorge.»

«Das wage ich zu bezweifeln», sagt der Mann, bei dem es sich dann wohl um den berüchtigten Randolph handeln muss. «Ma macht sich doch nie wegen irgendwas Sorgen. Oh, Kaffee. Großartig! Ich könnte sterben für einen Kaffee.» Er dreht sich um und sieht Nelson, den er vorher offenbar nicht bemerkt hat.

«Ach, guten Tag», sagt er. «Ich bin Randolph Smith.»

«DCI Nelson.»

«DCI Nelson ist hier, um mit mir über Neils Tod zu reden», sagt Danforth so laut und deutlich, als spräche er mit einem Schwerhörigen oder Zurückgebliebenen. Es scheint fast, als wollte er eine Botschaft kommunizieren. Oder eine Warnung. Nelson mustert Randolph neugierig. Einen Moment lang sieht der junge Mann misstrauisch, fast ängstlich drein, dann kehrt seine gutgelaunte Gleichgültigkeit zurück.

«Ach ja, der rätselhafte Todesfall im Museum. Vermutet der Herr Inspector etwa ein Verbrechen dahinter?»

«Das ist eine ernste Angelegenheit», weist Danforth Smith ihn zurecht.

«Stimmt.» Randolph ordnet seine ebenmäßigen Gesichtszüge entsprechend neu. «Schrecklich tragisch. Der arme Neil.»

«Allerdings.» Smith stellt die Kaffeekanne und zwei dunkelgrüne Tassen auf ein Tablett. «Ich habe natürlich gleich an seine Eltern geschrieben. Wir sollten alle zur Beerdigung gehen.»

«Ist die denn hier oder in Wales?»

«Das weiß ich nicht», sagt Smith. «Wir trinken unseren Kaffee im Arbeitszimmer, Detective Inspector.»

Während er hinter Lord Smith aus der Küche geht, überlegt Nelson, woher Randolph Smith wohl weiß, dass Neil Tophams Eltern in Wales leben.

Smith führt ihn in ein luxuriöses Arbeitszimmer mit einem Sofa, einer Hausbar und einem gewaltigen Schreibtisch aus Mahagoniholz. An allen Wänden stehen Bücherregale mit ledergebundenen Bänden und Kunststoffordnern. Wo ausnahmsweise eine Lücke ist, stehen Fotos von Pferden, einige im freien Feld, andere verschwitzt und stattlich nach einem gewonnenen Rennen. In einer Glasvitrine stapeln sich die Trophäen.

«Haben Sie Kinder, Detective Chief Inspector?», erkundigt sich Smith und nimmt an seinem Schreibtisch Platz.

«Zwei Töchter.» Nelson setzt sich auf den Besucherstuhl, der sich beängstigend dreht. Er sagt das nur ungern so – dabei hat er ständig das Gefühl, Katie zu verleugnen. Immerhin hat er ihr ein Geburtstagsgeschenk geschickt. Er hat es beim besten Willen nicht über sich gebracht, den Tag einfach so verstreichen zu lassen.

«Mit Töchtern ist es leichter. Meine zwei haben mir nie auch nur einen Moment lang Sorgen gemacht. Caroline kennen Sie ja schon, sie ist sehr fleißig. Und Tamsin ist Anwältin und lebt mit ihrem Mann und zwei Kindern in London. Aber Randolph! Seit er mit dem Studium fertig ist, hat er nicht einen Tag gearbeitet. Caroline ist viel gereist, sie hat die ganze Welt gesehen. Randolph hat nichts anderes gesehen als die Inneneinrichtung diverser Clubs. Und diese schrecklichen Leute, mit denen er trinkt …» Smith unterbricht sich mit sichtlicher Mühe. «Aber Sie wollen natürlich nichts über meine Familienprobleme hören.»

«Ist sicher viel Arbeit, so einen Betrieb zu führen.»

«Ungeheuer viel Arbeit. Ich bin jeden Tag um fünf auf den Beinen. Die Pferde kriegen ihre Ferien, wir nicht.»

«Haben Sie da überhaupt noch Zeit für das Museum?»

Smiths Miene wird ernst. «Längst nicht so viel, wie ich mir wünschen würde. Das Alltagsgeschäft hatte ich ganz Neil überlassen. Armer Kerl.» Er hebt den Kopf, sieht Nelson an. «Wissen Sie denn inzwischen mehr darüber, wie er gestorben ist?»

«Erste Anzeichen deuten darauf hin, dass der Tod infolge einer Lungenblutung eingetreten ist», antwortet Nelson vorsichtig. Bildet er sich das nur ein, oder entspannt sich Danforth Smith tatsächlich ein wenig?

«Wie entsetzlich. Hatte er denn Lungenprobleme?»

«Das können wir erst sagen, wenn wir seine Krankenakte haben, aber möglich ist es. Ich wollte mit Ihnen aber noch über etwas anderes reden.»

«Ja?» Smith beugt sich über die kilometerlange, blank polierte Tischplatte. Sein Ton signalisiert höfliches Interesse, doch Nelson fällt auf, dass er mit einer Hand einen Kuli umklammert hält. Unter Nelsons Blick löst er bewusst die Finger und lässt den Stift über den Tisch rollen.

«Ja», sagt Nelson. «Wussten Sie von den Briefen, die Neil Topham bekommen hat?»

«Briefe?»

«Drohbriefe.»

Nelson legt einen Aktenordner auf den Schreibtisch.

Er nimmt ein paar Blätter heraus und reicht sie Danforth Smith, der daraufhin eine Lesebrille zückt und die handbeschriebenen Seiten inspiziert. Nelson lässt ihn nicht aus den Augen. Anfangs zeigt Smith weiter nur höfliches Interesse, doch dann veranlasst ihn irgendetwas, genauer hinzusehen, fast wie bei einem klassischen Double-Take. Was hat er in den Briefen entdeckt, das ihn so überrascht? Nelson beobachtet, wie Lord Smith sich erneut ganz bewusst entspannt. Als er wieder etwas sagt, klingt seine Stimme vollkommen ruhig.

«Woher haben Sie die?»

«Aus Neil Tophams Schreibtisch. Haben Sie sie schon mal gesehen?»

Es sind insgesamt drei Briefe. Der erste ist im August 2009 datiert:

An die zuständige Abteilung
Ihr habt etwas in Eurem Besitz, das uns gehört, das den Ahnen gehört. Solltet Ihr es nicht zurückgeben, verstoßt Ihr damit gegen die Harmonie der Ahnenwelt. Ihr dürft nie vergessen: Die Ahnen sind stark, und sie können Rache üben. Ich kann Euch nur raten, Eure Handlungen sorgfältig zu überdenken. Jedes Ereignis hinterlässt eine Spur, und wenn Ihr unsere Toten weiterhin entehrt, könnte auch Euer Leben in Gefahr geraten.
Im Geiste der Ahnen.

Der zweite Brief ist vom September 2009:

Ihr habt Euch dafür entschieden, unsere erste Warnung zu missachten. In Eurer Arroganz glaubt Ihr, das Unrecht, das Ihr tut, totschweigen zu können, doch die Ahnen sind überall, sie sehen alles und wissen alles. Ihr könnt ihnen nicht entkommen. Die Ahnen rufen nach Rache. Wenn Ihr Euch uns weiterhin widersetzt, wird der Zorn des Großen Geistes Euch zerstören. Erwägt das sorgfältig.

Der dritte Brief schließlich datiert von Oktober und lautet einfach nur:

Ihr seid unserer Aufforderung nicht nachgekommen. Nun müsst Ihr die Konsequenzen tragen. Ihr habt unsere Toten entehrt. Nun werden die Toten sich an Euch rächen. Wir werden kommen, Euch zu holen. Wir werden Euch in der Traumzeit holen.

Nelson sieht Smith an, der seine Lesebrille abgenommen hat und sich die Nasenwurzel reibt.

«Lord Smith, fällt Ihnen irgendetwas dazu ein, wer diese Briefe geschickt haben könnte?»

Smith schweigt. Draußen wiehert ein Pferd, man hört eine Frau lachen. Die silbernen Pokale glänzen in der Herbstsonne.

«Wir haben da ein paar Köpfe», sagt Lord Smith schließlich. «Im Museum.»

«Köpfe?»

«Schädel von Aborigines. Mein Urgroßvater hat sie seinerzeit erworben. Früher wurden sie auch ausgestellt, aber inzwischen halten wir sie unter Verschluss. Vor etwa einem Jahr bekam ich einen Brief von einer Gruppe, die sich die ‹Elginisten› nennt. Sie forderte die Rückgabe der Schädel. Die müssten zurück nach Australien und im Land ihrer Ahnen beerdigt werden … damit sie in die Traumzeit eingehen können oder irgend so ein Unsinn. Ich habe sie natürlich eiskalt auflaufen lassen. Die Schädel haben meinem Urgroßvater gehört. Sie sind sehr kostbar. Einer wurde sogar zum Trinkgefäß umfunktioniert. Ich kann sie doch nicht einfach einem Haufen Spinner überlassen. Es sind schließlich wertvolle Kunstgegenstände, die entsprechend konserviert werden müssen.»

«Haben Sie den Brief noch?»

«Keine Ahnung. Ich kann mal nachsehen.» Smith erhebt sich und fängt an, in einem stählernen Aktenschrank zu wühlen. Unter was legt man so etwas wohl ab, fragt sich Nelson. Unter S wie Spinner? Oder unter I wie Ignorieren?

«Da ist er.» Smith legt ein einzelnes Blatt vor Nelson auf den Tisch.

Der Brief unterscheidet sich deutlich von denen aus Neil Tophams Schreibtisch. Vor allem ist er nicht handgeschrieben, sondern auf einem Bogen mit Briefkopf ausgedruckt, einem Logo, das aussieht, als stünde der Mond über einem mäandernden Flusslauf.

Verehrter Lord Smith,
wir wenden uns an Sie im Namen der Elginisten, einer Gruppe, die sich der Rückführung heiliger Kunstgegenstände verschrieben hat. Uns wurde zugetragen, dass sich in Ihrem Museum derzeit vier Schädel australischer Ureinwohner befinden, die dem Land ihrer Ahnen gewaltsam entrissen wurden. Wie Sie sicherlich wissen, gehört es zu den wichtigsten Glaubenssätzen australischer Ureinwohner, dass die Überreste ihrer Ahnen zu Mutter Erde zurückkehren müssen, um in die Traumzeit einzugehen und damit den Kreislauf der Natur vollenden zu können. Wir bitten Sie mit allem Respekt, die Schädel zurückzugeben, da sie rechtswidrig entfernt wurden und Ihnen und Ihrer Familie damit nur Unglück bringen können. Seien Sie gewarnt: Die Große Schlange wird ihre Rache fordern.
Bitte kontaktieren Sie uns unter obiger Anschrift, um die Rückführung in die Wege zu leiten.

Der Brief ist nicht unterschrieben, nur mit «Vorstand der Elginisten» gezeichnet.

Nelson sieht Smith an. «Haben Sie darauf geantwortet?»

«Nein.» Smith macht ein hochnäsiges Gesicht. «So etwas ist mir doch nicht mal eine Antwort wert. Wenn man solche Leute mit Nichtachtung straft, geben sie auch wieder auf. Das habe ich über die Jahre gelernt.»

«Haben sie denn wieder aufgegeben?»

«Davon bin ich ausgegangen. Sie haben mich zumindest nicht mehr kontaktiert.»

«Wussten Sie, dass Neil Topham diese Briefe bekommen hat?»

«Nein.» Smith wirkt ehrlich erschüttert, doch Nelson glaubt, noch etwas anderes wahrzunehmen. Zorn? Angst? «Ich bin offen gestanden erstaunt, dass Neil mir nichts davon erzählt hat», fährt er fort. «Wir haben uns jede Woche besprochen. Ich dachte immer, wir hätten eine gute Arbeitsbeziehung. Ich habe ihm vertraut.»

«Hat Neil irgendwie verstört gewirkt, als Sie das letzte Mal mit ihm gesprochen haben? Oder besorgt?»

«Gar nicht. Wir haben uns über Bischof Augustine unterhalten. Er war ganz begeistert davon, die Überreste des Bischofs im Museum zu haben.»

Nelson überfliegt den Brief noch einmal. Oberflächlich betrachtet hat er nichts Bedrohliches an sich, wenn man einmal von dem «Unglück» absieht, das der Familie Smith angedroht wird. Zweierlei allerdings erregt Nelsons Aufmerksamkeit: das Logo, in dem er jetzt eine Schlange erkennt, die unter dem Mond dahingleitet, und der Satz *Die Große Schlange wird ihre Rache fordern.*

Er muss an den Saal im Museum denken, an den Sarg und das offene Fenster. Und an den einzelnen Glasschaukasten mit der ausgestopften Schlange darin.

6 Am Montag fährt Ruth mit dem Gefühl zur Arbeit, gleich mehrere Hürden erfolgreich genommen zu haben. Kates Geburtstagsparty (die natürlich eigentlich keine Hürde sein sollte, aber trotzdem) ist ganz gut gelaufen, und der neue Nachbar ist weder ein hipper Sushi-Freund noch ein seltsamer Algensammler. Zugegeben, etwas seltsam hat er anfangs schon gewirkt, allein dadurch, dass er die Haare in einer Art Sumoringer-Knoten trug und an den Füßen nur lederne Flip-Flops, trotz der Witterung. Und dann der Name! Sie musste ihn bitten, ihn noch einmal zu wiederholen.

«Bob Woonunga.» Er grinste, und seine Zähne leuchteten weiß in seinem dunkelbraunen Gesicht.

«Oh. Das ist ... ein ungewöhnlicher Name.»

«Der Name eines australischen Ureinwohners», erläuterte er. Sie hatten es sich inzwischen in Ruths Küche bequem gemacht und tranken Tee. Kate lag immer noch schlafend auf dem Sofa.

«Sicher im Land der Träume», bemerkte Bob. «Wecken Sie sie bloß nicht auf.»

Australischer Ureinwohner? Hieß das, er war ein Aborigine? Durfte man heute überhaupt noch Aborigine sagen? Ruth entschied sich für ein neutrales: «Dann sind Sie aber weit weg von zu Hause.»

«Ich bin eben ein Herumtreiber.» Bob lächelte. Er sprach mit australischem Akzent, und Ruth stellte fest, dass sie unter anderem deswegen so schnell Vertrauen zu ihm gefasst hatte. Warum bloß? Etwa wegen *Nachbarn* und ähnlicher herzerwärmender australischer Seifenopern? Ruth gesteht es sich nur ungern ein, aber so ist es wohl. Während ihres Studiums war sie süchtig nach *Nachbarn*. Und jetzt hat sie tatsächlich einen waschechten Australier zum Nachbarn.

Sie hätte gern noch mehr über Mr. Woonungas Herumtreiberei erfahren, doch er erzählte kaum etwas, nur, dass er eine befristete Stelle an der University of East Anglia habe, um dort kreatives Schreiben zu unterrichten. Oder wie er es formulierte: «Ein Engagement an der Uni.» Er hat das Häuschen neben Ruth für ein Jahr gemietet.

«Dann sind Sie also Schriftsteller?», fragte Ruth.

«Hauptsächlich Dichter, aber ein paar Romane habe ich auch geschrieben.»

Ruth war beeindruckt. Wie bei den meisten Akademikern ist es auch ihr großes Ziel, aus ihren Forschungen ein Buch zu machen; viel weiter als bis zum Titel, *Tod, Knochen und Verwesung im prähistorischen Britannien,* ist sie damit aber noch nicht gediehen. Wie kann man dem eigenen Erfolg nur so gleichgültig gegenüberstehen, dass man seine Bücher als «ein paar Romane» abtut? Und erfolgreich muss er ja sein, wenn er an der UEA unterrichtet, auch wenn Ruth noch nie von ihm gehört hat.

«Wieso haben Sie sich denn für dieses Haus entschieden?», fragte sie. «Von hier nach Norwich ist es ziemlich weit.»

«Ein Freund hat es mir empfohlen», antwortete Bob und streichelte Flint, der an dem neuen Nachbarn festgewachsen zu sein schien. «Und die Gegend gefällt mir. Hier herrscht ein guter Zauber.»

Ein guter Zauber. Während sie zur University of North Norfolk (eindeutig nur die ärmliche Cousine der angesehenen University of East Anglia) abbiegt, fragt sich Ruth, warum sie darauf eigentlich nicht abwehrend reagiert hat, wie sie es sonst immer tut, wenn von Religion oder Übernatürlichem die Rede ist. Vielleicht, weil sie Bob Woonungas Meinung teilt? Cathbad würde sagen, das Salzmoor sei den Göttern heilig. Erik hat immer von einer symbolischen Landschaft gesprochen, und Nelson bezeichnet es gern als Dreckloch. Für Ruth ist es Heimat, auch wenn sie manchmal rätselt, weshalb sie sich als gebürtige Süd-Londonerin zu solch einem gottverlassenen Ort hingezogen fühlt. Spürt sie in den Treibsandfeldern und den verborgenen Tümpeln etwa auch einen Zauber? Nein. Und doch: Obwohl sie im Salzmoor schon großen Ängsten und Gefahren ausgesetzt war, weiß sie, dass sie nirgendwo sonst leben möchte. Richtig rational ist das nicht, das gibt sie gerne zu.

Ruths Büro befindet sich im Gebäude des Fachbereichs Naturwissenschaft, das mit dem übrigen Campus nur durch einen überdachten Gang verbunden ist. Im Sommer lässt es sich dort ganz gut aushalten, man schaut auf einen künstlichen See, aber an diesem grauen Novembermorgen wirkt alles nur trostlos und vernachlässigt. In der Eingangshalle blättert die Wandfarbe ab, und über den Haupteingang hat jemand gekritzelt: «Tu, der du eintrittst, alle Hoffnung ab.» Ruth steigt die zwei Stockwerke hinauf bis zu ihrem Büro und registriert, dass die Neonröhren schon wieder flackern. Bis Mittag wird sie mit Sicherheit Kopfschmerzen haben. Sie öffnet ihre Bürotür mit der Schlüsselkarte und setzt sich an den Schreibtisch.

Ruths Büro ist winzig, es bietet gerade genug Platz für einen Schreibtisch und einen Besuchersessel. Eine Wand steht mit Bücherregalen voll, von der anderen geht ein Fenster hinaus auf das Campusgelände. Im Sommer ist es zu heiß, im Winter zu kalt, doch Ruth liebt dieses Zimmerchen. Hier darf sie Doktor Ruth Galloway sein, Fachfrau für forensische Archäologie, und nicht Kates Mum, die ständig zu spät dran ist, oder Ms. Galloway, alleinerziehende Mutter. «Das ist wirklich mutig von Ihnen», hat unlängst jemand zu ihr gesagt, «sie ganz allein großzuziehen.» Was bleibt mir denn anderes übrig?, hätte Ruth darauf gern erwidert. Soll ich sie vielleicht im Wald aussetzen und hoffen, dass ein freundliches Wolfsrudel sie adoptiert? Aber natürlich ist ihr klar, dass sie eine Entscheidung getroffen hat, schon ganz am Anfang. Und sie steht zu dieser Entscheidung. Sie hat einfach gemerkt, dass sie unbedingt ein Kind will. Und selbst wenn sie ihn nie wiedersieht, wird sie Nelson zumindest dafür immer dankbar sein.

Nelsons Geburtstagsgeschenk war ein riesengroßer Plüschaffe. Ruth hat ihn lange betrachtet und versucht, in dem hellen Acrylfell und den Knopfaugen irgendeine verborgene Botschaft zu entdecken. Warum ein Affe? Warum überhaupt ein Geschenk? Hat Michelle nicht jeglichen Kontakt untersagt? Und wann hat Nelson ihn draußen deponiert? Als die Gäste gerade «Happy Birthday, liebe Katie» sangen? Als Cathbad mit den Kindern durch den Garten tobte? Der Gedanke, dass jemand einfach so vor ihrem Haus vorfahren, etwas vor der Tür ablegen und wieder verschwinden kann, behagt ihr nicht. Zumal so etwas nicht zum ersten Mal passiert.

Seufzend macht Ruth sich daran, ihre Post zu öffnen. Im November ist immer viel zu tun, es gibt Beurteilungen zu schreiben, Hausarbeiten zu benoten. Mehr als die Hälfte des Herbst-Trimesters haben sie bereits hinter sich. Sie muss sich auch noch ihr Vorlesungsskript für später durchlesen, aber zuallererst braucht sie einen Kaffee. Vielleicht auch einen Donut. In der Cafeteria gibt es einen durchaus akzeptablen Espresso, die Kunst besteht nur darin, dorthin zu kommen, ohne Phil in die Arme zu laufen. Ruth beschließt, es zu riskieren. Wahrscheinlich ist er ohnehin noch zu Hause und schläft sich aus, nach der Konferenz letzte Woche.

«Ruth!»

«Hallo, Phil.»

Auf frischer Tat ertappt vor der Bürotür, das Kleingeld für den Kaffee schon in der Hand.

«Gehst du einen Kaffee trinken?»

«Ähm …»

«Gute Idee. Ich komme mit. Wobei ich ja zurzeit keinen Kaffee trinke. Damit sich Shona nicht so allein fühlt.»

Als Phil im Jahr zuvor seine Frau nach fünfzehnjähriger Ehe verlassen hat, um zu Shona zu ziehen, hatten die wenigsten damit gerechnet, dass die Beziehung von Dauer sein würde. Selbst Shona wirkte ein wenig geschockt, als sich ihr verheirateter Liebhaber plötzlich in einen vollwertigen Lebenspartner verwandelte. Ruth war sich sicher, dass Shona das Interesse an Phil verlieren würde, sobald sie ihn von seiner Frau losgeeist hatte (es wäre nicht das erste Mal gewesen), doch dann wollte Shona plötzlich mit aller Gewalt ein Baby. Vielleicht ja, weil Ruth gerade Kate bekommen hatte; vielleicht hatte Shona aber auch gemerkt, dass die biologische Uhr, die sie jahrelang auf stumm geschaltet hatte, nicht so einfach zu ignorieren war. Was immer der Grund sein mochte: Sie wollte ein Kind, und Phil erfüllte ihr diesen Wunsch. Inzwischen ist Shonas Schwangerschaft sein einziges Gesprächsthema. Offenbar glaubt er, bei Ruth mit jedem noch so kleinen Sodbrennen und jedem geschwollenen Knöchel auf reges Interesse zu stoßen. Ob er bei seinen ersten Kindern auch so war? Damals kannte Ruth ihn ja noch nicht, sie würde aber einiges dagegen wetten. Phil stürzt sich auf diese späte Vaterschaft, genauso wie auf jeden anderen neuen Trend, mit welpenhafter Begeisterung. Irgendwie findet Ruth das auch ganz süß; Gespräche über Hämorrhoiden lehnt sie allerdings kategorisch ab.

Heute hat Phil ohnehin anderes im Sinn. Er holt sich einen Smoothie und eine Banane («Shona hat einen richtigen Heißhunger auf die Dinger») und lotst Ruth an einen etwas abgelegenen Tisch am Fenster.

«Schreckliche Geschichte da am Samstag im Museum.»

«Stimmt», sagt Ruth. Bestimmt hat Phil sich in den Bauch gebissen, weil er die ganze Aufregung verpasst hat.

«Der arme Direktor. Weiß die Polizei denn schon, wie er gestorben ist?»

«Keine Ahnung», sagt Ruth. «Ich habe nichts gehört.»

Phil mustert sie eingehend. Ruths Beziehung zu Nelson hat schon immer eine große Faszination auf ihn ausgeübt. Sie setzt eine unbewegte Miene auf und trinkt von ihrem Kaffee. Er ist zähflüssig, bitter und köstlich.

«Na, wie auch immer.» Phil hat offenbar beschlossen, dass in dieser Richtung nichts weiter zu holen ist. Er macht eine Kunstpause. «Gestern Abend habe ich einen Anruf bekommen, von Lord Smith.»

«Ach ja?» Der Name sagt Ruth nichts. Sie betrachtet sehnsüchtig ihren Donut, der bereits Fettflecken an der Papiertüte hinterlässt.

«Dem Besitzer des Smith-Museums.»

«Ach, Danforth Smith. Und was wollte er?»

«Die Sache ist ein wenig heikel.»

Phil wirkt geradezu begeistert. Er hat eine Schwäche für Heimlichtuereien in jeder Form. Ruth hebt die Brauen. Sie möchte unbedingt in ihren Donut beißen, will vor Phil aber nicht gierig wirken – vor allem, da Shona selbst schwanger noch um einiges schlanker ist als sie.

«Du weißt doch, dass das Museum eine große Sammlung von Kunstgegenständen aus der Neuen Welt hat?»

Ruth erinnert sich dunkel, einen Saal mit dem Schild «Neue Welt» gesehen zu haben. Sie hat sich dann aber für die Naturgeschichte und die ausgestopften Tiere entschieden. «Ja», sagt sie argwöhnisch.

«Nun, darunter befinden sich auch etliche Knochen.» Phil senkt die Stimme. «Menschenknochen.»

«Menschenknochen?»

«Anscheinend hat Lord Smiths Urgroßvater in Australien diverse Schädel und andere Skelettteile erstanden. Man hält sie für die Überreste australischer Aborigines.»

Das Innere von Ruths Kopf verwandelt sich in eine Schaltzentrale: Kontrollleuchten blinken auf, Alarmglocken schrillen.

«Und nun verlangt ein Interessenverband die Rückgabe dieser Kunstgegenstände», endet Phil.

«Dieser Interessenverband nennt sich nicht zufällig die Elginisten?»

«Woher weißt du …?»

«Ach, nur gut geraten.» Das dürfte Cathbads plötzliches Interesse am Museum erklären. Auch über Bob Woonunga und den geheimnisvollen «Freund», der ihm das Salzmoor als Wohnort empfohlen hat, macht sie sich Gedanken. Ist es nicht ein sehr großer Zufall, dass bei ihr nebenan ausgerechnet ein australischer Ureinwohner einzieht?

«Jedenfalls liegt die Sache mit den Schädeln einigermaßen klar, und Lord Smith hat kategorisch erklärt, dass er sie nicht herausgibt. Aber er braucht jemanden, der sich das übrige Knochenmaterial anschaut und feststellt, ob es tatsächlich Menschenknochen sind. Und dafür will er dich.»

«Warum?», fragt Ruth.

«Na ja, du bist eben unsere Knochenexpertin. Er wird sich wohl erkundigt haben.»

Ganz bestimmt, denkt Ruth. Und ich wüsste zu gerne, bei wem.

Zurück im Büro wählt sie Cathbads Durchwahl. Er arbeitet als Laborassistent im Fachbereich Chemie, obwohl auch er ursprünglich Archäologie studiert hat.

«Also, erzähl mir von den Elginisten.»

Cathbad lacht und zeigt sich nicht im Mindesten verlegen. «Hab ich doch gewusst, dass du irgendwann bei den Elginisten landest.»

«Offenbar will Lord Smith, dass ich mir ein paar Aborigine-Knochen anschaue.»

«Australische Ureinwohner», berichtigt Cathbad. «Und es sind keine Knochen, sondern die sterblichen Überreste der Vorfahren, der Ahnen. Sie müssen in ihr Land zurückkehren, damit sie in die Geisterwelt eingehen und wieder eins werden können mit ihrer Mutter, der Erde.»

Nicht zum ersten Mal staunt Ruth darüber, wie derlei Dinge einfach so aus Cathbad heraussprudeln, als würde er eine chemische Formel aufsagen. Die Tiraden über Mutter Erde kennt sie schon, die Verbindung zu den australischen Ureinwohnern allerdings ist neu.

«Was hast denn du mit dieser Sache zu tun? Ich dachte, du bist Druide.»

«Alle großen Religionen sind eins», verkündet Cathbad feierlich, doch Ruth hält das für eine typische religiöse Floskel, die sich gut anhört, aber absolut nichts bedeutet.

Einen Moment lang ist nur das Verbindungsknistern in der Leitung zu hören. «Ich habe mich den Elginisten nach den Protesten bei der Henge-Grabung angeschlossen», sagt Cathbad schließlich. «Sie haben uns damals ihre Unterstützung angeboten, weil auch sie der Meinung waren, der Henge sollte bleiben, wo er ist.»

Ruth erinnert sich noch gut an die Proteste, an Cathbad, der mit hocherhobenem Druidenstab inmitten des Kreises aus Holzpfählen stand und selbst noch der Flut trotzte. Damals gingen Gerüchte, das gesamte Archäologen-Team sei verflucht und wer immer die Holzpfähle berühre, werde binnen Jahresfrist sterben. Nun, Ruth ist immer noch da, und selbst Erik hat die Ausgrabung um etliche Jahre überlebt. Welche Art von Unterstützung die Elginisten damals wohl angeboten haben?

«Cathbad», sagt Ruth. «Kennst du Bob Woonunga?»

Wieder lacht Cathbad. «Bob ist Experte für Rückführungen. Außerdem ist er Dichter. Er hat wunderschöne Texte über die Traumzeit verfasst. Ich habe ihn bei einer Tagung kennengelernt.»

«Und du hast ihm empfohlen, ins Haus neben mir zu ziehen?»

«Ich fand, das passt zu ihm. Er ist ein netter Kerl, Ruth. Du wirst ihn mögen.»

«Ich habe ihn gestern Abend schon kennengelernt.»

«Na, siehst du.»

«Warum werde ich das Gefühl nicht los, dass du mir irgendwas verschweigst?»

«Ruhig Blut, Ruthie. Pass auf, wir haben nächstes Wochenende wieder ein Treffen. Komm doch einfach mit. Du triffst dort jede Menge Archäologen. Es ist absolut nichts Zwielichtiges dabei, versprochen. Dieser Freund von dir aus Sussex kommt auch. Max … wie heißt er noch?»

«Max Grey.»

«Genau. Das wird sicher lustig. Zum Abschluss soll es eine echte Räucherzeremonie geben, wie bei den Aborigines.»

«Bei den australischen Ureinwohnern», verbessert Ruth, doch sie ist nicht ganz bei der Sache. Sie denkt an Max.

7

Auf der Rückfahrt ins Polizeipräsidium sinniert Nelson über Schlangen, Rennpferde und die bodenlose Arroganz der britischen Oberschicht. Lord Smith ist höflich, fast schon charmant gewesen, und doch hat er keinen Zweifel daran gelassen, dass er für sich das gottgegebene

Recht beansprucht, mit seinen Pferden, seinem Museum und den gruseligen Trophäen seines Urgroßvaters tun und lassen zu können, was er will. *Die Schädel haben meinem Urgroßvater gehört.* Von da ist es nur noch ein kleiner Schritt zu der Aussage: «Die Sklaven haben meinem Urgroßvater gehört.» Nelson kann sich Smith problemlos als Plantagenbesitzer vorstellen, auf dessen Feldern die Sklaven schuften, während sein nichtsnutziger Sohn auf der Veranda herumlungert und Bourbon trinkt – oder was sie sonst so trinken in *Vom Winde verweht* (dem Lieblingsfilm von Nelsons Mutter).

Gibt es irgendeinen Zusammenhang zwischen den Briefen und Neil Tophams Tod? Nelson denkt an das offene Fenster, an die Schlange im Schaukasten, an den Satz: *Nun werden die Toten sich an Euch rächen.* Er wird aber nicht in die Falle tappen, den Briefschreiber für den Mörder zu halten. Wie jeder Ermittlungsbeamte in Großbritannien erinnert auch er sich an den Yorkshire Ripper und die berüchtigten «Ich bin Jack»-Aufnahmen. Die Polizei hatte wertvolle Zeit verloren, weil sie die Stimme auf den Kassetten für die des Rippers hielt, während es am Ende nur ein Spinner war, der einmal im Rampenlicht stehen wollte. Auch Nelson hat so etwas schon erlebt. Jahrelang erhielt er Briefe über ein verschwundenes kleines Mädchen, die ihn noch bis in die Träume verfolgten. Stammten sie vom Mörder? Enthielten sie geheime Hinweise, die ihn zu Lucy Downey führen würden, wenn es ihm nur gelang, den Code zu knacken? Diese Briefe waren auch der Ursprung seines näheren Kontakts zu Ruth. Sie hatte sie für ihn interpretiert, ihm die abgehobenen mythologischen und archäologischen Begriffe erläutert. Ihre Fachberatung hätte sie fast das Leben gekostet.

Doch Chris Stephenson glaubt, Topham sei eines natürlichen Todes gestorben. Und der Untersuchungsrichter wird vermutlich ins selbe Horn stoßen. Neil Topham ist einer plötzlichen Lungenblutung erlegen, die vielleicht durch seinen Drogenkonsum hervorgerufen wurde. Die Briefe, die Schlange, das merkwürdige Arrangement mit dem Sarg – das muss alles gar nichts bedeuten. Und doch weiß Nelson mit der Sicherheit von mehr als zwanzig Jahren bei der Truppe, dass da etwas nicht stimmt. Er hat es Lord Smith angemerkt, als der die Briefe las: dieser plötzliche Ausdruck von Wut (oder doch Angst?) in den hochmütigen Zügen. Er hat es Neil Tophams Büro angemerkt, zwischen all den kaputten Exponaten und ungelesenen Papieren. Er hat es dem Saal mit dem Sarg angemerkt, dem liegengebliebenen Museumsführer, in dessen Seiten der Wind blätterte.

Die Pferde haben ihn beeindruckt. Bevor er wieder gefahren ist, hat Smith ihn noch auf die Galoppbahn geführt. Das war schon ein Anblick, wie die Pferde da den Hang heraufkamen, in Dreierformation auf der schwarzen Allwetterbahn, dampfend im diesigen Licht der Herbstsonne. Als sie an Nelson vorbeizogen, gaben sie ein Geräusch zwischen Keuchen und Schnauben von sich, die Köpfe rissen an den straffen Zügeln, Mähne und Schweif wehten hinter ihnen her.

«Wie schön sie sind!», musste er einfach ausrufen.

Und Smith hat ihn mit echter Freude gemustert. «Sie sind mein ganzer Stolz», sagte er.

Es steht außer Frage, dass Smith seine Pferde liebt, trotzdem bleibt er ein arrogantes Arschloch. Und irgendwas an der ganzen Klitsche – dem Stall und dem Museum – kommt Nelson einfach faul vor. Aber reicht das? Seit drei Monaten arbeiten Nelson und seine Leute Tag und Nacht daran, einen Ring von Drogenschmugglern auffliegen zu lassen. Der Landkreis wird neuerdings mit harten Drogen überschwemmt, und kein Mensch weiß, wo sie herkommen. Nelson hat sogar Kontakte zu einer nebulösen Einheit zur «taktischen Verbrechensbekämpfung» geknüpft, bisher ist aber niemandem so richtig klargeworden, welche Taktik da zum Einsatz kommt. Normalerweise nutzen Schmuggler den Hafen, doch obwohl Nelson die Hafengegend rund um die Uhr überwachen lässt, hat sich da nichts getan. Nur der Drogenhandel geht schwunghaft weiter. Im Grunde kann er es sich nicht leisten, Leute von diesem Fall abzuziehen, um Ermittlungen zu führen … zu was denn auch? Ein paar hirnverbrannten Briefen? Dem dumpfen Gefühl, dass die Dinge nicht ganz so sind, wie sie zu sein scheinen?

Auf dem Revier begegnet er als Erstes Judy Johnson. Sie sieht müde aus. Nelson weiß, dass sie die Nacht zuvor am Hafen verbracht hat.

«Hat sich was ergeben?», fragt er.

«Nein.» Judy gähnt. «Und ich musste die ganze Nacht mit Clough im Auto hocken.»

«Hat er die ganze Zeit gefressen?»

«Sogar noch im Schlaf.»

Die Mengen an Nahrung, die Clough zu sich nimmt, sind legendär. Er ist ein guter Polizist, doch Nelson würde nur ungern eine Nacht mit ihm im Auto verbringen.

«Nach der Besprechung können Sie heimgehen», sagt er. «Schlafen Sie sich aus.»

«Danke, Boss.»

Nelson hält die Dienstbesprechung kurz. Judy Johnson berichtet von der erfolglosen Überwachung. Sie diskutieren über mögliche Spuren. Clough gibt die Meinung zu Protokoll, die Drogen kämen aus Osteuropa. Nelson rutscht unbehaglich auf seinem Stuhl herum. In den letzten Jahren haben sich große Mengen von Flüchtlingen aus osteuropäischen Ländern in King's Lynn niedergelassen. Es ist der Presse – und dem einen oder anderen Polizisten – inzwischen zur Gewohnheit geworden, jedes Verbrechen erst einmal auf die Neuankömmlinge zu schieben. Nelson weiß, dass es zu seinen Aufgaben gehört, solches Gerede zu unterbinden. Hat er nicht erst kürzlich eine Fortbildung zum Thema «Polizeiarbeit in einer multikulturellen Gesellschaft» besucht? Gut, er ist nach zehn Minuten eingeschlafen, trotzdem ist ihm klar, dass Cloughs Bemerkung nur wenig hilfreich ist.

«Haben Sie dafür Beweise, Cloughie?», knurrt er.

«Na ja, die Russen ...», beharrt Clough uneinsichtig. «Die Russen-Mafia. Die stecken doch bis zum Hals in Drogengeschäften. Genau wie die chinesischen Triaden.»

Es gibt auch eine große Zahl Chinesen in King's Lynn.

«Wie gesagt», erwidert Nelson, «es gibt keine Beweise.»

«Im Hafen liegen auch nicht viele russische Schiffe», bemerkt Judy.

Clough funkelt sie an. «Die benutzen Packesel, ist ja wohl klar. Irgendwelche armen Teufel, die das Zeug schlucken müssen. Die scheißen dann einmal und – Bingo! Ü-Ei.»

«Ü-Ei?», wiederholt Judy fassungslos.

«Ja, so nennen die das. Jedes Mal wieder 'ne Überraschung.»

«Ich werde Jimmy mal danach fragen.»

Nelson hat einen Informanten, der ausschließlich mit ihm spricht und auch das nur unter allergrößter Geheimhaltung. Er vertraut dem Mann so sehr, wie er jedem unglaubwürdigen Mistkerl über den Weg trauen würde.

«Gut», sagt er jetzt. «Wir machen noch eine Überwachungsrunde am Hafen. Fuller, Sie übernehmen die Schicht mit Tom Henty.» Tanya Fuller, eine äußerst ehrgeizige junge Polizistin, freut sich sichtlich. Es wird ihr guttun, etwas Verantwortung zu übernehmen, und Henty kann sie im Auge behalten. Als Nächstes kommt Nelson auf das Smith-Museum zu sprechen und schildert kurz, was sich am Samstag dort abgespielt hat. Er gibt sich Mühe, so neutral wie möglich zu bleiben, merkt aber gleich, wie seine Leute aufhorchen.

«Gab es klare Hinweise auf einen Einbruch?», fragt Tanya.

«Nichts Eindeutiges. Ich werde eine Streife zur Anwohnerbefragung abkommandieren und abwarten, was die Spurensicherung findet. Johnson, können Sie den Kontakt halten?»

Tanya sieht enttäuscht drein, Judy unterdrückt ein Gähnen.

«Es kann also auch eine natürliche Todesursache sein», meint Clough und beißt in einen Marsriegel.

«Der Ansicht ist Stephenson. Der Tod ist durch eine Lungenblutung eingetreten.»

«Und woher kommt die?»

«Kann alle möglichen Ursachen haben, unter anderem einen Infekt oder Drogenkonsum.»

«Hat er denn Drogen genommen, dieser Museumsdirektor?»

«Seine Leiche zeigt Anzeichen von dauerhaftem Drogenkonsum. Und ich habe hundert Gramm Koks bei ihm im Büro gefunden.»

Clough pfeift anerkennend. «Das ist 'ne Menge Holz.»

«Glauben Sie denn, dass es ein natürlicher Tod war, Boss?», fragt Judy.

Nelson zögert kurz. «Höchstwahrscheinlich. Ein, zwei Dinge sind allerdings seltsam.» Er berichtet seinen Leuten von den Briefen. «Fuller, können Sie sich mal mit diesen Elginisten befassen? Finden Sie heraus, ob die was auf dem Kerbholz haben. Clough, wir beide statten Lord Smith noch einen Besuch ab.»

«Spitze», meint Clough zur allgemeinen Erheiterung. «Vielleicht kann ich ja einen Tipp fürs Grand National abgreifen.»

«Der Necromancer», sagt Nelson. «Der hat anscheinend eine Menge Stehvermögen.»

Als Ruth auf ihr Haus zufährt, liegt ein sonderbares Brummen in der Luft. Ist das ein Vogel, ein tieffliegendes Flugzeug oder der Hubschrauber der Küstenwache? Vielleicht ist es ja eine Rohrdommel, deren dunklen, durchdringenden Ruf sie manchmal nachts hört. Beim Gedanken an diese Vögel fällt ihr auch David ein, ihr früherer Nachbar, der Vogelschutzwart. David kannte das Salzmoor wie seine Westentasche, er konnte jede einzelne der mehreren hundert Vogelarten, denen das Feuchtgebiet als Rastplatz auf dem Flug nach Süden diente, am Ruf erkennen, er fand sich auch bei Dunkelheit zurecht, ohne in den Treibsand zu geraten, und hat Ruth sogar einmal das Leben gerettet. Doch David ist fort, und falls es einen neuen Vogelschutzwart geben sollte, ist er ihr noch nicht begegnet. Als sie jetzt näher kommt, entdeckt sie, dass die Quelle des Geräuschs Bob Woonunga ist, der vor seinem Haus im Gras sitzt und ein Instrument spielt, in dem Ruth aufgrund dunkler Erinnerungen an den BBC-Entertainer Rolf Harris ein Didgeridoo erkennt.

Sie parkt vor ihrem Haus und hebt Kate aus dem Kindersitz. Kate kann inzwischen laufen. Sie hat mit zehn Monaten damit angefangen, was der einschlägigen Literatur zufolge früh ist. Und so stolz Ruth auch ist, dass ihre Tochter diese Leistung so früh erbracht hat (mit zehn Monaten Laufen lernen = summa cum laude in Cambridge), kann sie sich doch des Gedankens nicht erwehren, dass es einfacher war, als sie Kate noch tragen konnte. Jetzt zappelt ihre Tochter ungeduldig, bis Ruth sie vom Arm lässt, und tapst dann zielsicher auf Bob und sein Didgeridoo zu. Ruth folgt ihr deutlich langsamer. Flint, der in Erwartung seines Abendessens vor Ruths Haustür hockt, springt einfach über den Zaun, ist dadurch als Erster bei dem neuen Nachbarn und streicht ihm zutraulich um die Beine.

«Haben», sagt Kate und deutet auf das Didgeridoo. Das ist eines ihrer neu erlernten Wörter.

Bob legt das lange Holzrohr beiseite und sagt: «Hallo, kleine Nachbarin. Als ich gestern deine Mum kennengelernt habe, hast du geschlafen.» Er streichelt Flint, der einen genießerischen Buckel macht. Ruth ist schockiert über die Treulosigkeit ihres Katers.

«Mum», sagt Kate und befühlt mit einer Hand das bemalte Holz des Didgeridoo. «Mummummum.»

«Schön aufpassen, Kate», sagt Ruth.

«Ach, das macht nichts.» Bobs Lächeln ist unwahrscheinlich breit. «Es ist gut, Dinge anzufassen. Nur so lernt man doch, nicht wahr?»

Da muss Ruth ihm zustimmen. Für Archäologen ist der Tastsinn besonders wichtig. Sie weiß noch, dass Erik durch bloßes Befühlen eines Steinwerkzeugs erkennen konnte, wie es gemacht war und wofür es verwendet wurde. Er schloss dann immer die Augen und fuhr mit dem Daumen die scharfen Kanten des Feuersteins entlang. Eines Tages wird sie sicher aufhören, ständig an Erik zu denken.

«Ist es schwer, das zu spielen?» Sie deutet auf das Didgeridoo.

«Versuchen Sie's.» Er lächelt wieder sein endloses Lächeln.

Ruth setzt sich ins Gras und pustet wie verrückt, bringt aber nur eine Art klägliches Furzen zustande. Kate kichert begeistert.

Bob übernimmt wieder und lässt einen wogenden,

vibrierenden Ton hören, der hier draußen, umgeben von Wind und Himmel, merkwürdig stimmig wirkt.

«Ich bin selbst kein sehr geübter Spieler», sagt er und legt das Instrument wieder ins Gras, «aber es ist eine Möglichkeit, den Kontakt zur Heimat zu halten.»

«Wo ist denn Ihre Heimat?» Ruth setzt sich etwas bequemer hin. Es ist erstaunlich angenehm, an diesem milden Abend hier im Gras zu sitzen, als wäre es Sommer. Der Mond ist bereits aufgegangen, doch über dem Meer ist es noch hell, und die Wellen rauschen in silbergrauen Streifen heran. Über ihnen fliegen zwei Gänse dahin und lassen ihren klagenden Ruf ertönen.

«Unsere Heimat liegt in der Traumzeit», sagt Bob, gibt dann aber lachend nach. «Ich stamme von den Noonuccal von Minjerribah ab, einer der beiden Inseln in der Moreton-Bucht. Sie dürfte Ihnen als North Stradbroke Island bekannt sein.»

Das sagt Ruth alles nicht besonders viel; ihre einzige Verbindung zu Australien ist eine Freundin, die dorthin ausgewandert ist und ihr jedes Jahr nervige Weihnachtskarten schickt, die den Weihnachtsmann in Badehose zeigen. Die Inseln in der Moreton-Bucht klingen für sie so fremd und exotisch, als lägen sie in der Karibik und nicht im Land der Surfer, der Grillpartys und der guten Nachbarn, die gute Freunde werden.

«Ich glaube, wir haben einen gemeinsamen Bekannten», sagt sie. «Cathbad.»

«Cathbad. Ja. Er ist mein Bruder.»

«Ihr Bruder?»

«Im Geiste. Wir gehören zu einer Gruppe von Brüdern. Einer Gruppe von Gleichgesinnten.»

«Den Elginisten?»

Bob wirkt nicht weiter überrascht. «Richtig. Wir haben uns der Rückführung unserer Vorfahren verschrieben.»

«Wie beispielsweise der Schädel aus dem Smith-Museum?»

Ein Schatten fällt über Bobs Gesicht – vielleicht ist es aber auch nur das Abendlicht. In den letzten paar Minuten ist es merklich dunkler geworden. Kate klettert Ruth auf den Schoß und zupft versuchsweise an ihren Haaren. Flint hat sich wieder verzogen.

«Richtig. Aber das sind nicht einfach nur Schädel. Es sind unsere Ahnen. Sie müssen in die Heimat ihrer Geister zurückkehren, um in die Traumzeit eingehen zu können.»

Das entspricht in etwa dem, was auch Cathbad gesagt hat, doch hier, aus Bobs Mund, unter dem zunehmend dunkleren Himmel, klingt es sehr viel eindrucksvoller. Ruth fröstelt und drückt Kate fester an sich.

«Sehen Sie nur.» Bob deutet zum Salzmoor hinüber. Das Meer ist nicht mehr zu sehen, doch man hört es immer noch, als unablässiges Rauschen in der Dämmerung. «Dieses Land ist heilig. Mein Volk glaubt daran, dass die Welt in der Traumzeit erschaffen wurde, als die Geister der Ahnen noch auf der Erde wandelten. Auch dieses Land hier wurde von der Regenbogenschlange erschaffen. Man kann noch sehen, wo sie entlanggeschlängelt ist und all die kleine Bäche und Flüsschen erschaffen hat. Deswegen fühle ich mich hier so zu Hause. Die Schlange ist das Totem meines Stammes. Wir müssen die Ahnen nach Hause holen, damit sie eins werden mit der Traumzeit. Für die Aborigines gibt es weder Leben noch Tod, weder Gestern noch Heute, es ist alles eins. Wir müssen unsere Ahnen bei uns haben, damit sie an diesem Einssein teilhaben können. Wir können sie nicht einfach im Museum eines dahergelaufenen Weißen vergammeln lassen.» Bei diesem letzten Satz grinst er, als wollte er sich selbst auf den Arm nehmen, doch Ruth lächelt nicht. Sie denkt an Cathbad, der vor so vielen Jahren verlangte, der Henge müsse im Salzmoor bleiben und dürfe auf keinen Fall ins Museum kommen. «Er gehört hierher», hat er gesagt, «hierher zwischen Erde und Himmel.» Kein Wunder, dass er mit Bob befreundet ist.

«Aber will das Museum die … Ihre Ahnen denn nicht zurückgeben?», fragt sie vorsichtig, obwohl sie glaubt, die Antwort bereits zu kennen.

«Nein.» Bobs Miene verdüstert sich noch mehr. «Ich sage Ihnen, Ruth, Lord Danforth Smith ist ein durch und durch schlechter Mensch.»

Nelson sitzt am Schreibtisch und überlegt, ob es wohl schon Zeit zum Heimgehen ist. Draußen ist es dunkel, und eigentlich gibt es keinen Grund, noch länger hier herumzusitzen, Chris Stephensons Bericht durchzugehen und sich zu fragen, was sich wohl am Hafen tut. Wenn es etwas zu berichten gibt, werden Tanya und Tom Henty ihn umgehend informieren, und darauf kann er auch gemütlich zu Hause im Wohnzimmer warten. Trotzdem sitzt er immer noch hier im Büro, trinkt kalten Kaffee und informiert sich über plötzliche Lungenblutungen. Tatsache ist nämlich: Er will nicht nach Hause.

Nachdem Nelson eingewilligt hatte, Ruth nie wiederzusehen, sind Michelle und er einander in die Arme und anschließend ins Bett gesunken. Es war der emotionalste Moment seines Lebens. Nelson war voller Zärtlichkeit für Michelle, voller Dankbarkeit und Reue. In diesem Moment hätte er ihr praktisch alles versprochen. Doch das Hochgefühl hielt nicht lange an. Michelle konnte nicht aufhören, von Ruth zu reden. «Wie ist sie im Bett? Ist sie besser als ich? Wie war es, mit so einer dicken Frau zu schlafen?» – «Hör auf», bat Nelson sie eindringlich. «Können wir es nicht einfach vergessen?» Doch das erwies sich natürlich als unmöglich. Und jetzt, ein halbes Jahr später, schwankt Michelle zwischen tränenreichen Gefühlsausbrüchen («Versprich mir, dass du mich niemals verlässt!») und gespielter Gleichgültigkeit. Gestern Abend war sie mit ein paar Kolleginnen aus und kam erst um Mitternacht heim. Nelson hat mehrmals versucht, sie zu erreichen, aber ihr Handy war aus. Als sie schließlich doch nach Hause kam, saß er da und wartete auf sie. Er hatte sogar schon darüber nachgedacht, eine Streife zu alarmieren. «Ich dachte, das interessiert dich nicht», lautete ihre Antwort, als er wissen wollte, wo sie gewesen sei. Dann war sie nach oben abgerauscht, als wäre er im Unrecht, doch später, im Bett, lag sie schluchzend in seinen Armen und wollte wissen, ob er sie zu alt finde, um noch ein Kind zu bekommen. Und weil er nicht weiß, welche Frau heute daheim auf ihn wartet – die eiskalte Geschäftsfrau oder der vorwurfsvolle Unschuldsengel –, entschließt er sich, im Büro zu bleiben und noch etwas zu arbeiten. Für den Anfang wird er sich ein bisschen über diese Elginisten informieren.

Technisch ist Nelson eine Null, doch Google beherrscht er gerade noch. Schon bald füllen Bilder von Marmorpferden, grinsenden Schädeln und Totems seinen Bildschirm. Und da ist auch wieder dieses Logo, der Mond mit der Schlange darunter. Die Elginisten, liest Nelson, widmen sich der Rückführung kulturspezifischer Kunstgegenstände in ihr Ursprungsland. Er findet einiges über die Elgin Marbles und eine ganze Website, die sich mit dem sogenannten Bogenschützen von Amesbury befasst, einem Skelett aus der Bronzezeit, das in der Nähe von Stonehenge gefunden wurde und nun von einer Gruppe Druiden zurückgefordert wird. Nelson muss sofort an Cathbad denken. Hat Tom Henty nicht gesagt, Cathbad wolle mit ihm reden, über Schädel und Tote, die keine Ruhe finden? Steckt Cathbad etwa mit diesen Leuten unter einer Decke? Ganz abwegig wäre das nicht. Und da Nelson mit Cathbad etwas pflegt, was man eigentlich nur als Freundschaft bezeichnen kann, beschließt er, ihn so bald wie möglich danach zu fragen.

Die meisten Treffer allerdings erzielt die Wortkombination «Aborigine» und «Knochen». Die Elginisten haben ihre Aktivitäten auf das ganze Land ausgedehnt und fordern die Rückgabe aller sterblichen Überreste von Aborigines, die sich in Privatbesitz befinden. In einigen Fällen waren sie anscheinend sogar erfolgreich, und das Internet hält Fotos parat, auf denen mit Tierfellen behängte Aborigine-Häuptlinge strahlend peinlich berührte Museumsmitarbeiter umarmen. Die meisten Berichte aber handeln von Sammlern, die sich weigern, die unrechtmäßig erworbenen Trophäen zurückzugeben, von gegenseitigen Drohungen und erbitterten Vorwürfen. Nelson findet keinen Hinweis darauf, dass die Polizei eingeschaltet wurde, beschließt aber, die Akten zu prüfen. Hat diese Gruppe, die ebenso gut organisiert wie entschlossen wirkt, womöglich etwas mit Neil Tophams Tod zu tun?

«Boss?» Judy Johnson steht in der Tür.

«Habe ich nicht gesagt, Sie sollen heimgehen?», fragt Nelson. «Sie sehen ja furchtbar aus.» Das ist nicht gerade taktvoll, aber Judy sieht tatsächlich völlig fertig aus, bleich, als stünde sie unter Schock.

«Ich gehe auch gleich», sagt sie, «aber ich habe hier den Bericht der Spurensicherung aus dem Smith-Museum. Es gab Fingerabdrücke am Tatort, da dachte ich, ich jage sie kurz durch die Datenbank, um zu sehen, ob es Entsprechungen gibt.»

«Und, gab's welche?»

«Nur eine.»

Sie legt Nelson ein ausgedrucktes Blatt auf den Schreibtisch. Darauf steht, dass die Fingerabdrücke am Tatort denen eines gewissen Michael Malone entsprechen.

Michael Malone. Besser bekannt als Cathbad.

8

Das Newmarket Pub liegt an einer Kreuzung, von der aus man in der einen Richtung nach King's Lynn kommt und in der anderen nach Downham Market. Es wird erzählt, dass hier vor langer Zeit einmal ein schrecklicher Kutschunfall stattgefunden hat, und bis heute tänzeln und scheuen Danforth Smiths Pferde jedes Mal, wenn sie die Stelle passieren. Höchstwahrscheinlich ist zwar nichts dran an den ganzen Geschichten von gespenstischen Kutschen und Geisterpferden, und doch hat der Standort des Pubs etwas Verstörendes an sich. Der dichte Wald dahinter wirkt unzugänglich, und das einzige andere Gebäude weit und breit ist eine verlassene Esso-Tankstelle, deren verrostetes Schild im Wind quietscht. All seinen Nachteilen zum Trotz ist das Pub die Stammtränke der Belegschaft des Rennstalls Slaughter Hill, und heute, am Karaoke-Abend, ist es brechend voll. Caroline Smith und ihre Freundin Trace sind gerade nach einer schwungvollen Version von *I Will Survive* unter tosendem Applaus von der Bühne gegangen. Sie überlassen das Feld vier Stallburschen, die eine Liebe zum Gesamtwerk von Queen und einen vollständigen Mangel an jeglichem musikalischen Talent teilen.

«Was wird es wohl heute werden?», überlegt Trace laut, während sie sich zur Theke durchkämpfen. «*Bohemian Rhapsody* oder *We Will Rock You*?»

«Ich habe das ungute Gefühl, es wird *Radio Gaga.*» Caroline streicht sich das feuchte Haar aus der Stirn. «Das haben wir schon länger nicht mehr zu hören gekriegt.»

Doch das Quartett überrascht mit *We Are the Champions.* Caroline und Trace flüchten sich mit ihrem Bier in eine vergleichsweise ruhige Ecke des Lokals.

«Wir hatten heute einen Polizisten zu Besuch», erzählt Caroline. «Nelson heißt er. Kennst du den?»

Obwohl Trace mit ihrer Lederhose und dem kunstvoll zerrissenen Top nicht so aussieht, als pflegte sie herzliche Verbindungen zur Polizei, ist sie doch mit Dave Clough liiert und darf daher als Expertin für die Freunde und Helfer von King's Lynn gelten.

«Ja, den kenn ich. Das ist Daves Chef. Dave hält große Stücke auf ihn, ich muss allerdings sagen, ich finde ihn ein bisschen primitiv. Was wollte er denn?»

«Keine Ahnung. Er hat mit Dad gesprochen. Ich dachte, es geht vielleicht um diese Sache im Museum.»

«Mit dem Bischofssarg?» Trace gehörte zu dem Team von Feldarchäologen, die Bischof Augustine gefunden haben.

«Genau. Hast du mitbekommen, dass der Museumsdirektor tot umgefallen ist?»

«Ja. Aber warum ermittelt da die Polizei? Glauben die, er wurde abgemurkst?»

«Keine Ahnung. Ich hatte gehofft, du weißt es.»

Trace schüttelt den Kopf. «Ich rede mit Dave so wenig wie möglich über seine Arbeit. Wenn ich was über Polizeiarbeit wissen will, schaue ich *CSI Miami.* Ist viel spannender.»

Caroline lacht. «Ich fand nur einfach, dass dieser Nelson ganz schön lange mit Dad geredet hat.»

«Warum fragst du nicht einfach deinen Vater danach?», fragt Trace, obwohl sie die Antwort bereits kennt.

Carolines Miene verdüstert sich. «Mit dem kann ich im Moment über gar nichts reden.»

«Dann hast du die Gehaltserhöhung also noch nicht angesprochen?»

«Nein.» Caroline schaut in ihr Bierglas, um Traces belustigt-entnervtem Blick auszuweichen. «Ich hab dir doch gesagt, es ist furchtbar schwierig, mit ihm zu reden. Er hat den ganzen Tag im Stall zu tun, und nach dem Abendessen geht er sofort ins Bett. Als ich aus dem Büro kam, hat er schon längst geschlafen.»

«Dann mach doch einen Termin mit ihm aus. Du bist nicht nur seine Tochter, sondern auch seine Angestellte, und zwar eine sehr wertvolle Angestellte. Du leitest den Stall doch praktisch allein.»

«Na ja, Len arbeitet schon auch viel mit den Pferden, vor allem mit denen, die aus dem Ausland kommen.»

Trace bedenkt Len Harris mit einer abfälligen Handbewegung und fegt dabei fast ihr Bierglas vom Tisch. «Aber du machst den ganzen Papierkram, reitest noch aus und kümmerst dich außerdem um die ganze Presse- und Öffentlichkeitsarbeit. Du hast die Website gemacht, und den Tag der offenen Tür hast du auch organisiert.»

«Len fand den Tag der offenen Tür schrecklich. Er sagt, so etwas macht die Pferde ganz nervös.»

«Vergiss Len. Dieser elende Mistkerl. Das war doch ein voller Erfolg. Du verdienst mehr Anerkennung für das, was du machst.»

«Ich weiß. Es ist nur … im Moment ist alles sehr schwierig. Dad streitet ständig mit Randolph, und Randolph hängt rum und macht Dad damit noch wahnsinniger. Inzwischen reitet er nicht mal mehr, hockt nur da, guckt Nachmittagsfernsehen und fängt schon mittags mit dem Wodka an.»

«Was ist denn mit deiner Mutter?»

«Die ist nie da. Entweder sie arbeitet, oder sie ist mit ihren Freunden unterwegs. Und für den Rennstall interessiert sie sich sowieso nicht. Sie findet es grausam, Pferde zum Rennen zu treiben, weil sie draußen auf der Koppel auch nicht über Hindernisse springen, sondern nur, wenn ihnen einer auf dem Rücken sitzt und sie antreibt.»

«Da hat sie nicht unrecht.» Trace wirft einen Blick auf die Uhr. Sie hat Mitleid mit ihrer Freundin, aber keine Lust, sich den ganzen Abend anzuhören, wie Caroline über Pferde schwafelt. Alles hat seine Grenzen. Außerdem möchte sie noch einmal singen.

«Aber nein», widerspricht Caroline mit großem Ernst. «Pferde lieben das Rennen. Das liegt ihnen im Blut.»

«Dir aber vielleicht nicht. Du bist gereist, hast jede Menge andere Erfahrungen gesammelt. Warum ziehst du nicht einfach aus und suchst dir eine andere Stelle, möglichst weit weg? Vergiss deine Eltern und Randolph.»

Caroline setzt eine abweisende, verstockte Miene auf.

«Das geht nicht. Es gibt da noch Dinge, die ich tun muss.»

Trace will gerade fragen, was das denn für Dinge sind, da kommt ein Stallmädchen namens Georgina an ihren Tisch und fragt, ob sie mit ihr zu dritt *Material Girl* singen wollen. Trace ist sofort Feuer und Flamme; sie war schon immer der Ansicht, dass sie eine ganze Menge mit Madonna gemeinsam hat.

Danforth Smith seinerseits findet keinen Schlaf. Sonst fällt er immer um zehn ins Bett, erschöpft von der körperlich anstrengenden Arbeit des Tages. Romilly, seine Frau, schläft in einem anderen Zimmer und ist ohnehin wieder mal «mit Freunden» unterwegs. Vor kurzem ist Danforth klargeworden, dass er keinen einzigen dieser Freunde seiner Frau mehr kennt. Als er auf ihre Facebook-Seite geschaut hat, sagte ihm nicht einmal die Hälfte der Namen etwas. «Berufliche Bekanntschaften», kommentierte seine Frau leichthin, doch falls das stimmt, dann schicken diese beruflichen Bekanntschaften doch sehr berufsferne Nachrichten («Hab dich lieb, Schatz!») und posten Fotos, die sie oben ohne am Strand auf den Malediven zeigen. Romilly hat ihr eigenes Leben, ihre eigene Arbeit (als Innenarchitektin), ihre eigenen Freunde und ihr eigenes Konto. Morgens um neun verlässt sie mit ihrem weißen Fiat 500 das Haus und kommt abends um sechs zurück, wenn Danforth gerade mit der Abendfütterung beschäftigt ist. Später geht sie meistens noch einmal weg, um auf diversen Künstler-Partys zu «networken». Danforth isst für gewöhnlich mit seiner Stallbelegschaft; wenn Romilly einmal zu Hause ist, verzehrt sie ihr Abendessen mit Randolph vor dem Fernseher. Sie kommt sehr viel besser mit Randolph aus als er. «Er macht eine kreative Pause», erwidert sie, wann immer er auf den gemeinsamen Sohn zu sprechen kommt. «Eine kreative Pause? Er ist doch kein Schauspieler.» – «Vielleicht wird er das noch», kontert Romilly. «Zumindest überlegt er, Stunden zu nehmen.» Und Danforth stapft voller Verachtung in Richtung seiner Ställe davon. Seiner Ansicht nach ist «Stunden nehmen» nur ein Euphemismus für Arbeitslosigkeit.

Romilly also ist wieder irgendwo unterwegs und diskutiert über französische Filme und italienische Weine (Danforths Vorstellung von solchen Anlässen basiert noch immer auf den Artikeln aus den Zeitschriften, die ihm sein Kindermädchen in den Fünfzigern vorgelesen hat), und er wälzt sich in dem alten Doppelbett herum, das noch von seinen Eltern stammt. Er steht auf, geht aufs Klo, trinkt einen Schluck Wasser, versucht, sich im Kopf Stammbäume aufzusagen. Es ist ganz still im Haus; hin und wieder hört er ein Stampfen oder Wiehern aus den Stallungen, doch das sind eigentlich beruhigende Geräusche, die ihm sonst immer das Gefühl geben, dass alles in bester Ordnung ist. Weshalb hat er dann heute Abend das Gefühl, dass alles ganz und gar nicht in bester Ordnung ist? Etwa wegen dem armen Neil? Natürlich bedauert er den Tod des Museumsdirektors. Neil schien so ein netter Kerl zu sein, etwas nervös vielleicht, aber doch von Grund auf anständig, hochintelligent und sehr darauf erpicht, das Smith-Museum in eine moderne, «interaktive» Einrichtung zu verwandeln (was immer er damit genau gemeint hat). Aber jetzt lebt Neil nicht mehr, hat tot neben dem Sarg von Danforths illustrem Vorfahren gelegen. Lastet ihm diese scheußliche Szene noch so auf dem Gemüt? Der Sarg und die Schlange. *Die Große Schlange wird ihre Rache fordern.* Unfug, versteht sich. Neil ist eines natürlichen Todes gestorben. Tief tragisch, sicher, aber das Leben geht weiter. Er wird den Eltern eine größere Summe zur Verfügung stellen, damit sie in Neils Namen ein Forschungsstipendium oder etwas Ähnliches einrichten können. Damit sein Andenken weiterlebt. Danforth windet sich unruhig unter der Bettdecke. Warum kann er bloß nicht einschlafen?

Er sorgt sich um Caroline. Auch wenn er Nelson gegenüber behauptet hat, Caroline habe ihm nie auch nur einen Tag Sorgen bereitet, sieht es mit den Nächten doch ganz anders aus. Immer, wenn er nicht schlafen kann, sieht er Carolines Gesicht vor sich, vorwurfsvoll und leicht verärgert. Was hat sie bloß für einen Grund, ärgerlich auf ihn zu sein? Er hat doch immer nur sein Bestes getan, obwohl es mit den Kindern oft alles andere als einfach war. Tamsin war immer die Kluge, nur die besten Noten, ein Abschluss in Jura, jetzt eine erfolgreiche Karriere. Sie war schon als Kind organisiert, ein Mädchen, das sich seinen Prüfungsvorbereitungsplan mit vier verschiedenfarbigen Filzstiften schrieb. Randolph war ganz anders: blitzgescheit, wenn er sich Mühe gab, unverschämt beschränkt, wenn er nicht wollte. Aber selbst er hat es durchs Studium geschafft, auch wenn man sich jetzt fragen muss, was er damit anfangen will. Dass er so gut aussieht, macht es nur noch schlimmer. Sein Leben lang haben sich Lehrerinnen, Klassenkameradinnen und später dann Freundinnen krumm und schief gelegt, um ihn irgendwie in Schutz zu nehmen.

Vor solchen Problemen steht Caroline nicht. Im Grunde sind Tamsin und sie einander sehr ähnlich – markant, aber nicht eigentlich schön –, doch während Tamsin ihr dunkles Haar immer ordentlich hochsteckt, trägt Caroline ihres meist offen und ungekämmt. Und während Tamsin sich stets elegant kleidet, läuft Caroline in Reithosen oder in merkwürdigen Hippie-Gewändern herum. Und sie ist so schrecklich ernsthaft – ständig echauffiert sie sich über irgendetwas: Tierquälerei, das Abschieben alter Rennpferde nach Belgien, das Aussetzen von Windhunden und die uralten Vergehen an jeder gottverdammten Volksgemeinschaft auf Erden. Ihre Schulzeit war ein nicht enden wollendes Drama aus Tränen und Tobsuchtsanfällen und leidenschaftlichen Liebes- oder Abscheubekundungen. Caroline hat nicht studiert; stattdessen ist sie um die Welt gereist und mit einer langen Liste von neuen Dingen, für die man sich engagieren kann, zurückgekehrt. Alles gut und schön – nur warum sieht sie ihn dabei ständig an, als wäre er für alle Übel dieser Welt verantwortlich? Hat er die Indianer etwa eigenhändig ausgerottet? Und warum hat Caroline eigentlich keinen Freund? Ständig treibt sie sich mit dieser Frau von der Uni herum, der mit den raspelkurzen Haaren. Vielleicht ist sie ja … Doch so weit reicht Danforths Vorstellungskraft dann doch nicht.

Seufzend geht er nach unten, um sich einen Kakao zu machen. Ein Schuss Brandy dazu kann auch nicht schaden.

Randolph ist in einer Bar, die sich grundlegend von Carolines Pub unterscheidet. Hier ist das Licht schummrig, und es herrscht eine gediegene Atmosphäre. Zwei bullige Türsteher halten dahergelaufenes Gesindel davon ab, hinter das goldene Absperrband vorzudringen. Randolph kippt ein Glas Champagner, ohne weiter darauf zu achten, als wäre es Medizin. Das erste Glas gibt es immer umsonst, als Entschädigung für die Tatsache, dass jedes weitere Getränk etwa so viel kostet wie eine Dreizimmerwohnung (mit Garage). Auch auf die Preise achtet Randolph nicht weiter. Es ist ja genug auf der Bank, und falls einmal nicht, wozu gibt es denn Dispokredite? Er denkt an Clary, seine aktuelle Freundin. Sie hat die unschöne Angewohnheit entwickelt, ihn jeden Montagabend anzurufen. Dabei sind Montagabende doch sakrosankt. Außerdem redet sie gefährlich oft davon, seine Eltern kennenlernen zu wollen. Sonntagsessen daheim mit Mummy und Daddy: Dad, der über die Heupreise jammert, Caroline, die über dem Unrecht der Welt brütet, und überall Pferdescheiße. Völlig ausgeschlossen.

«So allein beim Trinken?» Die Frage kommt von einem Mann Mitte zwanzig, der leicht nach Russe aussieht, mit kahlrasiertem Schädel und ausgeprägten Armmuskeln.

«Jetzt nicht mehr», sagt Randolph.

Romilly Smith leert ihr Bier in einem Zug. Sie hätte Lust auf ein zweites, aber sie muss ja noch heimfahren und braucht außerdem einen klaren Kopf, um mit dieser Bande fertigzuwerden.

«Gewalt muss gerechtfertigt sein», sagt sie. «Ich bin keineswegs dagegen, ich finde nur, wir sollten den richtigen Moment abpassen. Und wir müssen uns rechtfertigen können.»

Ihre Zuhörer, zwei Männer und eine Frau, alle Mitte

zwanzig und in diversen Armeeklamotten, mustern sie grimmig. Mit ihrer weißen Hose und dem grauen Kaschmirpulli könnte Romilly kaum weniger zu der heruntergekommenen Kneipe und dem heruntergekommenen Grüppchen passen, doch sie strahlt Autorität aus, eine unbestimmbare Überlegenheit, sodass die junge Frau fast respektvoll klingt, als sie fragt: «Und bei wem sollen wir uns rechtfertigen?»

«Vor wem», verbessert Romilly geduldig. «Vor der Öffentlichkeit natürlich. Und vor der Presse. So etwas lässt sich nicht einfach unter den Teppich kehren, und das wollen wir ja auch gar nicht. Wir brauchen die öffentliche Aufmerksamkeit.»

«Ist doch egal, was die Presse sagt», wirft einer der Männer ein. «Das sind eh alles Tory-Flachwichser.»

Romilly seufzt. Manchmal ist diese Gruppe wirklich unsagbar beschränkt. Nicht, dass sie selbst eine besondere Schwäche für Tories hätte. Sie war schon in der sozialistischen Arbeiterpartei, als die drei da noch gar nicht auf der Welt waren.

«Es ist nicht egal, weil sie die öffentliche Meinung bestimmen», sagt sie. «Wir müssen geschickt vorgehen. Das Spiel mitspielen. Die Dinge in unsere Richtung lenken.»

«Es ist alles egal», widerspricht die Frau aufsässig. «Alles, bis auf die Sache.»

Sie klingt wie Caroline, denkt Romilly, wenn die mal wieder schmollt, nur dass Caroline niemals den Mumm zu einer echten Protestaktion aufbringen würde. Und bei allen sonstigen Fehlern, an Mumm mangelt es dieser Gruppe nicht.

«Aber ja, Kindchen», besänftigt sie. «Es ist alles egal, bis auf die Sache.»

Danforth macht sich in der leeren Küche seinen Kakao. Die Uhr am Edelstahlherd zeigt 00:15. Eine Viertelstunde nach Mitternacht. Auch wenn sonst niemand in der Küche ist, still ist es hier nie. Die diversen Geräte brummen und summen. Die Spülmaschine arbeitet sich durch ihren x-ten Spülgang. Umweltunfreundlich, laut Caroline. Sie spült ihr ganzes Geschirr mit der Hand. Na, wenn es sie glücklich macht. Danforth spült eine Tasse aus und wischt geistesabwesend einen Fleck von einer der glänzenden roten Schranktüren. Er selbst hat keinen großen Wert darauf gelegt, doch Romilly wollte diese Küche unbedingt. Danforth hätte lieber einen AGA-Herd gehabt, wie seine Eltern, zusammengewürfelte Schränke und einen alten Eichentisch. Doch die alte Küche liegt zerstört irgendwo im Park, und das Unkraut überwuchert die Sandsteinfliesen, auf denen er als Junge im Sommer gelegen und die Ameisen auf ihrem Weg zur Speisekammertür beobachtet hat.

Die Milch kocht, und Danforth nimmt sie vom Herd. Draußen wiehert ein Pferd, ein anderes antwortet. Danforth stockt, Milch tropft auf den Fußboden. Es kommt nur selten vor, dass die Pferde nachts wiehern. Oft ist das eine Art Warnung, ein Signal für den Rest der Herde. Ob er die Überwachungsmonitore in Carolines Häuschen prüfen soll? Nein, an dem stromgesicherten Tor kommt doch kein Eindringling vorbei. Danforth gießt den Kakao auf und blinzelt in grelles Licht. Wieder stockt er. Das Licht sollte doch gar nicht grell sein, nur ein sanfter Schein von den Strahlern über dem Herd (Romilly ist ein As, wenn es um Lichtgestaltung geht). Trotzdem ist der ganze Raum plötzlich in ein unnatürlich weißes Licht getaucht.

Der Bewegungsmelder ist angesprungen.

Danforth tritt ans Fenster. Durch den Torbogen kann er in den Hof schauen, sieht die Köpfe der Pferde als Umrisse im grellen Lichtschein. Vielleicht ist ja ein Fuchs eingedrungen. Erst gestern hat ein Stallbursche von einer riesengroßen Katze geredet, «so groß wie ein Gepard», die am Waldrand entlanggeschlichen sein soll. Geschichten über Großkatzen gibt es immer wieder: Löwen, die aus dem nahegelegenen Zoo entwichen sind, Panther, die in Vorortgärten hausen. Aber ein freilaufendes Tier stört die Pferde. Auch sie brauchen ihren Schlaf.

Barbourjacke und Stiefel warten gleich neben der Küchentür. Danforth streift seine Jacke über und steigt in die Gummistiefel. Rasch überquert er den Parkplatz, wo sein Range Rover in einsamer Pracht steht. Romillys Fiat und Randolphs Porsche sind nicht zu sehen. Wahrscheinlich schaut Romilly gerade einen langweiligen Film mit Untertiteln, während Randolph sich mit irgendwelchen ganz und gar unpassenden Mädchen herumtreibt und diese reizende Clary betrügt. Danforth umrundet das Haus. Lester, der Stallkater, löst sich aus der Dunkelheit und streicht ihm um die Beine. War er etwa der Ursprung der Gerüchte über die große Katze?

Der Hof ist immer noch hell erleuchtet. Ein paar Pferde lugen noch schläfrig aus ihren Boxen, doch die meisten haben sich wieder zurückgezogen. Die Uhr über dem Torbogen zeigt fünfundzwanzig Minuten nach Mitternacht. Das Gras wirkt grau im Mondlicht, die Stalltüren gespenstisch weiß. Lester streunt fröhlich zwischen den mit Plastikplanen abgedeckten Heuballen umher, den Schwanz kerzengerade in die Luft gereckt. Sonst ist nichts und niemand zu sehen.

Danforth Smith stapft zurück zum Haus. Vielleicht kann er ja jetzt endlich schlafen. Auf jeden Fall wird er sich einen Brandy gönnen, vielleicht sogar einen doppelten. An der Tür zur Küche bleibt er stehen und zieht die Stiefel aus. Erst da bemerkt er sie: eine tote Schlange auf der Türschwelle.

9 Früher Morgen in Slaughter Hill: Die Pferde donnern über die Galoppbahn. Caroline hockt im Sattel auf dem Rücken eines grauen Wallachs und kann nur hoffen, dass er stehen bleiben wird, wenn sie das will. Sie hat am Abend zuvor zu viel getrunken, und so was merkt das Pferd, auch wenn es ihrem Vater nicht aufgefallen ist. Danforth Smith, selbst nicht ganz auf der Höhe nach seiner gestörten Nachtruhe, sitzt im Büro und erledigt die Nennungen. Von der Schlange hat er niemandem erzählt. Kater Lester hat das tote Tier inzwischen auf dem Komposthaufen gefunden und es hinter die Scheune geschleppt, um es genauer in Augenschein zu nehmen. Len Harris, der Stallmeister, bereitet den zweiten Pulk Pferde vor, hilft einem jungen Jockey in den Sattel und hängt missmutigen Gedanken über das Einwanderungsgesetz nach. Romilly Smith ist im Bad und rüstet sich für das harte Tagwerk des Vorhänge-Entwerfens. Randolph schläft noch.

Len Harris streckt den Kopf zur Bürotür herein.

«Dieser Neue, Ali Baba oder wie er heißt, ist ganz schön eingebildet, was?»

Danforth seufzt. Er ist selbst kein Musterbeispiel an politischer Korrektheit, aber Lens beiläufige Fremdenfeindlichkeit macht ihm zu schaffen.

«Er heißt Mikelis», sagt er. «Er stammt aus Lettland, und er ist ein erstklassiger Jockey.»

«Wenn Sie's sagen», brummt Len. Er arbeitet seit zwanzig Jahren in Slaughter Hill, und Danforth könnte den Stall ohne ihn gar nicht weiterführen. Manchmal wünscht er sich allerdings, er könnte.

«Ich muss heute Vormittag noch ins Museum», sagt er. «Halten Sie hier die Stellung?»

«Aber klar doch, Chef.» Manchmal spielt Len den alten Getreuen ganz überzeugend. Fehlt nur noch, dass er einen Bückling macht. Danforth lässt sich davon keine Sekunde täuschen, doch es hilft ja nichts, er braucht Len. Caroline ist gut in Verwaltungsdingen, aber sie ist nicht streng genug mit den Pferden und auch nicht mit den Besitzern. Und Randolph … Diesen Satz denkt Danforth gar nicht erst zu Ende.

«Ich bin mit einer Archäologin verabredet», sagt er und wendet sich wieder seinen Unterlagen zu. «Hoffentlich ist sie nicht zimperlich.»

Ruth ist alles andere als zimperlich, doch als sie den Wagen vor dem Museum abstellt, hofft sie trotzdem, dass dort inzwischen sämtliche Spuren von Neil Tophams Todeskampf beseitigt wurden. Sie hat nur knapp vier Stunden geschlafen und fühlt sich der Aussicht auf Blutflecken oder Polizeiabsperrband nicht gewachsen. Doch als sie auf das Gebäude zugeht, strahlt dieses etwas Selbstgefällig-Zugeknöpftes aus, als stünde es schon seit Jahren leer. Ein Schild an der Tür verkündet: «Bis auf Weiteres geschlossen.»

Es scheint kaum vorstellbar, dass drinnen jemand ist, doch kaum hat Ruth geklingelt, wird die Tür auch schon geöffnet. Als hätte der Mann auf der Lauer gelegen.

«Doktor Galloway? Ich bin Danforth Smith. Kommen Sie doch herein.»

Ruth erkennt Danforth Smith vom Samstag zuvor, doch sie sieht ihm an, dass er sich nicht an sie erinnert. Aber er ist höflich, fast schon huldvoll, als er sie durch die staubige Eingangshalle führt. Obwohl das Museum gerade erst zwei Tage geschlossen ist, macht es bereits einen merklich vernachlässigten Eindruck. Neben der Tür liegen achtlos beiseitegeschobene Briefe, und um den Kopf des Alks ranken sich schon die ersten Spinnweben.

«Wie schön, dass Sie kommen konnten», sagt Danforth. «Sie sind doch sicher eine vielbeschäftigte Dame.»

Ruth lächelt. Sie bestreitet weder, dass sie vielbeschäftigt ist, noch erwähnt sie, dass sie das Wort «Dame» nicht leiden kann. Das hätte auch wenig Sinn; wie bei Nelson, so ist wohl auch bei Smith Hopfen und Malz verloren. Außerdem will sie unbedingt die berüchtigte Knochensammlung sehen.

Danforth führt sie durch den Saal für Naturgeschichte, wo ihre Schritte von den schwarzweißen Fliesen widerhallen. Ruth versucht, nicht an die vielen Glasaugen zu denken, die sie beobachten.

«Wann macht das Museum denn wieder auf?», fragt sie.

«Weiß der Himmel.» Danforth Smith bleibt stehen, um einen sichtlich räudigen Dachs zu mustern, der seinen Blick verdrossen erwidert. «Ich muss erst einen neuen Direktor finden, und nach dem, was dem armen Neil zugestoßen ist, werden sich die Leute nicht gerade um die Stelle reißen.»

«Wissen Sie denn schon, wie er gestorben ist?» Um nicht zu sensationslüstern zu wirken, setzt Ruth eilig hinzu: «Ich habe ihn letzten Samstag gefunden.»

Danforth mustert sie mit neu erwachtem Interesse. «Das tut mir leid … das war mir nicht klar. Nein, etwas Definitives konnte noch nicht gesagt werden. DCI Nelson sprach von einer Lungenblutung.»

«Nelson?»

«Ja. Dieser Ermittler. Ein etwas ungeschliffener Diamant, aber durchaus fähig, scheint mir.»

«Ich kenne Nelson.»

«Das wundert mich nicht, bei Ihrer Arbeit.»

«Stimmt.»

«Nun ja.» Danforth wendet sich wieder von dem Dachs ab. «Ich hatte jedenfalls den Eindruck, dass Nelson glaubt, Neil sei eines natürlichen Todes gestorben. Allerdings …»

Ruth wartet. Die Fähigkeit zu wissen, wann man besser schweigt, hat sie mit Nelson gemeinsam.

«Doktor Galloway, haben Sie schon einmal von den Elginisten gehört?»

«Von denen hat mir erst kürzlich jemand erzählt.»

«Ach ja?» Danforth sieht sie an, und Ruth findet, dass er müde, fast schon ausgemergelt aussieht. Bisher war Lord Smith ihr nicht sonderlich sympathisch, doch nun tut er ihr auf einmal beinahe leid.

«Vor etwa einem Jahr bekam ich einen Brief von einer Gruppe, die sich die Elginisten nennt. Sie forderten die Rückgabe der … der Kunstgegenstände, die ich Ihnen zeigen möchte. Offenbar haben sie auch an Neil geschrieben. Scheußliche Briefe, in denen sie ihm drohen und behaupten, er wäre in Lebensgefahr.»

Ruth wird ganz schwindelig. Sie betrachtet die ausgestopften Tiere und beneidet sie um ihr künstliches Waldidyll. Haben Cathbad und seine Freunde tatsächlich Drohbriefe an Neil Topham geschrieben? Auszuschließen ist das nicht, und diese Einsicht ruft Erinnerungen wach, an die Ruth eigentlich lieber nicht gerührt hätte. Hat Cathbad etwas mit dem Tod des Museumsdirektors zu tun? Und was ist mit Bob Woonunga, ihrem reizenden, Didgeridoo spielenden Nachbarn? Was ist seine Rolle bei der Sache?

«Glaubt Nelson …», ihre Stimme klingt ihr seltsam piepsig in den Ohren, «glaubt Nelson, die Briefe haben etwas mit Neils Tod zu tun?»

«Ich denke nicht», sagt Danforth. «Aber es ist schon ein eigenartiger Zufall, finden Sie nicht?»

«Allerdings.»

«Diese ganze Geschichte ist eigenartig. Dass Neil einfach so tot umfällt, neben dem Sarg des Bischofs. Natürlich glaube ich nicht an Flüche …» Er lacht. «Aber seltsam ist es trotzdem.»

«Was ist denn mit dem Sarg passiert?», fragt Ruth. «Er ist doch sicher nicht mehr hier?»

Jetzt wirkt Danforth Smith ernstlich überrascht. «Ich dachte, das wüssten Sie? Er ist in der Universität. In Ihrer Universität. Offenbar benötigt er ein geschütztes Umfeld. Phil Trent meinte, er wolle ihn kommende Woche öffnen. Diesmal in ganz kleinem Rahmen. Er meinte, Sie wären auch dabei.»

Besten Dank auch, Phil, denkt Ruth. Den Sarg hatte er bei dem Gespräch in der Cafeteria mit keinem Wort erwähnt; er war ja auch viel zu beschäftigt damit, über Bananen und natürliche Geburtsmethoden zu reden.

«Wo sind denn nun die Knochen, die ich mir ansehen soll?», fragt sie.

«Hier entlang.»

Sie durchqueren das viktorianische Schreibzimmer, wo Lord Percival Smith starr am Schreibtisch sitzt, die wächserne Feder in der wächsernen Hand. Danforth Smith führt Ruth durch eine lange Galerie, in der die Porträts längst verstorbener Mitglieder der Familie Smith sie von oben herab beäugen. Die Tür zum Saal für Lokalgeschichte ist fest verschlossen. Smith bemerkt Ruths verstohlenen Blick.

«Die Polizei ist mit dem Saal bereits durch. Es gibt nichts mehr zu sehen.» Doch er öffnet die Tür trotzdem nicht.

Am Ende der Galerie liegt das Büro des Direktors, und gleich gegenüber befindet sich eine kleinere Tür, die Ruth beim ersten Mal nicht aufgefallen ist. Die öffnet Smith nun. «Hier geht es runter ins Magazin.»

Die Treppe führt in einen Keller mit Backsteinwänden. Ruth hat sich in unterirdischen Räumen schon immer unwohl gefühlt, und seit den Vorfällen vor zwei Jahren hält sie es kaum noch darin aus. Je weiter sie nach unten kommt, desto stickiger und wärmer wird die Luft. Über ihren Köpfen schlängeln sich leise summende Heizungsrohre. Ruth atmet tief durch und versucht, sich wie ein Profi zu geben. Dies ist schließlich ein Museum und kein Kerker. Am Fuß der Treppe bleibt Danforth Smith unvermittelt stehen und kramt nach einem Schlüssel. Ruth kann nur knapp verhindern, dass sie gegen seinen tweedbedeckten Rücken prallt.

«Ah, da ist er ja.»

Vor ihnen befindet sich eine Rigipswand mit zwei Türen. Die linke davon schließt Danforth auf und tastet nach dem Lichtschalter. Widerwillig folgt ihm Ruth.

Eine flackernde Neonröhre erhellt einen engen Raum mit unverputzten Wänden und Betonboden. Die Wände sind abgerundet und bilden einen Halbkreis, der von der Rigipswand entzweigeschnitten wird. An der geraden Wand stehen Metallregale und in den Fächern Pappkartons. Und auf jedem Karton steht nur ein einziges Wort: Knochen.

Ein ganzes Zimmer voller Knochen.

Ruth ist Expertin für Knochen; ihre Studenten haben ihr sogar einmal ein lebensgroßes Plastikskelett geschenkt. Sie hat Massengräber untersucht und prähistorische Leichen ausgegraben, doch so etwas hat auch sie noch nicht gesehen. Ganze Kartons voller Knochen, einfach in einem Kellerraum gestapelt. Kein Name, kein Datum, einfach nur «Knochen». Sie fragt sich, ob das alles Menschenknochen sind. Es müssen fünfzig, vielleicht auch sechzig Kartons sein.

Erst jetzt merkt sie, dass Danforth wieder das Wort ergriffen hat; in seiner Stimme – Ruth kann es kaum fassen – schwingt Stolz mit.

«Mein Urgroßvater war ein echtes Original. Er ist im neunzehnten Jahrhundert nach Australien gereist, mit den ersten Pionieren. Er war auf der Suche nach Gold. Wussten Sie, dass um 1850 auch in Australien Gold entdeckt wurde? Mein Urgroßopa hat ein Goldbergwerk in

New South Wales gegründet. Wegen dem Land gab es ein paar Scharmützel mit den alteingesessenen Abos, aber er war wohl ein zäher Knochen, denn er hat sich durchgesetzt und ein Vermögen gemacht. Um 1870 kam er nach England zurück, aber da war er schon nicht mehr der Alte. Mein Vater hat ihn immer als sehr wunderlich beschrieben. Seine Sammlung hat er mit hierhergebracht, weiß der Himmel, wie er das angestellt hat. Es sind großartige Stücke dabei. Manche stellen wir auch im Museum aus: Schlangenhäute, Dingofallen, Brandeisen, von Strafgefangenen behauene Backsteine.»

Urgroßopa, denkt Ruth, das muss dann wohl Lord Percival Smith sein, Abenteurer und Tierpräparator. Offensichtlich ging seine Sammellust über das bloße Abschlachten und Ausstopfen heimischer Wildtiere hinaus. Sie hat also recht gehabt mit dem Eindruck, dass mit ihm nicht zu spaßen ist.

«Woher stammen die Knochen?», fragt sie. Ihr Unwohlsein wächst. Es bleibt nur wenig Platz neben den Regalen und den Kartons, und Danforth Smith nimmt viel zu viel Raum ein. Er muss unter der gewölbten Decke den Kopf einziehen. Ruth sieht die Schweißperlen auf seiner Stirn. Es ist sehr heiß, ein leichter Gasgeruch erfüllt den Kellerraum.

«Sie sind alle von Aborigines. Auch die Schädel. Ich vermute, der alte Herr war der Meinung, dass die Abos anders gebaut sind als wir, dass sie direkt von den Höhlenmenschen abstammen oder so. Deshalb hat er angefangen, Knochen zu sammeln. Es müssen mehrere hundert sein.»

Ruth schüttelt den Kopf. Als Expertin für Frühgeschichte hat sie große Vorbehalte gegen den Begriff «Höhlenmenschen», doch das gerät in den Hintergrund angesichts der aberwitzigen Vorstellung von einem Mann, der einfach aus Spaß an der Freude Menschenknochen sammelt und dessen Urenkel offenbar auch noch stolz darauf ist.

«Wo hatte er die Knochen denn her?», fragt sie zaghaft.

«Von überall. Einige stammen von einer Insel. Das sind auch die, derentwegen die Elginisten-Spinner so einen Aufstand machen. Mein Urgroßopa war an einem Salzbergwerk auf der Insel beteiligt.»

Bei dem Wort «Insel» regt sich eine schemenhafte Erinnerung. Ruth hängt der unerheblichen Frage nach, ob Salz tatsächlich aus Bergwerken kommt. Es hört sich an wie eine Geschichte aus *Alice im Wunderland*, einem von Cathbads Lieblingsbüchern. Ihr fällt wieder ein, dass sie sich beim ersten Besuch hier im Museum wie Alice gefühlt hat, hineingeworfen in eine unterirdische Welt, die ihr völlig willkürliche und doch beängstigende Entscheidungen abverlangte. Die kleine Tür oder die große. Iss mich. Trink mich. Laut sagt sie: «Aber woher kommen sie genau? Hat er sie einfach ausgegraben oder …» Oder … was?

«Ach ja, ich glaube schon», sagt Danforth leichthin. «Die Aborigines verscharren ihre Toten ja einfach im Boden, ohne Sarg oder sonst irgendetwas.» Er klingt missbilligend.

«Er hat also Tote ausgegraben?» Ruth traut ihren Ohren nicht.

Danforth registriert ihren Ton und geht in Verteidigungshaltung. «Nach allem, was ich höre, hat er viel Geld dafür bezahlt. Das die Abos dann vermutlich versoffen haben.»

«Und jetzt wollen die Elginisten diese Knochen zurück?»

Danforths Miene verdüstert sich noch mehr. «Die wissen doch gar nicht, was sie wollen. Ahnen begraben, so ein Firlefanz. Das sind doch …» Er deutet auf die Kartons, die sich in den Regalen stapeln. «Das sind doch nicht ihre Ahnen. Das sind nur Knochen.»

Ruth weiß kaum, wo sie anfangen soll. «Aber es sind menschliche Knochen, menschliche Überreste. Sie haben ein ordentliches Begräbnis verdient.» Sie sucht nach einem Beispiel, das für Smith Bedeutung haben könnte. «Nehmen Sie Bischof Augustine. Er ist Ihr Vorfahr. Sie würden doch auch nicht wollen, dass seine Knochen in Pappkartons durcheinander liegen. Sie würden wollen, dass man ihn mit Respekt und Würde behandelt.»

«Aber das ist doch etwas völlig anderes. Er war Bischof.»

«Nun, manche dieser Menschen waren vielleicht auch Bischöfe oder etwas Vergleichbares. Fromme Männer und Frauen.» Ruth bricht ab, weil ihr klar wird, dass sie nur höchst verschwommene Vorstellungen von der Religion australischer Ureinwohner hat. Sie muss an Bob Woonunga denken. *Mein Volk glaubt daran, dass die Welt in der Traumzeit erschaffen wurde, als die Geister der Ahnen noch auf der Erde wandelten.* Es hat wohl wenig Sinn, Danforth Smith davon zu erzählen.

«Also», sagt sie munter. «Was genau soll ich denn nun tun?»

Auch Danforth wirkt erleichtert, die Welt der Geister wieder verlassen zu können. «Ich möchte, dass Sie mir sagen, ob diese Knochen wirklich von Menschen stammen. Nach allem, was ich weiß, könnten sie nämlich genauso gut von irgendeinem dummen Dingo sein. Die Schädel bleiben auf jeden Fall hier, das sind wertvolle Kunstgegenstände – vor allem das Trinkgefäß. Aber wenn die Knochen wirklich von Menschen sind, dann können diese Elginisten sie meinetwegen haben. Hier nützen sie ja auch niemandem.»

«Gut», sagt Ruth. «Ich sehe mir die Knochen an.»

«Bestens!» Danforth reibt sich die Stirn, die er sich gerade am Türrahmen gestoßen hat. «Ach ja, bevor ich's vergesse.» In einer Ecke des Raumes steht eine Art Käfig. Danforth Smith zückt einen weiteren Schlüssel und schließt ihn auf. Eine Metallkiste liegt darin, die an einen Fotokoffer erinnert. «Das sind die Schädel», sagt er. «Sind sie nicht wunderschön?»

Allein mit den Knochen, zieht Ruth ihren Blazer aus, wischt sich die Hände an der Hose ab und holt eine Wasserflasche aus ihrem Rucksack. «Warum schleppt ihr jungen Leute eigentlich ständig Wasser mit euch herum?», fragt ihre Mutter sie jedes Mal. «Ich muss doch auch nicht ständig Wasser trinken.» Kann ja sein, Mum, denkt Ruth, aber unter solchen Umständen bräuchtest wahrscheinlich selbst du einen Schluck Wasser. Sie trinkt langsam und versucht dabei, sich zu konzentrieren. Die Wärme macht sie schläfrig. Die vergangene Nacht war nicht gut. Erschöpft von der aufregenden Begegnung mit dem Didgeridoo ist Kate schon um halb acht eingeschlafen. Doch als Ruth sich um acht Uhr nach unten schleichen wollte, ist sie wieder aufgewacht. Und danach noch einmal um zehn, um Mitternacht und um halb vier. Entsprechend fühlt sich Ruth, als würde sie schlafwandeln und alles durch eine dicke Glasscheibe wahrnehmen. Sie steckt die Wasserflasche in den Rucksack zurück. Sie muss sich beeilen. Um zwölf hat sie Vorlesung. Im Übrigen tut diese Wärme den Knochen sicher nicht besonders gut. Auch sie sollten bei gleichmäßig niedrigen Temperaturen aufbewahrt werden, so wie der Sarg von Bischof Augustine. Sie nimmt einen Karton aus dem nächstbesten Regalfach und schaut hinein. Knochen türmen sich darin, gelblichweiß; manche sind nummeriert oder mit einem Datum versehen. Auf den ersten Blick sind es eindeutig Menschenknochen.

Eigentlich hatte sie vor, die Knochen anatomisch korrekt anzuordnen, gibt diesen Plan aber schnell wieder auf. Danforth Smiths Urgroßvater, dieses Original, hat offenbar einfach alles eingesackt, was der Boden des Salzbergwerks auf der Insel hergab. Knochen von Erwachsenen, von Kindern, von Tieren vermischen sich hier zu einem scheußlichen Kolonialmachts-Cocktail. Es sind sogar ein paar hochinteressante Steinwerkzeuge dazwischen, die Ruth beiseitelegt, um sie sich später genauer anzusehen.

Was Cathbad wohl dazu sagen würde? Er und seine Freunde, die Elginisten, die die Knochen wieder mit Mutter Erde vereinen wollen. Sie beschließt, ihn anzurufen. Sie möchte seine Stimme hören, sich vergewissern, dass Cathbad, ihr Freund, der immer so nett zu ihr ist, nichts mit Briefen zu tun hat, die einem Menschen mit dem Tod drohen. Einem Menschen, der dann tatsächlich gestorben ist. Außerdem, sagt sie sich, will sie ihn noch einmal nach dieser «Rückführungs»-Tagung fragen. Aus rein beruflichem Interesse, das absolut nichts mit Max zu tun hat. Es ist so viel passiert, seit sie Max das letzte Mal gesehen hat – allem voran Kates Geburt –, dass sie gar nicht mehr weiß, wie sie zu ihm steht. Sie ruft sich sein Bild vor Augen: groß, lockiges Haar, leicht misstrauische Miene. Als sie Max kennenlernte, war er gerade mit den Ausgrabungen der römischen Villa bei Swaffham beschäftigt, doch schon bald wurde ihr Verhältnis von Ereignissen überschattet, zu denen auch ein Mord gehörte. Auch bei diesem Fall hatte Cathbad seine Finger im Spiel. Er muss wohl doch die Kunst der Allgegenwärtigkeit beherrschen.

Heute allerdings nicht. Cathbad geht nicht ans Telefon. Das ist ungewöhnlich, denn obwohl er standhaft behauptet, Handys würden Gehirntumore verursachen, antwortet Cathbad sonst immer postwendend auf jede SMS und jede Nachricht auf seiner Mailbox. Wo er wohl steckt?

Ruth wendet sich von den Knochen ab und öffnet die Kiste mit den Schädeln. Es sind drei, alle mehr oder weniger intakt. Danforth hat sie als «wunderschön» bezeichnet, und in gewisser Weise kann Ruth das nachvollziehen. Ein menschlicher Schädel ist für jeden Archäologen ein Geschenk, weil er, frei von allen Insignien des Fleisches, ungeheuer viel erzählt. Aber, wie Ruth ihre Studenten stets ermahnt, er ist auch ein Mensch, und hier mussten drei Menschen, drei echte Menschen, die viele tausend Kilometer weit weg geboren und gestorben sind, ihre Schädel in eine Kiste sperren lassen, die im Keller eines Museums in Norfolk aufbewahrt wird. Wie ist es dazu gekommen? Und warum?

Der vierte Gegenstand in der Kiste lässt Ruth den Atem stocken. Es ist nur die obere Hälfte eines Schädels, die Hirnschale, und sie wurde so ausgehöhlt, dass sie tatsächlich einer Schale ähnelt. Das muss das berühmte Trinkgefäß sein. Was für ein Mensch trinkt bloß aus dem Schädel eines anderen? Ruth dreht das Objekt in den Händen und überlegt, zu wem es gehört haben mag. Ohne eine Radiokarbondatierung kann sie unmöglich sagen, wie alt es ist, und auch nicht, ob es von einem Mann oder einer Frau stammt. Bei den vollständigen Schädeln ist das schon leichter: Der breite Überaugenwulst und der ausgeprägte Nuchalkamm sagen ihr eindeutig, dass alle drei männlich sind. Einer weist Narben auf, die auf eine Syphiliserkrankung hinweisen könnten. Doch als sie den letzten Schädel betrachtet, weicht sie unwillkürlich zurück, so erschrocken, als stünde sie Smith senior und seinen grabschänderischen Spießgesellen höchstpersönlich gegenüber.

Der Schädel ist von Schnitten übersät. Deutliche Schnittwunden, nicht verheilt, was davon zeugt, dass sie ihm zum Zeitpunkt des Todes oder kurz danach zugefügt wurden. Die Anordnung der Schnitte deutet darauf hin, dass die Haut vom Schädel entfernt wurde. Der Mann wurde skalpiert.

10

Cathbads Schweigen ist schnell erklärt: Er unterstützt die Polizei bei ihren Ermittlungen. Besser gesagt, er hat Nelson und Judy in seinem Wohnwagen am Strand von Blakeney zu Gast. Cathbad scheint wild entschlossen, das Ganze tatsächlich wie einen privaten Besuch zu behandeln, bietet ihnen Tee und Brownies an, erkundigt sich nach Michelle und den Mädchen. Nelson reagiert schroff. Er ist sauer, dass Cathbad ihn überhaupt in diese Lage gebracht hat. Was zum Geier machen seine Fingerabdrücke am Tatort? Ist der Mann eigentlich überall?

Nelson glaubt zwar nicht, dass Cathbad Neil Topham umgebracht hat, aber irgendwie hängt er da mit drin. Er war an dem Tag im Museum, und was die Elginisten betrifft, so sind sie wie für ihn gemacht. Nichts schätzt Cathbad mehr als einen gepflegten Kampf mit Autoritäten, und so etwas ist genau seine Kragenweite.

«Du weißt vermutlich, warum wir hier sind», eröffnet Nelson die Partie.

«Das wirst du mir sicher gleich sagen», gibt Cathbad vergnügt zurück.

Den Wohnwagen zu durchqueren ist nicht leicht. Von der Decke hängen Objekte, und überall stehen Möbel herum, die größtenteils so mit Stoff behängt sind, dass man nicht weiß, ob man gerade über einen Stuhl oder einen Tisch gestolpert ist. Nelson verheddert sich in einem

Traumfänger aus Muscheln und schlägt hektisch danach, bis der Traumfänger herunterfällt.

«'tschuldigung», brummt Nelson, ohne es zu meinen.

«Macht nichts», sagt Cathbad. «Ich bastele einen neuen.»

«Verkaufst du die an leichtgläubige Touris?» Nelson lässt sich erleichtert auf eine Bank fallen.

«Nein. Ich schenke sie Menschen, die mir besonders viel bedeuten», sagt Cathbad und sieht dabei Judy an, die den Blick abwendet.

Nelson, selbst nicht allzu stolzer Besitzer zweier Traumfänger aus Cathbads Produktion, kommt gleich zur Sache. «Wir haben deine Fingerabdrücke im Museum gefunden. Würdest du uns netterweise erklären, wie das kommt?»

Cathbad macht es sich auf seinem Zauberthron mit der hohen Lehne bequem und lächelt. Nelson mustert ihn finster. Er traut Cathbad nicht, wenn er lächelt.

«Ich war am Samstag im Museum», sagt er. «Das weißt du doch. Ich wollte zur Öffnung von Bischof Augustines Sarg.»

«Aber wieso sind deine Fingerabdrücke dann im Saal für Lokalgeschichte, der für die Öffentlichkeit geschlossen war?»

Cathbad seufzt. Er sieht Judy an. «Warst du schon mal im Smith-Museum?», fragt er sie. «Eine faszinierende Sammlung.»

Judy hantiert mit ihrem Telefon. Sie sieht auch heute wieder müde aus, denkt Nelson, und auf der Fahrt vom Revier hierher hat sie kaum einen Ton gesagt. Herrgott, wenn sie bloß nicht schwanger ist!

Jetzt erwidert sie Cathbads Blick. «Einmal, als ich noch zur Schule ging. Ich fand's langweilig.»

Cathbad ist offenbar begeistert von dieser Antwort. Er lacht. «Dann musst du unter die Oberfläche schauen. Da lauert Schreckliches.»

Langsam hat Nelson die Nase voll. «Du gibst mir jetzt eine klare Antwort», bellt er, «oder wir setzen dieses Gespräch auf dem Revier fort. Warst du an dem Tag im Saal für Lokalgeschichte oder nicht?»

«Ja, Detective Chief Inspector», sagt Cathbad gespielt unterwürfig, «ich war dort. Gegen zwei bin ich angekommen. Es war kein Mensch zu sehen, obwohl das Essen und die Drinks in der Ahnengalerie schon aufgebaut waren. Da bin ich in den Saal für Lokalgeschichte gegangen, um Bischof Augustine meine Aufwartung zu machen.»

«Wozu?»

«Er war ein hochinteressanter Mensch. Er galt allgemein als Heiliger. Und angeblich beherrschte er die Fähigkeit der Bilokation, konnte an zwei Orten gleichzeitig sein.»

Dass Cathbad darauf abfährt, ist Nelson sofort einsichtig. «Und als du dort warst», fragt er, «hast du da den Direktor gesehen?»

«Nein. Es war keine Menschenseele da.»

«Kanntest du Neil Topham? War er vielleicht mal auf einer deiner schrägen Versammlungen?»

«Ich bin ihm ein-, zweimal bei Veranstaltungen im Museum begegnet», erwidert Cathbad würdevoll. «Als Freund würde ich ihn allerdings nicht bezeichnen.»

«Aber an dem Tag hast du ihn nicht gesehen?»

«Nein.»

«War sonst etwas seltsam in dem Saal, als du dort warst?»

Cathbad hebt die Brauen. «Abgesehen von dem riesigen, dreckverschmierten Sarg, meinst du? Nein.»

«Lag irgendwas auf dem Boden? War ein Ausstellungsstück nicht an seinem Platz?»

«Nein, ich glaube nicht.» Cathbads Neugier ist eindeutig geweckt.

«Stand das Fenster offen?»

«Ich weiß nicht … Nein, jetzt fällt mir wieder ein, dass ich noch dachte, wie heiß es dort ist.»

«Heiß?»

Cathbad sieht ihn unschuldig an. «Ja, heiß. Stickig.»

«Was hast du sonst gemacht?»

«Ich bin zum Sarg gegangen, habe ein Gebet an die guten Geister gesprochen. Dann habe ich mich kurz im Saal umgeschaut. Da ist eine Darstellung des Henge an der Wand.»

«Hast du den hier schon mal gesehen?» Nelson hält ein Exemplar des Museumsführers hoch. Es ist nicht das Buch, das neben dem Toten lag (das ist noch bei der Spurensicherung), aber es ist auf derselben Seite aufgeschlagen.

«Das ist doch aus dem Museum, oder?»

«Schau dir die Seite an. Hat das irgendeine Bedeutung für dich?»

«Die Familie Smith», liest Cathbad mit höflich interessierter Stimme vor, «ist bereits seit dem Mittelalter in Norfolk ansässig. Das erste nachgewiesene Familienmitglied ist Augustine, der von 1340 bis 1362 Bischof von Norwich war. Bischof Augustine war aufgrund seiner Wohltätigkeitsarbeit sehr beliebt, und nach seinem Tod kamen Hunderte, um seiner aufgebahrten Leiche die letzte Ehre zu erweisen. In der Kathedrale von Norwich findet sich eine Statue von ihm. Im 16. Jahrhundert war Thomas Smith König Heinrich VIII. bei der Auflösung der Klöster behilflich und wurde dafür 1538 mit der Abtei Slinden, einem ehemaligen Kloster, belohnt. Unter der Herrschaft Maria Tudors bekehrte sich Thomas zum Katholizismus, wurde dann aber unter Elisabeth I. wieder zum loyalen Protestanten. 1560 wurde er in den Adelsstand erhoben. Im Bürgerkrieg war Slinden Schauplatz einer ungewöhnlich blutigen Schlacht und wurde daraufhin in Slaughter Hill umbenannt. Lord Edmund Smith, der auf Seiten der

Königstreuen kämpfte, fiel in dieser Schlacht. Weitere bekannte Mitglieder der Familie sind Hubert Smith, der als Schauspieler für Sir Herbert Beerbohm Tree auf der Bühne stand, sowie Sir Gilbert Smith, Parlamentsmitglied der Konservativen in der Regierung Anthony Edens. Der aktuelle Lord Smith ist erfolgreicher Trainer und Besitzer von Rennpferden.»

Die Worte «Tod», «Leiche» und «Slaughter Hill» sind unterstrichen.

«Faszinierende Familie», bemerkt Cathbad.

«Hast du dieses Buch mit diesen Unterstreichungen schon mal gesehen?»

Cathbad, der sich gerade in den abgebildeten Stich der Abtei Slinden vertieft hat, blickt auf. «Nein. Wieso?»

«Es lag in dem Saal, neben Neil Tophams Leiche.»

«Als ich dort war, lag es da noch nicht.»

Nelson sieht Cathbad durchdringend an, doch der erwidert seinen Blick nur mit großen, unschuldigen Augen. Über ihren Köpfen funkeln die Traumfänger.

«Was hast du gemacht», fragt Nelson, «nachdem du den Saal für Lokalgeschichte wieder verlassen hattest?»

«Mich noch kurz in den anderen Sälen umgeschaut und dann ein paar Freunde zum Mittagessen getroffen.»

«Die Namen und Adressen kannst du Detective Sergeant Johnson übermitteln.»

«Mit Vergnügen.»

Cathbad lächelt Judy an, die sich wieder angelegentlich mit ihrem Handy beschäftigt. Und Nelson fragt: «Cathbad, bist du Mitglied bei den Elginisten?»

Cathbad antwortet ohne Zögern. «Ja, bin ich.»

Nelson fängt an, bis zehn zu zählen, gibt aber bei fünf auf.

«Und du hast es nicht für nötig gehalten, das zu erwähnen?»

«Du hast mich nicht gefragt.»

«Hast du den Brief geschrieben, in dem Lord Smith gebeten wird, die Aborigine-Knochen zurückzugeben?»

«Ich gehörte zu denen, die ihn formuliert haben, ja.»

«Kannst du mir auch die Namen der anderen geben?»

«Ich denke schon. Wir haben nichts zu verbergen. Unsere Gruppe arbeitet ganz offen und legal. Wir haben sogar eine Website.»

Das besagt gar nichts, so viel weiß selbst Nelson. Heutzutage hat doch jeder Spinner seine eigene Website. Er beugt sich vor, um Cathbad dazu zu bringen, ihn ernst zu nehmen. Doch der mustert weiterhin Judy und lächelt sein nervtötendes Lächeln.

«Cathbad, hast du oder hat irgendjemand sonst aus der Gruppe jemals Briefe an Neil Topham geschrieben?»

Cathbad lächelt immer noch. «An Neil? Nein. Nicht dass ich wüsste. Wieso?»

«Weil er Drohbriefe erhalten hat. Handgeschriebene Drohbriefe.» Nelson blickt Cathbad starr an; er denkt an andere handgeschriebene Briefe mit Todesdrohungen, die in blumig-poetischer Sprache abgefasst, aber dadurch nicht weniger verstörend waren. Cathbad senkt als Erster den Blick.

«Ich weiß nichts von Briefen an Neil Topham», sagt er. «Ich habe nur dabei geholfen, den Brief an Lord Smith aufzusetzen, weiter nichts.»

«Du hast also den Brief mit aufgesetzt, der Smith mit der Rache der Großen Schlange droht?»

Cathbad runzelt die Stirn. «Das haben wir sicher besser formuliert. Viel poetischer.»

«Mach dich nicht lustig», sagt Nelson. «Es geht hier um ernstzunehmende Vorwürfe.»

Cathbad reißt die Augen auf. «Und was genau wirfst du mir vor?»

Darin liegt das Problem: Nelson weiß es nicht. Er weiß allerdings sehr genau, dass an dem fraglichen Tag im Museum etwas vorgefallen sein muss. Henty und Taylor haben den Sarg um halb zwei abgeliefert. Cathbad, wenn man ihm denn glauben will, war um zwei dort, hat Neil Topham aber nicht gesehen. Ruth ist um sechzehn Minuten nach zwei gekommen, und da war Topham bereits tot.

«Du hörst von uns», sagt er und steht auf. «Einstweilen darfst du das Land nicht verlassen.»

Rocky und Clough haben bei ihrer Haustürbefragung nur wenig Glück. Die meisten Gebäude rund um das Smith-Museum beherbergen Büros, in denen samstags niemand ist. Die Leute von der Autowerkstatt gegenüber haben nichts gesehen, die Betreiber des Ladens an der Ecke auch nicht. Sie wollen schon aufgeben, da gibt ihnen der Ladenbesitzer den Tipp, doch mal den alten Stanley zu fragen.

«Wer ist denn der alte Stanley?», fragt Clough, der die Gelegenheit nutzt, um seine Schokoladenvorräte aufzustocken.

«Der Hausmeister aus dem Wohnblock hinter dem Museum. Der ist ständig draußen, fegt Laub zusammen oder macht sonst irgendwas. Der alte Stanley sieht alles.»

«Dann werden wir ihn aufsuchen», verkündet Clough großspurig. «Auf geht's, Rocky.»

Stanley wohnt im Erdgeschoss des Mietshauses gleich hinter dem Museum. Seine Wohnung ist gespickt mit Fotos seiner Kinder und Enkelkinder, doch sein Hauptanliegen ist es offensichtlich, das Grundstück frei von Hundekot zu halten.

«Früher waren ja keine Hunde in den Wohnungen erlaubt», berichtet er. «Aber die Mieter haben sich beschwert, und jetzt kacken die Köter überall hin.»

«Benutzen die denn keine Kotbeutel oder wie das

heißt?», fragt Clough. Er hätte gerne einen Hund, doch Trace ist allergisch. Zumindest behauptet sie das.

«Kommen Sie mir nicht mit Kotbeuteln.» Stanley macht ein finsteres Gesicht. «Da liegen dann stattdessen überall kleine Plastiksäckchen mit Scheiße herum. Keinen Anstand haben die Leute.»

«Tja», sagt Clough. «Also, Mr. … ähm … Stanley. Wir untersuchen einen Vorfall im Museum vergangenen Samstag, und da haben wir uns gefragt, ob Sie am Samstag zwischen zwölf Uhr und vierzehn Uhr dreißig zufällig draußen waren?»

«Möglich», antwortet Stanley misstrauisch.

«Ist Ihnen vielleicht etwas Verdächtiges aufgefallen? Irgendwelche Leute, die das Museum betreten oder verlassen haben?»

«Da war so ein Mann.»

Clough setzt sich aufrechter hin, und sogar Rocky schaut interessierter drein.

«Was denn für ein Mann?»

«Er war auf dem Parkplatz. Muss gegen zwei gewesen sein, ich hatte nämlich das Radio dabei, und diese Talkrunde, *Any Questions*, war gerade vorbei. Danach kommt immer *Any Answers*, wo die ganzen Neunmalklugen anrufen. Dass die nichts Besseres zu tun haben!»

«Dieser Mann», souffliert Clough, «was war mit dem?»

«Der lief über den Parkplatz. Hab ihn ein bisschen beobachtet. Er ist zum Altkleider-Container gegangen und hat einen Schuh reingeworfen. Einen einzelnen Schuh! Was soll so ein armer Schlucker denn damit anfangen?»

«Wie sah er aus?»

«Hab ihn nur von hinten gesehen. Groß war er. Hatte einen dunklen Anzug an und einen Hut auf. Ich denk mir noch, sieht aus wie ein Geschäftsmann. Heutzutage trägt ja kaum mehr jemand Anzug. Das verkommt alles.»

Darauf geht Clough, der Jeans anhat, nicht weiter ein. «Was hat er dann gemacht?»

«Gegangen ist er. Nach rechts, glaub ich, Richtung Innenstadt. Ein paar Minuten später war dann die Hölle los. Krankenwagen, Polizei, die ganze Nummer.»

«Warum haben Sie das nicht zu Protokoll gegeben?»

Stanley zuckt die Achseln. «Ich hab gedacht, das geht mich nichts an. Bin ja schließlich kein Spitzel.»

Auf der Fahrt zurück zum Revier ist Clough hocherfreut über die mögliche Spur, aber gleichzeitig voller Verachtung für Stanley und die Menschheit insgesamt.

«Da denkt der, das geht ihn nichts an! So ein alter Spinner. Hat wohl wirklich nur Hundekacke im Kopf.»

«Ich hätte gern einen Hund», sagt Rocky. «Einen Labrador. Die sollen klug sein.»

«Auf jeden Fall klüger als du», sagt Clough.

Auch Nelson und Judy sind auf dem Rückweg ins Revier.

«Dieser verdammte Cathbad!» Nelson schäumt immer noch. «Was in diesem Scheiß-Bezirk auch passiert, immer hat er irgendwie die Finger drin. Langsam glaube ich, er hat auch so eine Fähigkeit zur Bi-schießmichtot, wie dieser Bischof Augustine, und kann an zwei Orten gleichzeitig sein. Wissen Sie noch, wie er damals mitten im Schneesturm aufgekreuzt ist? Bei Ruth zu Hause?»

«Ja», sagt Judy.

Nelson dreht sich zu ihr um, sodass der Wagen gefährlich schlingert. «Alles okay mit Ihnen, Johnson? Sie haben heute wohl ein Schweigegelübde abgelegt.»

Es kommt höchst selten vor, dass Nelson seine Untergebenen fragt, wie es ihnen geht. Judy weiß, dass er nur nett sein will. «Alles bestens», sagt sie. Um sich selbst und ihn auf andere Gedanken zu bringen, überfliegt sie die Namensliste, die Cathbad ihr gegeben hat.

«Lieber Himmel, Boss. Hören Sie sich mal an, mit was für Leuten Cathbad am Samstag angeblich mittagessen war! Akema Beaver, Derel Assinewai, Bob Woonunga. Gibt's die wirklich?»

«Cathbads Freunde haben doch immer komische Namen. Wo wohnen die denn so?»

«Alle hier in der Gegend – ach du Schande!»

«Was denn?» Der Wagen schlingert wieder.

«Bob Woonunga. Der wohnt in der New Road 1. Gleich neben Ruth.»

Zurück an der Universität geht Ruth in die Cafeteria, um sich mit einem Kaffee zu stärken. Dort läuft sie als Erstes Ted dem Iren in die Arme. Ted gehört zu den Feldarchäologen, und Ruth ist ihm schon häufig begegnet. Er ist so etwas wie ein Freund, auch wenn sie nicht das Gefühl hat, ihn sonderlich gut zu kennen. Einmal hat er ihr sogar gestanden, dass er eigentlich gar nicht Ted heißt.

Jetzt allerdings begrüßt er sie überschwänglich. «Ruth! Lange nicht gesehen! Setzt du dich zu mir?»

Obwohl es erst elf ist, mampft Ted ein großes Stück Pizza, ergänzt durch eine Dose Bier.

«Viel Zeit habe ich nicht. Ich habe um zwölf Vorlesung.»

«Wozu denn? Die meisten Studenten können doch eh kein Englisch mehr.»

Tatsächlich kommen Ruths Studenten inzwischen fast alle aus dem Ausland. Sie unterrichtet Doktorandenkurse, und die Universität kann die Zuschüsse gut gebrauchen. Das Englisch ihrer Studenten ist aber in aller Regel untadelig.

«Die können besser Englisch als ich», sagt sie. «Wie geht es dir, Ted?»

«Bestens. Kann nicht klagen.» Er grinst und lässt dabei

zwei Goldzähne sehen. «Aber du hast jetzt mit dem verfluchten Sarg zu tun, wie ich höre?»

«Was? Ach so, Bischof Augustine. Habt ihr ihn gefunden?»

Die Feldarchäologen werden hauptsächlich auf Baustellen eingesetzt. Die Baufirmen sind verpflichtet, Archäologen hinzuzuziehen, wenn sie auf historischen Grundstücken bauen. Meist steht das Team aber unter dem massiven Druck, bloß nichts zu finden, was wertvoll genug wäre, die Bauarbeiten zu verzögern. Die wirtschaftlichen Belange wiegen gewöhnlich schwerer als das historische Forschungsinteresse.

«Ja», sagt Ted. «Da, wo der neue ASDA-Markt gebaut werden soll. Wir wussten, dass da mal eine Kirche stand, eine von den ganz frühen. Aber wir hatten natürlich nicht damit gerechnet, den Kameraden dort zu finden, hübsch verpackt in seinem Sarg. Ist uns ordentlich in die Glieder gefahren.»

«Wusstet ihr denn, wer es ist?»

«Na ja, steht ja groß und breit außen drauf.» In den Sargdeckel ist der Name «Augustine» und ein Bischofsstab eingraviert. «Und wir hatten auch von der Legende gehört.»

«Was denn für eine Legende?», fragt Ruth wider besseres Wissen.

«Der alte Augustine hat jeden verflucht, der seinen Sarg öffnet. Steht alles in den Aufzeichnungen im Archiv der Kathedrale. Wer immer seine Leiche schändet, der wird von einer riesigen Schlange geholt und gefressen.»

«Eine riesige Schlange?» In Ruths Kopf regt sich eine Erinnerung.

«Ja. Vermutlich Satan höchstpersönlich. Augustine war für seine erfolgreichen Teufelsaustreibungen bekannt. Die Statue in der Kathedrale zeigt ihn, wie er mit dem Fuß auf eine Schlange tritt. Vielleicht wollte der Teufel ja endlich Rache nehmen.»

Ted der Ire grinst und verschlingt den Rest seiner Pizza mit einem Happs.

11

Die zweite Sargöffnungszeremonie vollzieht sich unter völlig anderen Bedingungen als die erste. Keine Häppchen, keine Großpackungen Wein, nur ein steriler Raum im Naturwissenschaftstrakt der Universität. Keine Presse, keine Würdenträger, nur ein Grüppchen Leute in Einweg-Schutzanzügen: Phil, Ruth, Chris Stephenson, Lord Smith und, zu Ruths Erstaunen und Unbehagen, Nelson. Erstaunt ist sie auch, dass es Cathbad nicht gelungen ist, sich einzuschmuggeln; immerhin arbeitet er doch bei den Naturwissenschaftlern. Doch Cathbad ist nach wie vor nicht erreichbar. Ted war zwar eingeladen, als Repräsentant des feldarchäologischen Teams, das den Sarg gefunden hat, doch er hat abgesagt. Er hat ausrichten lassen, er fürchte sich vor dem Fluch.

Trotz der tristen Umgebung liegt eine deutliche Spannung in der Luft. Der Sarg, aufgebockt auf zwei Tapeziertischen, wirkt nämlich weder steril noch wissenschaftlich – fast sogar ein wenig bedrohlich, ein dräuendes, düsteres Etwas inmitten der weißen Kacheln. Neben dem Sarg steht ein mit einem weißen Laken bedeckter Tisch, der für das Skelett des Bischofs gedacht ist. Mehr als alles andere ruft dieses Detail Ruth in Erinnerung, dass sich in der Holzkiste da ein Mensch befindet, ein direkter Vorfahr jenes hochgewachsenen, grauhaarigen Mannes, der gerade mit Nelson über Pferderennen plaudert. Wer hätte gedacht, dass Nelson sich für Pferde interessiert? Ruth und Nelson haben noch kein Wort gewechselt.

Die Tür geht auf, und ein Techniker bringt Hammer und Meißel herein. Diese Werkzeuge und dazu die Tapeziertische sehen eigentlich viel zu sehr nach Baumarkt aus, um dem Anlass zu entsprechen, doch Ruth weiß, dass es schwierig werden könnte, den Sargdeckel zu entfernen. Er ist mit einer ganzen Menge Nägel bestückt.

«Sollen wir anfangen?», fragt Phil nervös. Der Techniker zückt eine Kamera: Er wird den ganzen Vorgang auf Video festhalten. Ruth kann nur hoffen, dass sie dann nicht auf YouTube landen.

«Woraus besteht der Sarg?», will Lord Smith wissen.

«Eiche», sagt Ruth. «Sehr gute Holzqualität. Manche Särge aus der Zeit sind aus kleineren, aneinandergenagelten Holzstücken, aber dieser hier wurde aus stabilen, großen Stücken gezimmert. Und oben ist er abgeflacht, sehen Sie? Auch das ist ungewöhnlich, ebenso wie die konisch zulaufende Form. Die setzte sich erst im Mittelalter allmählich als Sargform durch. Frühere Särge waren einfach nur rechteckig.»

«Sie kennen sich wirklich aus», sagt Smith anerkennend. Und Ruth, die die letzten Tage damit verbracht hat, sich in mittelalterliche Bestattungspraktiken einzulesen, gibt sich Mühe, ihren Stolz nicht zu zeigen.

«Ist da noch ein weiterer Sarg drin?», fragt Chris Stephenson.

«Nein. Wir haben den Sarg durchleuchtet, und es ist nichts weiter darin als ein Skelett, in eine Art Stoff oder Tuch gewickelt. Manche Toten aus dieser Zeit wurden in Innensärgen aus Blei bestattet, aber das blieb relativ selten. In St. Bees, in Cumbria, wurde auf dem Gelände einer alten Abtei einmal ein Toter gefunden, in dessen Sarg sich ein weiterer Sarg fand und darin noch ein weiterer, wie bei einer Babuschka-Puppe. Aber das kam wie gesagt selten vor. Blei war ja auch sehr teuer.»

«Aber er war doch Bischof!», ereifert sich Smith, den offenbar allein die Andeutung kränkt, sein Vorfahr habe sich nicht das Beste vom Besten leisten können.

«Vielleicht hat er sein ganzes Geld ja den Armen gespendet», sagt Ruth. Nach allem, was sie über mittelalterliche Bischöfe weiß, ist das zwar unwahrscheinlich, doch immerhin bringt es Danforth Smith vorläufig zum Schweigen.

Phil macht sich ziemlich zaghaft (er ist nicht gerade für seine handwerklichen Fähigkeiten berühmt) daran, die Nägel zu entfernen, die kaum Widerstand leisten. Viel zu wenig Widerstand, sinniert Ruth, behält den Gedanken aber für sich. Die dicken, stark verrosteten schwarzen Eisennägel werden zur späteren Begutachtung beiseitegelegt. Die Spannung steigt, alle treten näher an den Sarg heran. Und dann, gerade als Phil den letzten Nagel entfernt hat, klingelt Ruths Handy.

Sie flucht innerlich. Eigentlich wollte sie das Ding doch ausschalten. Fast tut sie das noch, doch dann sieht sie, dass der Anrufer Cathbad ist. Sie entfernt sich ein paar Schritte von der Gruppe und zischt: «Cathbad? Ich kann jetzt nicht reden.»

Cathbad klingt belustigt. «Bist du gerade bei der großen Enthüllung?»

«Ja. Wieso bist du nicht hier?»

«Ich bin nicht eingeladen.»

Als ob dich das je von etwas abhalten würde, denkt Ruth.

Laut sagt sie: «Können wir später reden?»

«Klar. Ich komme so gegen sechs bei dir vorbei.»

Das ist nicht ganz das, was Ruth im Sinn hatte, aber für Diskussionen hat sie jetzt keine Zeit. Verärgert sieht sie, dass der Deckel bereits gelüftet ist und Nelson und Lord Smith in den offenen Sarg schauen. Der Techniker filmt eifrig.

«Ich muss aufhören», sagt sie. «Ciao.»

«Dein Auftritt, Ruth», sagt Phil huldvoll, obwohl er wegen des Anrufs mit Sicherheit sauer auf sie ist. Als sie näher kommt, sieht sie, dass das Skelett in einen seidigen Stoff gewickelt ist, der aber zugleich wie mit Wachs imprägniert wirkt. Neben dem Kopf entdeckt sie, bestens erhalten, den oberen Teil des bischöflichen Krummstabs.

«Bischöfe wurden häufig mit ihrem Krummstab beigesetzt», erläutert Phil. «Ein interessantes Überbleibsel des Aberglaubens, dass man sein Hab und Gut mit hinüber ins Jenseits nehmen kann. Womöglich wurde dieser hier sogar extra für die Bestattung angefertigt. Die Krümmung sieht aus, als wäre sie aus Jett.» Tatsächlich glänzt die Spitze des Stabs matt und dunkel.

Ruth streift die Handschuhe über und beugt sich über den Sarg. Der Seidenstoff ist gut erhalten, was zweifellos an der dünnen Wachsschicht liegt. «Bienenwachs», sagt sie. «Ein natürliches Konservierungsmittel.» Vorsichtig entfernt sie das Leichentuch. Hinter sich hört sie die anderen aufkeuchen, als das Skelett des Bischofs sichtbar wird.

Es ist ein Skelett wie aus dem Bilderbuch: in Rückenlage, die Arme vor der Brust gefaltet. An einem Finger steckt ein Ring, und unterhalb der Füße kann man einen Schuh erkennen. Doch als Ruth genauer hinsieht, wird ihr noch etwas anderes klar.

Bischof Augustine ist eine Frau.

«Dann war der alte Knabe also in Wirklichkeit ein altes Mädchen. Ist ja der Brüller!» Cathbad lehnt sich im Sessel zurück und lacht aus vollem Hals. Kate, die ihn angestrengt beobachtet, lacht mit. «Bist du sicher?»

«Natürlich bin ich sicher», erwidert Ruth spitz. «Weibliche Beckenknochen unterscheiden sich schließlich ganz offensichtlich von männlichen. Das weibliche Becken ist flacher und breiter, das Schambein deutlich länger. Dieses Skelett ist eindeutig weiblich.»

«Glaubst du, die Leichen wurden ausgetauscht, oder war Bischof Augustine die ganze Zeit eine Frau?»

«Das weiß ich nicht. Es gab doch angeblich auch mal einen weiblichen Papst, oder?»

«Die Päpstin Johanna.» Cathbad nickt und nimmt einen Schluck von seinem Wein. «Sie wurde nur enttarnt, weil sie mitten in einer Feiertagsprozession niedergekommen ist.»

«Ja, das ist allerdings verdächtig.» Ruth schenkt Wein nach. Ursprünglich war es ihr gar nicht recht, dass Cathbad vorbeikommen wollte – Besuch ist ihr zurzeit einfach viel zu anstrengend –, doch jetzt, wo er da ist, findet sie es erstaunlich nett. Die ersten zehn Minuten hat Cathbad mit Kate herumgetobt, die jetzt angemessen schläfrig wirkt, auch wenn sie Cathbad nicht aus den Augen lässt, für den Fall, dass er noch irgendetwas Lustiges macht. Außerdem hat er Wein mitgebracht, was nie verkehrt ist. Ruth schlägt vor, eine Pasta zu machen. Sie ist keine besonders gute Köchin, aber sie hat Hunger, und Cathbad ist kein anspruchsvoller Gast. Er ist Vegetarier (natürlich), sie braucht also nur ein Glas Pesto zu öffnen. Kate isst ebenfalls gerne Pesto, und wenn alles gutgeht, schläft sie danach problemlos ein.

«Was hat denn Lord Smith gesagt?», fragt Cathbad und schneidet hinter dem Weinglas hervor eine Grimasse für Kate. «War es ein Schock für ihn, dass sein berühmter Vorfahr sich als Verkleidungskünstler entpuppt hat?»

«Er war total baff», sagt Ruth. «Ständig hat er mich gefragt, ob ich auch sicher bin. Und Phil war begeistert. Das ist natürlich eine viel bessere Story für die Presse.»

Cathbad verzieht wieder das Gesicht, diesmal aber nicht nur Kate zuliebe. «Na, typisch. Der Mann ist eine solche Rampensau. Arme Shona. Ich weiß wirklich nicht, wie sie es mit ihm aushält.»

Cathbads Zuneigung zu Shona und seine Abneigung gegen Phil hat eine lange Tradition, aber so leicht will Ruth ihn dann doch nicht davonkommen lassen. «Sie hält es mit ihm aus, weil er alles macht, was sie will. Unterdrückt wird sie nicht gerade.»

«Ich weiß. Im Herzen ist sie eine Kriegerin. Aber was ist denn nun mit dem Bischof? Wie willst du das Rätsel lösen?»

«Erst mal werde ich in die Kathedrale gehen und mir die Aufzeichnungen ansehen. Und dann gibt es da noch eine Lokalhistorikerin, die sich bestens mit Bischof Augustine auskennen soll.»

Cathbad nickt. «Janet Meadows. Ja, ich kenne sie, das ist genau die richtige Ansprechpartnerin in dieser Sache. Aber ich würde wetten, der Bischof war tatsächlich eine Frau. Wieso wäre sie denn sonst mit dem Stab beigesetzt worden?»

«Mit dem Krummstab, meinst du? Stimmt. Und sie hat auch einen Bischofsring am Finger. Außerdem lag ein einzelner Schuh im Sarg. Ich weiß allerdings nicht, was das bedeuten soll.»

«Vielleicht für das dritte Bein, das ihr fehlt?», meint Cathbad grinsend.

«Sehr witzig», brummt Ruth. «Ich setze mal die Pasta auf.»

Doch als sie gerade ihre Tochter in den Hochstuhl verfrachtet und die Pasta aufgetischt hat, klopft es an der Tür.

Cathbad springt auf. «Ich geh schon.»

Er wirkt sehr erpicht darauf, den Besucher selbst zu begrüßen, und so ist Ruth nicht allzu überrascht, als Bob Woonunga und sein breites Lächeln in der Tür stehen.

«Ich hoffe, ich störe nicht? Ich hatte Cathbads Stimme gehört.»

«Kein Wunder», sagt Ruth. «Kate und er haben ja auch einen Höllenlärm gemacht.»

«Ich habe Feuerwerk dabei.» Bob hält eine kleine kunterbunte Schachtel in die Höhe. «Das ist doch hier Tradition, oder? Ich dachte, Kate hat vielleicht Spaß daran.» Es ist der 5. November, Bonfire Night, und auf der Heimfahrt hat Ruth es überall knallen gehört und es immer wieder rot und grün am Himmel aufblitzen sehen. Sie fürchtet sich vor Feuerwerk und will Kate so weit wie irgend möglich von Freudenfeuern fernhalten. Trotzdem ist es natürlich nett von Bob.

«Danke», sagt sie. «Das ist lieb. Essen Sie etwas mit?»

«Wenn genug da ist.» Bob setzt sich an den Tisch und winkt Kate zu, die das Gesicht verzieht und ein vernehmliches Furzgeräusch mit den Lippen macht.

«Kate!» Ruth würde am liebsten im Boden versinken.

«Sie macht das Didgeridoo nach», sagt Bob. «Das weiß sie noch. Ein schlaues Mädchen haben Sie da.»

«Sie ist ausgesprochen intelligent.» Cathbad schenkt Wein aus (Ruth hat noch eine zweite Flasche aufgetrieben). «Eine alte Seele.»

«Das hast du auch schon über meinen Kater gesagt.»

«Flint? Tja, er ist eben auch eine alte Seele.»

«Allerdings», pflichtet Bob bei. «Er ist sehr weise.»

Zumindest, denkt Ruth, während sie das Knoblauchbrot aus der Küche holt, hat Cathbad jetzt jemanden gefunden, der seine Sprache spricht. Davor war Erik der Letzte, der ganz und gar auf Cathbads Wellenlänge war. Wenn sie es recht bedenkt, erinnert Bob sie mitunter auch tatsächlich an Erik, in dessen sanfteren Momenten.

«Woher kennt ihr zwei euch eigentlich?», fragt sie und setzt sich neben Kate.

«Von einer Konferenz über kulturelle Rückführungen», erzählt Bob. «Cathbad interessierte sich für einen Knochenfund in der Nähe von Stonehenge, und ich fing gerade erst an, mir darüber klarzuwerden, wie viele unserer Ahnen sich in Privatbesitz befinden. Da haben wir beschlossen, die Elginisten zu gründen.»

«Vorgestern durfte ich Lord Smiths Sammlung besichtigen», sagt Ruth und überlegt dabei, ob «Sammlung» nicht das völlig falsche Wort ist. Aber was soll sie sonst sagen? Beinhaus? Katakomben?

Bob wird sofort merklich aufmerksamer. Er wirft Cathbad einen Blick zu. Seine dunklen Augen mit den auffallend langen Wimpern vermitteln einen Eindruck großer Unschuld. Ruth ist sich da allerdings nicht sicher. Sie hält Bob, wie Flint, für sehr weise.

«Hast du die Schädel gesehen?», fragt Cathbad. «Stimmt es, dass einer davon zum Trinkgefäß gemacht wurde?»

«Ja», sagt Ruth. «Ein grausiges Ding.»

Bob beugt sich vor. «Konnten Sie denn feststellen, wie diese Menschen gestorben sind? Sie sind doch Expertin für so etwas.»

Ruth durchschaut das Schmeichelmanöver, seine Wirkung verfehlt es aber trotzdem nicht. «Die Todesursache konnte ich nicht feststellen. Es sind aber alles männliche Schädel. Einer weist Anzeichen einer Erkrankung auf, vermutlich Syphilis. Und einer …» Sie bricht ab. Ob sie Bob wirklich von ihrer weiteren, noch sehr viel scheußlicheren Entdeckung erzählen soll? Aber sie ist ja weder Smith noch seinen Vorfahren gegenüber zu Stillschweigen verpflichtet, und womöglich dient es ja der Rückführungssache.

«Ja?», fragt Bob.

Ruth seufzt. «Ein Schädel weist Schnittwunden auf. Für mich sah das aus, als wäre kurz nach dem Tod die Haut entfernt worden. Er wurde skalpiert.»

Bob und Cathbad wechseln einen Blick. Bob macht eine seltsame Geste, drückt den Handrücken gegen die Stirn. Er wirkt ernstlich erschüttert. Zum ersten Mal, seit sie ihn kennt, ist ihm das Lächeln komplett vergangen.

«Skalpiert», wiederholt Cathbad. «Warum macht man denn so was?»

«Trophäen», knurrt Bob. Seine Miene ist düster, die Stirn in tiefe Falten gelegt. Er wirkt mit einem Mal richtig furchteinflößend. «Er wurde nicht als Mitmensch betrachtet, sondern als Jagdtrophäe. So wie ein Hirschgeweih an der Wand!»

Ruth muss an das nachgebaute viktorianische Studierzimmer im Museum denken: die Wachsfigur am Schreibtisch, das Hirschgeweih an der Wand. Sie fragt sich, ob Danforth Smiths alter Familiensitz wohl voll mit solchen Objekten war. Aus einem gewissen Pflichtgefühl heraus sagt sie: «Aber das war ja nicht Smith selber. Es war sein Urgroßvater. Das ist lange her. Die damalige Haltung …»

«… war nicht anders als die heutige», fällt ihr Bob ins Wort. «Für einen Mann wie Danforth Smith sind Schwarze keine Menschen. Er verehrt seine eigenen Vorfahren, aber unsere bedeuten ihm nichts. Wir sind Tiere. Wir stehen noch unter den Tieren. Ich habe gehört, seine Pferde sind ihm heilig. Wir sind ihm weniger wichtig als seine Pferde.»

«Ich habe ja versucht, ihm ins Gewissen zu reden.» Es ist Ruth unangenehm, einen solchen Ausbruch verursacht zu haben. «Ich habe ihm gesagt, dass Ihre Vorfahren genauso viel wert sind wie seine. Wie beispielsweise Bischof Augustine. Sie wissen schon, der mittelalterliche Bischof, dessen Sarg wir heute geöffnet haben.» Sie sieht zu Cathbad hinüber und ermahnt ihn stumm, nichts weiter zu sagen.

Cathbad lächelt und beschränkt sich darauf, etwas von der «Heiligen Mutter Kirche» zu murmeln. Die Nachricht von der Skalpierung erschüttert ihn sichtlich weniger als Bob. Wenn sie Cathbad so ansieht, kann Ruth sich kaum vorstellen, dass er einen so gewaltigen Zorn auf das Museum entwickeln kann, weil es die Schädel nicht zurückgibt, dass er Neil Topham Briefe schreibt und ihm mit dem Tod droht. Irgendwer hat das allerdings getan.

«Es geht um Besitzansprüche», fährt sie fort. «Smith findet, die Knochen gehören ihm, weil sein Urgroßvater sie mitgebracht hat. Da lässt er nicht mit sich reden.»

«Typisch britisches Oberschichtsgehabe.» Cathbad lächelt immer noch. «Du solltest mit dem Knochen auf ihn zeigen, Bob.»

«Mit dem Knochen auf ihn zeigen?», fragt Ruth. «Was soll denn das heißen?»

«Das ist ein Aborigine-Fluch», sagt Bob mit einem Seitenblick auf Cathbad. «Er bringt den sicheren Tod.»

«Das glauben Sie jetzt aber nicht im Ernst?»

Bob zuckt die Achseln. «Es gibt genügend Leute, die es glauben. Wissen Sie, es kommt immer wieder vor, dass Touristen Steine aus australischen Nationalparks mitnehmen. Wochen oder Monate später schicken sie die Steine dann oft zurück und schreiben, sie hätten nur Pech gehabt, seit sie sie mitgenommen haben. Sobald die Steine wieder auf heimischem Boden sind, ist der Fluch aufgehoben. Und jetzt stellen Sie sich mal vor, wie viel schlimmer es ist, die Knochen unserer Ahnen mitzunehmen und sie am anderen Ende der Welt zu verwahren. Man kann sich keinen böseren Zauber denken.»

«Na, vielleicht ändert Danforth Smith seine Meinung ja noch», sagt Ruth. «Er kann die Gebeine schließlich nicht ausstellen. Was hat er davon, sie im Keller einzuschließen?»

«Täuschen Sie sich da mal nicht, Ruth», meint Bob. «Sie müssen unbedingt zu der Tagung am Wochenende kommen. Wir können Ihnen Geschichten von ganzen Stämmen erzählen, die ausgelöscht wurden. Von viktorianischen Abenteurern, die die Aborigines gejagt haben wie Tiere. Echte Gentlemen, so wie Lord Danforth Smith.»

«Das ist unglaublich», sagt Ruth. «Ich hatte ja keine Ahnung.»

«Ich kannte mal einen Weißen, der hatte den Schädel eines Aborigine auf seinem Kaminsims. Er hat richtig damit geprahlt. An Weihnachten setzte er ihm eine Nikolausmütze auf. So ein netter alter Abo-Kopf, damit die Kinder was zum Lachen haben.»

«Was ist aus ihm geworden?», fragt Cathbad.

«Er ist inzwischen tot», sagt Bob. «Die Macht der Ahnen ist groß.»

Ruth läuft es tatsächlich kalt den Rücken hinunter. Einen Moment lang bedauert sie, den Kellerraum im Smith-Museum mit den Kisten voller Knochen überhaupt zu Gesicht bekommen zu haben. Hat sie die Ahnen auch wirklich respektvoll genug behandelt? Sind sie womöglich als Nächstes hinter ihr her? Ein Glück, dass Penne mit Pesto keine Knochen enthält. Sie will etwas sagen, egal, was, um die Stimmung wieder aufzuhellen, doch da sorgt Kate für Ablenkung. Sie ist eingeschlafen, mit dem Kopf im Pastateller.

Als Kate im Bett ist, gehen Bob und Cathbad in den Garten hinaus, um das Feuerwerk zu zünden. Ruth sieht vom Fenster aus zu. Sie redet sich damit heraus, dass sie hören will, wenn Kate aufwacht, doch sie will vor allem möglichst weit weg sein von diesen furchterregenden Päckchen, die mit Tod und Verstümmelung drohen. Auf einer größeren Rakete ist sogar ein Totenschädel mit gekreuzten Knochen abgebildet. Das sollte doch jedem vernünftigen Menschen genügen, um sich davon fernzuhalten. Außerdem ist es viel zu kalt draußen.

Cathbad und Bob amüsieren sich dagegen königlich. Anscheinend hat Bob seinen Anflug von Düsternis schon wieder überwunden. Ruth muss daran denken, wie vollständig sich seine Miene verändert hat, als er von Flüchen und bösem Zauber sprach. Sie ist lange genug mit Cathbad befreundet, um zu wissen, dass manche Menschen an Flüche glauben, an Verwünschungen und schlechtes Karma, doch sie selbst hat immer noch Probleme mit dem Konzept. Gibt es da draußen wirklich bösartige Kräfte, die nur darauf warten, zuzuschlagen – oder schlimmer noch: dass man sie sich zunutze macht? Und kann Bob, ihr lächelnder Nachbar, tatsächlich den Tod bringen, indem er mit einem Knochen auf jemanden zeigt? Seit Jahren wehrt Ruth sich gegen den Erweckungsglauben ihrer Eltern und ist überzeugte Rationalistin, trotzdem hat ein Mensch, der glaubt, er könnte Unglück über andere Menschen bringen, etwas Verstörendes für sie. Aber glaubt Bob das denn überhaupt? Vielleicht ist das alles ja nur ein einziger großer Scherz.

Sie beobachtet, wie Bob lachend den Stecken für das Feuerrad in den Boden klopft. Er ist mit Sicherheit harmlos, einfach nur ein leidenschaftlicher Mensch, ein Dichter, jemand, der die Vergangenheit ehren und den Toten Respekt erweisen will – so wie Cathbad. Und wie Erik. Eigentlich würde Ruth gern aufhören, ständig an Erik zu denken, vor allem spätabends im Salzmoor, zu einer Zeit, wenn, wie Erik sagen würde, ruhelose Geister auf der Suche nach dem Licht die Welt durchwandern. Sie möchte Erik einfach als brillanten Archäologen und verehrten

Lehrer in Erinnerung behalten. Doch auch die dunkleren Erinnerungen kommen hartnäckig zurück. Eine Gewitternacht, Blitze, die den Himmel wie Feuerwerkskörper durchzucken, ein verborgenes Zimmer, ein furchtbares Geheimnis. Mit Mühe schiebt Ruth die Bilder beiseite. Sie will nur an seine guten Seiten denken. Auch bei Bob. Er ist ein guter Nachbar, ein freundlicher, kreativer Mensch, der Didgeridoo spielt und Kinder mag. Und Flint, auf dessen Urteil Ruth große Stücke hält, liegt ihm schließlich zu Füßen. Augenblicklich schläft Flint allerdings auf dem Bett im Gästezimmer. Er verabscheut Feuerwerk.

Cathbad bückt sich, um eine Rakete zu zünden. Nichts. Er geht wieder hin, um einen neuen Versuch zu starten. Ruth reißt die Tür zum Garten auf.

«Einmal entzündete Feuerwerkskörper soll man nicht mehr anfassen!» Das weiß sie aus der Kinderserie *Blue Peter.*

«Schon gut, Ruth.» Cathbad schwenkt sein Feuerzeug. «Feuer gehorcht mir immer.»

Beschrei's nicht, denkt Ruth. Trotzdem schließt sie die Tür wieder. Es ist windiger geworden, was das Anzünden nicht einfacher macht. Vielleicht geben die zwei ja bald auf. Sie überlegt, ob sie wohl merken würden, wenn sie sich davonschleicht, um die Nachrichten zu sehen.

Da zischt es plötzlich leise, und direkt vor ihr erscheint ein kleiner goldener Baum. Er dreht sich und wirft goldene und silberne Blättchen ab. Bob lacht laut auf, und Cathbad vollführt einen kleinen Freudentanz. Auch Ruth muss wider Willen lächeln. Diese Art von Feuerwerk wirkt nicht weiter gefährlich und ist sogar richtig hübsch. Noch ein paar davon, dann kann sie Teewasser aufsetzen.

Doch es werden noch viele, viele weitere. Wie haben die bloß alle in Bobs kleine Schachtel gepasst? Fontänen, Sterne, kreiselnde Feuerräder, quietschende Raketen – Ruth sieht sie sich alle durch das Fensterchen der Hintertür an. Was ist das bloß für eine Sucht, die Dunkelheit mit Licht und Lärm zu erfüllen? Das gab es schließlich schon viele hundert Jahre vor dem armen alten Guy Fawkes. Wahrscheinlich ein weiterer Versuch, die Schrecken der Nacht und des Winters zu bannen, so wie das Krähen des Hahns im Morgengrauen. Und wie beim Hahn, so ist auch hier ein gewisser Männlichkeitsgestus mit im Spiel. Bob und Cathbad scheinen wild entschlossen, erst wieder ins Haus zu kommen, wenn noch das letzte Fetzchen Zündpapier verbraucht ist. Ruth kennt keine einzige Frau, die sich etwas aus Feuerwerk macht.

Schließlich kommen sie aber doch wieder herein und mit ihnen der Geruch von Schießpulver und Meer.

«Na, wie war das?», fragt Cathbad triumphierend.

«Umwerfend», sagt Ruth. «Wollt ihr eine Tasse Tee?»

«Mir wäre was Stärkeres lieber.»

«Ich müsste noch irgendwo einen Brandy von letztem Weihnachten haben.»

«Perfekt.»

Und so setzen sie sich an den Kamin, trinken Brandy und plaudern über Freudenfeuer, Heidentum und die Räucherzeremonien der Aborigines. Ruth spürt, wie ihr die Augen zufallen, doch sie genießt es, dort zu sitzen und dem An- und Abschwellen des Gesprächs zu lauschen. Wenn sie bloß nicht ständig daran denken müsste, dass Kate jede Minute aufwachen wird. Verstohlen schaut sie auf die Uhr. Halb zwölf. Selbst bei optimistischster Schätzung ist Kate in sechs Stunden wieder wach. Ruth unterdrückt ein Gähnen, spürt, wie ihr Kiefer sich dehnt.

«Wir sollten langsam gehen», sagt Bob. «Ruth muss morgen früh raus.»

«Ach, Ruth ist doch eine Nachteule.» Cathbad schenkt sich Brandy nach.

«Das war ich mal», sagt Ruth. «Inzwischen bin ich eine Lerche. Wenn auch nicht ganz freiwillig.»

«Na komm, Cathbad.» Bob steht auf und dreht sich zu Ruth um. «Danke für den schönen Abend.»

«Danke für das Feuerwerk.»

Bob grinst. «Tja, der Sonnengott muss eben auch sein Opfer haben. Stimmt's, Cathbad?»

«Auf jeden Fall.»

«Soll ich dich noch irgendwo hinfahren?», fragt Bob. Ruth hat gar nicht daran gedacht, dass Cathbad ja ohne Wagen hier ist. Er fährt so gut wie nie. Er besitzt zwar ein Auto, doch das ist das klapprigste Gefährt, das Ruth je gesehen hat. Erik hat immer gemutmaßt, dass es wohl noch aus der Bronzezeit stammt.

«Nein, danke. Ich gehe nachts gern zu Fuß.»

«Dann fahre ich dich wenigstens bis Snettisham.»

«Na gut.»

Ruth sieht ihnen nach. Das Salzmoor liegt schwarz und schweigend; noch haben die Götter der Nacht die Oberherrschaft. Als Bobs Rücklichter im Dunkeln verschwunden sind, geht Ruth ins Haus zurück und verriegelt die Tür.

12

Der Necromancer kantert die Allwetterbahn entlang. Er läuft bergan, der Hals wölbt sich unter dem Zaumzeug, die kräftigen Hinterläufe treiben ihn mit langen, schwungvollen Sprüngen voran. Als er oben an der Steigung abbiegt, schlagen seine gewaltigen runden Hufe Funken aus dem zerstampften Boden. Er erhebt sich in die Luft, die Augen glutrot, Mähne und Schweif in hellen Flammen. Er fliegt über das Haus hinweg. Nun ist die Milchstraße seine Rennstrecke, die Sterne sind sein Hindernis. Der Asteroidengürtel schlängelt und windet sich unter seinen Füßen. Er wird zur Schlange, die zischelnd auf die Erde herabfällt. Die Schlange ist größer als der Himmel, größer als die Erde. Die Schlange ist klein genug, um ihm ins Ohr zu flüstern: «Du wirst sterben.»

Danforth Smith schreckt hoch, und sein Herz macht einen Satz. Er hört den eigenen Atem im leeren Zimmer widerhallen. Seine Bettdecke ist schweißnass. Er tastet nach dem Wasserglas, fasst aber stattdessen an eine tote Hand. Er liegt neben der Leiche des Bischofs, der ihm das grauenvolle Schädelgesicht zugewandt hat. Danforth will schreien, doch seine Stimme ist ihm abhandengekommen. Voll Entsetzen beobachtet er, wie eine Schlange aus dem Brustkorb des Gerippes kriecht. Grün wie der Tod windet sie sich zwischen den vorstehenden Knochen hindurch. Er weiß, dass sie es auf ihn abgesehen hat, doch ebenso sicher weiß er, dass er sich nicht bewegen, ja, nicht einmal eine abwehrende Hand ausstrecken kann, als der trockene, glatte Körper sich an ihn presst.

Wird sie ihn nun holen, die schwarze Kutsche mit den sechs Pferden und dem kopflosen Fuhrmann? Er hört Niamhs Stimme, ihren süßen irischen Tonfall, glockenhell und klar: «Wenn sie vor deiner Türe hält, dann gibt es kein Entrinnen mehr. Deine Zeit ist gekommen.» Am Himmel strahlen goldene und silberne Sterne, das schwarze Pferd galoppiert über das Firmament. Für einen Moment steht ihm Romilly vor Augen, Hand in Hand mit einer schemenhaften Gestalt, die er nicht erkennt. Dann Randolph, der aus vollem Hals lacht. Und Tamsin, doch sie wendet das Gesicht ab. Schließlich Caroline. Sie will ihm etwas sagen, doch er hört sie nicht. Jetzt kommt auch der Kater Lester, zur Größe eines Löwen angewachsen. Lester öffnet das Maul, und eine Männerstimme sagt: «Die Große Schlange wird ihre Rache fordern.»

Die Schlange hat sein Gesicht erreicht. Er sieht ihre gelben Augen. Im Hintergrund lacht Randolph noch lauter. Danforth will um Verzeihung bitten, doch er weiß, es ist zu spät. *Die Große Schlange wird ihre Rache fordern.* Er betet, dass es nicht weh tun wird, dass er noch ein letztes Mal seine Pferde auf der Galoppbahn sehen kann.

Die gelben Augen sind auf einer Höhe mit seinen. Draußen wartet das schwarze Pferd auf ihn.

13

Normalerweise macht sich Nelson nicht viel aus Frühstück. Am liebsten bricht er zeitig auf und holt sich auf dem Weg zur Arbeit irgendwo ein Schinken-Sandwich. Manchmal geht er auch mit Clough zu McDonald's, wo der immer frühstückt. Jedenfalls kommt es so gut wie nie vor, dass er morgens in der Küche sitzt, ein traditionelles englisches Frühstück mit allem Drum und Dran verzehrt und versucht, mit seiner Frau zu plaudern. Aber heute ist der 6. November, er hat Geburtstag, und Michelle hat erklärt, sie wolle ihm «wenigstens einmal ein ordentliches Frühstück» machen. Das Dumme ist nur: Es ist erst halb acht, und sie haben beide noch keinen richtigen Hunger. Auf Michelles Teller liegt nur eine einzelne Scheibe Toast.

«Nimm doch was von dem Speck, Schatz.»

Michelle schüttelt sich. «Auf keinen Fall.»

«Für mich ist das viel zu viel. Du weißt doch, ich muss abnehmen.»

Michelle ist die Enttäuschung anzusehen. «Ich dachte, du freust dich über ein richtiges Frühstück. Damals in Blackpool hat dir das immer so gut geschmeckt.»

Nelson und Michelle stammen beide aus Blackpool. Nach ihrer Heirat haben sie noch eine Zeitlang dort gelebt, und Nelson ist aufgefallen, dass Michelle in den letzten Monaten häufiger darauf zu sprechen kommt. Als wollte sie sich in eine Zeit zurückversetzen, bevor sie nach Norfolk gezogen sind, bevor die Kinder aus dem Haus waren, bevor es Ruth gab.

«Damals war ich auch noch jung. Und musste noch nicht auf mein Gewicht achten.»

«Du solltest mit mir ins Studio gehen. Du hast doch gesagt, das machst du.»

In der ersten Euphorie nach der Versöhnung sind Nelson und Michelle übereingekommen, mehr zusammen zu unternehmen. Nelson würde mit ins Fitnessstudio kommen, Michelle mit ihm zum Fußball, sie würden öfter essen gehen, am Wochenende wegfahren. Seither ist Nelson genau einmal mit im Fitnessstudio gewesen, sie waren in zwei nicht besonders guten Restaurants, und Michelle hat einen Prospekt durchgeblättert, der Wellness-Hotels und Golfurlaube in allen Details schilderte, aber bei den Preisangaben doch eher zurückhaltend war. Nelson hat versucht, Karten für das Spiel Blackpool gegen Norwich zu bekommen, aber als das nicht klappte, hielt sich die Enttäuschung bei beiden in Grenzen. Michelle geht nicht gern zu Blackpool-Spielen: Orange steht ihr einfach nicht.

«Ich habe keine Zeit», sagt er und leert mit großen Schlucken seinen Tee. «Auf der Arbeit ist gerade die Hölle los. Wir kommen einfach nicht voran mit dieser Drogensache.»

«Ich dachte, jetzt, wo die Mädchen aus dem Haus sind, hätten wir mehr Zeit füreinander», sagt Michelle. Ihre

Töchter studieren inzwischen beide: Laura hat Meeresbiologie in Plymouth belegt, Rebecca Kommunikationswissenschaft in Brighton. Nelson hat großen Respekt vor höherer Bildung – Michelle und er sind beide schon mit sechzehn von der Schule abgegangen –, aber er hätte sich doch gewünscht, dass seine Töchter Fächer studieren, die ihm zumindest etwas sagen. Aber Brighton ist immerhin eine schöne Stadt. Vielleicht sollten sie da mal ein Wochenende hinfahren.

«Heute Abend gehen wir essen.» Er gibt Michelle einen Kuss auf die Wange. «Ich sehe zu, dass ich etwas früher heimkomme.»

Sie ringt sich ein unglückliches Lächeln ab. «Herzlichen Glückwunsch zum Geburtstag, Harry.»

Deprimiert verlässt Nelson das Haus. Er hat generell keine große Schwäche für seinen Geburtstag, und dreiundvierzig klingt erschreckend alt. Sein Vater ist mit fünfzig gestorben. Verdammt. Nur noch sieben Jahre. Und Michelle hat so traurig gewirkt, ganz anders als die selbstbewusste Frau, die er geheiratet hat. Wie soll er das alles bloß wiedergutmachen, ohne die letzten zwei Jahre komplett auszulöschen? Absurderweise denkt er jetzt viel öfter an Ruth als vorher. Früher konnte er sie vergessen, wenn er mit Michelle zusammen war, aber jetzt ist sie die ganze Zeit da, unsichtbar, aber gegenwärtig. Totgeschwiegen. Er lächelt leicht in sich hinein. Der Ausdruck würde ihr sicher gefallen. Verärgert stellt er fest, dass zwei abgeschossene Feuerwerkskörper in seinem Vorgarten liegen. Warum können die Leute nicht einfach zu öffentlichen Partys gehen, anstatt zu riskieren, sich im eigenen Garten abzufackeln? Das macht den Einsatzkräften nur noch mehr Arbeit. Er öffnet das Garagentor und lässt seinen Mercedes an. Heute muss er unbedingt früher heimkommen und Michelle irgendwohin schön zum Essen ausführen. Doch noch bevor er aus seiner Straße heraus ist, bekommt er eine SMS: *Danforth Smith tot aufgefunden.*

Ruth hat niemanden, der ihr Frühstück machen würde, und zumindest für den Moment ist sie darüber auch ganz froh. Kate ist in der Nacht zweimal wach geworden und hat dann unerklärlicherweise bis acht geschlafen. Und Ruth ist so daran gewöhnt, Kate als Wecker zu haben, dass sie längst keinen anderen mehr stellt. Sie ist in heller Panik hochgeschreckt, hat sich irgendetwas zum Anziehen übergeworfen und die Tatsache ignoriert, dass sowohl Kate als auch Flint gefüttert werden wollten. Normalerweise setzt sie ihre Tochter um acht bei Sandra ab, und selbst dann muss sie sich noch sehr beeilen, damit sie um neun in der Uni ist. Sie hat sich angewöhnt, früher im Büro zu sein, weil sie dort inzwischen viel mehr geschafft bekommt. Ihr Zuhause ist kein Ort mehr, an dem sie stundenlang lesen und die Welt vergessen kann. Und heute hat sie auch noch um zehn Vorlesung. Verdammt! Zum Schminken bleibt keine Zeit mehr, sie wird ihre Studenten wohl mit ihrem nackten Gesicht vergraulen müssen. Vielleicht denken sie ja, sie hätte eine Halloween-Maske auf.

Ruth klatscht Katzenfutter in Flints Napf, stopft der widerstrebenden Kate ein paar Löffel Porridge in den Mund und ist gerade auf dem Weg zum Wagen, als ihr Telefon klingelt. Das Festnetz. Sie zögert. Soll sie es einfach klingeln lassen? Wenn es etwas Wichtiges wäre, würde man sie doch auf dem Handy anrufen. Aber vielleicht sind es ja ihre Eltern, die Handys als Teufelswerk betrachten (schließlich sind sie Experten für die Machenschaften des Fürsten der Finsternis). Mit Kate auf dem Arm geht Ruth zurück ins Haus. Flint, sichtlich erfreut über diese Wendung der Dinge, springt auf den Tisch und schnurrt lauthals.

«Doktor Galloway?» Das sind dann wohl nicht ihre Eltern.

«Ja?»

«Hier ist Janet Meadows. Ich bin Lokalhistorikerin. Cathbad meinte, Sie wollen mich sprechen?»

Nicht zum ersten Mal staunt Ruth darüber, wie effizient Cathbads Informationssystem funktioniert. Als er gestern Abend aufgebrochen ist, war es fast Mitternacht, und trotzdem hat er noch Zeit zum Strippenziehen gefunden. Sie schaut auf die Uhr. Gleich neun. Ruth hasst es, zu spät zu kommen; sie spürt bereits, wie sich ihre Stirnmuskeln zu Stresskopfschmerzen verspannen.

«Das wäre toll. Ich bin nur leider gerade etwas …»

«Wie wäre es gleich heute? Mittags. Im Refektorium der Kathedrale.»

«Ich weiß nicht, ob ich das schaffe …» Ruth versucht, sich ihren Stundenplan ins Gedächtnis zu rufen. Zwischen elf und drei hat sie keine Veranstaltung, wenn sie sich nicht täuscht.

«Cathbad meinte, es wäre wichtig.»

Warum ist Cathbad bloß so scharf darauf, dass Ruth mit dieser Frau spricht? Wichtig im eigentlichen Sinn ist es ja nicht, aber trotzdem … Ruth würde gern mit jemandem über Bischof Augustine reden, bevor die Presse von der Sache erfährt. Und ein Mittagessen im Refektorium der Kathedrale hört sich gut an. Seltsam, aber gut.

«In Ordnung», sagt sie. «Treffen wir uns dort.»

Nelson ist erstaunt festzustellen, dass der Betrieb im Rennstall anscheinend ganz normal weiterläuft. Am Tor trifft er auf einen Pulk Pferde, die auf dem Weg nach draußen sind, und im Hof werden gerade weitere gesattelt.

«Pferde können halt nicht warten», erklärt ihm ein wettergegerbter Knabe, der sich als Len Harris, Stallmeister, vorstellt. «Die brauchen ihr Training. Heute sind Rennen, und die Besitzer erwarten von uns, dass ihre Pferde antreten. Das Leben geht also weiter.» Er macht ein Gesicht, als ob ihm klar wäre, wie unpassend sich das anhört. «Obwohl wir natürlich alle am Boden zerstört sind wegen dem Chef.»

In den Gesichtern der Reiter sieht Nelson keinerlei Anzeichen von Zerstörung, doch langsam wird ihm klar, dass sich die Jockeys und Stallburschen grundsätzlich nicht allzu viel anmerken lassen. Sie wirken wachsam, fast schon verschlossen. Vielleicht hängt das ja mit der Anstrengung zusammen, ein Gewicht unter 63 Kilo zu halten. Richtig erschüttert wirkt nur Lester, der Kater, der jämmerlich maunzend im Büro hockt. Als Nelson über den Hof auf das Haus zugeht, folgt Lester ihm.

Diesmal klopft Nelson an die Haustür, die sofort von Randolph geöffnet wird. Auch er wirkt erschüttert, das muss ihm Nelson zugutehalten: Er hat rote Augen und wirkt sehr aus der Fassung, fährt sich mit der Hand durchs Haar und redet zusammenhanglos vor sich hin. «Detective ... ähm ... gut, dass Sie da sind ... wir sind alle ... ähm ... also ... Sie können sich ja denken ... ja ...»

Nelson folgt dem weiterhin stammelnden Randolph in ein großes, helles Wohnzimmer. Dort sitzen zwei Frauen auf einem riesigen Ledersofa, auf dem sie ziemlich verloren wirken. In der einen erkennt Nelson Caroline, die andere ist schlank und hat kurzes graues Haar. Vermutlich die Ehefrau.

«Mein Beileid», sagt er förmlich. «Fühlen Sie sich in der Lage, mit mir zu reden?» Wenn Judy Johnson bloß schon da wäre! Er hat sie gebeten, so schnell wie möglich nachzukommen.

«Sicher», sagt die ältere Frau, die sich als Romilly Smith, Danforths Frau, vorstellt. «Es ist einfach so ein fürchterlicher Schock. Ich bin eben erst aus dem Krankenhaus zurück.»

«Ist Ihr Mann in der Nacht erkrankt?»

«Es kam so plötzlich», sagt Romilly. Nelson schätzt sie um die sechzig, doch sie besitzt immer noch große Anziehungskraft. Eine Frau, die selbstbewusst genug ist, sich nicht die Haare zu färben. Sie ist zwar erschüttert und hält mit einer Hand ein Taschentuch umklammert, wirkt aber dennoch sehr beherrscht. «Gestern schien es ihm noch gutzugehen», sagt sie. «Er hat die ganze Zeit von der Sargöffnung geredet, dass das Skelett darin von einer Frau stammt. Das fand er faszinierend.»

Randolph, der sich gerade einen Whisky einschenkt, lacht unvermittelt auf.

«Ist es dafür nicht noch ein bisschen früh?» Seine Mutter deutet auf das Glas.

«Ich stehe unter Schock, Ma.»

«Wir stehen alle unter Schock», faucht Caroline. Auch sie wirkt tief erschüttert. Sie hat sich das dunkle Haar zum Knoten gesteckt, was sie älter aussehen lässt, aber auch um einiges schöner.

«Dann war Lord Smith gestern also gar nicht unpässlich?» Nelson nimmt in einem butterweichen Sessel Platz, der ihn förmlich verschlingt.

«Nein. Er war ganz wie immer», sagt Romilly. «Wir haben zusammen zu Abend gegessen, er hat mir von dem Bischofssarg erzählt und wie sehr ihn Ihre Kollegin Doktor Galloway beeindruckt hat, und gegen zehn hat er sich verabschiedet. Er geht immer früh schlafen, weil er ja auch so früh aufsteht. Ich bin noch aufgeblieben, habe die Nachrichten und *Newsnight* gesehen, danach bin ich auch ins Bett gegangen. Gegen halb zwölf bin ich aufgewacht, weil Dan rief …» Sie bricht ab.

«Was rief er denn?», fragt Nelson nach.

Romilly Smith holt tief Luft und drückt das Taschentuch an die Augen. Caroline tätschelt ihr ein wenig ungelenk den Arm.

«Ich habe ihn irgendetwas rufen hören. Ich bin in sein Zimmer gegangen, da hatte er offensichtlich einen ganz fürchterlichen Albtraum. Er war schweißgebadet und hatte die Augen weit aufgerissen, schien aber nichts zu sehen.»

«Hat er etwas gesagt? Etwas, was Sie verstanden haben?»

«Er hat von einer Kutsche und Pferden geredet. Erst hinterher ist mir klargeworden, was er damit gemeint haben muss. Als Kind hatte Dan ein irisches Kindermädchen, Niamh hieß sie. Sie hört sich nach einer echten Schreckschraube an, aber er hat sie heiß geliebt. Und sie hat immer von einer schwarzen Kutsche erzählt, die die Leute holen kommt, wenn sie sterben. Sie wird von sechs schwarzen Pferden gezogen, und der Kutscher hat keinen Kopf.»

«Die Todeskutsche», sagt Caroline. «Der schwarze Kutscher klopft dreimal an die Tür, und dem, der ihm öffnet, schüttet er einen Eimer Blut ins Gesicht.»

«Ich dachte, in der Kutsche sitzt eine Todesfee», lässt sich Randolph von der Hausbar her vernehmen. «Wenn man ihre Stimme hört, weiß man, dass die Zeit gekommen ist.»

«Dann kennen Sie die Geschichte also auch?», fragt Nelson.

«Dad hat sie uns immer erzählt», sagt Caroline. «Vor dem Einschlafen.» Originell, denkt Nelson. Es geht doch nichts über Todesfeen und einen Eimer Blut, damit die Kinder friedlich einschlafen. Wie gut, dass er selber nur ein schlichter Mittelschichtsvater war und sich auf *Pu der Bär* beschränkt hat.

«Dann hat Ihr Mann also von dieser Kutsche geredet», sagt er laut. «War das im Fieberwahn?»

«Ich glaube schon. Er sagte immer wieder, die Kutsche

käme ihn holen, und er hat ständig von einer Schlange gesprochen.»

«Eine Schlange?»

«Er meinte, da wäre eine Schlange bei ihm im Bett. Er könnte ihre Augen sehen. Immer wieder hat er von den glühenden Augen geredet.»

«Und was haben Sie gemacht?»

«Ich habe ihm die Stirn gefühlt. Er war glühend heiß, da habe ich den Arzt angerufen. Danach habe ich versucht, Dan kalt abzuwaschen, ihn dazu zu bringen, etwas Wasser zu trinken, aber er war völlig außer sich, er hat geschrien und … und geweint.»

«Wann war das?»

«Gegen Mitternacht.»

«War sonst noch jemand im Haus?»

«Ich war unterwegs», sagt Randolph leicht verlegen. «Ich bin etwa gleichzeitig mit dem Arzt gekommen. Ich konnte gar nicht fassen, in was für einem Zustand Dad war.»

«Ihr hättet mich holen sollen.» Caroline schluchzt.

«Entschuldige.» Ihre Mutter fasst nach ihrer Hand. «Aber wir konnten ja nicht ahnen, wie schlimm es ist. Es ging alles so schnell.»

«Was hat der Arzt gesagt?»

«Er meinte, wir müssten Danforth ins Krankenhaus bringen. Er wäre dehydriert und müsste an den Tropf. Er hat einen Krankenwagen gerufen. Der kam auch sehr schnell, aber auf dem Weg ins Krankenhaus ist Dan gestorben.»

Genau wie Neil Topham, denkt Nelson. Noch ein Mann, der sich eben noch bester Gesundheit erfreut und im nächsten Moment tot ist. Auch das mit der Schlange gefällt ihm nicht. Kein bisschen gefällt ihm das. Ein Satz aus einem der Briefe kommt ihm in den Sinn. *Wir werden kommen, Euch zu holen. Wir werden Euch in der Traumzeit holen.*

«Wurde eine Todesursache genannt?», fragt er. «Es tut mir leid, ich weiß, wie schwer das für Sie ist.»

«Die Sanitäter meinten, Herzinfarkt, aber im Krankenhaus hieß es dann, es könnte auch ein Lungeninfekt gewesen sein.»

Es wird eine Autopsie geben müssen, denkt Nelson. Sicher, Danforth Smith kann durchaus eines natürlichen Todes gestorben sein – ein Herzinfarkt macht schließlich vor niemandem halt. Aber zwei verdächtige Todesfälle innerhalb von sechs Tagen, die beide mit dem Museum zusammenhängen?

«Hatte Lord Smith Herzprobleme?», fragt er.

«Nein.» Romilly wirkt für ihre Verhältnisse erschöpft. Sie lehnt sich auf dem Sofa zurück und schließt die Augen. «Er hatte immer eine echte Rossnatur.» Sie lacht traurig. «Aber Pferde waren ja auch sein Leben. Vielleicht hat er einfach zu viel gearbeitet. Ich weiß es nicht.»

«Er war doch Diabetiker, nicht?», fragt Nelson.

Romilly sieht ihn erstaunt, fast schon ärgerlich an. «Woher wissen Sie das denn?»

«Er hat es mir erzählt. Als ich hier war, um mit ihm über Neil Tophams Tod zu sprechen.»

«Sie glauben doch nicht, dass es einen Zusammenhang zwischen Dans Tod und dem jungen Mann aus dem Museum gibt?», fragt Romilly. «Es wäre doch absurd zu behaupten …»

«Ich behaupte gar nichts», unterbricht Nelson, «aber ich habe hier zwei völlig unerwartete Todesfälle innerhalb einer Woche. Sie werden mir sicher zustimmen, dass ich dem nachgehen muss. Aber es kann ebenso gut sein, dass Ihr Mann eines natürlichen Todes gestorben ist. Ich werde Sie jetzt allein lassen, Sie haben bestimmt genug von der Fragerei. Meine Mitarbeiterin wird in ein paar Minuten hier sein. Würden Sie ihr dann bitte die Überwachungsaufnahmen von gestern Abend zeigen? Sie haben doch sicher Überwachungskameras?»

«Ja», sagt Caroline. «Aber ich hätte doch gemerkt, wenn jemand gekommen wäre. Ich wohne gleich am Tor.»

«Haben Sie den Arzt kommen hören und den Krankenwagen?»

«Nein. Die kamen von der anderen Seite. Vom alten Haus her.»

«Dann wäre es also denkbar, dass jemand von dort gekommen ist?»

«Glauben Sie wirklich, dass jemand hier eingedrungen ist und ihn … vergiftet hat oder so was?», fragt Caroline.

Interessante Schlussfolgerung, denkt Nelson. Sein Motto lautet allerdings: keine vorschnellen Schlüsse.

«Es ist nicht sehr wahrscheinlich», sagt er. «Ich will einfach nur sichergehen, dass wir auch wirklich nichts übersehen.»

Und was übersieht man schnell, denkt er bei sich, während er unter den neugierigen Blicken der Pferde und den ungerührten Blicken der Stallburschen durch die Stallungen zurückgeht – was übersieht man, weil es sich zum Beispiel unter einem unauffälligen Stein versteckt hält?

Eine Schlange.

14

Ruth braucht Janet Meadows nur anzusehen, schon ist ihr klar, warum Cathbad meinte, sie wäre genau die richtige Ansprechpartnerin zum Thema Bischof Augustine. Janet, eine große, elegante Frau ganz in Schwarz, ist offensichtlich eine Transsexuelle, die früher einmal ein Mann war. Das erzählt sie Ruth auch, nachdem sie sich im Refektorium, einem ultramodernen Gebäude gleich neben der mittelalterlichen Kathedrale, an einen Tisch gesetzt haben.

«Es ist wahrscheinlich das Beste, das gleich zu Anfang aus dem Weg zu räumen. Geboren bin ich als Jan Tomaschewski. Unter diesem Namen habe ich auch einiges veröffentlicht. Vor fünf Jahren bin ich dann Janet geworden. Ich finde es einfach besser, das gleich zu sagen. Sonst denken Sie ja doch nur die ganze Zeit: ‹Die ist aber groß! Und was sie für große Hände hat!› Ich war früher ein Mann. Mehr ist nicht dabei.»

Ruth, die tatsächlich Janets Hände gemustert hat, wird rot. «Und warum Meadows?», ist alles, was ihr einfällt.

«Ach, Tomaschewski ist so ein komplizierter Name und außerdem enorm patriarchalisch. Er leitet sich von Thomas her. Ich hatte einfach keine Lust mehr, nach irgendeinem Kerl namens Thomas zu heißen, da habe ich beschlossen, mich nach etwas zu nennen, das mir gefällt. Und weil ich in der Nähe der Water Meadows wohne, dem Feuchtbiotop, kam ich auf ‹Meadows›.»

«Das ist hübsch», sagt Ruth. «Ich habe früher meinen Vornamen gehasst. So farblos und biblisch. Vielleicht sollte ich ihn ja auch ändern.»

«Nein», erwidert Janet entschieden. «Ruth Galloway passt zu Ihnen. Und Sie sind also eine Freundin von Cathbad? Noch einer, der seinen Namen geändert hat.»

«Stimmt», sagt Ruth. «Ich fände es völlig abwegig, ihn ‹Michael› zu nennen.»

«Immerhin ist das ein Erzengel», bemerkt Janet. «Eine recht ambivalente Gestalt.»

In welcher Hinsicht ambivalent?, fragt sich Ruth. Natürlich wird Engeln ein geschlechtlich uneindeutiger Status nachgesagt, und Luzifer war ein Engel, bevor er zur dunklen Seite überlief. Die Grenze zwischen Heiligen und Sündern ist wieder einmal sehr schwammig.

«Sie wollen also etwas über Bischof Augustine hören», fährt Janet fort. «Der ist ja in Archäologenkreisen gerade mächtig populär. Eigentlich wollte ich bei der Sargöffnung dabei sein. Zur ersten Veranstaltung bin ich auch gekommen, aber die wurde dann ja abgesagt. Und bei der zweiten war ich nicht zugelassen, es hieß, sie fände unter Ausschluss der Öffentlichkeit statt.»

«Dabei hätten Sie Ihre Freude daran gehabt.» In knappen Worten berichtet Ruth von ihrer Entdeckung. Es ist ein voller Erfolg. Janet schnappt nach Luft und schlägt eine Hand vor den Mund. «Mein Gott! Das kann ich gar nicht glauben.»

«Wirklich nicht?», fragt Ruth enttäuscht.

«Oder doch, irgendwie schon.» Janet fasst sich wieder. «Augustine ist eine faszinierende Gestalt, aber es gibt etliche Lücken in seiner Biographie. Oder ihrer Biographie. Meine Güte! Ich bin ja wohl die Letzte, die mit den Personalpronomen durcheinanderkommen sollte.»

«Was weiß man denn über den Bischof?», fragt Ruth taktvoll und trinkt den letzten Schluck ihres köstlichen Kaffees. Das Refektorium ist ein höchst angenehmer Ort: Glas und glänzendes Holz und eine schwindelnd hohe Decke, als wäre es selbst eine Kathedrale. Eine Kathedrale des leiblichen Wohls: Das ist ein Gotteshaus nach Ruths Geschmack.

«Dank Prior Hugh eine ganze Menge. Er war zu der Zeit Prior, als Augustine Bischof war. Der Prior war für die alltäglichen Belange der Kathedrale zuständig, und Hugh hat ungeheuer detaillierte Aufzeichnungen über seine Arbeit hinterlassen: wie viele Kerzen verbraucht wurden, was die Mönche aßen, was an Almosen gegeben wurde – solche Dinge. Aber er war auch ein Chronist und hat über die Großen seiner Zeit geschrieben, allen voran über Bischof Augustine.»

«Wissen wir etwas über Augustines Kindheit?»

«Nun, er … ich werde vorläufig weiter ‹er› sagen, wenn Sie nichts dagegen haben, es wird noch dauern, bis ich mich an das andere gewöhnt habe … Er kam aus recht einfachen Verhältnissen. Damals waren die Smiths ja noch nicht adelig. Sie sind im 16. Jahrhundert zu Geld gekommen, eine von vielen Familien, die sich durch die Auflösung der Klöster bereichern konnten, aber um 1300 waren sie einfache Handwerker, Zunftarbeiter. Der Vater war Steinmetz. Augustine selbst war ein Einzelkind, was für die damalige Zeit recht ungewöhnlich ist, aber es kann natürlich sein, dass er Geschwister hatte, die im Säuglingsalter gestorben sind. Jetzt frage ich mich natürlich, ob es vielleicht einen Sohn gab, der gestorben ist und dessen Identität Augustine auf irgendeine Weise angenommen hat.»

«Das werden wir wohl nie erfahren.»

«Vermutlich nicht. Hugh schreibt ausführlich darüber, wie fromm Augustine war, aber es gibt keine äußere Beschreibung und keinerlei Hinweis auf seine sexuelle Orientierung.»

«Hört sich an, als wäre Prior Hugh ein großer Fan gewesen.»

«Er war fast so etwas wie sein Hagiograph. Ich glaube, er betrachtete Augustine tatsächlich als Heiligen. Er schreibt viel über seine guten Taten, seine Visionen, seine Kämpfe mit dem Teufel.»

«Kämpfe mit dem Teufel?»

«Hugh zufolge hat der Teufel Bischof Augustine ununterbrochen zugesetzt. Manchmal war er morgens grün und blau, weil er die ganze Nacht mit dem Teufel gerungen hat. Augustine muss grauenvolle Träume gehabt haben. Seine Haushälterin hörte ihn oft vor Schmerzen schreien, aber es war keinem erlaubt, seine privaten Gemächer zu betreten.»

«Vielleicht, weil man sonst sein Geheimnis gelüftet hätte», mutmaßt Ruth.

«Möglich. Prior Hugh berichtet außerdem, Augustine habe einen Leibdiener abgelehnt. Er sieht das als Beleg für seine Bescheidenheit, aber es kann natürlich auch andere Gründe gehabt haben.»

«Gibt es sonst noch etwas über Augustines Privatleben?»

«Nein. In seinem Testament hat er genügend Geld für sein Seelenamt hinterlassen, mehr weiß man nicht. Prior Hugh schreibt fast nur über Augustines geistliches Leben, seine Qualen und Visionen. Das liest sich teilweise recht apokalyptisch.»

«Ich habe etwas von einer Schlange gehört», sagt Ruth.

«Nun, die Statue in der Kathedrale zeigt Bischof Augustine, wie er eine Schlange zertritt. Es wird vermutet, dass sie für den Teufel steht, und Hugh berichtet, bei einer von Augustines zahlreichen Teufelsaustreibungen eine große Schlange am Himmel gesehen zu haben, einen ‹gewaltigen Wurm›. Hugh glaubte, das sei der Teufel gewesen, der gerade überwältigt wurde.»

«Kennen Sie Ted, den Feldarchäologen? Er behauptet, auf dem Sarg liege ein Fluch. Wer immer ihn öffnet, wird von einer riesigen Schlange geholt.»

Janet nickt. «So steht es in Hughs Aufzeichnungen. Man ging ja immer davon aus, dass Augustine in der Kathedrale beigesetzt ist, und dort steht ein Stein mit der Inschrift ‹Friede meinem Gebein› und einer Warnung vor dieser Schlange. Aber als man dort um 1830 grub, wurde festgestellt, dass die Gruft leer ist. Kein Gebein weit und breit.»

«Weil Augustine in der anderen Kirche beigesetzt war? St. Mary Outside the Walls?»

«Möglich wäre es. Es gab familiäre Verbindungen zu St. Mary. Augustine wurde dort getauft, und man vermutet, dass seine Eltern auf dem dortigen Friedhof liegen. Aber vielleicht hat er auch genau deshalb verfügt, in St. Mary beigesetzt zu werden, damit nach seinem Tod niemand seine Leiche untersucht.»

«Wann ist Augustine gestorben?»

«1362, in dem Jahr, als der große Kirchturm dem Feuer zum Opfer fiel. Prior Hugh hielt das natürlich wieder für ein Zeichen: Der Teufel nahm Rache. Und die Kathedrale hatte danach tatsächlich ein paar harte Jahre zu überstehen. 1381 fand der Bauernaufstand statt, und Augustines Nachfolger, Bischof Henry Despenser, der auch der ‹kriegerische Bischof› genannt wurde, führte die Truppen an, die die Bauern niederschlugen.»

«Wie barmherzig.»

«Die damaligen Bischöfe waren nicht unbedingt barmherzig, teilweise nicht einmal sonderlich gläubig. Meist waren es die jüngeren Söhne von Adligen, die nur auf Macht oder Geld aus waren. Das macht Bischof Augustine ja so interessant. Er war ein wahrer Geistlicher. Sicher, heute lachen wir über all die Visionen und die Kämpfe mit dem Teufel, aber Augustine war offensichtlich eine gequälte Seele. Und ein echter Wohltäter für die Armen. Er hat die Almosen verdoppelt, die die Mönche verteilten, und Schulen und Hospitäler gegründet. Vielleicht war er ja wirklich ein Heiliger. Es gibt Legenden, dass Augustine Kranke heilen und an zwei Orten gleichzeitig sein konnte. Hugh erinnert sich, ihn am Marienaltar beten gesehen zu haben, während er offenbar zugleich einer alten Frau im Dorf die Letzte Ölung erteilte.»

Ruth lauscht mit einer trancehaften Faszination, wie sie sie aus den besten Vorlesungen während ihrer Studienzeit kennt. Den Sarg, Teds Warnungen und den toten

Neil Topham hat sie darüber fast vergessen. Doch dann bringt Janet sie auf den Boden der Tatsachen zurück, indem sie unvermittelt fragt: «Warum interessiert Sie das alles eigentlich? Mal abgesehen von der Sache mit dem Geschlecht.»

Die Sache mit dem Geschlecht, sinniert Ruth. So kann man das natürlich auch formulieren. Laut sagt sie: «Es gab noch ein paar andere Merkwürdigkeiten im Zusammenhang mit dem Sarg. Die Leiche war in Seidenstoff gewickelt, der mit einer Schicht Bienenwachs imprägniert ist. Außerdem haben wir die Überreste eines bischöflichen Krummstabs gefunden und einen einzelnen Lederschuh, sehr sorgfältig gearbeitet. Weshalb sollte man einen Bischof mit einem einzelnen Schuh beisetzen?»

Janet mustert sie einen Moment lang nachdenklich, dann sagt sie: «Da gibt es zwei Legenden, auf die das eventuell zurückgehen könnte. Die erste erinnert ein wenig an den heiligen Nikolaus – der Weihnachtsmann, Sie wissen schon. Er war ebenfalls Bischof. In der Türkei. Jedenfalls geht es in dieser Geschichte um mittellose Kinder, deren Schuhe Bischof Augustine mit Geld gefüllt hat. Prior Hugh schreibt, die Kinder hätten ihre Schuhe vor die Tür gestellt, und der Bischof sei nachts durchs Dorf gegangen und habe Münzen in den Schuhen verteilt.»

«Und die zweite Geschichte?»

«Nun, die dreht sich um den Teufel. Sie wissen ja noch, dass die Statue Bischof Augustine dabei zeigt, wie er auf eine Schlange tritt? In einem von Hughs Berichten hat sich der Teufel in Gestalt einer Schlange durch Augustines Schuh gefressen, und er zertrat ihn mit dem bloßen Fuß. Fortan ging Augustine häufig barfuß. Womöglich eine Form der Selbstkasteiung, vor allem, wenn man bedenkt, in was für einem Zustand die Wege damals waren. An der Statue befindet sich eine Inschrift: ‹Auf Löwen und Ottern wirst du gehen, und treten auf junge Löwen und Drachen.›»

«Ein Psalm», sagt Ruth. «‹Denn er hat seinen Engeln befohlen über dir, dass sie dich behüten auf allen deinen Wegen.›»

Janet sieht sie überrascht an.

«Meine Eltern sind Wiedererweckte Christen», erklärt Ruth. «Ich kenne die Bibel ziemlich gut.»

«Sind Sie selber auch gläubig?»

Ruth schüttelt den Kopf. «Einige Menschen, die ich sehr schätze, glauben zwar an Gott, aber ich nicht. Wie sieht es mit Ihnen aus?»

Janet lacht. «Ich bin katholisch aufgewachsen. Sogar polnisch katholisch, das ist Katholizismus im Quadrat. Ich bin natürlich Historikerin und habe gern Beweise, aber … Ich weiß auch nicht. Ich glaube, es gibt durchaus Dinge, die sich nicht beweisen lassen.»

Früher hätte Ruth gegen eine solche Aussage vehement Einspruch erhoben, doch die letzten paar Jahre haben sie in ihrer Überzeugung erschüttert. In all ihren Überzeugungen.

Janet steht auf. «Kommen Sie, wir schauen uns den alten Knaben mal an. Oder das alte Mädchen, je nachdem.»

Als Judy den Rennstall erreicht, findet sie das Tor weit offen. Nelson ist nirgends zu sehen. Sie durchquert den Torbogen und sieht sich gleich darauf einem großen rotbraunen Pferd gegenüber, das am Ende einer langen Longe scheut. Judy weicht ihm großräumig aus. Ein Stallmädchen versucht, den Gaul in seine Box zu bekommen, doch der will sich das nicht bieten lassen, wirft den Kopf zurück und dreht sich mit klappernden Hufen fuchsteufelswild im Kreis. Judy beobachtet, wie zwei Stallburschen hinzukommen, um das Pferd zu beruhigen. «Ruhig, ruhig …», hört sie den einen sagen. Die junge Frau ist den Tränen nahe. «Ich schaff's nicht …», jammert sie. «Jetzt führ dich mal nicht auf wie ein Mädchen», sagt einer der Männer zu ihr, anscheinend ohne jede Ironie. Das Pferd stampft und schnaubt unterdessen weiter.

Judy geht bis zum Büro, wo ein älterer Mann am Telefon sitzt. Er hält mit einer Hand den Hörer zu und sieht fragend zu ihr hoch.

«Detective Sergeant Judy Johnson», stellt sich Judy vor.

«Len Harris, Stallmeister. Können Sie kurz warten? Ich gebe gerade die Nennungen durch.»

Judy nickt und macht es sich mit der *Racing Post* gemütlich. Im Gegensatz zu Nelson fühlt sie sich in einer solchen Umgebung überhaupt nicht fremd. Ihr Vater ist Buchmacher, und sie stammt aus einer Familie irischer Pferdefanatiker. Als Kind ist sie viel geritten und hat sogar einmal eine Laufbahn als Jockey in Erwägung gezogen. Was hat sie eigentlich davon abgehalten, fragt sie sich jetzt. Das erwachende Interesse an Jungs oder ihre sprießenden Brüste? Wenn sie jetzt so darüber nachdenkt, stand beides wahrscheinlich in unmittelbarem Zusammenhang.

«Entschuldigung», sagt Harris. «Es geht gerade irgendwie ziemlich rund.»

Judy schaut von ihrer Zeitung auf. «Jumping Jack hat keine Chance beim Zwei-Uhr-Zehn in Newmarket.»

Einen Moment lang sieht Len Harris verärgert aus, dann grinst er. «Nein, aber wir wollen ja auch nicht, dass er in Cheltenham in eine zu hohe Ausgleichsklasse kommt. Wird ihm ganz gut tun, mal ein paar Rennen zu verlieren.»

«Was sagen denn die Besitzer dazu?»

Len Harris zuckt die Achseln. «Die sitzen in Dubai. Die kriegen das gar nicht mit.»

Judy steht auf. «Tut mir leid, das mit Ihrem Chef.»

Harris hat kein Gesicht, dem man Gefühlsregungen

allzu leicht ansieht, doch für einen kurzen Augenblick schaut er tief betroffen drein. «Schlimme Geschichte. War was ganz Besonderes, der Chef. Manche hielten ihn ja für arrogant, aber hier im Stall war er immer einer von uns. Und die Pferde hat er geliebt, er kannte sich richtig gut mit ihnen aus.»

«Was wird denn jetzt aus dem Rennstall?»

Harris' Miene verdüstert sich. «Hängt wohl sehr von den Kindern ab. Caroline würde ihn sicher gern übernehmen, aber sie hat zu wenig Erfahrung. Randolph ist zu nichts nutze. Und Tamsin ist in London. Ich nehm mal an, der Stall wird verkauft. Die ersten Besitzer holen ihre Pferde schon weg.»

«Jetzt schon?»

«Aber klar. Die Rennszene ist nicht gerade sentimental, wissen Sie.»

Das weiß Judy allerdings. Sie fragt sich, was wohl aus Len Harris wird, sollte der Stall tatsächlich verkauft werden. In Norfolk gibt es zwar genügend Rennställe, aber er scheint fast schon ein bisschen zu alt, um noch auf Jobsuche zu gehen.

«Ich soll mir die Überwachungsbänder ansehen», sagt sie. «Kann ich das irgendwo in Ruhe machen?»

«Ja. Bei Caroline im Haus gibt es ein Zimmer dafür. Ich hab den Schlüssel hier irgendwo.» Er sieht ein paar Schlüsselbunde durch, die über dem Schreibtisch hängen. Kein besonders sicheres System, denkt Judy.

Als sie auf den Hof hinaustreten, hört man aus einer der Boxen am anderen Ende einen dumpfen Aufprall und Hufeschlagen. Harris rennt sofort los. Judy folgt ihm.

In der Box ist ein Brauner ungelenk zu Boden gegangen: fast sitzend, die Vorderbeine durchgestreckt, die Hinterbeine eingeknickt. Er verdreht die Augen und hat sichtlich Schmerzen. Zwei Stallburschen mühen sich damit ab, das Pferd wiederaufzurichten, zerren am Zaumzeug und stemmen sich gegen den Rumpf. Len betritt die Box und packt mit an, stützt sich mit beiden Beinen an der Wand ab, um mit dem Rücken schieben zu können.

«Was ist denn passiert?», fragt Judy.

«Er wollte sich wälzen», antwortet Len keuchend. «Wahrscheinlich eine Kolik.»

Judy sieht, dass der Bauch des Tieres gebläht ist, ein klares Symptom einer Kolik. Das Pferd leidet offenbar furchtbare Schmerzen, es brüllt förmlich, und das Weiß seiner Augen ist gelblich verfärbt. Sie wirft einen Blick auf die Plastikkarte an der Stalltür. Das Pferd heißt Fancy, ein vierjähriges Hengstfohlen.

«Wollen Sie nicht den Tierarzt rufen?»

«Der ist schon unterwegs», gibt Len schroff zurück. «Können Sie uns jetzt vielleicht allein lassen? Das Haus ist gleich am Tor.»

Judy überquert den Hof mit Fancys gequältem Wiehern im Ohr. Sie ist zutiefst erschüttert. So etwas gehört dazu, wenn man Pferde hält, das weiß sie, aber sie kann den Ausdruck in den Augen des armen Tieres einfach nicht vergessen. Hoffentlich kommt der Tierarzt bald. Tierärztin wollte sie früher auch mal werden, bis sie erfahren hat, dass man dafür mindestens drei Bestnoten in der letzten Schulabschlussprüfung braucht.

Judy hat sich Caroline als elegante Erscheinung vorgestellt, die erwachsene Ausgabe der Mädchen, die sie früher im Reitstall immer so eingeschüchtert haben. Doch die Frau, die ihr schließlich öffnet, hat nicht die leiseste Ähnlichkeit mit der Vorort-Lady im Twinset, die Judy sich ausgemalt hat. Im Gegenteil: Caroline sieht furchtbar aus, das dunkle Haar zerzaust, die Augen rotgeweint und verquollen. Sie trägt Jeans und hat ihr Oberteil verkehrt herum an. Judys Erklärungen, wer sie ist und was genau sie will, schenkt sie kaum Beachtung.

«Ich dachte, Sie wären meine Schwester, Tamsin», sagt sie. «Sie wollte aus London herkommen.»

«Mein Beileid zum Tod Ihres Vaters», sagt Judy.

Caroline treten die Tränen in die Augen. «Es kommt mir so unfassbar vor, dass er nicht mehr da ist. Ich denke ständig, gleich kommt er herein.»

«Das ist sehr schwer, ich weiß», sagt Judy. Empathisches Echo nennt das die Fachliteratur.

«Ich fühle mich einfach so furchtbar …»

Es muss schrecklich sein, den Vater zu verlieren, denkt Judy, egal, wie alt man ist. Sie kann nur hoffen, dass Caroline Trost bei ihrer Familie findet, doch irgendwie bezweifelt sie das.

«Die Überwachungsbänder?», fragt sie sanft.

«Ach so, ja …» Caroline lächelt zittrig. Sie schaut immer wieder zur Tür, was Judy ein wenig nervös macht. «Hier entlang.»

Das Zimmer gleich neben der Haustür ist voll mit Bildschirmen. Fünf Kameras sind über das ganze Gelände verteilt: eine direkt am Haupttor, eine vor dem Torbogen zum Haus, eine, die den Hof überwacht, und eine am Hintereingang, «wo das alte Herrenhaus stand», wie Caroline erläutert.

Judy macht es sich mit den Bändern bequem und akzeptiert gerne den angebotenen Kaffee. Die Bänder von gestern Abend, hat der Boss gesagt. Sie fängt um acht Uhr an. Stundenlange Nachtsichtaufnahmen menschenleerer Auffahrten. Abwechslung gibt es nur, wenn Kater Lester auftaucht, den Weg entlangtrippelt oder sich auf dem verlassenen Hof putzt. Hin und wieder schaut ein Pferdekopf aus einer Stalltür, doch die meiste Zeit ist Lester das einzige Lebewesen weit und breit. Das Bild verschwimmt Judy vor den Augen. Sie trinkt ihren kalten Kaffee. Draußen hört sie einen Wagen vorfahren, dann Stimmen. Das muss wohl die vielbeschworene Tamsin sein. Sie hört, wie eine Frau sehr laut und arrogant sagt: «Herrgott noch mal, Randolph, kannst du nicht ein bisschen Respekt zeigen!» Familienidyll.

Sie spult auf zehn Uhr vor. Um zwanzig Minuten nach Mitternacht wird es bei der Kamera vor dem Haus interessant. Ein Wagen fährt vor, und ein Mann steigt aus. Er hat eine Tasche bei sich, woraus Judy schließt, dass es wohl der Arzt sein muss. Die Haustür wird geöffnet, er geht hinein. Ein paar Minuten später hält ein Sportwagen mit quietschenden Reifen vor dem Haus. Ein Porsche, denkt Judy. Sie schwärmt mindestens so sehr für Autos wie für Pferde. Irgendwo in ihr muss ein kleiner Tempo-Teufel sitzen, der nach Ausdruck verlangt. Auch aus diesem Wagen steigt ein Mann. Sie kann sein Gesicht nicht erkennen, aber es muss wohl der Sohn sein. Wie heißt der noch gleich? Randolph. Den Len Harris als «zu nichts nutze» beschreibt. Der ein bisschen Respekt zeigen soll. Nach weiteren zehn Minuten kommt ein Krankenwagen durch das Tor. Lichter gehen an, Schritte sind zu hören, allgemeine Hektik bricht aus. Jemand wird auf einer Trage nach draußen gebracht. Eine Frau steigt mit in den Krankenwagen, der Mann mit dem Porsche fährt hinterher. Dann schließt sich das Tor hinter ihnen, und Judy sieht wieder nur den leeren Hof und Lester. Wo war Caroline in dem ganzen Aufruhr? Weitere Aufnahmen schweigender Ställe. Wonach sucht sie eigentlich noch? Der Boss schien sich selbst nicht ganz sicher zu sein, ob Danforth Smiths Tod überhaupt verdächtig ist. Glaubt er wirklich, dass sich jemand hier hereingeschlichen und einen vergifteten Pfeil auf ihn abgeschossen hat oder so was? Er wird wohl noch wunderlich auf seine alten Tage.

Das wird sie ihm sagen, sobald sie wieder im Revier ist. Oder auch nicht.

Weitere leere Auffahrten. Eine Eule schreit. Lester schleicht durchs hohe Gras. Eine Uhr schlägt. Und dann – großer Gott! Das Haupttor öffnet sich, und ein Mann kommt herein.

Judy sieht genauer hin. «Meine Fresse!», sagt sie laut. «Das darf doch nicht wahr sein!»

15

Obwohl Ruth schon seit dreizehn Jahren in Norfolk lebt, ist sie noch nie in der Kathedrale von Norwich gewesen. So etwas macht man eher als Tourist, und außerdem mag sie im Grunde einfach keine Kirchen, auch wenn sie eine heimliche Vorliebe für die riesigen katholischen Bauwerke hegt, die mit mannigfaltigen Darstellungen des Jüngsten Gerichts geschmückt sind. Obwohl sie also schon oft in den umliegenden Straßen einkaufen war, vor allem in der Buchhandlung mit dem sprechenden Namen Tombland, und den Turm der Kathedrale zwischen den Dächern aufragen sah wie eine mittelalterliche Weltraumrakete, betritt sie das Gebäude selbst jetzt zum ersten Mal.

Sie überqueren den gepflegten Rasen des Kirchhofs. Janet Meadows scheint sich kein bisschen um Schilder mit der Aufschrift «Betreten verboten» zu scheren. Am Haupteingang zeigt sie Ruth zwei moderne Skulpturen, die das Portal flankieren: einen Mann, der mit an die Lippen gelegtem Finger drohend zum Schweigen mahnt, und eine Frau mit einem flatternden Schleier um den Kopf, die ein Buch in der Hand hält.

«Wer sind die beiden?», möchte Ruth wissen.

«Der heilige Benedikt und Mutter Juliana. Juliana von Norwich. Eine weitere heilige Frau des vierzehnten Jahrhunderts.»

Der Name kommt Ruth irgendwie bekannt vor. «Wer war sie noch gleich?»

«Sie war eine Anachoretin.»

«Eine was?»

«Eine Art Einsiedlerin. Sie lebte allein in einer Zelle gleich neben der Kirche St. Julian. Dort verbrachte sie ihr ganzes Leben im Gebet, und die Menschen suchten Rat bei ihr. Mit etwa dreißig Jahren erkrankte sie schwer und erlebte eine Reihe göttlicher Erscheinungen. Sie hat darüber in einem Buch mit dem Titel *Offenbarungen von göttlicher Liebe* berichtet. Das erste auf Englisch geschriebene Buch, das von einer Frau verfasst wurde.»

«Irgendwie kommt mir vor, dass ich das noch nicht auf meiner Leseliste hatte.»

«Es stehen einige wunderbare Sachen drin. *Alles wird gut sein, und alles wird gut sein, und jegliches Ding, es wird gut sein.* Juliana war unfassbar optimistisch, wenn man bedenkt, in was für Zeiten sie gelebt hat.»

«Glauben Sie, sie kannte Bischof Augustine?»

«Das habe ich mich auch gefragt. Zeitlich käme es gerade so hin, Prior Hugh erwähnt Juliana allerdings kaum.»

«Vielleicht hat Augustine sich ja als Mann ausgegeben, weil ihre einzige andere Option darin bestanden hätte, Anachoretin zu werden und sich von der Welt abzukehren.»

«Möglich.» Janet betrachtet die Skulptur. «Aber Julianas Name und ihre Schriften leben bis heute weiter. Das ist mehr, als die meisten Bischöfe von sich behaupten können.»

Sie nehmen den Besuchereingang: zeitgenössisches

Rauchglas, das in das uralte Gemäuer eingepasst wurde. Die Automatiktür öffnet sich lautlos, als sie näher kommen, und in der Vorhalle brummen und blinken interaktive Bildschirme. Erstaunt registriert Ruth, dass draußen Arbeiter damit beschäftigt sind, ein Gerüst aufzubauen.

«Dreharbeiten», erläutert Janet. «Es spielen viele Filme hier in der Kathedrale.»

«Das ist schon alles sehr kommerziell», bemerkt Ruth missbilligend. Sie mag zwar Atheistin sein, bevorzugt aber trotzdem traditionelle Kirchen.

«Warten Sie, bis wir drinnen sind.»

Ruth schenkt dem Schild, das zu Spenden animiert, keine Beachtung und folgt Janet in die Kathedrale. Zunächst ist sie nur überwältigt von all der Höhe und Weite. Die Kathedrale erinnert noch an das Kloster, zu dem sie einst gehörte: Sie ist lang und schmal, mit einer hohen gotischen Decke und steinernen Säulen, die wie riesige Bäume in die Höhe streben. Es ist kalt und riecht nach Kerzenwachs. Der Steinboden ist uneben, und Ruth bemerkt erschrocken, dass sie über Grabplatten geht. «Unser geliebter … Hier ruht … Pfarrer dieser Gemeinde … Geliebter Vater …» Ein Satz aus der Zeit, als sie noch in die Kirche ging, kommt ihr in den Sinn: *O Eitelkeit der Eitelkeiten, alles ist eitel.*

Der Hochaltar befindet sich ganz hinten in der Kirche, von Säulen umgeben, doch außen führt ein Weg herum, wie ein überdachter Kreuzgang. Ruth geht hinter Janet an Grabmälern und Statuen vorbei und an zahllosen Kerzenständern, an denen das Wachs glänzt. Hier liegen Kreuzfahrer in steinerner Pracht, Blut rinnt an grausigen Kreuzen herab, und das eine oder andere moderne Kunstwerk nimmt sich dazwischen klein und jämmerlich aus. Man braucht Jahrhunderte, um wahre Würde zu erlangen.

«Und da ist Augustine», sagt Janet.

Die Statue des Bischofs befindet sich in einem dunkleren Winkel und auf einem so hohen Sockel, dass Ruth den Kopf in den Nacken legen muss. Dort steht eine Gestalt in wallenden Gewändern mit einer Mitra auf dem Kopf und einem Krummstab in der Hand. Sie unterscheidet sich kaum von zahllosen anderen Statuen dieser Art und erinnert Ruth daran, wie sie einmal mit Shona in Rom war: die Kühle der Kirchen an den heißen Tagen, die zahllosen steinernen Konterfeis von Heiligen, deren Namen und Taten längst vergessen sind.

«Sehen Sie sich die Füße an», sagt Janet.

Ruth gehorcht. Trotz des Messgewands ist der Bischof barfuß, und unter seinem großen Zeh lugt der Kopf einer Schlange hervor.

«Das ist aber nicht gerade eine Riesenschlange», bemerkt Ruth. «Für mich sieht sie eher nach einer Ringelnatter aus.»

«Er hat sie unterworfen», sagt Janet. «Das Böse wurde besiegt. Er war ein großer Heiliger.»

Mit zusammengekniffenen Augen schaut Ruth zum Gesicht der Statue empor. Es ist auffallend schön, doch wahrscheinlich wird bei solchen Darstellungen immer idealisiert. Unter der offiziellen Kopfbedeckung quellen schulterlange Locken hervor.

«Er könnte schon eine Frau sein», sagt sie.

«Die Haare beweisen gar nichts», meint Janet. «Denken Sie nur an die ganze Aufregung um den Jünger Johannes aus dem *Letzten Abendmahl*, von dem es immer hieß, er müsse eine Frau sein, weil er so schön ist und so langes, wallendes Haar hat. Dabei hat da Vinci einfach gern schöne Männer gemalt.»

Ruth denkt an den Roman *Sakrileg*, der ihr wider Erwarten durchaus gefallen hat. Gibt es hier einen versteckten Hinweis? Übersieht sie vielleicht etwas? Ein Sarg, eine

Schlange und ein Schuh. Eine Einsiedlerin und ein Bischof, ein Mann, der an zwei Orten gleichzeitig sein konnte. In Gedanken versunken geht sie weiter. Kurze Zeit später ruft Janet sie zurück. Sie steht vor einer Art Kapelle: ein kleiner Altar mit ein paar Bänken ringsherum. Buntglasfenster werfen blaue, grüne und goldene Farbtupfer auf den Stein.

Janet deutet zu einem der Fenster hinauf.

«Sehen Sie. Da haben wir Juliana noch einmal.»

Ruth blickt hinauf und erkennt in dem bunten Glas eine Frau in Nonnentracht und einem überraschend hochherrschaftlichen roten Umhang. Weit mehr allerdings fesselt sie das Wesen zu Julianas Füßen.

«Eine Katze!», ruft sie begeistert.

«Tatsächlich», sagt Janet. «Die ist mir noch nie aufgefallen.»

Doch Ruth spürt eine neue Nähe zu dieser frommen Frau aus dem 14. Jahrhundert. Denn Juliana besaß offensichtlich eine Katze. Einen großen rotgetigerten Kater, so wie Flint. Ruth ist überzeugt, dass Juliana sehr an ihrem Haustier gehangen haben muss, denn warum hätte man sich sonst die Mühe machen sollen, es in gelbem und orangefarbenem Glas zu verewigen? Und was soll man gegen einen Menschen sagen, der seine Katze so sehr liebt?

Sie will das alles gerade formulieren, da klingelt ihr Handy. Janet grinst, doch Ruth ist es ausgesprochen peinlich.

Es ist Cathbad. Das wird langsam zur Gewohnheit.

«Kannst du bitte kommen, Ruth? Ich bin verhaftet worden.»

«Brauche ich jetzt einen Anwalt?»

«Halt die Klappe, Cathbad. Das ist eine ernste Sache.»

Cathbad setzt pflichtschuldigst eine ernste Miene auf.

Judy funkelt ihn an. Sie sind in Zimmer 1, dem größeren der beiden Verhörzimmer, doch es erscheint ihr mit einem Mal viel zu klein. Sie nimmt Cathbads Hände überdeutlich wahr, die langen Finger, die leicht auf der Stuhllehne trommeln. Er trägt ein Lederarmband ums Handgelenk, wie man es oft bei Surfern sieht. Keine Uhr. Einmal hat er ihr erzählt, dass Zeit für ihn keine Bedeutung hat.

«Du warst gestern Nacht in Slaughter Hill. Ich habe dich auf dem Überwachungsband gesehen.»

Cathbad lächelt geheimnisvoll, und Judy explodiert. «Kapierst du denn nicht, wie das aussieht? Was in aller Welt hast du um ein Uhr morgens in Slaughter Hill zu suchen?»

«Ich habe eine Freundin besucht.»

«Wen?»

«Caroline Smith.»

«Das muss ja eine sehr gute Freundin sein», bemerkt Judy frostig, «wenn du sie um ein Uhr früh besuchst.»

Sie denkt an die verweinte Frau zurück, die sie am Vormittag kennengelernt hat. Unter normalen Umständen ist Caroline vielleicht sogar ganz attraktiv. Ob Cathbad das auch findet?

«Ich war bei Ruth», sagt Cathbad. «Gegen Mitternacht bin ich gegangen. Und weil ich nachts gern spazieren gehe, dachte ich mir, ich schaue noch bei Caroline vorbei.»

«Du bist vom Salzmoor bis nach Slaughter Hill gelaufen?»

«Bis Snettisham bin ich gefahren worden.»

«Von wem?»

«Von einem Freund namens Bob Woonunga.»

Wieder so ein komischer Name, denkt Judy giftig. Warum kann Cathbad eigentlich keine normalen Freunde haben? Und warum muss er mitten in der Nacht durch die Gegend laufen und Frauen besuchen?

«Kommen wir wieder zu Caroline Smith», sagt sie. «Hat sie dich erwartet?»

«Ich hatte gesagt, ich käme eventuell noch vorbei.»

«Warum?», fragt Judy. Wenn Cathbad tatsächlich eine Affäre mit Caroline hat, dann will sie ihn das sagen hören.

Cathbad mustert sie, und dabei spielt ein Lächeln um seine Lippen. Judy würde ihn am liebsten ohrfeigen.

«Es ist nichts zwischen uns», sagt er sanft. «Wir sind befreundet, nichts weiter. Sie gehört auch zu den Elginisten. Deswegen wollte ich sie besuchen.»

«Du hast also einfach mal vorbeigeschaut, um über Aborigine-Knochen zu plaudern?»

«Genau.»

Judy hat die Nase voll.

«Da brauchst du aber eine bessere Geschichte», faucht sie, «wenn die Sache erst mal vor Gericht kommt.»

«Wieso sollte sie denn vor Gericht kommen?»

«Danforth Smith ist letzte Nacht gestorben. Und wir glauben, es war Mord.»

Ruth kommt erhitzt und gestresst von der langen Fahrt im Polizeirevier an, wo sie von einem grinsenden Tom Henty empfangen wird. «Wollen Sie eine Kaution für Cathbad hinterlegen?»

«Ich nehm's mal an.»

In Ruths Brieftasche befinden sich genau sieben Pfund und fünfzig Pence sowie ein Lottoschein. Auf ihrem Bankkonto sieht es nach Kates Geburtstagsfest und den Kosten für die Kinderbetreuung auch nicht gerade rosig aus. Wie hoch sind eigentlich solche Kautionen?

Tom lacht noch lauter. «Keine Sorge, Ruth. Er ist nicht festgenommen, also wurde auch keine Kaution festgesetzt.

Er hilft uns nur bei den Ermittlungen, nichts weiter.» Irgendwie schafft er es, diesen Satz deutlich bedrohlicher klingen zu lassen als sonst.

«Wo ist er?»

«Verhörzimmer 1. Detective Sergeant Johnson redet mit ihm. Ich glaube, sie sind noch drin.»

Ruth schaut in die Richtung, in die Tom zeigt. Das Polizeirevier von King's Lynn ist in einem alten viktorianischen Gebäude untergebracht. Das Verhörzimmer 1 sieht aus, als wäre es früher einmal die Garderobe gewesen. Über der Tür leuchtet ein grünes Licht.

«Kann ich reingehen?»

«Von mir aus.»

Ruth ist erstaunt. Doch gleich darauf ist sie noch viel erstaunter, als sie die Tür zum Verhörzimmer aufreißt und dort Judy und Cathbad vorfindet, die sich leidenschaftlich küssen.

16

Ruth will die Tür gleich wieder schließen, doch Judy hat sie bereits gesehen. Mit knallrotem Kopf macht sie sich von Cathbad los. Cathbad seinerseits dreht sich um und meint beiläufig: «Ach, hallo, Ruth. Lieb, dass du gleich gekommen bist, aber wie's aussieht, bin ich wohl doch nicht festgenommen.»

«In Polizeigewahrsam bist du aber anscheinend schon», bemerkt Ruth trocken.

«Ruth …», setzt Judy an, zuckt dann aber doch nur die Achseln und rauscht aus dem Zimmer. Cathbad zeigt immer noch keine Anzeichen von Verlegenheit.

«Fährst du zur Uni zurück? Kannst du mich mitnehmen? Eigentlich muss ich heute Nachmittag nämlich arbeiten.»

Im Vorraum ruft Tom Henty ihnen ein «Beehren Sie uns bald wieder!» nach. Cathbad lacht und versichert, er werde sich melden. Ruth kann gar nicht schnell genug wegkommen.

«Ist Nelson da?», fragt sie, als sie durch die Flügeltür nach draußen gehen.

«Nein. Ich glaube, der ist unterwegs. Anscheinend arbeiten sie rund um die Uhr an dieser Drogensache. Aber Nelson macht heute eh früher Schluss. Er hat Geburtstag.»

Ruth schweigt. Sie hat nicht gewusst, wann Nelson Geburtstag hat, und ist ein wenig erschüttert, dass er so nah an dem von Kate ist. Dann erinnert sie sich daran, dass Cathbad Nelson bei ihrem ersten Zusammentreffen auf den Kopf zugesagt hat, Skorpion zu sein. Auch Kate ist Skorpion, hochfahrend und leidenschaftlich, wie überall zu lesen ist. Wobei Ruth natürlich nicht an diesen Unsinn glaubt.

Erst, als sie im Auto sitzen und in Richtung Universität fahren, fragt Ruth: «Also, was läuft da zwischen dir und Judy?»

«Was da läuft?» Cathbad schaut mit angedeutetem Lächeln aus dem Fenster.

«Herrgott noch mal, Cathbad», explodiert Ruth, «gib mir doch einmal im Leben eine klare Antwort. Hast du eine Affäre mit Judy?»

Cathbad seufzt. «Weißt du noch, im April, als Nelson Judy gebeten hat, zu dir zu fahren und nachzusehen, ob mit Kate alles in Ordnung ist? Ihr kamt nicht weg, weil ihr eingeschneit wart, und Nelson hatte Zweifel an der Babysitterin.»

«Ja.»

«Na ja, ich war auch da. Ich hatte plötzlich das Gefühl, ich muss nach Kate sehen, und du weißt ja, dass ich meinen Eingebungen immer folge.»

Dazu könnte Ruth so einiges sagen, doch sie schweigt.

«Auf dem Weg zu dir bin ich Judy begegnet. Es war spät am Abend, es schneite, das hat die Offenheit noch verstärkt.»

«Was immer das genau heißen soll.»

«Darauf kommst du sicher selber. Es war dunkel und kalt, wir fühlten uns abgeschnitten vom Rest der Welt. Da sind wir eben im Bett gelandet.»

In meinem Haus, denkt Ruth. Womöglich sogar in meinem Bett. Laut sagt sie: «Aber sie ist verheiratet. Sie hat doch erst vor ein paar Monaten geheiratet.»

«Ich weiß. Sie liebt Darren. Sie wollte ihn nicht verletzen und die Hochzeit abblasen. Die beiden kennen sich schon seit der Kindheit.»

«Und jetzt verletzt sie ihn nicht?»

«Wir haben versucht, es zu beenden, aber die Anziehung war einfach zu stark. Seit September treffen wir uns wieder.»

Vier Monate nach Judys Hochzeit im Mai, denkt Ruth. Sie sieht Judy vor sich, strahlend schön im weißen Brautkleid. Es war die perfekte Hochzeit: das Paar, das schon so lange zusammen ist, die Eltern, die sich längst kennen. Aber wenn sie jetzt darüber nachdenkt, gab es bei der Feier diesen merkwürdigen Moment. Ruth traf Judy durch Zufall ganz allein an, draußen im Dunkeln, und sagte zu ihr, sie sei sich sicher, dass Darren und sie sehr glücklich würden. «Ach ja?», gab Judy zur Antwort. «Ich bin mir da nicht so sicher.» War sie da schon in Cathbad verliebt? Wusste sie bereits, dass ihre Ehe unter keinem guten Stern steht?

Ruth ist selbst erstaunt, wie sehr sie das erschüttert. Sie wäre nie auf den Gedanken gekommen, dass Judy und Cathbad sich zueinander hingezogen fühlen könnten. Judy ist so bodenständig und tüchtig und hat ihre Gefühle fest im Griff. Und Cathbad ... nun, Cathbad ist Druide, ein Mann der glühenden Leidenschaften und starken Meinungen. Sie weiß noch, dass er am Morgen nach dem Schneesturm auch bei ihr im Haus war, doch sie war so damit beschäftigt, Kate in die Arme zu schließen, dass sie keinerlei erotische Schwingungen wahrgenommen hat. Merkwürdig fand sie es allerdings schon, dass Cathbad dort war. Und Judy benahm sich so betont distanziert und professionell. Nicht auszudenken, dass sie nur wenige Stunden zuvor ...

Und da ist noch etwas. Auch wenn sie es sich nur ungern eingesteht, verspürt Ruth vor allem eines: Eifersucht. Sie fühlt sich nicht zu Cathbad hingezogen. Sie hat kein Verlangen danach, mit ihm zu schlafen, aber sie würde doch gern mal wieder mit irgendwem schlafen. Von diesem Bedürfnis ist in den ganzen Baby-Handbüchern nie die Rede. Alleinerziehende Mütter haben vor allem alleinerziehende *Mütter* zu sein und keine richtigen Frauen mehr. Eine alleinerziehende Mutter, die einen Freund hat, ist nicht so recht vorgesehen und fast schon ein Fall fürs Jugendamt. Außerdem setzt es Ruth ziemlich zu, dass Judy ihr Ehegelübde so einfach vergessen kann, während Nelson das seine offenbar für unantastbar hält.

Es gäbe so viel, was sie gern sagen würde. Sie möchte wissen, was in aller Welt Judy und Cathbad jetzt vorhaben. Wird Judy sich von Darren scheiden lassen und Cathbad heiraten? Irgendwie kann Ruth sich Cathbad gar nicht verheiratet vorstellen. Aber das geht sie ja alles nichts an. Stattdessen entscheidet sie sich für den einzigen Punkt, der sie wirklich etwas angeht. Wieso hat Cathbad die Polizei heute «bei ihren Ermittlungen unterstützt»? Wieso hat er geglaubt, er wäre verhaftet worden?

«Tja.» Cathbad setzt sich bequemer auf dem Beifahrersitz zurecht. «Du weißt ja, dass Lord Smith tot ist.»

«Wie bitte?!»

«Ach, das wusstest du nicht? Ja, er ist gestern Nacht gestorben.»

«Aber woran denn? Ich habe ihn gestern noch gesehen, als wir den Sarg geöffnet haben. Da wirkte er kerngesund.»

«Man weiß es noch nicht. Ich nehme an, es wird alle möglichen Untersuchungen geben.»

«Und was hast du damit zu tun?»

«Die Polizei ermittelt. Judy hat die Überwachungsbänder gesichtet und dabei festgestellt, dass ich gestern Nacht in Slaughter Hill war.»

«Ach ja?» Das musste dann nach dem Besuch bei ihr gewesen sein, nach dem Feuerwerk und dem Brandy und nachdem Bob Cathbad nach Snettisham gefahren hat.

«Ich habe Caroline besucht», fährt Cathbad fort.

«Wen?»

«Smiths Tochter. Wir sind befreundet.»

«Warum hast du das bisher noch nicht erwähnt?»

«Es hat mich keiner danach gefragt. Caroline interessiert sich für Archäologie. Sie war auch schon bei ein paar Ausgrabungen. Sie kennt Trace ziemlich gut.»

«War Bob auch mit dabei?»

«Bob? Nein. Er hat mich an der Straße nach King's Lynn abgesetzt. Den Rest bin ich zu Fuß gegangen.»

«Aber warum denn? War es da nicht schon ein bisschen spät für einen Höflichkeitsbesuch?»

«Ich wollte mit ihr über die Tagung morgen sprechen. Kommst du noch?»

«Ach, die Elginisten-Sache? Ich denke schon. Vorausgesetzt, ich finde einen Babysitter. Dann ist diese Caroline also auch Elginistin?»

«Zumindest interessiert sie sich sehr dafür. Ich dachte, sie möchte vielleicht auch zu der Tagung kommen.»

«Aber warum so spät am Abend?»

Cathbad lächelt. «Ich bin einer Eingebung gefolgt.»

Inzwischen sind sie bei der Universität angekommen. Kaum hat Ruth den Wagen geparkt, springt Cathbad auch schon heraus, bedankt sich bei Ruth, sagt ihr, sie sähen sich dann ja morgen, und verschwindet im Fachbereich Chemie. Ruth muss akzeptieren, dass sie keine weiteren Aussagen von ihm bekommen wird. Doch während sie ihre Unterlagen und ihre Tasche unter den Arm klemmt und sich auf den Weg zum Naturwissenschaftstrakt macht, schwirrt ihr der Kopf vor lauter Bildern und Echos.

Cathbad und Judy in ihrem Bett, während es draußen schneit.

Lord Smith, der ihr im Keller des Museums die Sammlung seines Urgroßvaters beschreibt. *Es sind großartige Stücke dabei. Manche stellen wir auch im Museum aus: Schlangenhäute, Dingofallen, Brandeisen, von Strafgefangenen behauene Backsteine.*

Janet Meadows, die von Bischof Augustine erzählt. *Manchmal war er morgens grün und blau, weil er die ganze Nacht mit dem Teufel gerungen hat.*

Die Statue, die auf die Schlange tritt.

Nelsons Gesicht, als er Kate zum ersten Mal sah. Auf der Entbindungsstation, Michelle neben sich.

Feuerwerk am nächtlichen Himmel.

Cathbad, der sie über den Tisch hinweg angrinst. *Du solltest mit dem Knochen auf ihn zeigen, Bob.*

Bobs Miene, die so anders ist, wenn er einmal nicht lächelt. *Er ist inzwischen tot. Die Macht der Ahnen ist groß.*

Ted, der an seiner Pizza kaut. *Vielleicht wollte der Teufel ja endlich Rache nehmen.*

Die Schädel, ihre leeren Augenhöhlen.

Ein ganzes Zimmer voller Knochen.

17

Nelson sitzt in der Sauna. Nicht gerade sein bevorzugter Zeitvertreib. Michelle liebt dieses Wellness-Zeugs – Trainingskurse, Jacuzzis, Aquarobic und den ganzen Mist –, aber er findet das im Grunde ziemlich peinlich. Er schwimmt ganz gerne (als Jugendlicher hatte er sogar mal einen Ferienjob als Rettungsschwimmer), aber das war's dann auch. Er kann das alles nicht ausstehen: Luft aus der Konserve, Musik aus der Konserve, kleine Shampoo-Fläschchen, die riechen wie das Essen beim Thailänder, flauschige Handtücher, schaumiger Kaffee. Er mag auch die Frauen in ihren Designer-Sportklamotten nicht: Sie erregen gleichzeitig seine Lust und sein Missfallen, was keine gute Kombi ist. Müssen die eigentlich alle nicht arbeiten oder was? Außerdem ist das Wasser viel zu warm. Früher im Derby Bath hatte man nach dem Schwimmen blaue Lippen, obwohl man drinnen war. Das war noch richtiges Schwimmen in einem ordentlichen Sportbecken mit Sprungbrettern, die aussahen, als würden sie bis in den Himmel ragen. Salzwasser war das, erinnert er sich, das einem in den Augen brannte und Krusten auf der Haut bildete. Einmal ist er mit einem anderen Rettungsschwimmer fünfzig Bahnen um die Wette geschwommen. Als sie rauskamen, haben ihnen die Knie geschlottert. Wie gesagt: Das war noch richtiges Schwimmen.

Heute allerdings ist er geschäftlich hier, nicht zum Vergnügen. Nelson hat eine Verabredung mit seinem Informanten, Jimmy Olson. Er hat den Verdacht, dass Jimmy sich mit Absicht immer abwegigere Treffpunkte ausdenkt. Beim letzten Mal war es ein Kino, das Mal davor eine zwielichtige Spielhölle. Als hätte man ein schreckliches Date nach dem anderen. Zumindest ist der heutige Ort, der Wellness-Bereich eines Hotels in Cromer, noch einigermaßen nobel. Wie ist Jimmy, für den das Wort «halbseiden» wohl erfunden wurde, bloß darauf gekommen?

«'n Kumpel von mir ist hier Mitglied», beantwortet er Nelsons Nachfrage.

Hat Olson überhaupt Kumpels? Nelson mustert die magere Gestalt ihm gegenüber, die in der knappen Badehose noch viel jämmerlicher wirkt als sonst, und muss zugeben, dass es möglich ist, wenn auch nicht sehr wahrscheinlich. Olson erwidert seinen Blick; seine Augen sind von einem so hellen Blau, dass sie fast schon weiß wirken. Er schnieft vernehmlich. Nelson kann nur hoffen, dass Olson ihn nicht ansteckt – so eine Sauna ist doch bestimmt die ideale Bakterienbrutstätte.

«Und, hast du was für mich?», fragt er.

«Hab ich Ihnen doch schon gesagt», meint Jimmy. «Ich hab kein Wort von irgendwem gehört.»

«Aber irgendwas muss es doch geben.»

Eine Frau schaut durch die Glastür, entscheidet sich aber dagegen, die Sauna zu betreten. Das kann Nelson durchaus nachvollziehen. Sie müssen wie ein seltsames Paar aussehen, der dürre Mittzwanziger mit den roten Augen und der große graumelierte Mann in der etwas zu engen Badehose (in dem Laden am Eingang hatten sie seine Größe nicht, und das Ding hat auch noch ein Vermögen gekostet). Seltsam, aber doch wie ein Paar. Herrje, was für eine Art, den eigenen Geburtstag zu verbringen!

«Es ist ’ne Menge Koks im Umlauf. Guter Stoff, astrein, aber kein Mensch weiß, wo er herkommt.»

«Das glaube ich dir nicht.»

«Ich schwör bei Gott.» Während er wegen Drogenhandels einsaß, hat Jimmy zu Gott gefunden. Er schreibt es dem Allmächtigen zu, dass er jetzt seit drei Jahren nicht mehr im Knast war, dabei sollte er eigentlich lieber Detective Chief Inspector Harry Nelson dafür danken, der im Austausch gegen Informationen dafür gesorgt hat, dass einige kleinere Anklagen fallengelassen wurden. Nelson wird langsam ungeduldig; er ist sich sicher, dass Olson etwas weiß. Der Knabe ist gut bekannt mit einer Reihe von Dealern, unter anderem einem ausgesprochen unangenehmen Zeitgenossen, der sich «der Pastor» nennt. Aber jetzt wird der Markt mit billigem ausländischem Koks überschwemmt, und angeblich weiß kein Mensch was darüber. So was schimpft sich dann Profis.

Jimmy steht auf, um noch etwas Wasser auf das Kohlebecken zu gießen. Dampf füllt den kleinen Raum, und unter dem künstlichen Kiefern- und Zitronengrasduft nimmt Nelson deutlich Jimmys Körpergeruch wahr. Er verspürt leichte Übelkeit.

«Kennst du einen gewissen Neil Topham?», fragt er.

Obwohl er Jimmy nur verschwommen sieht, ist er sich sicher, dass der eine lauernde Miene aufsetzt.

«Wieso?»

«Ich stelle hier die Fragen.»

«Ich glaub, ich hab den Namen schon mal gehört. Ist ein Kunde.»

«Von dir?»

«Nein! Ich schwör bei Gott, Inspector Nelson, ich hab schon seit Jahren nicht mehr gedealt! Nein, der ist Kunde bei ’nem Freund von mir.»

«Ein guter Kunde?»

«Glaub schon. Wieso? Was hat er angestellt?»

«Er ist tot.»

Jimmys Lippen formen ein stummes O.

«Hat dein Dealer-Freund vielleicht was damit zu tun? Hat er sich öfter im Smith-Museum rumgetrieben?»

Jimmy zuckt zusammen und versucht, das zu verbergen, indem er aufspringt.

«Wird 'n bisschen heiß hier drinnen», sagt er.

Nelson drückt Jimmy wieder zurück auf die Saunabank. Drohend beugt er sich über den jungen Mann, der sich unwillkürlich duckt. Die Frau, die wieder an der Glastür steht, tritt hastig den Rückzug an.

«Was weißt du über das Smith-Museum?»

«Ich? Gar nix. Was weiß 'n Typ wie ich schon über so 'n Museum?» Olson erinnert Nelson an eine Figur aus einem Fernsehklassiker, den er vor Jahren gesehen hat. Uriah So-wie-noch. Der hat sich auch immer so unterwürfig gegeben, war dabei aber böse bis ins Mark.

«Warum bist du dann hochgehüpft wie die Katze auf dem heißen Blechdach, als ich eben davon gesprochen habe?» Der Vergleich passt haargenau. Nelson spürt, wie ihm der Schweiß den Rücken hinunterläuft. Das Übelkeitsgefühl wird stärker.

Jimmy sackt auf der Bank nach vorn. Keuchend setzt sich Nelson wieder ihm gegenüber hin.

«Der Pastor hat da mal was erwähnt.»

«Was genau?»

«Also, ich hab ihn neulich unten am Hafen getroffen, und ich sag zu ihm: Pastor, wie geht's denn immer, so ganz freundlich, und er so, er wär grad im Smith-Museum gewesen. Ich denk noch, der macht Witze, weil, so 'n Museum ist doch was für Kinder, oder? Also frag ich ihn, was machst du denn im Museum, Pastor, und er sagt, er hätt sich da mit 'ner Lady getroffen.»

«Mit einer Lady?»

«Ja. Ich so, weil ich immer noch denk, er macht Witze, lag die denn in ’nem Glaskasten, wie ’ne Mumie oder was, und er meint, nee, die war aber so was von lebendig.»

«Und das ist alles?»

«Klar. Schwör ich beim Leben meiner Mutter.»

«Deine Mutter ist tot.»

«Dann halt bei ihrem Grab.»

Nelson hält es nicht mehr aus. Er öffnet die Holztür und geht direkt zu den Duschen. Dort bleibt er so lange unter dem herrlich kühlen Wasser stehen, bis er sicher sein kann, dass Olson gegangen ist. Anschließend steigt er in das pisswarme Becken und schwimmt zwanzig Minuten lang ohne Pause.

Er hat sich gerade in die Hotelhalle gesetzt und trinkt einen überteuerten Cappuccino, als Clough anruft.

«Hey, Boss. Schon zu Hause?»

Nelson hat seinen Leuten gesagt, dass er heute früher nach Hause will, um mit Michelle essen zu gehen. Er weiß, dass sie Wetten laufen haben, ob er wohl noch mal zurück ins Büro kommt.

«So gut wie. Haben Sie was für mich?»

«Na ja, Sie meinten doch, ich soll mal die Familie Smith überprüfen, ob da irgendwer vorbestraft ist oder so.»

«Ja?»

«Also, ich hätte da was. Eine Verurteilung wegen mutwilliger Sachbeschädigung. Im Rahmen einer Tierschutz-Protestaktion.»

Nelson sieht sofort ein angespanntes Gesicht vor sich, umrahmt von dunklem Haar. «Die Tochter? Caroline?»

«Nee.» Clough kostet den Moment voll aus. «Romilly Maud Smith, fünfundfünfzig Jahre alt. Ihnen dürfte sie als Lady Smith bekannt sein.»

«Die Frau?»

«Genau. Anscheinend gehörte Lady Smith zu einer Gruppe, die bei einem Pharmakonzern eingebrochen ist, um gegen Tierversuche zu protestieren.»

«Mein Gott! Da frag ich mich aber doch, was Danforth Smith dazu gesagt hätte.»

«Er muss das wohl gewusst haben. Es stand sogar in der Zeitung. Die *Evening News* bezeichnet sie als ‹Mutterfigur› dieser Gruppe. Ihr Deckname lautet Big Mama.»

«Was hat sie gekriegt?»

«Zweihundert Pfund Strafe.»

«Sonst noch irgendwelche Vorstrafen?»

«Nein, aber die Zeitungen schreiben, die Gruppe hätte an allen möglichen anderen Demos teilgenommen. Diese Tierschutz-Spinner sind richtig gut organisiert.»

Sind das denn wirklich Spinner, fragt sich Nelson, während er nur wenige Stundenkilometer über dem Tempolimit nach Hause fährt. Seiner Erfahrung nach sind Tierschutz-Aktivisten meist äußerst prinzipientreue Menschen, was sie umso gefährlicher macht. Trotzdem bringt er die elegante Dame, die er am Morgen kennengelernt hat, nicht mit einer vermummten Extremistin mit dem Decknamen Big Mama zusammen. Was Danforth Smith wohl von den Aktivitäten seiner Frau gehalten hat? Und wieso heiratet eine überzeugte Tierschützerin überhaupt einen Rennpferd-Trainer? Danforth hat seine Pferde offensichtlich sehr geliebt, doch für Nelson stehen Pferderennen in einer Reihe mit Jagden und ähnlichen blutrünstigen Freizeitbeschäftigungen. Er weiß noch, wie geschockt er war, als Judy ihm erzählte, dass sie früher jagen gegangen ist. «Das war so üblich bei uns im Reitstall», hat sie gesagt. Bei uns im Reitstall! Da denkt man, man kennt jemanden, und dann so was. Trotzdem, Judy hat gute Arbeit geleistet, als sie Cathbad auf den Überwachungsbändern entdeckt hat. Sie behauptet allerdings, er hätte ein Alibi, was Nelson nicht weiter erstaunt. Dann hat Cathbad also Caroline Smith besucht. Ob sie was miteinander haben? Auf ihre durchgeknallte Weise ist Caroline sehr attraktiv. Nelson kann sich vorstellen, dass sie genau Cathbads Typ ist.

Dann hat Caroline also eine Affäre mit einem Druiden, und Romilly ist eine heimliche Tierschutz-Aktivistin. Wie viele Leichen die Smiths wohl sonst noch im Keller haben? Bei Leichen fällt ihm das Skelett des Bischofs Augustine wieder ein und Ruths erstaunliche Entdeckung. Wie souverän sie darauf reagiert hat! «Und, irgendwas Interessantes?», wollte dieser schleimige Phil wissen. Und Ruth hat geantwortet: «Ja, doch, ziemlich interessant.» Nelson bewundert Ruth immer am meisten, wenn er sie bei der Arbeit sieht. Sie ist dann so selbstsicher, hat nichts von dieser albernen «Ach, ich weiß auch nicht»-Haltung, die manche Frauen an den Tag legen, und versucht auch nicht, sich bei Männern einzuschmeicheln und ihnen um den Bart zu gehen. Ruth weiß, dass sie genauso gut ist wie ein Mann, und sagt das auch ganz offen. Das ist einfach erfrischend. Nelson will sich nicht eingestehen, dass er es außerdem sehr sexy findet.

Mit was für einer «Lady» sich der Pastor wohl im Museum getroffen hat? Mit Caroline? Oder mit Romilly, Lady Smith? Vielleicht war es ja auch Bischof Augustine höchstpersönlich, der unvergleichliche, bischöfliche Verwandlungskünstler. Aber Jimmy hat ja gesagt, sie wäre «so was von lebendig» gewesen. Wo liegt die Verbindung zwischen Museum und Rennstall, abgesehen von der Familie Smith? Und wie kommt es, dass zwei Männer, die sich beide noch vor wenigen Tagen bester Gesundheit erfreut haben, jetzt tot sind?

Nelson hat den Kreisverkehr von King's Lynn erreicht. Nach kurzem Zögern nimmt er die Ausfahrt zum Revier.

Er wird nur ganz kurz dort vorbeischauen und mit Judy und Clough über den Fall reden. Danach hat er immer noch Zeit genug, Michelle zum Essen auszuführen.

18 «Und hier hätten wir Eiche mit versenkten Messinggriffen. Das Modell hat auch eine sehr schöne Kreuzintarsie im Deckel. Bei Katholiken ist das sehr beliebt.»

«Mein Mann war kein Katholik», sagt Romilly Smith. Wobei die Smiths früher einmal Katholiken gewesen sein müssen, denkt sie, in Erinnerung an Bischof Augustine. Dan war so begeistert gewesen von der Sache mit dem Sarg. Solche Dinge haben ihn immer wahnsinnig interessiert. Alles, was mit der Vergangenheit zu tun hatte, vor allem mit seinen eigenen Vorfahren, faszinierte ihn. Romilly ist in Südafrika geboren, und obwohl sie in England im Internat war, betrachtet sie sich doch eher als Vagabundin ohne Land. Und ohne Klasse, trotz des elenden Oberschichtakzents, mit dem sie geschlagen ist. Immerhin erweist sich der hin und wieder als nützlich, das lässt sich nicht leugnen. Sie kann sich selbst nicht leiden, wenn sie beim Einkaufen die Verkäuferinnen ankeift, aber bei ihrer Verhaftung haben die Polizisten sie gleich ganz anders behandelt, nachdem sie ein paar Worte gesagt hatte. Sie empfindet nur Verachtung für das englische Klassensystem. Aber Dan – Dan war durch und durch ein britischer Aristokrat.

«Irgendwelche Wünsche bezüglich der Musik? ‹My Way› ist ja immer noch sehr beliebt, auch wenn viele jüngere Trauernde sich stattdessen für ‹The Wind Beneath My Wings› oder sogar für ‹Angels› entscheiden.»

Randolph war der Ansicht, dass es noch zu früh ist, mit dem Bestatter zu reden. Sie wissen ja noch nicht einmal, wann Dans Leiche freigegeben wird. Doch Romilly hat das unbändige Verlangen, irgendetwas zu tun, egal was: die Beisetzung organisieren, die Geschäftsunterlagen sortieren, das Haus verkaufen, die Pferde auf die Koppel bringen. Alles ist besser als hier grässlich tatenlos herumzuhocken, während alle sie so komisch angucken und die Kinder entweder heulen oder streiten. Als Tamsin kam, fand sie in ihr eine Verbündete. «Trübsal blasen bringt nichts», hat Tamsin Caroline angefaucht, «wir müssen uns zusammenreißen.» – «Wieso?», fragte Randolph auf seine zerstreute Art, die alle Welt, mit Ausnahme seiner nächsten Angehörigen, so zauberhaft findet. «Herrgott noch mal, Randolph», brauste Tamsin auf. «Es gibt Dinge, die einfach getan werden müssen.»

Und so sitzen Romilly und Tamsin jetzt mit dem Bestatter zusammen, einem recht finsteren Herrn mit stilisierten Schneeflocken auf dem Pullover. Randolph ist mit seinem Porsche irgendwohin gebraust, und Caroline sitzt im Büro und spricht mit den Besitzern, die zwischen ihren Beileidsbekundungen wahrscheinlich verlangen, dass ihre Pferde einem anderen Trainer anvertraut werden. Romilly empfindet nur Verachtung für die Besitzer. Keiner von denen liebt sein Pferd. Sie wollen einfach nur das Privileg, mit einem albernen Hut über die Rennbahn zu stolzieren, den Bewirtungsbereich für Besitzer und Trainer besuchen und von «meinem Pferd» reden zu dürfen. Dabei würde wahrscheinlich die Hälfte ihr sogenanntes Pferd nicht einmal erkennen, wenn es sie beißen würde, was es sicherlich täte, wenn es die Gelegenheit dazu bekäme.

Zumindest hegte Dan eine echte Zuneigung zu den

Pferden. So haben sie sich auch kennengelernt. Romilly arbeitete damals auf einem Gnadenhof in der Nähe von Norwich. Zwei Pferde wurden dort abgegeben, vernachlässigt und verängstigt, aber ansonsten gesund und leistungsfähig. Der Gnadenhof konnte es sich nicht leisten, sie zu behalten – sie brauchten ihre Mittel für die alten und kranken Tiere –, und so bekam Romilly die Aufgabe, alle Stallbesitzer in der Gegend anzurufen und zu fragen, ob sie ihnen zeitweiliges Asyl gewähren würden. Alle sagten nein. Pferde sind ein teures Vergnügen, und keiner wollte sich zwei unbekannte Größen aufhalsen, die ihm das Heu wegfraßen und womöglich noch den anderen Tieren Angst machten. Mit Ausnahme von Danforth Smith. Er kam noch am selben Nachmittag mit einem schicken blauen Pferdetransporter, auf dem in goldenen Lettern «Rennstall Slaughter Hill» stand. Er sprach sanft auf die verängstigten Tiere ein, lud sie mit Engelsgeduld in den Transporter, und als er sich schließlich wieder Romilly zuwandte und sich höflich erkundigte, ob ihre Zeit es erlaube, am Abend mit ihm essen zu gehen, rannte er bei ihr offene Türen ein. Ein halbes Jahr später waren sie verheiratet. Es schadete sicher nicht, dass Danforth neben seiner offensichtlichen Tierliebe auch Unmengen Geld besaß und gerade dabei war, ein großes, modernes Haus zu bauen, dem ganz offensichtlich die weibliche Note fehlte. Romilly war den Schlamm und den Dreck und die schmutzstarrenden Jeans, die die Arbeit mit Pferden so mit sich bringt, allmählich leid. Sie wollte Tiere um sich haben, aber sie wünschte sich auch einen gewissen Luxus – und dieser große Mann mit der markanten Nase, der so gut mit Pferden umgehen konnte, schien ihr genau dieses Gesamtpaket zu bieten.

Und jetzt, nachdem er ein Leben lang immer ganz und gar der Norm entsprach, hat Dan sie schließlich doch noch überrascht. Er ist einfach so gestorben und hat sie mit drei erwachsenen Kindern, einem Haus, das innenarchitektonisch absolut nichts mehr zu wünschen übrig lässt, und einem Rennstall voller Pferde zurückgelassen. Romilly war immer überzeugt, dass Dan ewig leben würde. Trotz seiner Diabetes-Erkrankung wirkte er unverwüstlich, Teil einer ewig gleichen Landschaft. Was auch kommen mochte, Dan würde immer da sein, um fünf Uhr früh mit den Pferden aufstehen und abends um zehn schlafen gehen. Romilly verspürt irrationalen Zorn darüber, dass er sie so im Stich gelassen hat. Sie hat ihn gebraucht; sie brauchte ihn dort im Hintergrund, seine beruhigende Anwesenheit, wenn sie von ihren immer häufigeren Abenteuern zurückkehrte. Romilly interessiert sich inzwischen immer weniger für die täglichen Anforderungen der Pferdehaltung, dafür umso mehr für das Wohl der Tiere auf einer abstrakten Ebene. Als die Kinder klein waren, geriet ihr Aktivismus in den Hintergrund, doch in den letzten Jahren engagiert sie sich wieder sehr. Ob die Polizei wohl von ihrer kriminellen Vergangenheit erfahren wird? Ob sie der Gruppe auf die Spur kommt? Romilly lächelt, mit dem Ergebnis, dass der Bestatter entsetzt dreinschaut und Tamsin sich zu ihr herüberbeugt und besorgt fragt, ob alles in Ordnung sei. «Alles bestens», sagt sie. Sie kann Fürsorglichkeit nicht ausstehen. Zumindest nicht, wenn sie von Menschen kommt.

«Ich glaube, Dad hätte eine Opernarie gefallen», sagt Tamsin jetzt. «Etwas Geschmackvolles.»

Geschmackvoll – das ist Tamsins Lebensmotto. Ihr Haus in London ist ein Schrein des unaufdringlichen guten Geschmacks, sie trägt Designermode mit wohlgesetzten, kleinen Stilbrüchen, und selbst ihr Hund, ein schokoladenbrauner Labrador, passt ins Farbkonzept. Gegen all das hat Romilly nichts einzuwenden (vor allem nicht gegen den Labrador), aber sie würde sich doch wünschen, dass das Geschmackvolle nicht auch Tamsins Gefühlsleben so sehr beherrschte. Es ist Jahre her, seit Romilly ihre ältere Tochter zuletzt lachen gehört oder weinen gesehen hat. Auch Tamsins Kinder sind bemerkenswert frei von jeder emotionalen Regung. Romilly würde ihre einzigen Enkel gern richtig lieben können, doch Emily und Laurence sind farblose kleine Geschöpfe, die nie ihre Hausaufgaben vergessen und brav Geige üben. In ihrem Alter hat Romilly auf dem Schulhof großangelegte Igel-Rettungsaktionen organisiert. Aber wahrscheinlich gibt es einfach keine Igel in Notting Hill. Die sind nicht geschmackvoll genug.

Romilly bestätigt, dass Dan gern Opern gehört hat, und sie wählen für die Einäscherung die Arie *E lucevan le stelle* aus *Tosca*. Und bei der Trauerfeier wird sich der Organist tapfer durch *Schafe können sicher weiden* quälen.

«Wann wissen wir denn, ob die Polizei eine Autopsie durchführen will?», fragt Tamsin, nachdem sich der Bestatter übertrieben höflich verabschiedet hat.

«Ich weiß es nicht», sagt Romilly. «Detective Inspector Nelson war heute Morgen hier, aber das Krankenhaus findet an Dans Tod offenbar nichts verdächtig. Herzinfarkt, heißt es. Sie haben eine vorläufige Sterbeurkunde ausgestellt.»

«Ja, ich weiß.» Tamsin war bereits im Krankenhaus. Das Angebot, ihren toten Vater noch einmal zu sehen, hat sie abgelehnt («Ich möchte ihn lieber lebendig in Erinnerung behalten»), während Caroline ihm einen tränenreichen Besuch abgestattet hat. Jetzt will sie auch seine Beisetzung so schnell wie möglich abgewickelt sehen – ganz geschmackvoll, versteht sich.

«Ziemlich dreist von diesem Polizisten, einfach hier vorbeizukommen», sagt sie. «Kann man sich da beschweren?»

«Lieber Himmel, Tammy, er macht doch nur seine Arbeit.»

«Und da war auch noch so eine Polizistin bei Caroline, die sich die Überwachungsbänder angeschaut hat. Ich hätte die ja gar nicht erst hereingelassen, aber Caro macht ihr sogar noch einen Kaffee. Das ist mal wieder typisch.»

«Caro ist zutiefst erschüttert», sagt Romilly nachsichtig.

«Nicht so erschüttert, dass sie morgen nicht zu dieser bescheuerten Aborigine-Tagung gehen würde.» Tamsin zupft ihren tadellosen schwarzen Minirock zurecht. «Ich habe ihr gesagt, dass ich das respektlos finde.»

«Ach ja?», sagt Romilly. «Ich finde eher, es ist eine nette Abwechslung für sie.»

Caroline legt das Telefon auf den Schreibtisch, nachdem sie gerade einem gesichtslosen russischen Oligarchen versichert hat, dass seine Pferde auch weiterhin gut versorgt würden. Aber wer soll sie trainieren? Len ist entsprechend zertifiziert, steht aber wenige Jahre vor der Pensionierung. Und sie selbst ist ein hoffnungsloser Fall, das ist ihr klar. Sie reitet zwar, aber ausschließlich die besonders friedfertigen Pferde. Schon als Kind war sie ein kleiner Angsthase und ist auf ihrem Pony dahingetrottet, während die anderen Kinder längst dem Horizont entgegengaloppierten. Sie war immer heilfroh, dass ihre Mutter ihr und ihren Geschwistern verbot, mit auf die Jagd zu reiten, und beklebte ihren Reithelm stolz mit Protestaufklebern gegen die Fuchsjagd. «Das ist mir zu grausam», verkündete sie überall, doch in Wahrheit jagte ihr allein die Vorstellung, in rasendem Tempo querfeldein zu galoppieren, eine Heidenangst ein. Sie hat nur Reiten gelernt, um ihren Vater glücklich zu machen, so wie sie auch nur bei Greenpeace und Friends of the Earth Mitglied ist, damit ihre Mutter glücklich ist.

Als Kind stand Caroline ihrem Vater sehr nahe. «Eine richtige Vatertochter», sagte ihre Mutter immer, in einem Ton, der ebenso liebevoll wie abfällig klang. Caroline hatte ständig das Gefühl, ihrer Mutter zu missfallen: Sie war zu langsam, zu ungeschickt, nicht intelligent genug. Romilly liebte Spiele, bei denen man sich Wortspiele, Reime und manchmal sogar Lieder ausdenken musste, und Caroline erinnert sich gut, wie Randolph und Tamsin am Küchentisch saßen und die unerhörtesten Reime, die blödesten Bilder, die lustigsten kleinen Limericks erfanden. Ihr selbst fiel nie schnell genug etwas ein, und sie machte sich auch nicht gern über andere lustig. «Nimm doch nicht alles so ernst, Caro», bekam sie immer wieder von ihrer Mutter zu hören. Doch für Caroline war die Welt schon damals ein düsterer Ort.

Dad verstand das. Ihn störte es nicht, dass sie kein Haiku über Margaret Thatcher dichten konnte. Er war ganz zufrieden, wenn sie mit ihm durch die Ställe lief und ihm half, die Pferde zu striegeln und das Sattelzeug zu putzen. Selbst jetzt löst der Geruch von Sattelseife noch schöne Erinnerungen in ihr aus. Wann hat sich das verändert? Wahrscheinlich, als sie von ihren Reisen zurückkam, da hatte sie gelernt, die Welt mit anderen Augen zu sehen. Dad bestärkte sie in der Entscheidung, nicht zu studieren. Ihre Mutter meinte angesichts von Carolines wenig eindrucksvollem Schulabschlusszeugnis nur ermunternd: «Du findest sicher trotzdem einen Platz an einer nicht ganz so anspruchsvollen Uni.» Doch Caroline wollte gar nicht an die Uni. Sie wusste, sie war keineswegs dumm; manchmal brauchte sie einfach nur etwas länger, um ein neues Konzept zu erfassen. Das war auch das Problem in der Schule gewesen. Wenn es Caroline endlich gelungen war, den Stoff zu begreifen, war ihre Klasse schon längst mit etwas anderem beschäftigt. Mit achtzehn jedenfalls hatte sie genug davon, sich ständig bemühen zu müssen, Dinge zu begreifen. Stattdessen wollte sie sie erleben.

Und das ist ihr auch gelungen. Sie hat den Kings Canyon gesehen, die Verlorene Stadt, den Garten Eden. Sie hat das Tal der Winde durchschritten. Sie hat die Sonne über dem Uluru auf- und über dem Südlichen Ozean untergehen sehen. Sie hat das rote Herz Australiens erreicht und ist mit den Toten durch die Traumzeit gewandert. Doch zu Hause behandelten alle sie immer noch wie die leicht zurückgebliebene Jüngste. Sie war voller Ideen, wie man den Rennstall umgestalten könnte. Sie hat eine Website eingerichtet, einen Tag der offenen Tür organisiert. Der Rennsport wirkte in ihren Augen viel zu elitär, sie wollte die Öffentlichkeit dafür gewinnen, den Leuten zeigen, wie viel den Trainern an ihren Pferden lag. Doch der Tag der offenen Tür war ein totales Fiasko geworden. Len weigerte sich rundheraus, auch nur irgendwen in die Nähe der Pferde zu lassen, weil das zu gefährlich sei, und ihr Vater war den ganzen Tag umherstolziert wie das schlimmste Klischee des arroganten Adligen. Und hinterher waren sich alle einig, Caroline solle doch bei dem bleiben, was ihr am besten lag: den Rennstall verwalten und sich im Hintergrund halten.

Caroline hat ihren Vater geliebt und wünscht sich nichts mehr, als dass er jetzt lang und schlaksig über den Hof käme und sie fragen würde, welche Pferde denn in Newmarket mitlaufen. Aber sie weiß auch noch, wie zornig sie auf ihn gewesen ist, wie sehr er sie frustriert hat, wie gern sie geflüchtet wäre, zurück in ihre geliebten roten Täler, um etwas Sinnvolles mit ihrem Leben anzufangen. Die Begegnung mit Cathbad war ihre Rettung. Er hat ihr in Erinnerung gerufen, dass es größere Anliegen und wichtigere Dinge gibt als die Frage, welches Pferd bei welchem Rennen mitläuft oder ob Jumping Jack mit Scheuklappen erfolgreicher wäre. Und deshalb kann sie jetzt auch nicht einfach weglaufen, so gern sie das manchmal auch täte. Sie hat noch Größeres vor sich …

«Hallo, Caro.» Randolph steht in der Tür. Er sieht blass und unrasiert aus, und sie meint, Whisky in seinem Atem zu riechen. Wohlweislich fragt sie ihn nicht, wo er jetzt herkommt.

«Hi, Dolph.»

«Wo ist Tammy?»

«Drüben im Haus, bei Mum. Sie haben den Bestatter da.»

Randolph lässt sich in den Sessel auf der anderen Seite des Schreibtischs sinken und streicht sich mit leicht zittriger Hand das Haar aus der Stirn. «Ist das nicht ein bisschen flott?», fragt er. «Er ist doch erst letzte Nacht gestorben. Vor ein paar Stunden.»

«Hör auf.» Caroline schaut über den Hof zum Haus hinüber. «Ich kann es immer noch nicht fassen.»

«Ich auch nicht. Ich denke die ganze Zeit, gleich kommt er an und erzählt mir, was für ein missratener Sohn ich bin.»

«Er hat dich doch geliebt.» Selbst für Carolines eigene Ohren klingt das wenig überzeugend.

«Klar.» Randolph sinkt noch tiefer in den Sessel.

«Frag mal mich. Das Letzte, was ich zu ihm gesagt habe, war, ich würde ihm niemals verzeihen.»

«Im Ernst?» Randolphs blaue Augen blitzen sie an. «Warum hast du das denn gesagt?»

«Ach, so halt.» Caroline wendet sich wieder ihren Akten zu. «Ich will damit nur sagen, dass wir uns alle irgendwie schuldig fühlen. Ich weiß, dass Mum glaubt, sie hätte ihn wegen ihrer Firma und ihren Tierschutzfreunden vernachlässigt.»

«Quatsch. Sie hat ihn doch immer unterstützt.» Randolph nimmt seine Mutter grundsätzlich in Schutz.

«Na, jedenfalls fühlen wir uns alle furchtbar.»

«Bis auf Tamsin. Unser Fräulein Fabelhaft.»

«Sie ist sicher auch am Boden zerstört wegen Dad», sagt Caroline in zweifelndem Ton.

«Meinst du?» Randolph streichelt Lester, der ihm gerade auf den Schoß gesprungen ist. «Na, wenn du's sagst. Was hat denn diese Polizistin heute früh gewollt?»

«Sie wollte sich die Überwachungsbänder ansehen.»

«Und, hat sie was gefunden?»

«Keine Ahnung.»

«Irgendwie wirkst du nervös», neckt Randolph sie. «Was hast du wieder draußen im Wald getrieben?»

«Hör auf mit dem Scheiß, Dolph. Was ist mit dir?»

«Was soll das heißen, was ist mit mir?»

«Was hast du draußen im Wald getrieben?»

Sie fixieren einander, blaue Augen auf der einen, braune auf der anderen Seite. Dann steht Randolph auf und verlässt das Büro.

19

Die Elginisten-Tagung findet im Versammlungshaus der Quäker-Gemeinde in Great Yarmouth statt. Bisher hat Ruth Yarmouth immer gemieden, weil sie es für eine Art Ostküsten-Blackpool voller Achterbahnen und betrunkener Urlauber hielt. Einmal hat Nelson versucht, sie zu überzeugen, dass Blackpool ganz anders ist; er meinte, es habe ein wunderschönes Umland. Aber Ruth hat sich nicht überzeugen lassen. Sie hat ihre Küsten gern einsam, kilometerlange verlassene Sandstrände, auf denen es nicht von Eseln mit lustigen Hüten wimmelt. Umso überraschter ist sie, als das Quäkerhaus sich als hübsches, weiß gestrichenes Gebäude aus dem 17. Jahrhundert entpuppt. Wenn man schon unbedingt eine Religion haben muss, denkt Ruth, während sie durch den schattigen Garten geht, kann man eigentlich auch zu den Quäkern gehen. Sie sind unhierarchisch, gleichberechtigt und pazifistisch. Doch eine Tafel in der Eingangshalle ruft ihr eine ältere, um einiges blutigere Religion in Erinnerung. Das Haus, liest sie dort, wurde auf dem Gelände eines mittelalterlichen Klosters des Augustinerordens errichtet. Ruth muss an Bischof Augustine denken und an Mutter Juliana, die anachoretische Mystikerin. Die Tafel informiert sie außerdem darüber, dass Anna Sewell, die Autorin von *Black Beauty*, hier an den Andachten teilgenommen hat. Ruth, die eine Schwäche für Pferdebücher hat, sieht dem Tag zunehmend wohlwollend entgegen.

Es hat sie einige Mühe gekostet, pünktlich hier zu sein. Obwohl Kate bereits um sechs wach und tatendurstig war, ist Ruth trotzdem wie eine Irre durchs Haus gerannt, um pünktlich um acht bei Sandra zu sein. Nachdem sie Flint gefüttert, sich zweimal umgezogen, Kate mit einer gut gefüllten Windeltasche und Kleidung zum Wechseln im Auto verstaut hatte und noch einmal zurückging, weil sie überzeugt war, das Gas angelassen zu haben, war es bereits Viertel nach. Eine hastige Übergabe bei Sandra später war sie dann endlich unterwegs nach Great Yarmouth. Nachdem sie noch hinter zwei Reisebussen hergezockelt ist (wer in aller Welt reist denn im November nach Norfolk?), hat sie es schließlich geschafft, um halb zehn im Quäkerhaus zu sein. Hoffentlich haben die Vorträge noch nicht angefangen.

Doch als sie den Raum betritt, der einem Schild zufolge «Snacks» verheißt, stellt sie fest, dass sie ihre Kollegen überschätzt hat. Die versammelten Archäologen tun sich auch um halb zehn noch an Kaffee und süßen Teilchen gütlich. Nach endlosem, quälendem Hin-und-her-Überlegen, was sie anziehen soll, hat Ruth sich schließlich für einen schwarzen Hosenanzug entschieden, in dem sie professionell (und ein klein wenig schlanker) wirkt. Hier ist sie praktisch als Einzige nicht in Jeans. Außerdem sieht man gefärbte Haare in rauen Mengen: lila, rot, rosa, sogar ein kunterbunter Irokese ist dabei. Fast alle haben Tattoos und diverse Piercings. Und irgendwer hat auch seinen Hund dabei.

Ebendieser Hund führt Ruth aber letztlich zu dem Schluss, dass es richtig war zu kommen. Während sie noch unschlüssig in der Tür steht, rennt das Tier auf sie zu und springt an ihr hoch, um ihr die Nase zu lecken. Ruth fühlt sich überrumpelt. Sie mag grundsätzlich alle Tiere, trotzdem sind ihr Katzen aber lieber, und dieser Hund hier ist ganz besonders groß und struppig. Warum freut er sich bloß so, sie zu sehen?

«Klaudia!», ruft eine belustigte, vertraute Stimme. «Hierher!»

«Hallo, Max», sagt Ruth.

Max hat sich in den vergangenen achtzehn Monaten kaum verändert. Er sieht allenfalls etwas erholter aus, als sie ihn in Erinnerung hat, und weniger gequält. Sein Gesicht ist sonnengebräunt, was sein Haar noch grauer und seine Augen noch blauer macht. Er lächelt, ein breites Lächeln, wie sie es noch nie an ihm gesehen hat – doch bei ihrer letzten Begegnung gab es alles in allem auch wenig Anlass zum Lächeln.

«Ruth. Wie schön! Cathbad hatte schon gesagt, dass du vielleicht kommst.»

Das Druideninformationssystem funktioniert also reibungslos wie immer. Ruth sieht Cathbad am anderen Ende des Zimmers, in seinem lila Umhang, der in dieser Umgebung nicht weiter auffällt. Neben ihm steht Bob Woonunga; auch er trägt einen Umhang, der aber offenbar aus irgendeinem Pelz gemacht ist.

«Eigentlich weiß ich gar nicht so genau, warum ich hier bin», sagt Ruth. Sie spürt, wie sie Max' Lächeln erwidert. Ihre Gesichtsmuskeln scheinen etwas eingerostet vom mangelnden Gebrauch. «Cathbad hat mich überredet.»

«Ja, er kann ziemlich überzeugend sein. Möchtest du einen Kaffee?»

«Gerne.»

Sie gehen zu den Kaffeemaschinen hinüber, dicht gefolgt von Klaudia.

«Groß ist sie geworden», sagt Ruth und tätschelt dem Hund den Kopf.

«Stimmt», sagt Max. «Demnächst frisst sie mir noch die Haare vom Kopf. Du siehst, ich bin zu einem dieser jämmerlichen Geschöpfe geworden, die ihren Hund nicht einmal einen Tag allein lassen können. Wobei mich ehrlich gesagt der Hundesitter versetzt hat.»

«Hört sich ja schlimmer an als Kinderbetreuung.» Ruth nimmt sich ein Teilchen.

Max sieht etwas betreten drein und bückt sich, um Klaudia zu streicheln. «Wie geht es denn deiner … wie geht es Kate? Ich würde sie wirklich gern kennenlernen.»

Nach Kates Geburt hat Max eine Karte und ein Geschenk geschickt, und eigentlich hat Ruth damit gerechnet, dass diesen Vorboten ein persönlicher Besuch folgen würde, doch irgendwie ist es dazu nie gekommen. Damals hat sie sich eingeredet, erleichtert zu sein. Die letzten Monate waren auch so schon schwierig genug, da brauchte nicht auch noch Max wieder in ihr Leben zu treten. Trotzdem freut sie sich jetzt sehr, ihn zu sehen.

«Kate geht es gut», sagt sie. «Sie ist letztes Wochenende ein Jahr geworden.»

«Ein Jahr!» Max ist sichtlich betroffen. «Das kann ich gar nicht glauben.»

«Stimmt», bemerkt Ruth trocken. «Mir kommt es auch länger vor.» Dabei weiß sie genau, was Max meint. Bevor Kate auf der Welt war, kam es ihr oft vor, als würden die Jahre ineinanderfließen, nur noch dadurch unterschieden, dass ein paar graue Haare mehr dazukamen. Doch jetzt, mit Kate, ist jede Woche ein neuer Meilenstein. Und während es einerseits tatsächlich ganz erstaunlich scheint, dass Kate jetzt schon ein Jahr alt sein soll, ist es andererseits doch, als hätte es sie schon immer gegeben.

Komm uns doch besuchen, will sie schon sagen. Komm nachher mit zu mir, wenn wir genug über Schädel und Knochen diskutiert haben. Dann können wir am Strand spazieren gehen, Kate zusehen und über das Leben reden. Doch da klatscht Cathbad energisch in die Hände.

«Gehen wir in den Vortragssaal, Freunde. Der erste Vortrag fängt gleich an.»

Der erste Vortrag hat den Titel «Ehre den toten Ahnen» und ist um einiges interessanter, als Ruth erwartet hat. Erschrocken muss sie erfahren, dass noch 2003 in den zuständigen Arbeitsgruppen davon abgeraten wurde, menschliche Überreste an die Ursprungsländer zurückzuerstatten, weil berechtigte Zweifel an «Sorgfalt und Erhaltungswillen» gegeben seien. 2005 wurden in ganz Großbritannien dreihundertfünfundachtzig Fälle von Gebeinen australischer Ureinwohner in verschiedenen Einrichtungen nachgewiesen. «Viele dieser Knochen», so die Referentin Alkira Jones, «wurden ihrem Ursprungsland im Rahmen brutaler Kolonialisierungsakte entrissen.» Ruth muss an den nun selbst verstorbenen Danforth Smith denken … *Der alte Herr war der Meinung, dass die Abos anders gebaut sind als wir, dass sie direkt von den Höhlenmenschen abstammen oder so. Deshalb hat er angefangen, Kno-*

chen zu sammeln. Sie erfährt von einem Gesetz zum Schutz der Gräber und zur Rückführung der Überreste amerikanischer Ureinwohner, das in den USA 1990 verabschiedet wurde, um einen Konflikt über die Aufbewahrung indianischer Gebeine und Grabbeigaben zu lösen. Auch Israel hat kürzlich ein Umbettungsgesetz verabschiedet, von dem teilweise sogar die ältesten menschlichen Überreste, die man nach anatomischen Gesichtspunkten als modern bezeichnete, betroffen sein könnten. In Schottland gibt es ein uraltes «Grabesrecht», ein Anrecht auf Bestattung, und es besteht Aussicht, dass etliche andere Länder dieses Prinzip künftig übernehmen werden. «Die Museen», berichtet Alkira Jones, «wollen die Überreste nicht hergeben, weil sie, wie sie sagen, zur Vergrößerung menschlichen Wissens beitragen. Dabei tragen sie in Wahrheit nur zur Vergrößerung menschlichen Leids bei. Wir müssen mit den lebenden Nachkommen dieser Menschen in Beziehung treten. Und zwar in eine lebendige Beziehung, nicht in eine tote.»

Ruth rutscht unbehaglich auf ihrem Stuhl herum. Als forensische Archäologin unterhält sie vielfältige Beziehungen zu den Toten. Und hat sie nicht selbst oft gestaunt, wie viel man durch einen einzelnen Knochen oder Zahn lernen kann? Soll sie auf dieses Wissen verzichten, um sicherzugehen, dass die Gebeine ein angemessenes Begräbnis erhalten? Spielt das denn überhaupt noch eine Rolle? Wenn man Alkira Jones glaubt, dann spielt es für die Lebenden eine Rolle, und das ist das Entscheidende. Aber stimmt das auch? Ruth weiß, dass einige der Gruppen, die die Rückgabe der Gebeine australischer Ureinwohner fordern, keineswegs Nachkommen der fraglichen Stämme sind. Nach den Richtlinien des Australian Institute of Aboriginal Studies muss eine Abstammung nachgewiesen werden. Aber was geschieht, wenn das nicht möglich ist?

Kann jeder x-Beliebige die Rückgabe von Knochen fordern, die eventuell wertvolles Wissen für die nachfolgenden Generationen in sich bergen?

Ruth muss an das Bild eines viktorianischen Malers denken, das sie als Kind sehr fasziniert hat. Es trug den Titel *Can These Dry Bones Live?* und zeigte eine Frau in einem schwarzen Überwurf und einem eleganten roten Rock, die, auf einen Grabstein gestützt, einen Totenschädel und ein paar Knochen betrachtet. Die Knochen wurden ausgegraben – von wem? Oder von was? War es ein nachlässiger Totengräber? Ein Tier? Oder ein sehr punktuelles Erdbeben? Dem Bild wird oft nachgesagt, es zeige die viktorianischen Zweifel an einem Leben nach dem Tod. Das mag ja sein, doch es enthält durchaus auch Hinweise, die den Betrachter beruhigen könnten. Der Grabstein ist der eines gewissen «John Faithful» und trägt die englische Inschrift: «Ich bin die Auferstehung und das Leben.» Auf einem anderen Grabstein steht «Resurgam». Auf dem Schädel hat sich ein blauer Schmetterling niedergelassen, und weiter hinten im Bild sind Blumen frisch erblüht. Für Ruth birgt das Bild jedoch eine ganz andere Lektion. Was können uns diese Knochen über das Leben des Menschen sagen, zu dem sie gehören? Wie können vertrocknete Knochen vom Leben in all seiner prachtvollen Vielfalt zeugen? Sie fragt sich, ob das Bild, so wie auch das Horniman-Museum, wohl ihre Berufswahl beeinflusst hat. Vielleicht hat ihr aber auch einfach nur der rote Rock gefallen – sicherlich eine merkwürdige Wahl für eine Frau, die in Trauer ist. Und jetzt erzählen ihr diese Leute hier, die Knochen hätten unbedingt begraben bleiben sollen. Sie findet das verwirrend.

Der nächste Vortrag, eine Tour de force durch sämtliche Kunstgegenstände australischen Ursprungs, die in britischen Museen aufbewahrt werden, ist deutlich langweiliger. Ruths Gedanken driften ein wenig ab, sie überlegt, was Kate wohl gerade macht. Sandra ist gut darin, den Tag interessant zu gestalten; wahrscheinlich wird sie mit Kate in den Park gehen, vielleicht ein bisschen mit ihr backen. Trotzdem genießt Ruth auch ihre eigenen Samstage mit Kate. Meistens gehen sie an den Strand, Muscheln sammeln. Im Garten haben sie schon eine ganze Reihe davon ausgelegt, wie in dem Kinderreim «Mary, Mary, Quite Contrary». Manchmal fahren sie auch nach Blakeney, um den Fischerbooten zuzusehen, und landen dann oft zum Tee in Cathbads lila Wohnwagen. Kate hat ihren eigenen Traumfänger, aus glänzenden Perlmuttmuscheln und rosa Federn. Bis jetzt hat er allerdings auch nicht dafür gesorgt, dass sie besser einschläft. Vielleicht wird Ruth heute Abend noch einmal versuchen, gleich nach der Gutenachtgeschichte nach unten zu gehen …

Sie schreckt hoch, und die rosa Federn und die Muscheln stürzen in sich zusammen. Der Referent, Derel Assinewai, berichtet gerade von den schlimmsten Abscheulichkeiten der kolonialistischen Trophäenjäger. «Wir hören von Aborigines, die gejagt wurden, richtig gejagt, wie die Tiere. Gerüchten zufolge wurden sie anschließend skalpiert. Es waren also die Briten und keineswegs die Indianer Nordamerikas, die damit angefangen haben, ihre Opfer zu skalpieren – und den Skalp als Andenken zu behalten.»

Ruth denkt an die verräterischen Schnitte an dem einen Schädel im Smith-Museum. Ist es richtig gewesen, Cathbad und Bob davon zu erzählen? Es bereitet ihr ein gewisses Unwohlsein, dass Lord Smith am Tag nach dieser Enthüllung bereits tot war, auch wenn sie natürlich keinen Verdacht gegen Cathbad oder Bob hegt. Sie schaut zu Bob hinüber, und er lächelt ihr zu. Er sitzt in der letzten Reihe und lauscht Derels Vortrag, ganz entspannt, mit übereinandergeschlagenen Beinen und zurückgelegtem Kopf.

Nein, der Tod von Danforth Smith muss Zufall gewesen sein. Trotzdem ist Ruth ganz froh, dass sie bei sich zu Hause keine Aborigine-Knochen herumliegen hat. *Stellen Sie sich mal vor, wie viel schlimmer es ist, die Knochen unserer Ahnen mitzunehmen und sie am anderen Ende der Welt zu verwahren.*

Warum hat Danforth Smith so eisern daran festgehalten, die Schädel nicht zurückzugeben? Sie werden doch nicht einmal mehr ausgestellt. Und auch wenn er sichtlich stolz auf diese grausige Sammlung war, hat Ruth doch nicht den Eindruck gewonnen, dass ihm das Museum insgesamt allzu viel Freude bereitet. An dem Tag, als sie die Knochen begutachtet hat – war das wirklich erst diese Woche? –, wirkte Lord Smith abgespannt, fast ein wenig verängstigt, und das Museum erschien ihr wie ein trauriger Ort, staubig und vernachlässigt. Ruth kann sich nicht vorstellen, dass es jemals wieder öffnen wird. Wer verirrt sich schon in eine Seitenstraße voller Bürogebäude, um ein paar ausgestopfte Tiere zu besichtigen? Nein, es ist sicher das Beste, das Museum mit Neil Topham und Danforth Smith sterben zu lassen und die Schädel in aller Stille an Australien zurückzugeben. Ruth zumindest hat getan, was sie konnte. Ihr Gutachten bestätigt, dass die Knochen unter desolaten Bedingungen aufbewahrt werden, und sie hat es an das Ministerium für Kultur, Medien und Sport geschickt. Jetzt hofft sie, dass die Behörden daraufhin Druck auf die Familie Smith ausüben werden, die Knochen zurückzugeben. Tatsache ist allerdings, dass die Regierung bei Gebeinen in Privatbesitz wenig bis gar keinen Einfluss hat. Fast ist es, als würden sie tatsächlich Lord Smith gehören, mit Leib und Seele. Aber wem gehören sie jetzt? Ruth weiß, dass Smith einen Sohn hat. Wird er der nächste Lord Smith?

Das Mittagessen, das von einem veganen Restaurant in der Nähe gestellt wird, ist absolut köstlich. Das Wetter ist so schön, dass die Fenstertüren zum Garten hin geöffnet sind, und Ruth und Max setzen sich draußen auf eine Steinbank, Klaudia hechelnd zu ihren Füßen. Es dauert nicht lange, da gesellt sich Cathbad zu ihnen; er hat eine dunkelhaarige Frau in einem roten Kleid im Schlepptau.

«Hallo, Max, schön, dich zu sehen. Ruth, ich würde dir gern Caroline Smith vorstellen.»

Ruth springt auf und klopft sich die Krümel von der Hose. Caroline ist eine attraktive Frau um die dreißig. Sie strahlt etwas seltsam Altmodisches aus. Wie Cathbad, der oft verkleidet wirkt, auch wenn er ganz normale Kleidung trägt, macht Caroline den Eindruck, als trüge sie ein historisches Kostüm. Sie hat das Haar zu einem Knoten gesteckt, und ihr knöchellanges, etwas aus der Mode gekommenes Kleid könnte auch aus der Zeit Edwards oder Victorias stammen. Seltsamerweise erinnert es Ruth an den Rock auf dem Bild *Can These Dry Bones Live?*. Vermutlich ist auch Caroline in Trauer, so wie die Frau auf dem Bild.

«Es tut mir so leid, was mit Ihrem Vater passiert ist», sagt Ruth zu ihr.

«Danke», erwidert Caroline. Ihre Stimme klingt ein wenig zögerlich und will so gar nicht zu ihrer starken Präsenz passen. «Ich war mir nicht sicher, ob ich heute überhaupt kommen soll. Tam… Meine Familie fand, ich sollte es lieber lassen, aber Cathbad hat mich dann doch überredet.»

«Ja, er kann ziemlich überzeugend sein», zitiert Ruth Max' frühere Äußerung.

«Die Aborigines faszinieren mich einfach», fährt Caroline fort. «Ich habe ein ganzes Jahr in Australien verbracht. Wussten Sie, dass die Aborigines eine ganz andere Landkarte von Australien haben? Für sie ist es tatsächlich ein völlig anderes Land.»

«Die Namen sind unterschiedlich, oder?», sagt Ruth. «Ayers Rock zum Beispiel …»

«Ja, der Name ‹Ayers Rock› stammt von den Kolonialherren. Sein richtiger Name lautet Uluru. Er gehört zum Nationalpark Uluru-Kata Tjata. Dem roten Herzen Australiens.»

Sie spricht die Namen voller Selbstbewusstsein aus, aber mit so viel Leidenschaft, dass Ruth unwillkürlich ein wenig zurückweicht.

«Woher kennen Sie Cathbad?», fragt sie.

«Ich war in einem seiner Archäologiekurse.»

«Cathbad gibt Archäologiekurse?» Ruth ist ein wenig eingeschnappt. Sie arbeitet doch schließlich im Fachbereich Archäologie an der Uni, und Cathbad hat ihr nie etwas von diesen Kursen erzählt.

«Es geht nicht um Archäologie im eigentlichen Sinn», sagt Cathbad bescheiden. «Eher um Rituale und mystische Symbolik.»

«Ach so.» Ruth beruhigt sich sofort wieder. Mystische Symbolik ist kein integraler Bestandteil des universitären Stundenplans.

«Wobei es», wirft Max ein, «in der Archäologie ja immer um Rituale und Symbolik geht. Selbst Völker, die wir als primitiv einstufen, haben ihre Toten unter Einsatz gewisser Rituale bestattet. Wir wissen zwar nicht immer, was es mit diesen Ritualen auf sich hat, aber wir wissen doch, dass es sie gab.»

Das hätte jetzt auch von Erik sein können, denkt Ruth. Sie schaut zu Cathbad hinüber und fragt sich, ob er wohl etwas Ähnliches denkt. Max hat Erik sehr verehrt, das fällt Ruth jetzt wieder ein (obwohl sie es auf einer anderen Ebene die ganze Zeit gewusst hat). Sie fragt sich, warum Max, der sich doch auf die Römer in Großbritannien spezialisiert hat, eine Tagung zum Umgang mit Aborigine-Gebeinen besucht.

«Ein paar Museen in Sussex haben Überreste australischer Ureinwohner in ihrer Sammlung», erzählt er, als sie vor der Nachmittagsveranstaltung noch einmal rasch mit Klaudia um den Block gehen. «Ich wurde gebeten, mich der Sache anzunehmen. Persönlich sehe ich nicht, was gegen eine Rückgabe spräche. Für die Kultur der Ureinwohner sind sie von viel größerer Bedeutung.»

«Das sehe ich auch so.» Ruth ist ein wenig außer Puste, weil Max recht schnell geht. «Aber ich bin definitiv nicht der Ansicht, dass menschliche Knochen niemals ausgegraben werden dürfen. Man kann so viel daraus lernen.»

«Schon», sagt Max. «Aber was machen wir dann mit diesem Wissen? Das ist doch die eigentliche Frage.»

Die Nachmittagsveranstaltung, die von Bob Woonunga geleitet wird, erweist sich als absolut fesselnd. Die Herbstsonne steht bereits tief vor dem Fenster. Bob setzt sich, in seinem Umhang, der offenbar aus Opossum-Fell besteht, mitten im Raum auf den Boden. Einer nach dem anderen stehen auch die Zuhörer von ihren Stühlen auf und setzen sich im Kreis um ihn herum. Ruth wird eng an Max und Klaudia herangedrängt. Sie ist froh, dass der Hund einen Puffer zwischen ihnen bildet. Als sie Klaudia den Kopf tätschelt, streift sie Max' Bein. Er lächelt, rückt aber nicht von ihr ab.

«Am Anfang ist die Traumzeit», sagt Bob. «Und in der Traumzeit liegt alles Heilige der Erde begründet. In ihr nehmen alle Dinge ihren Anfang, doch sie ist nicht vergangen. Sie ist Vergangenheit, Gegenwart und Zukunft. Wenn wir unsere Ahnen in der Erde bestatten, dann kehren sie in die Traumzeit zurück und schließen auf diese Weise den Kreis. Jeder Ort und jedes Lebewesen gehört der Traumzeit an. Die Geister der Kinder leben dort, ehe sie geboren werden, und die Toten kehren dorthin zurück, wenn sie ihren Körper verlassen.»

Bob erzählt ihnen von Seelen, die im Sand vergraben sind, jede Stelle mit einem kleinen Zweig markiert. Anjea, die Göttin der Fruchtbarkeit, sammelt die Zweige ein und legt sie zu einem Kreis zusammen. Dann formt sie neue Seelen aus dem Schlamm und setzt sie in die Bäuche unfruchtbarer Frauen ein. Er erzählt ihnen, wie die Bagadhimbri, zwei Götter-Brüder in Dingo-Gestalt, die ersten Geschlechtsorgane aus Pilzen schufen. Er erzählt ihnen von Bahloo, dem Mann im Mond, der sich drei Giftschlangen als Haustiere hält. Er erzählt ihnen von den Mimis, elfenhaften Wesen, die in Felsspalten wohnen. Er erzählt ihnen vom Nargun, das bei Nacht Kinder entführt. Er erzählt ihnen von den Wolken- und den Regengeistern, von der Sonnengöttin und von Yurlunggur, der Mulgaschlange, die vom Geruch des Menstruationsbluts einer Frau aus dem Schlaf geweckt wurde, die Frau auffraß und später gezwungen wurde, sie wieder auszuspeien. In den Initiationsriten der Aborigines, erzählt Bob, symbolisiert das Erbrechen den Übergang vom Knaben zum Mann. Ruth denkt bei sich, dass angesichts der natürlichen Gegebenheiten der Übergang vom Mädchen zur Frau wohl passender wäre.

Doch seine größte Begeisterung spart Bob sich für die Regenbogenschlange auf, die Große Schlange, die sich in der Traumzeit über das Land schlängelt und Flüsse und Wasserläufe erschafft. Ihr Körper hat die Täler geformt; wo sie Rast machte, entstanden große Seen; die Steine sind ihre Exkremente, und aus ihren abgeworfenen Schuppen sind die Wälder entstanden. Die Schlange, erzählt Bob, ist das Totem seines Stammes, und er hat bereits viele Gedichte über sie geschrieben. Einige davon liest er jetzt vor, und seine Worte schlängeln sich durch den Raum wie die Schlange selbst, sie winden sich bis in die dunkelsten Winkel und nehmen in den letzten Strahlen der Nachmittagssonne Gestalt an.

Seltsam, sinniert Ruth verträumt, dass der Schlange in der christlichen Schöpfungsgeschichte die Rolle des ganz und gar Bösen zufällt. Hier ist sie Held und Bösewicht zugleich, Schöpferin und Zerstörerin in einem. Eines von Bobs Gedichten erzählt davon, wie die Schlange einen kleinen Jungen frisst, weil er nicht aufhören will zu weinen, doch dann gehen sowohl der Junge als auch sein Weinen in die Traumzeit ein. Auch Bischof Augustine war offensichtlich besessen von Schlangen. Einerseits war die Schlange ein Dämon, den es zu zerstören galt, andererseits das Instrument seiner Rache. Und natürlich besteht auch noch eine andere, eher Freud'sche Verbindung zur Schlange, vor allem, wenn Augustines Geschlecht tatsächlich in Zweifel steht. War die Schlange das Symbol seiner vorgetäuschten Männlichkeit? Sind nicht manche Schlangen auch Hermaphroditen?

Bob schließt mit einem Gedicht der großen Aborigine-Lyrikerin Oodgeroo Noonuccal. Es heißt «Ballade von den Totems» und handelt von ihrem Vater und dem heiligen Symbol ihres Stammes. Einmal bezeichnet sie es als «Teppichpython», was Ruth etwas eigenartig vorkommt. «Teppichpython», das klingt so viel niedlicher als die Große Regenbogenschlange – fast ein wenig nach Pantoffelheld.

Sie merkt, dass Max ihr die Hand hinstreckt, um ihr aufzuhelfen. Sie rappelt sich ohne Hilfe hoch und schämt sich ein bisschen, weil sie so ungelenkig ist.

«Was kommt jetzt?»

«Ich glaube, wir machen das Räucherritual.» Max deutet auf Bob, der durch die offenen Türen als Erster in den Garten hinausgeht. Mitten auf dem Rasen ist Cathbad eifrig damit beschäftigt, ein Lagerfeuer aufzuschichten.

«Cathbad ist ein richtiger Feuerteufel», sagt Ruth, während sie ihre Jacke überstreift.

«Das Feuer ist ja auch ein wichtiger Bestandteil von Ritualen», sagt Max. «Das war mal ein Vortrag, was? Unglaublich starke Gedichte.»

Inzwischen ist es fast dunkel, und das Holz entzündet sich rasch. Cathbad und Bob heben sich in ihren Umhängen vor den Flammen ab. Gleich hinter ihnen sieht Ruth Caroline, deren langer Rock sich bauscht. Dann zuckt sie zusammen, als ein lautes Donnern die Dunkelheit zerreißt.

«Das ist nur ein Clapstick», sagt eine Stimme hinter ihnen. Es ist die Referentin vom Vormittag, Alkira Jones. Sie lächelt aufmunternd. «Oft nennt man sie auch Schlaghölzer. Es sind traditionelle australische Musikinstrumente.» Ruth sieht, dass Cathbad und Derel Assinewai, der andere Referent, sich mit langen, verzierten Stäben bewaffnet haben, die sie nun begeistert aneinanderschlagen und so einen donnernden Rhythmus erzeugen. Bob zieht ein brennendes Holzscheit aus dem Feuer. «Feuer ist unser Tor zur Traumzeit», sagt er. «Gebt euch dem Feuer hin.»

Bumm, bumm. Immer weiter geht der erbarmungslose Rhythmus. Ruth spürt den Rauch in Mund und Nase. Das Feuer riecht auffallend stark, als würde Harz darin verbrannt. Ihr wird ganz schwummerig. Zu Max' Füßen hört sie Klaudia winseln.

Ruth sieht Max direkt an. «Möchtest du noch mit zu mir kommen?»

20 Auch Nelson geht einem Ritual nach. Er sitzt am Strand von Brighton und isst Fish 'n' Chips aus einer Papiertüte. Aus Zeitungspapier hat das immer besser geschmeckt, findet er. Warum benutzt man heute eigentlich kein Zeitungspapier mehr? Er fragt Michelle danach.

«Aus hygienischen Gründen», antwortet sie fachkundig. Sie hat ihre Portion schon verspeist und tupft mit angefeuchtetem Zeigefinger die letzten Salzkörner aus der Tüte. Nelson sieht ihr mit echter Freude dabei zu – es kommt so selten vor, dass sie einmal etwas derart Kalorienreiches isst. Er selber ist aus irgendeinem Grund nicht besonders hungrig. Er wirft eine seiner Fritten auf den steinigen Strand, und sofort stürzen sich drei Möwen darauf. Es wird langsam kühler, auch wenn die Sonne ihnen noch das Gesicht wärmt. Hinter ihnen spielt das Kinderkarussell seine fröhliche, herzzerreißende Melodie, und vom Kai her dringt das Kreischen der Leute auf der Achterbahn herüber. Ein Grüppchen junger Frauen mit Bunnyohren stolpert an ihnen vorbei, schlängelt sich zwischen den Liegestühlen hindurch und lässt sich auf den abschüssigen Kiesstrand fallen.

«Junggesellinnenabschied», bemerkt Michelle.

Es war ihre Idee, den Tag in Brighton zu verbringen. Das Essen am Freitagabend war ein Reinfall. Nelson ist viel zu spät heimgekommen, und am Ende des Abends war Michelle in Tränen aufgelöst. Doch am Samstagmorgen erwachte sie in entschlossen positiver Stimmung. Warum nicht nach Brighton fahren und Rebecca besuchen? Es ist zwar nicht ganz nah, aber sie könnten Rebecca zum Mittagessen ausführen und damit gleich auch Harrys Geburtstag nachfeiern. Und es war tatsächlich ein guter Tag. Rebecca hat ihnen unmissverständlich klargemacht, dass sie nur eine Stunde Zeit hat, aber dann waren sie doch zusammen bei Browns zum Mittagessen und haben ihr noch etliche pastellfarbene Objekte für ihr Zimmer gekauft. Nelson hat sich zwar gefragt, wie viele Zierkissen und Lichterketten eine einzelne Studentin tatsächlich braucht, aber er hat geschwiegen. Läden, die hübsche Spiegel verkaufen und konsequent keine Großbuchstaben verwenden, machen ihn immer nervös.

Nachdem Rebecca abgezogen war, um mit ihren Freunden ins Kino zu gehen, haben Nelson und Michelle Touristen gespielt. Sie haben einen Einkaufsbummel durch die Lanes gemacht, haben den Royal Pavilion aus der Ferne bewundert und sind die Promenade entlangflaniert. In der Spielhalle hat Nelson sich darauf versteift, ein bestimmtes Stofftier aus einem Spielautomaten zu angeln. Er warf ein Zwanzig-Pence-Stück nach dem anderen ein, nur um dann zusehen zu müssen, wie die weiße Plüschkatze dem schwachen Griff des mechanischen Greifarms immer wieder entglitt.

«Reiner Nepp», erklärte er schließlich. «Das geht gar nicht.» Doch als er kurz darauf einen Mann mit gleich drei Plüschkatzen abziehen sah, kannte seine Empörung keine Grenzen.

«Was willst du denn überhaupt mit einem Plüschtier?», wollte Michelle leicht pikiert wissen.

«Es geht ums Prinzip», hat Nelson zurückgegeben.

Jetzt sitzen sie am Strand und sehen zu, wie die Stadt sich für den Abend rüstet. Die Familien verschwinden, stattdessen tauchen weitere Junggesellinnen-Grüppchen auf (mit «Vorsicht, Ehe-Anfängerin»-Schildern und Polizeikostümen, was Nelson recht unangenehm berührt), dazu Austauschstudenten in kunterbunter Sportkleidung und Männer, die viel zu gut angezogen sind, um nicht schwul zu sein. Nelson und Michelle gehen die Promenade entlang, vorbei an Arkaden, die zu Nachtclubs und

Restaurants umfunktioniert wurden. Vom alten West Pier ist nur noch ein rostiges Eisengerüst übrig, wie ein viktorianischer Vogelkäfig, der gut hundert Meter vom Ufer entfernt mitten im Meer steht. Passenderweise wimmelt dieser Vogelkäfig nur so von Vögeln: Hunderte und Aberhunderte Stare schwirren und flattern in den letzten Strahlen der Abendsonne umher, schwarze Schatten am violetten Himmel. Nelson und Michelle bleiben stehen und sehen ihnen ein paar Minuten lang zu.

«Etwas unheimlich, findest du nicht?», sagt Michelle. «Erinnert mich irgendwie an diesen Film, *Die Vögel.*»

Nelson brummt nur. Er hat noch nie viel mit Vögeln anfangen können.

«Ist alles in Ordnung, Harry?»

«Alles bestens. Komm, wir gehen zurück zum Wagen.»

Doch als sie durch den Tunnel zur Tiefgarage gehen, merkt Nelson, dass doch nicht alles bestens ist. Jetzt, wo er darüber nachdenkt, hat er sich schon den ganzen Tag komisch gefühlt. Er hatte keinen Appetit, und das Laufen hat ihn übermäßig angestrengt, als hätte er Bleischuhe an den Füßen. Ein- oder zweimal hat die Promenade mit den Hotels aus der Regencyzeit und den malzbonbonfarbenen Brüstungen auch höchst bedrohlich geschwankt. Erst jetzt aber, als er vor dem Wagen steht und der Boden erneut wackelt, so heftig, dass er sich an Michelle festhalten muss, um nicht umzufallen, wird ihm die Wahrheit in ihrer ganzen Tragweite bewusst. Er fühlt sich krank.

Kate schläft, als Ruth sie abholen kommt. «Tut mir leid», sagt Sandra, «aber wir hatten einen aufregenden Tag. Sie war nicht zu bremsen.» Jetzt allerdings ist Kate gebremst: Ihr Kopf ist zurückgesunken, der Mund steht ein wenig offen und in der Hand hält sie noch einen leicht angeschmuddelten Klumpen Teig. «Wir haben Mince-Pies gebacken», erklärt Sandra. «Es ist zwar noch etwas hin bis Weihnachten, aber das macht ja nichts. Möchten Sie ein paar mitnehmen?»

Ruth lässt sich einen Gefrierbeutel mit Mince-Pies zurechtmachen und bedankt sich überschwänglich bei Sandra. Es stört sie nicht, dass Kate schläft. Sie braucht ein bisschen Zeit, um über den bevorstehenden Abend nachzudenken. Max hat gesagt, er werde später bei ihr vorbeikommen. «Klaudia braucht erst noch ein bisschen Bewegung», meinte er. «Aber ich könnte irgendwo eine Flasche Wein und was zu essen besorgen. Was hältst du davon?» Ruth hat erwidert, davon halte sie sehr viel, doch insgeheim geht ihr das alles ein bisschen zu schnell. Sie hatte eine Tasse Tee und ein freundschaftliches Gespräch im Sinn, vielleicht noch gebührendes Bewundern von Kate und einen kleinen Spaziergang am Rand des Salzmoors – und jetzt wird auf einmal ein Abendessen daraus. Zudem ist es auch noch dunkel, und Kate schläft. Wach ist sie immer für eine Ablenkung gut und wäre fast eine Art Anstandsdame. Jetzt wird sie nur pittoresk im Hintergrund dösen, und sie werden, was die Ablenkung betrifft, mit Klaudia und Flint vorlieb nehmen müssen. Flint! Was er wohl dazu sagen wird, einen Hund im Haus zu haben? Ruth kann nur hoffen, dass er nicht wieder verschwindet. Vielleicht flüchtet er sich ja zu Bob. Sie ertappt sich bei dem Wunsch, dass Bob bald nach Hause kommt, damit sie nicht allein mit Max im Salzmoor sitzt.

Wovor hat sie eigentlich solche Angst? Hat sie nicht genau das gewollt, hat sie sich nicht erlaubt, genau davon zu träumen, während der anstrengenden Sommermonate, als Nelson unerreichbar und sie ganz allein mit ihren Sorgen war? Ja, so ist es, und Ruth ist sich klar darüber, dass sich in ihre Angst auch Vorfreude mischt. Ihre Haut prickelt, sie spürt den Stoff der Kleider überdeutlich an

Armen und Beinen. Ihr ist ein wenig übel, gleichzeitig hat sie aber wahnsinnigen Hunger. Hoffentlich kann sie zumindest noch duschen, bevor Max kommt. Aber wirkt das dann nicht, als würde sie es drauf anlegen, wenn sie ihm nach Duschgel und Zahnpasta duftend öffnet? Immer noch besser als nach Windeleimer und dem gestrigen Abendessen, das noch im Topf klebt. Aufgeregt und kurzatmig kurvt sie die dunklen Straßen entlang. Langsam hofft sie, dass Max vielleicht gar nicht kommt.

Doch als sie vor ihrem Häuschen hält, steht sein Range Rover bereits dort. Er öffnet die Tür, und Klaudia schießt laut bellend nach draußen. Ruth sieht gerade noch einen roten Blitz im hohen Gras verschwinden. Hoffentlich kommt Flint bald wieder. Sie macht sich daran, Kate aus dem Kindersitz zu holen, und hantiert dabei ungeschickt mit den Gurten.

«Kann ich dir helfen?», fragt Max. Er betrachtet Kate. «Sie ist wunderschön», sagt er leise.

«Und schwer», warnt Ruth, doch Max hebt den ganzen Kindersitz mit einer Hand aus dem Wagen. Während er hinter Ruth den Gartenweg entlanggeht, kann sie sich des Gedankens nicht erwehren, dass sie wie die Parodie einer Kleinfamilie wirken. Mutter, Vater, Kind, die von einem Ausflug nach Hause kommen. Und natürlich der Hund, der gerade aufgeregt zwischen den Brombeerbüschen herumschnüffelt, und die durch Abwesenheit glänzende Katze. Ruth schließt die Tür auf und schiebt mit dem Fuß die Post beiseite. Klaudia stürmt vorweg in die Küche, und Ruth hört, wie sie geräuschvoll aus Flints Wassernapf trinkt.

«Soll ich Kate nach oben bringen?», fragt Max.

Das geht nun doch zu weit. Max war zwar schon ein paarmal im Haus, aber noch nie oben. Kein Mensch kommt je nach oben, bis auf Nelson in jener einen Nacht, und, wie sie inzwischen weiß, Judy und Cathbad. Außerdem hat Ruth ihr Bett nicht gemacht.

«Das schaffe ich schon», sagt sie. «Mach du es dir einfach bequem.»

Im Schlafzimmer zieht Ruth Kate die oberste Schicht Kleider aus und legt sie in ihr Kinderbett, das neben ihrem eigenen steht. Es gibt zwar noch ein Zimmer, das inzwischen sogar fast von Umzugskisten befreit ist, doch merkwürdigerweise zögert Ruth, Kate dorthin umzusiedeln. Sie hört sie nachts gern atmen, und außerdem ist es viel bequemer, einfach hinüberzugreifen, wenn Kate aufwacht, und sie aus dem Bett zu nehmen. Oft schlafen sie dann zusammen in Ruths Doppelbett, was von den Baby-Ratgebern natürlich schwer getadelt wird.

Hastig streicht sie die Bettdecke glatt und überlegt kurz, ob sie etwas Parfum aufsprühen soll. Nein, das ist zu offensichtlich. Sie kämmt sich die Haare und betrachtet sich kurz im Spiegel. Sie ist es nicht gewöhnt, sich zu betrachten – richtig zu betrachten und nicht einfach nur zu überprüfen, ob ihr auch nichts zwischen den Zähnen hängt. Helle Haut, rote Wangen, braunes Haar. Wenn sie bloß solche Wangenknochen wie Shona hätte! Überhaupt würde sie sich für heute Abend gern Shonas Gesicht ausleihen. Ruth hat schon oft zu hören bekommen, dass ihr Lächeln das Schönste an ihr ist, doch wenn sie in den Spiegel schaut, lächelt sie nie, das hilft ihr also auch nicht weiter. Jetzt blickt sie sogar ausgesprochen finster, während sie mit der Bürste durch ihr widerspenstiges Haar fährt. Nicht einmal eine Frisur hat sie, so wie andere Frauen, denkt sie gallig. Ihr Haar fällt einfach so bis zu den Schultern, mittelbraun und leicht lockig, wie es schon in ihrer Kindheit war. Im Lauf des letzten Jahres hat sie das eine oder andere graue Haar entdeckt. Bald wird sie eine grauhaarige alte Hexe sein, die allein mit ihrer Katze zusammenlebt und an Halloween den Kindern Angst macht. Darauf zumindest kann sie sich freuen, und als sie sich vom Spiegel abwendet, lächelt sie.

Unten hat Max inzwischen das Essen vom China-Imbiss aus dem Wagen geholt und auf den Tisch gestellt. Auch den Wein hat er geöffnet und sogar Gläser ausfindig gemacht. Klaudia liegt hechelnd vor dem Kamin. Flint kommt durch die Katzenklappe herein und stolziert betont langsam, fast herausfordernd, an ihr vorbei. Klaudia beobachtet ihn mit glitzernden Augen.

«Ist das gut so?», fragt Max. «Ich wollte es noch nicht auspacken, damit es nicht kalt wird.»

Und mit einem Mal ist es tatsächlich gut so. Ruth fühlt sich überhaupt nicht mehr befangen. Sie trinken Wein und essen knusprige Peking-Ente und reden über Cathbad, die Aborigines, Brighton, Norfolk, die Schwulenbewegung, die Traumzeit, Räucherrituale, Universitätspolitik und die Unterschiede zwischen Katzen und Hunden. Über die Vergangenheit reden sie nicht und auch nicht darüber, dass sie einmal schon fast eine Beziehung begonnen hätten, die dann durch eine Entführung und einen längst verjährten Mord verhindert wurde. Sie reden auch nicht über Nelson und Kate. Nur einmal sagt Max, dass es seltsam ist, sie mit einem Kind zu sehen.

«Mir kommt es auch seltsam vor», sagt Ruth. «Ich fühle mich immer noch nicht wie eine Mutter, eine von diesen Frauen, die alles schaffen. Du weißt schon, Kinder kriegen, Kuchen backen, Kartoffelstempel basteln.»

«Kartoffelstempel?», wiederholt Max lachend.

«Das kennst du doch», meint Ruth gereizt. «Man schneidet eine Kartoffel durch und schnitzt einen Stern hinein oder so was. Sandra, meine Tagesmutter, macht das ständig. Einmal habe ich es auch versucht. Ich wollte einen Kartoffelstempel mit einem K schnitzen, aber irgendwie habe ich es falsch gemacht, mir war nicht klar, dass es ja spiegelverkehrt sein muss, damit man es dann richtig herum stempeln kann. Kate hat sich sowieso nicht dafür interessiert. Sie ist noch zu klein. Ich wollte das nur für mich selber machen.»

«Ruth.» Max lächelt immer noch. «Du brauchst keine Kartoffelstempel zu basteln. Du bist klug und schön. Ich bin überzeugt, du bist eine ganz tolle Mutter.»

Doch in diesem einen Moment ist es Ruth völlig egal, ob sie eine tolle Mutter oder eine brillante Archäologin ist. Max hat gesagt, sie sei schön.

«Soll ich fahren?», fragt Michelle. Nelson schüttelt den Kopf. Abgesehen von den seltenen Gelegenheiten, wenn er mal zu viel getrunken hat, lässt er sich nie von seiner Frau fahren. Das verstößt für ihn gegen die natürliche Ordnung der Dinge.

«Geht schon», sagt er. «Das kommt nur von der Sonne.»

Michelle mustert ihn zweifelnd. «Es ist November», sagt sie. «So heiß ist es nicht.»

«Nach Norfolk findet man alles heiß. Komm, wir fahren.»

Anfangs geht es noch einigermaßen. Er findet es beruhigend, im Wagen zu sitzen, zu schalten, in den Rückspiegel zu schauen und nicht mehr laufen und reden zu müssen. Doch dann, als sie in die Autobahneinfahrt biegen, fängt die Straße vor ihm plötzlich an zu flirren und löst sich beinahe auf. Einen grauenvollen Augenblick lang glaubt Nelson, einen Laster auf sich zurasen zu sehen. Dann verwandelt sich der Laster in einen Totenschädel mit glühend roten Augen. Und er weiß plötzlich, dass er sich übergeben muss.

«Harry! Was ist denn?»

Irgendwie schafft Nelson es auf den Seitenstreifen. Er

stolpert aus dem Wagen und erbricht sich heftig ins Unterholz. Ihm ist abwechselnd heiß und kalt. Zusammengekrümmt über dem struppigen Gras am Straßenrand, sieht er mit starrem Blick zu, wie ein Ast sich in eine Schlange verwandelt.

«Harry.» Michelle legt ihm die Hand auf die Schulter. Sie klingt verängstigt.

«Alles klar.» Nelson zwingt sich, sich wiederaufzurichten. «Ich hab wohl was Falsches gegessen. Diese Scheiß-Fritten.»

«Ich fahre», sagt Michelle.

Diesmal erhebt Nelson keinen Einspruch.

Um halb elf wird Kate wach. Ihr Schreien beginnt als trauriges Wimmern, steigert sich aber rasch zu einem ausgewachsenen Gebrüll. Ruth rennt nach oben und versucht es mit Fern-Beruhigung, so wie die Bücher es vorschreiben. «Alles gut, Kate. Alles gut. Schön wieder einschlafen.» Kate brüllt nur noch lauter, drückt den Rücken durch und schlägt um sich. Der Lärm scheint sich auszudehnen, er füllt das ganze kleine Haus. Weiß der Himmel, was Max sich dabei denkt. Ruth nimmt Kate auf und wandert mit ihr im Zimmer herum. «Ist ja gut. Ist ja gut.» Kate macht sich stocksteif an ihrer Schulter, aber das Geschrei wird immerhin ein bisschen leiser. Ruth fängt an zu singen.

«Grün, grün, grün sind alle meine Kleider …» Kate hört auf zu schluchzen, macht aber zureichend klar, dass sie sofort wieder anfangen wird, falls Ruth es wagen sollte, sie hinzulegen.

«Blau, blau, blau sind …»

«Ist alles in Ordnung mit ihr?»

Max steht in der Tür. Ruth spürt, wie sie knallrot anläuft. Sie schämt sich, beim Singen ertappt worden zu sein, sie schämt sich, dass sie es so schlecht schafft, mit dieser

«Schreiattacke», wie die Fachliteratur das nennt, umzugehen, und sie schämt sich, weil Max in ihrem Schlafzimmer steht, wo sich das Bett breit und unberührt zwischen ihnen erstreckt.

«Soll ich sie mal nehmen?»

Ruth reicht ihm Kate, und Max geht mit der Kleinen an der Schulter auf den Gang hinaus. Vom Fuß der Treppe schauen Klaudia und Flint besorgt zu ihnen hoch. Kates Kopf sinkt an Max' Hals. «Dada», murmelt sie schläfrig.

Als sie die ersten Vororte von Norwich erreichen, ist Nelson schon halb im Delirium. Seltsame Lichter und Gebilde tanzen ihm vor den Augen. Als er zu Michelle hinübersieht, ist ihr Profil ihm wunderbar vertraut, doch sobald sie sich leicht zu ihm hindreht, erkennt er den Schädel unter der Haut.

«Nicht», murmelt er. «Schau mich nicht …»

Entschlossen fährt Michelle an der Abzweigung nach King's Lynn vorbei nach Norwich. Nelson schreckt aus einem Traum voller Totenschädel, Schlangen und begrabener Kinder hoch.

«Wo fahren wir denn hin?»

«In die Notaufnahme», antwortet Michelle grimmig.

21

Anfangs erkennt Judy die Stimme am anderen Ende der Leitung gar nicht.

«DS Johnson? Hier spricht Superintendent Whitcliffe.»

Judy setzt sich im Bett auf und empfindet es als fundamental falsch, dass sie hier, mit nichts als einem Baby-doll-Nachthemd bekleidet, mit dem Superintendent reden soll. Neben ihr regt sich Darren im Schlaf.

«Guten Morgen, Sir.» Sie schaut sich im Zimmer nach etwas um, womit sie sich ein wenig professioneller fühlen könnte. Schließlich legt sie ihre Armbanduhr um.

«Johnson, DCI Nelson ist in der Nacht erkrankt. Er liegt im Universitätskrankenhaus. Es sieht nicht gut aus. Ich muss Ihnen die Ermittlungsleitung in der Drogensache und dem Fall im Museum übertragen.»

Ermittlungsleitung. Das ist das Erste, was Judy hört – erst dann dringt der Rest der Aussage zu ihr durch.

«Nelson ist im Krankenhaus? Was ist denn passiert?»

«Das weiß ich nicht so genau. Ich habe eben erst mit seiner Frau telefoniert. Es muss wohl eine Viruserkrankung sein, eventuell Meningitis. Er ist nicht bei Bewusstsein.»

«Was?»

«Mehr weiß ich auch nicht, aber es klingt sehr ernst. Er liegt auf der Intensivstation. Sie müssen für die Moral der Truppe sorgen. Es werden alle sehr bestürzt sein.»

Clough wird vor allem fuchsteufelswild sein, denkt Judy, während sie aufsteht. Er wird finden, dass die Leitung eigentlich ihm zusteht. Das mit dem Boss wird ihn aber auch sehr mitnehmen: Er liegt Nelson doch förmlich zu Füßen.

«Ich muss eine Besprechung einberufen», sagt Whitcliffe.

Judy sieht auf die Uhr. Es ist Sonntag, und eigentlich sind sie mit Darrens Eltern zum Mittagessen verabredet.

«Bin schon unterwegs», sagt sie.

«Sehr gut. Wir sehen uns dort.»

Auch Ruth liegt im Bett. Durch die Jalousien fällt schwaches Sonnenlicht herein. Sie streckt sich und registriert sofort zweier-, oder nein, dreierlei. Ihr Schlafzimmer hat keine Jalousien, sie muss also im Gästezimmer sein. Es ist

Morgen, und Kate ist noch nicht wach. Und sie liegt mit Max im Bett.

Letzteres muss vorläufig warten. Sie tapst über den Flur und schaut in Kates Kinderbett, das neben dem jungfräulichen Doppelbett steht. Kate ist durchaus wach und betrachtet das Spiel des Sonnenlichts an der Decke. Ihre dunklen Augen sind weit geöffnet, und sie lächelt.

«Guten Morgen, Schätzchen», flüstert Ruth.

Aus Kates Lächeln wird ein Strahlen. «Mum», sagt sie.

Ruth nimmt sie aus dem Bett und trägt sie nach unten. Im Wohnzimmer erschrickt sie zu Tode, als ein riesiges, struppiges Etwas auf sie zustürmt. Herrje, den Hund hat sie ja ganz vergessen. Klaudia ist freundlich, aber auch sehr darauf erpicht, Ruth klarzumachen, dass sie Hunger hat. Ruth wärmt ein Fläschchen für Kate und gießt Fertig-Porridge mit Milch auf. Dann setzt sie den Wasserkessel auf und gibt Klaudia ein Stück Brot. Das ist im Nu verputzt, und Klaudia sieht sie erwartungsvoll an. Mit dem Gefühl, Verrat zu begehen, füllt Ruth eine Dose Katzenfutter in eine Schüssel und stellt sie dem Hund hin. Flint ist nirgendwo zu sehen.

Es ist acht Uhr. Früher Morgen für andere Leute, doch nach Kate-Maßstäben praktisch früher Nachmittag. Ruth macht das Radio an und wird zu ihrem Erstaunen mit Orgelmusik beschallt. Natürlich, es ist ja Sonntag. Sie schaltet das Radio wieder aus und steckt Brotscheiben in den Toaster. Klaudia hat hoffnungsvoll unter Kates Hochstuhl Stellung bezogen, und Kate löffelt ihr Porridge auf den Kopf.

Erst nach zwei Tassen Tee fühlt Ruth sich in der Lage, über die vergangene Nacht nachzudenken. Nachdem Kate auf Max' Arm eingeschlafen war, hat er sie in ihr Bettchen gelegt und Ruth in die Arme genommen. Einfach so. Letztendlich hat sie dann überhaupt nicht mehr darüber nachgedacht. Fast traumwandlerisch sind sie ins Gästezimmer hinübergedriftet und haben auf dem schmalen Bett miteinander geschlafen. Kein Wort fiel dabei. Es hat sich einfach nur ganz natürlich und richtig angefühlt, so als wären sie tatsächlich ein Ehepaar, das wenige Stunden zuvor mit dem Baby nach Hause gekommen ist. Ganz anders als Ruths letztes Mal mit Nelson, als die Angst und ein beiderseitiges, heftiges Verlangen sie zueinandergeführt haben und die Intensität ihrer Gefühle fast nicht auszuhalten war. Doch irgendwann im Lauf der letzten Nacht hat Ruth sich geschworen, nicht mehr an Nelson zu denken.

Sie setzt sich mit Tee und Toast ans Fenster. Flint kommt herein, nimmt mitten in einem Fleck aus Sonnenlicht Platz und fängt an, sich mit hochgerecktem Bein zu putzen. Kate spielt mit einem ihrer Geburtstagsgeschenke, einem Miniatur-Garten mit Blumen und Gemüse aus Plastik, die alle in entsprechend geformte Löcher gesteckt werden müssen. Sie beherrscht das Spiel ganz gut, nur manchmal verliert sie die Geduld und pfeffert die Plastikblumen quer durchs Zimmer. Wo hat sie bloß dieses Temperament her? Ruth köchelt eher auf kleiner Flamme, sie gerät nur schwer in Zorn, ist aber dann sehr nachtragend. Bestimmt hat Nelson als Kind auch Wutanfälle gehabt. Wahrscheinlich hat er sie sogar bis heute, brüllt seine Leute zusammen und braust mit dem Wagen weg, von Abgaswolken umhüllt. «Scheiße noch mal, jetzt mach's einfach», hat sie ihn einmal zu Clough sagen hören. Nicht unbedingt der taktvollste Führungsstil. Aber Ruth hat ja auch keine Führungsposition, sie muss nur mit sich selbst klarkommen. Und sie denkt schon wieder an Nelson.

Es ist ein schöner, klarer Wintermorgen. Der Himmel erstrahlt hellblau, das Meer, das hinter den sich kilometerweit erstreckenden weißlichen Gräsern hervorschaut, ist von dunkelblauer Farbe, fast schon grau. Hin und wieder erhebt sich eine Wolke Vögel aus dem Schilf, um am Himmel ihre Kreise zu ziehen. Manche von ihnen verbringen den Winter im Watt, andere bereiten sich auf die lange Reise nach Süden vor. Erst vor ein paar Tagen hat Ruth einen Wanderfalken beobachtet, der auf ein ahnungsloses Opfer im hohen Gras herabstieß. Ist das mit Max auch so?, überlegt sie. Hat er sich auf sie gestürzt, weil sie allein und verletzlich ist? Es hat sich nicht so angefühlt, aber was weiß sie schon? Sie hat nicht gerade die beste Erfolgsquote in Liebesdingen.

«Morgen.» Max steht an der Treppe und erinnert weniger an einen Raubvogel als vielmehr an einen großen Hund, einen Wolfshund vielleicht: verwuscheltes Haar, langgliedriger Körper, im Einklang mit sich selbst. Klaudia gerät ganz außer sich vor Freude, rast durchs Zimmer auf der Suche nach etwas, was sie ihm bringen könnte, und kommt schließlich mit einem von Ruths BHs an, den sie aus dem Wäschekorb gefischt hat. Max sieht Ruth an, und sie müssen beide lachen. Kate, eifrig damit beschäftigt, Plastikgemüse in Löcher einzupassen, lacht mit.

«Tee?», fragt Ruth.

So schwierig scheint es gar nicht zu sein.

Whitcliffe hat das Team zusammengetrommelt, und jetzt sitzen sie alle im Besprechungszimmer, unausgeschlafen und gereizt, weil man sie am Sonntagmorgen einbestellt hat. Whitcliffe berichtet von Nelson; er trifft dabei genau den richtigen Ton, mitfühlend und doch professionell. Judy steht hinter ihm und fühlt sich schrecklich unsicher. Sie beobachtet die Mienen ihrer Kollegen, während sie die Nachricht verarbeiten. Clough ist wie vor den Kopf geschlagen: Er will etwas sagen, schließt dann aber doch wieder den Mund. Sein halbgegessener Schokoriegel fällt zu Boden. Tanya wirkt betroffen: «Sollen wir vielleicht Blumen schicken?» Tom Henty bleibt stoisch und ungerührt, doch Judy fällt auf, dass ihm die Hände ein wenig zittern, als er seine Unterlagen zusammenlegt. Rocky sieht aus, als hätte er kein Wort verstanden.

Clough steht offenbar so unter Schock, dass er Whitcliffes wie selbstverständlich hingeworfene Ankündigung, Judy werde «bis auf Weiteres die Ermittlungen leiten», gar nicht mitbekommt. Erst als Whitcliffe sich gesetzt hat und Judy vor dem Whiteboard Stellung bezieht, hebt er ruckartig den Kopf und mustert sie mit beinahe hasserfülltem Blick. Judy spürt, dass sie ein wenig zittert, als sie das Datum auf die Tafel schreibt. Ihre Schrift kommt ihr schulmädchenhaft und ungelenk vor im Vergleich zu Nelsons schwungvollem Gekrakel. Sie spürt, wie Tanya sie beobachtet; ihre Körpersprache schwankt so sehr zwischen Mitgefühl (schief gelegter Kopf) und Groll (zusammengekniffene Augen, gereizt wippender Fuß), dass es fast schon wieder komisch ist.

«Operation Oktopus», schreibt Judy an die Tafel. Diesen Namen haben sie der Drogensache gegeben, auf Cloughs Vorschlag hin, weil er zeigt, dass die Drogen vermutlich auf dem Seeweg kommen und die Schmuggler ihre Fangarme überall haben. «Wie bei der Mafia», sagt er immer. Er liebt die *Paten*-Filme, und wenn er allein vor dem Spiegel steht, versucht er sich gern an Sätzen wie: «Ich mache dir ein Angebot, das du nicht ablehnen kannst.» «Mögliche Umschlagplätze», schreibt Judy weiter. «Hafen, Flughafen, Frachtverkehr.» Bei einigen Drogen, die in der Stadt beschlagnahmt wurden, haben die Kriminaltechniker Strohfasern nachgewiesen. Das könnte ein Hinweis darauf sein, dass sie in Frachtkisten transportiert wurden. All das sagt Judy jetzt, während sie ihre Tabelle mit ordentlichen Strichen versieht.

«Aber das wissen wir doch alles längst», beschwert sich Tanya. «Gibt es denn keine neuen Spuren?»

«Ich rekapituliere nur», erwidert Judy munter. «Ich werde mit Jimmy Olson reden.»

«Das ist doch der Informant vom Boss», protestiert Clough. «Außer dem Boss redet keiner mit Jimmy. Du lässt noch seine Tarnung auffliegen.»

«Ich will mit allen örtlichen Transportunternehmen reden», fährt Judy fort, ohne ihn zu beachten.

«Haben wir schon gemacht», sagt Clough.

«Dann machen wir es eben noch mal», sagt Judy. «Ich bin überzeugt, wir haben irgendetwas übersehen.»

Clough setzt zu einer Erwiderung an, doch noch bevor er Judys Führungskompetenz auf die Probe stellen kann, geht die Tür auf, und der diensthabende Beamte kommt herein. Er schaut etwas betreten. «Ich habe da eine Nachricht. Es hat jemand nach dem Boss gefragt.» Zweifelnd mustert er Judy, die eisern der Versuchung widersteht, ihm zu sagen, dass sie jetzt der Boss ist.

Die Nachricht stammt von Randolph, dem neuen Lord Smith. Er möchte mit jemandem über den Tod seines Vaters reden. Angeblich hat er neue Beweise.

«Ich fahre hin», sagt Judy. Sie lässt den Blick über die Gesichter ihrer wenig kooperativen Kollegen schweifen. «Du kannst mitkommen, Dave.»

22

Judy und Clough fahren mit Judys Wagen, einem protzigen Jeep, zum Rennstall. Normalerweise macht Clough immer ein paar Witzchen über den Wagen, doch heute schweigt er, lümmelt nur auf dem Beifahrersitz und knabbert an seiner Nagelhaut herum.

Vielleicht, denkt Judy, fängt Clough ja an, sich selbst zu verzehren, wenn er sonst nichts zu essen hat. Wahrscheinlich hat er schon seinen halben Arm aufgegessen, bis sie in Slaughter Hill sind.

«Ich kann das immer noch nicht glauben mit dem Boss», meint Clough, während sie über die Landstraße zuckeln. «Was hat Whitcliffe noch gleich gesagt? Eine Virusinfektion?»

«Ich glaube, sie wissen nicht, was es ist», sagt Judy.

«Meinst du, ich soll Michelle anrufen?» Clough zieht sein Handy aus der Tasche. Will er ihr beweisen, dass er auch privat ständig mit den Nelsons spricht? Judy hat Michelles Nummer gar nicht; sie hat sie überhaupt nur ein- oder zweimal gesehen.

«Besser nicht», sagt sie. «Wahrscheinlich ist sie im Krankenhaus oder versucht, ein bisschen zu schlafen.»

«Dann schreibe ich ihr eine SMS», sagt Clough. «Was für ein Mist. Der Boss war doch nie auch nur einen Tag krank.»

«Allerdings», sagt Judy. Nelson ist ja sogar dafür berühmt, dass er nur höchst ungern in Urlaub fährt.

«Ich hab ihm mal das Leben gerettet», sagt Clough.

«Ich weiß», meint Judy. Irgendwie tut er ihr plötzlich leid.

«Was für ein Mist», sagt Clough noch einmal. «Ich kann's einfach nicht fassen.» Und sie fahren weiter schweigend zwischen den Baumgerippen hindurch.

Im Rennstall scheint der Sonntag kein Ruhetag zu sein. Auf der Zufahrtstraße passieren sie eine Reihe von Pferden, und als Judy neben Carolines Häuschen parkt, sehen sie, wie die Stallburschen weitere Pferde in ein großes rundes Gebäude mit Holztüren führen.

«Was zum Geier ist das denn?», fragt Clough.

«Eine Führanlage.» Judy trumpft mit dem Wissen auf, das sie bei ihrem letzten Besuch hier erworben hat. «Da kommen die Pferde zum Trainieren hinein oder um sich zu beruhigen.»

Sie beobachten, wie die Pferde in die einzelnen Abteile geführt werden und loslaufen, als die Führanlage sich in Bewegung setzt. Es sieht aus, als wären sie in einer endlos rotierenden Drehtür gefangen.

«Ist doch grausam, so was», sagt Clough.

«Die Pferde finden es toll», meint Judy.

Von ein paar neugierigen Blicken abgesehen schenken die Stallburschen ihnen keine Beachtung, doch als sie in den Hof kommen, werden sie bereits von Len Harris erwartet. Breitbeinig steht er in seinen Reithosen da, und seine Haltung wirkt nicht gerade einladend.

«Wir möchten Randolph Smith sprechen.» Judy hält ihren Polizeiausweis hoch.

«Der ist nicht hier», sagt Harris. «Mr. Randolph schert sich ja nicht um die Pferde. Wahrscheinlich ist er im Haus.»

«Können wir durch die Stallungen gehen?», fragt Judy.

«Wär mir lieber, wenn Sie's nicht täten», sagt Harris. «Die Tiere sind empfindlich, nachher regt sie das noch auf.»

Das hat ihn vorher doch auch nicht gestört, denkt Judy. Es passt ihr nicht, den Rückzug antreten zu müssen; das ist, als würde sie vor Clough das Gesicht verlieren. Doch wie sich herausstellt, ist ihr Kollege heilfroh, den furchterregenden Bestien nicht zu nahe kommen zu müssen.

«Sind die groß», wiederholt er immer wieder, als sie außen an der Mauer entlang um den Hof gehen. «Richtig riesig. So was ist doch nicht richtig.»

«Ich finde sie wunderschön», sagt Judy. «Früher wollte ich mal Jockey werden.»

Clough lacht spöttisch. «Weiber werden doch keine Jockeys.»

«Und ob», entgegnet Judy. «Es sind sogar schon Frauen beim Grand National geritten.»

«Du bist viel zu schwer.»

«Schönen Dank auch.»

«Du weißt schon, wie ich das meine. Als Jockey muss man spindeldürr sein.»

Judy merkt, dass er versucht, zurückzurudern. Trotzdem freut sie sich insgeheim, als er vom Weg abkommt und mitten in einen Haufen Pferdeäpfel tritt.

Randolph wartet schon draußen vor dem Haus. Jemand muss ihn informiert haben, dass sie kommen. Judy, die ihn bei ihrem letzten Besuch nicht kennengelernt hat, ist erstaunt, wie attraktiv er ist. Er sieht aus wie der Held aus einem Schauerroman, was durch die recht langen schwarzen Haare und die leicht zerstreute Art nur noch verstärkt wird. Clough hingegen findet, dass er aussieht wie ein arroganter Schnösel.

Randolph reicht Judy die Hand. «Vielen Dank, dass Sie gekommen sind. Wo ist denn DCI Nelson?»

«Er ist im Augenblick verhindert», sagt Judy. «Ich bin Detective Sergeant Johnson, und das ist Detective Sergeant Clough.» Sie merkt, wie Randolph Clough mustert. Wahrscheinlich glaubt er, Clough hätte das Kommando, weil er der Mann ist.

«Gehen wir doch rein», sagt Randolph. «Dort können wir besser reden.» Es hört sich an, als wollte er eigentlich «sicherer» sagen.

Sie folgen Randolph ins Haus, und Clough wischt sich unauffällig die Füße an der Fußmatte ab. Wie Nelson vorher, so ist jetzt auch Judy überrascht, wie modern das Haus eingerichtet ist. Kein Erbstück, kein Andenken scheint mehr an das einstige Haus der Familie Smith zu erinnern. Alles wirkt so nagelneu und gesichtslos, als käme es direkt aus dem Katalog. Randolph führt sie durch eine hochmoderne Küche, die ganz aus gebürstetem Stahl und roten Schranktüren besteht (Kaffee wird ihnen keiner angeboten), in ein Arbeitszimmer voller Pokale und Pferdefotos. Judy überlegt, ob das wohl das Arbeitszimmer seines Vaters ist. Kommt es Randolph Smith gar nicht seltsam vor, hier so kurz nach dessen Tod schon Gäste zu empfangen? Oder hat er vielleicht sein Leben lang genau darauf gewartet?

Randolph setzt sich an den Schreibtisch. «Ma ist unterwegs», sagt er, obwohl niemand nach dem Aufenthaltsort seiner Mutter gefragt hat. «Und Caroline treibt sich mit ihren verrückten Freunden irgendwo herum. Wir sind also ganz unter uns.»

«Was ist mit Ihrer anderen Schwester?» Judy denkt an die gesichtslose Stimme zurück. *Herrgott noch mal, Randolph …*

«Ach, Tammy konnte gar nicht schnell genug wieder nach London kommen. Sie hält es nicht so lange mit uns Landeiern aus. Zur Beerdigung kommt sie dann wieder.»

«Steht schon ein Termin fest?», fragt Judy angelegentlich.

«Donnerstag.» Randolph betrachtet seine Hände. «Die Beerdigung ist am Donnerstag. Donnerstag, der zwölfte.»

Dann schweigt er. Judy wechselt einen Blick mit Clough.

«Sie hatten von neuen Hinweisen gesprochen?», fragt sie auffordernd.

«Ja», sagt Randolph. Seine Augen, die Judy erst für schwarz gehalten hat, sind in Wirklichkeit von einem sehr dunklen Blau. Er fährt sich mit der Hand durchs Haar, sodass es wie eine Elvis-Tolle absteht.

«Hören Sie, Officer … Wir kennen uns nicht gut, und

was ich Ihnen jetzt sagen werde, klingt wahrscheinlich ziemlich seltsam, aber ich schwöre Ihnen, ich bin nicht auf Drogen, und ich habe auch keinen … keinen Nervenzusammenbruch oder so was. Es sind einfach in letzter Zeit ein paar merkwürdige Dinge passiert, und ich glaube, sie könnten mit dem Tod meines Vaters in Zusammenhang stehen. Das ist es eigentlich schon.» Er sieht sie mit einem bezaubernden Augenaufschlag an. Judy lächelt.

«Erzählen Sie es uns doch einfach», sagt sie.

«Also, angefangen hat das alles vor ein paar Wochen. Ich bin ziemlich spät heimgekommen und wollte die alten Herrschaften nicht stören, darum habe ich den Hintereingang genommen, da, wo früher das alte Haus stand, und bin durch den Park gefahren. Es war vielleicht zwei oder drei Uhr früh, ich kam gerade aus dem Wald, wo die Allwetterbahn endet, und da sah ich plötzlich drei Männer. Erst konnte ich's gar nicht glauben, aber sie waren eindeutig da, in der Lichtung zwischen den Bäumen.»

«Und was haben sie gemacht?», will Clough wissen.

«Das klingt jetzt komisch, aber sie hatten jeder einen langen Stock mit einer Art Totenschädel obendrauf, und sie haben getanzt.»

«Getanzt?»

«Ich weiß, das hört sich verrückt an», sagt Randolph niedergeschlagen. «Aber sie hatten ein Feuer angezündet und tanzten drum herum. Als sie meinen Wagen gehört haben, sind sie stehen geblieben und haben zu mir herübergeschaut. Einer hat mir mit seinem Stock gedroht und irgendwas gerufen.»

«Was haben Sie gemacht? Haben Sie sie angesprochen?»

«Nein. Das finden Sie jetzt sicher ziemlich armselig, aber ich wollte einfach nur weg von dort. Also bin ich weitergefahren, habe den Wagen vor Carolines Haus abgestellt und bin schlafen gegangen. Aber am nächsten Morgen bin ich noch mal hin, und die Überreste des Feuers waren noch deutlich zu sehen. Und in die Asche waren seltsame Muster gezeichnet.»

«Was denn für Muster?»

«Ich kann sie nicht richtig beschreiben. Wellenlinien und Kreise und so etwas wie Sterne. Aber sie waren eindeutig bewusst gezeichnet.»

«Haben Sie diese Männer danach noch einmal gesehen?», fragt Judy und ignoriert geflissentlich Cloughs Versuche, ihr vielsagende Blicke zuzuwerfen.

«Nein, aber etwa eine Woche danach bin ich wieder spät heimgekommen.» Er lacht. «Ich bin nun mal ein nachtaktives Wesen, Detective Sergeant. Ich habe meinen Wagen wieder bei Caroline abgestellt, aber dann kam es mir so vor, als hätte ich etwas im Hof gehört. Ich bin nachsehen gegangen, obwohl ich mir dachte, wahrscheinlich ist es nur ein Fuchs oder dieser vermaledeite Kater. Es war kein Mensch zu sehen, aber das Licht vom Bewegungsmelder war angesprungen. Und dann sah ich sie. Eine tote Schlange, die über einer der Pferdeboxen an die Wand genagelt war.»

«Eine tote Schlange?»

«Ja. Ich glaube, es war eine Ringelnatter. Ich habe sie runtergenommen und auf den Komposthaufen geworfen.»

«Haben Sie irgendwem davon erzählt?»

«Nein.» Er hält kurz inne. «Es ist nur so, mein Vater hatte gerade vor Schlangen große Angst. Als er noch klein war, hatte er eine schauderhafte irische Kinderfrau, die ihm immer Gruselgeschichten erzählt hat, aber eben auch Geschichten über Schlangen. Wussten Sie, dass es in Irland nur so von Schlangen gewimmelt hat, bevor der heilige Patrick kam? Das hat sie meinem Vater zumindest so erzählt. Und sie hat ihm auch eingeredet, dass eines Tages eine riesige Schlange, eine giftgrüne Schlange, kommen wird, um ihn zu holen.»

«Nette Kinderfrau», bemerkt Clough.

Randolph lacht erneut. «Hört sich an, als wäre sie nicht ganz richtig im Kopf gewesen, nicht wahr? Aber mein Vater hat sie heiß geliebt. Er hat ihr bis zu ihrem Tod eine private Rente gezahlt. Jedenfalls habe ich wegen dieser Schlangenphobie beschlossen, ihm lieber nichts zu sagen. Ein paar Tage später hat er mir dann erzählt, er wäre nachts aufgestanden, weil er draußen bei den Stallungen ein Geräusch gehört hatte, und da hätte er eine tote Schlange vor der Küchentür gefunden.»

«Hatte er irgendeinen Verdacht, wer die dort hingelegt haben könnte?»

«Er sagte nein, aber in der Nacht, als er gestorben ist, hat er im Delirium die ganze Zeit von einer Schlange geredet. Das kann doch eigentlich kein Zufall sein, oder?»

Kann es Zufall sein?, überlegt Judy. Ihr fällt wieder ein, dass Nelson von Briefen gesprochen hat. War da nicht auch von einer Schlange die Rede? Sie fragt Randolph danach. Er sieht sie ratlos an.

«Der alte Herr hat immer so viel Post bekommen. Irgendwelche Spinner, die nach Geld gefragt haben, oder Pferderennfans, die einen Tipp wollten. Von konkreten Briefen hat er aber nie was erzählt.»

«Wie war es denn nach dem Tod von Neil Topham? Hat Ihr Vater etwas von Briefen gesagt, die an das Museum adressiert waren?»

«Briefe an Neil? Nein, ich kann mich nicht erinnern. DCI Nelson meinte, er glaubt nicht, dass zwischen den beiden Todesfällen ein Zusammenhang besteht.»

So wie Judy Nelson kennt, würde sie jede Wette eingehen, dass er keine derartige Aussage gemacht hat. Keine vorschnellen Schlüsse, das ist sein Motto. Das haben Clough und sie schon hundertmal zu hören bekommen. Sie wechseln einen Blick.

«Besten Dank», sagt Judy und steht auf. «Wir werden Sie über unsere weiteren Ermittlungen auf dem Laufenden halten.»

Eigentlich sollte das neutral klingen und möglichst keine Hoffnungen wecken, doch Randolph klammert sich an ihre Worte wie an einen Rettungsring. «Oh, ich danke Ihnen so sehr. Das bedeutet mir ungeheuer viel. Ich hoffe, Sie halten mich nicht für einen totalen Spinner, aber ich habe wirklich das Gefühl, dass da etwas Seltsames im Gange ist. Auch in den Ställen. Irgendwas stimmt da nicht. Tammy glaubt, ich rede mir das ein, aber Caroline ist auch meiner Meinung. Irgendwas stimmt da einfach nicht.»

«Was sagt denn Ihre Mutter?»

«Ma will ich damit im Moment nicht belasten. Sie ist am Boden zerstört wegen Dad. Diese ganzen Geschichten von Schlangen und tanzenden Männern, das würde sie doch nur aufregen.»

Sie gehen durch das Haus zurück zur Eingangstür. Als sie schon draußen sind, dreht Clough sich noch einmal um. «Diese Schlange, die an eine der Pferdeboxen genagelt war. Über welcher Box hing die?»

Randolph sieht ihn erstaunt an. «Ach, das war über der Box vom Necromancer. Ein gutes Pferd. Allerdings auf seine Weise auch ein kleiner Teufel.»

Diesmal gehen sie durch die Stallungen zurück. Judy will Len Harris zeigen, dass sie sich nicht so leicht einschüchtern lässt, und vielleicht will sie auch Clough ein bisschen Angst machen, indem sie ihn so nah an die fürchterlichen Pferde heranführt. Im ersten Hof ist es noch einigermaßen ruhig; die Stallburschen misten aus, schieben Schubkarren umher und schenken Judy und Clough erneut keine Beachtung. Ein Mann mit einer Lederschürze inspiziert die Hufe eines großen Grauschimmels.

«Der Beschlagmeister», sagt Judy. Clough sieht sie verständnislos an.

«Der Hufschmied», präzisiert sie.

«Mit dem würde ich auch nicht tauschen wollen. Dieses weiße Pferd ist doch so groß wie ein Elefant.»

«Grauschimmel», sagt Judy und bleibt kurz stehen, um dem Pferd den Hals zu tätscheln. «Weiße Pferde nennt man Grauschimmel. Es sei denn, sie haben rote Augen.»

«Erspar mir die Lektionen.» Clough macht einen weiten Bogen um den Grauschimmel. «Machen wir lieber, dass wir hier wegkommen.»

Ein rotgetigerter Kater kommt herangesaust und streicht Judy um die Beine. Dabei fällt ihr etwas ein.

«Meinst du, wir sollten Ruth Bescheid sagen? Wegen dem Boss?»

Clough denkt einen Moment nach. «Vielleicht schon. Ist aber besser, wenn du das machst.»

Vielen Dank auch, denkt Judy, obwohl sie grundsätzlich seiner Meinung ist. Sie ist schließlich die Spezialistin für schlechte Nachrichten.

Sie haben gerade den zweiten Hof betreten, da dringt aus einer der Boxen ein ungeheures Getöse. Es poltert fürchterlich, man hört Hufe schlagen und dazu das markerschütternde Brüllen eines Tieres, das Schmerzen leidet. Judy eilt in die Richtung, aus der der Lärm kommt, doch Len Harris verstellt ihr den Weg.

«Das lassen Sie mal schön bleiben.»

«Was ist da los?», fragt Judy atemlos.

«Ein Pferd wollte sich wälzen. Kommt ziemlich oft vor. Besonders, wenn sie gerade eingeflogen wurden.»

Judy versucht, an Harris vorbei in den Stall zu sehen. Sie erhascht einen flüchtigen Blick auf ein am Boden liegendes Pferd, ein qualvoll verdrehtes Auge.

«Das ist doch neulich erst passiert. Als ich vor ein paar Tagen hier war. Ich erinnere mich genau!»

«Wie gesagt, kommt ziemlich oft vor. Billy!», blafft er einen Stalljungen an, der gerade vorbeikommt. «Bringst du die Herrschaften bitte nach draußen?» Und damit wendet er sich ab und schließt die Stalltür hinter sich und dem Pferd.

Judy zögert. Harris war ausgesprochen unfreundlich, und ihr Ermittlerinstinkt signalisiert ihr, noch zu bleiben und herauszufinden, was da los ist. Doch Clough ist schon weitergegangen, und das Wohlergehen dieser Pferde ist gerade auch wirklich nicht ihr Hauptanliegen. Sie nimmt sich vor, bei der RSPCA, der landesweiten Tierschutzorganisation, anzurufen und sie zu bitten, den Rennstall einmal diskret unter die Lupe zu nehmen, und folgt Billy über den großen Hof. Billy ist ein magerer Bursche um die sechzehn, der Pickel hat und stark schielt.

«Was ist eigentlich aus Fancy geworden?», fragt Judy ihn. «Ein Pferd, das ich gesehen habe, als ich das letzte Mal hier war.»

Billys Augen driften auf geradezu bestürzende Weise in zwei verschiedene Richtungen. «Den Namen kenn ich nicht.»

«Fancy», wiederholt Judy. «Ein vierjähriges Hengstfohlen. Es hatte Koliken.»

Billy schüttelt den Kopf. «Tut mir leid, ich kenne nicht alle Pferde. Da ist das Haupttor. Ich muss jetzt wieder an die Arbeit.»

Im Wagen erläutert ihr Clough, untermalt vom Gestank nach Pferdemist, warum die ganze Familie Smith nur aus Irren besteht. «Ich meine, dieser Rudolph oder Randolph oder wie er heißt. Dieser Quatsch von tanzenden Männern im Wald. Das ist doch völlig gaga.»

«Ich fand ihn eigentlich ganz überzeugend», sagt Judy.

«Ich muss mich wirklich über dich wundern», sagt Clough. «Ich hätte nie gedacht, dass du auf diesen Hugh-Grant-Mist reinfällst. *Es sind einfach in letzter Zeit ein paar merkwürdige Dinge passiert.*» Er macht einen Akzent nach, der sich irgendwo zwischen Prinz Charles und Comedy-Star Julian Clary bewegt.

«Er sieht doch gar nicht aus wie Hugh Grant», meint Judy. «Eher wie Robert Pattinson in den *Bis(s)*-Filmen.»

«Kenn ich nicht», brummt Clough.

«Die sind ja auch für jüngere Leute.»

Clough grunzt und setzt seine Tirade dann fort. «Und was ist mit der unglaublichen Schlange, die immer wieder auftaucht? Da erlaubt sich doch einer 'nen ganz gewaltigen Scherz.»

Judy denkt an das, was Cathbad ihr von diesem Heiligen erzählt hat, der an zwei Orten gleichzeitig sein konnte. Das ist ja das Spannende an Cathbad: Man weiß nie, was er als Nächstes sagen wird. Ganz im Gegensatz zu Darren. Seufzend denkt Judy an das verpasste Familienessen und hat ein noch schlechteres Gewissen als sonst.

«Im Ernst», hakt Clough nach. «Du glaubst doch nicht, dass an diesem ganzen Voodoo-Mist was dran ist?»

«Ich weiß nicht, was ich glauben soll», sagt Judy. «Fest steht jedenfalls, dass jemand versucht hat, Lord Smith Angst zu machen. Die Briefe, die toten Schlangen. Irgendwer hatte etwas gegen ihn, und jetzt ist er tot. Dem muss man doch nachgehen.»

«Er hatte einen Herzinfarkt», sagt Clough. «Das steht auch im Krankenbericht.»

«Aber was hat den Herzinfarkt ausgelöst?», meint Judy. «Das wäre interessant zu wissen.»

«Sind sie weg?»

Randolph blickt auf. «Ich habe dich gar nicht reinkommen hören.»

Romilly hat sich ihrem Sohn gegenüber hingesetzt und blickt ihn lächelnd an. Sie trägt Jeans und einen alten Pulli, sieht aber selbst darin noch mühelos elegant aus. Randolph, der weiß, dass sie die Nacht wahrscheinlich damit zugebracht hat, in irgendeiner schäbigen Einzimmerwohnung über Massentierhaltung zu diskutieren, kann sich eine widerstrebende Bewunderung nicht verkneifen.

«Sie sind weg», sagt er.

«War Nelson dabei? Ich fand ihn ausgesprochen intelligent. Nicht die übliche Sorte Polizist.»

«Nein, es war die Frau, Judy So-wie-noch. Und ein anderer Mann. Nicht gerade der Hellste, aber ganz attraktiv, wenn man auf den Typ steht.»

«Was wollten sie?»

Randolph zögert. Er hat seiner Mutter nichts von den Männern im Wald erzählt. Nicht, weil er sie nicht aufregen will, wie er Judy gegenüber behauptet hat; im Gegenteil, sie würde sich vermutlich viel zu sehr dafür interessieren. Sie würde gleich losziehen und sich ihnen anschließen wollen, vor allem, wenn sie irgendetwas im Schilde führen.

Er zuckt die Achseln. «Nur ein paar Routinefragen.»

Romillys Interesse erlischt.

«Gibt es Kaffee?», fragt sie und gähnt dabei anmutig, wie eine Katze. «Ich bin todmüde.» Sie hört sich an wie eine Debütantin, die vom Blumenstecken erschöpft ist.

«Ich mach dir einen», sagt Randolph. «Ich hatte nur keine Lust, der Polente welchen anzubieten.»

«Polente.» Romilly grinst. «Wie niedlich.»

«Wieso, wie sagt ihr denn?»

«Der Feind.»

«Weißt du, Mum, manchmal hörst du dich wirklich kindisch an.» Randolph steht auf und geht hinüber zum Fenster. Draußen sieht er die Pferde in einer Reihe den Hang hinaufgaloppieren, mit wehenden Mähnen und Schweifen. So sollte man seinen Sonntagmorgen eigentlich verbringen: reiten wie der Teufel und den Wind im Gesicht spüren, anstatt im Haus zu hocken und absurde Gespräche mit seiner verrückten linksradikalen Mutter zu führen.

«Was ist am Tierschutz bitte kindisch?», faucht Romilly. «Sie müssen leiden, weil wir zu habgierig und zu egoistisch sind, um etwas dagegen zu unternehmen. Die Universität benutzt sie für ihre scheußlichen Versuche. Und hier ...» Sie deutet zum Fenster. «... hier werden sie auch ausgenutzt. Jedes Jahr kommen Hunderte Pferde bei Hindernisrennen zu Tode, aber kein Mensch schert sich darum, weil die Buchmacher ja gutes Geld damit verdienen.»

Ohne das hier, denkt Randolph, hättest du aber auch kein so verdammt dickes Bankkonto, mit dem du deine ganzen Lifestyle-Protestaktionen finanzieren kannst. Er hat die Bücher seines Vaters durchgesehen, doch jetzt ist nicht der richtige Zeitpunkt, das anzusprechen. Ihm geht etwas anderes durch den Kopf, was seine Mutter gesagt hat.

«Die Universität», wiederholt er. «Plant ihr da irgendwas?»

Romilly lächelt ihn an. «Es ist besser, wenn du nichts davon weißt.»

«Sei bloß vorsichtig, Mum.»

«Ich bin immer vorsichtig. Und du sei jetzt mal ein guter Junge und mach mir einen Kaffee.»

23

Ruth hat einen absolut hinreißenden Sonntag verbracht. Nach einem gemütlichen Frühstück haben Max, Kate und sie – und natürlich Klaudia – einen Spaziergang auf dem Salzmoor gemacht. Klaudia ist durchs Schilfgras gestürmt, hat Schnepfen aufgescheucht, ist bis zum Bauch in schlammige Tümpel getapst und hat aufgeregt zum Himmel hinaufgebellt.

«Es gefällt ihr hier», meinte Max.

Auch Kate war ganz aufgedreht. Als sie an den Strand kamen, lief sie mit ausgebreiteten Armen auf das Meer zu. Die Flut setzte gerade ein, und Kate war begeistert, als eine kleine Welle über ihre Gummistiefel schwappte. «Noch mal! Noch mal!», rief sie immer wieder.

«Das ist ja das Schöne am Meer», bemerkte Max. «Es macht alles immer noch mal.»

«Die unerbittlichen Gezeiten», zitierte Ruth Erik. «Der endlose Wechsel von Ebbe und Flut.»

«Ja, das auch», erwiderte Max grinsend und warf einen Stock für Klaudia.

Auf dem Rückweg war Kate so müde, dass Max sie auf die Schultern nahm. Eine sehr männliche Art, ein Kind zu tragen, dachte Ruth bei sich. Sie macht das nie, sie setzt sich Kate lieber auf die Hüfte, aber Cathbad macht es oft. Und sie ist überzeugt, dass Nelson seine älteren Töchter ebenfalls so getragen hat, als sie noch klein waren; nur bei Kate hatte er nie die Gelegenheit dazu. Aber sie wollte doch nicht mehr an Nelson denken …

Zum Mittagessen fuhren sie ins Phoenix. Das war das Pub in der Nähe von Max' Ausgrabungsstätte in Swaffham, wo sie im Sommer vor anderthalb Jahren so oft versumpft sind. Max wollte sich unbedingt die Ausgrabungsstätte ansehen und marschierte den steilen Hang hinauf, Kate wie eine Königin auf den Schultern. Das war der einzige Nachteil an Max, fiel Ruth wieder ein. Er lief schrecklich gern Berge hoch. Nelson ist auch so, er ist immer in Eile und schaut nie zurück, um zu sehen, ob sie noch mithält. Aber sie wollte doch nicht mehr an Nelson denken!

Für das ungeübte Auge ist in der grauen, hügeligen Landschaft nicht viel von einer Römersiedlung zu erkennen, doch Max sah eine geschäftige Garnisonsstadt mit italienisch angehauchten Villen, einem Marktplatz und einer Straße, die direkt zum Meer hinunterführt. Auch Ruth sah das alles, als sie schließlich keuchend oben auf dem Hügel ankam. Aber sie sah auch Kinderleichen, die unter Mauern vergraben lagen, einen Schädel in einem Brunnenschacht und die Göttin Hekate mit ihren beiden Geisterhunden. Die Göttin der Kreuzungen. Zum Glück sorgte die gar nicht geisterhafte Klaudia für willkommene Ablenkung, indem sie einem Kaninchen nachjagte.

«Klaudia!», rief Max.

«Hört ja aufs Wort», bemerkte Ruth, während Klaudia, ohne weiter Notiz von ihrem Herrchen zu nehmen, hinter der Hügelkuppe verschwand.

«Ich war sogar schon in der Hundeschule mit ihr», meinte Max betreten. «Wir haben einen Trostpreis für redliche Bemühungen bekommen.»

Kate lachte und zog Max an den Haaren.

Letztlich tauchte Klaudia dann aber doch noch rechtzeitig für den Abstieg zum Phoenix wieder auf. Ruth und Max aßen Roastbeef und Yorkshire-Pudding, und sogar Kate verdrückte drei Ofenkartoffeln. Nach dem Mittagessen, am späten Nachmittag, standen sie dann vor dem Pub, Ruth mit Kate auf dem Arm, Max mit einer ungeduldigen Klaudia an der Leine.

«Wann sehe ich dich wieder?», fragte Max. «Was hältst du von nächstem Wochenende?»

Ruth war hocherfreut, dass Max sie wiedersehen wollte und gleich das Tempo vorgab, das nächste Wochenende war ihr dann aber doch ein bisschen zu bald. «Ich glaube, da wollten meine Eltern kommen», improvisierte sie. «Vielleicht das Wochenende danach?»

«Das hört sich doch gut an», meinte Max, beugte sich vor und gab ihr einen Kuss auf die Wange. «Meld dich, ja?»

Und jetzt, als sie in der Dämmerung nach Hause zurückfährt, kann Ruth sich ganz der Freude darüber hingeben, dass sie allem Anschein nach eine Beziehung mit Max hat. Eine richtige, erwachsene Beziehung mit einem richtigen, erwachsenen Mann, der nicht mit einer anderen verheiratet ist. Eine Wochenendbeziehung ist genau das Richtige für sie. Unter der Woche hat sie ihr Häuschen gern für sich und ist froh, nicht für noch jemanden kochen oder ständig ihre schickere Nachtwäsche tragen zu müssen, in der sie aber auch schneller friert. Es wäre allerdings wunderbar, für die Wochenenden jemanden zu haben, mit dem sie ins Theater oder ins Kino gehen, Strandspaziergänge machen und am Sonntagabend die *Antiques Roadshow* im Fernsehen anschauen kann. Und natürlich Sex haben.

Als sie das Salzmoor erreicht, ist es fast dunkel. In der Woche zuvor sind die Uhren zurückgestellt worden, und jetzt ist es um halb fünf praktisch schon Abend. Ruth hat die ganze Fahrt über mit Kate geschäkert, um sie wach zu halten, und ihre Mühen wurden belohnt. Kate ist zwar sichtlich müde, sitzt aber immer noch mit blanken Augen auf dem Rücksitz und quiekt jedes Mal begeistert, wenn Ruth wieder eine Strophe des Kinderlieds *The Wheels on the Bus* anstimmt. Eigentlich ein furchtbar sexistisches Lied, denkt Ruth. Warum schwatzen die Mütter die ganze Zeit, während die Väter immer nur nicken? Kate wird ihrer Mutter später einmal bestimmt nicht vorwerfen können, zu viel zu schwatzen; sie schläft zwar mit fremden Männern, aber schwatzhaft ist sie nicht. Sie hält vor ihrem Häuschen. Bobs Wagen ist nicht zu sehen. Seltsam, wie schnell sie sich daran gewöhnt hat, wieder einen Nachbarn zu haben. Jetzt fühlt sie sich doch tatsächlich ein wenig beklommen, so allein hier, am Ende der Welt. Sei nicht albern, sagt sie sich, du warst fast zwei Jahre lang ganz allein, und es ist auch nichts passiert. Doch der Wind heult vom Meer heran, und Ruth drückt Kate fest an sich, als sie sie aus dem Wagen hebt. Du verweichlichst, tadelt sie sich.

Da schreit Kate auf – ein echter Angstschrei. Ruth fährt herum und sieht ein Monstrum, das aus der Dunkelheit auf sie zuwankt. Eine grausig unförmige Gestalt, pechschwarz, mit einem riesigen Kopf wie ein Troll oder der Minotaurus. Ruth schirmt Kate mit ihrem Körper ab, kann sich aber nicht von der Stelle rühren. Das Wesen stapft näher und näher heran. Wo ist ihr Handy? Sie muss Nelson anrufen. O Gott, das liegt noch im Auto. Gleich werden Kate und sie ermordet werden, und niemand wird ihre Schreie hören. Nelson wird ermitteln, und vielleicht wird es ihm dann doch leidtun, dass er sie im Stich gelassen hat. Ihre Eltern werden für ihre arme Seele beten. Cathbad wird ihr zu Ehren ein Feuer entzünden. Die Gestalt kommt näher und gibt dabei scheußliche schmatzende Laute von sich. Sie kommt direkt aus dem Meer, es ist einer von Eriks bösen Wassergeistern, der gekommen ist, um mit seinen schleimigen Fingern nach ihrem Hals zu greifen und sie mit sich in die Tiefe zu zerren.

Plötzlich sind sie in gleißendes Licht getaucht. Der Bewegungsmelder ist angesprungen, und das Monstrum entpuppt sich als junger Mann in einem Neoprenanzug, der ein Surfbrett auf der Schulter trägt.

«Hallo», sagt er. «Ich hoffe, ich habe Sie nicht erschreckt. Ich bin Cameron, der Sohn von Sammy und Ed.»

Sammy und Ed? Wer in aller Welt ist das denn? Dann fällt es Ruth wieder ein. Die Wochenendurlauber. Ihre

Nachbarn auf der anderen Seite. Und dieser Riesenkerl da muss der kleine Junge sein, der früher immer mit seinem Schlauchboot durchs Moor gewandert ist. Na, das Meer mag er anscheinend immer noch.

«Ich bin für zwei Tage hier, um mit ein paar Kumpels zu surfen», sagt er. «Hoffentlich stören wir Sie nicht.»

Er hat einen Oberschichtakzent, der den seiner Eltern um Längen schlägt, macht aber trotzdem einen netten Eindruck. Wer um Himmels willen geht denn im November surfen? So etwas kann auch nur einem Eliteschüler namens Cameron einfallen.

«Kein Problem», sagt Ruth. «Macht ruhig so viel Krach, wie ihr wollt. Ihr stört mich schon nicht.»

«Dada», sagt Kate.

Im Haus macht sie Kate etwas zum Abendessen, auch wenn die Kleine nach den Ofenkartoffeln nicht sonderlich hungrig ist, und steckt sie in die Badewanne. Als Kate danach mit flaumigem Haar und ihrer Flasche in der Hand in ihrem Bettchen sitzt, sieht sie aus wie ein kleiner Engel, das klassische Baby, das acht Stunden durchschläft, ohne einen Mucks zu machen. Wie Kate es wohl finden wird, wenn Max regelmäßig zu Besuch kommt? Anscheinend mag sie ihn ja, aber wird sie nicht eifersüchtig werden, wenn Ruth sich mehr mit ihm beschäftigt? Was, wenn Max und Ruth sich wieder trennen und Kate ihn dann fürchterlich vermisst? Was, wenn Klaudia Flint anfällt oder umgekehrt? Hör auf, ruft Ruth sich zur Ordnung. Die Beziehung hat noch gar nicht richtig angefangen, und du malst dir schon aus, wie sie enden wird. Von nebenan hört sie das beruhigende Stampfen von Rockmusik.

Vielleicht liegt es ja an den Guns N' Roses oder an Ruths Mollversion von *The Wheels on the Bus* – jedenfalls schläft Kate schon nach kurzer Zeit tief und fest. Ruth schleicht sich aus dem Zimmer. Sechs Uhr, gerade noch rechtzeitig, um sich das Ende von *Time Team* anzuschauen. Vielleicht gönnt sie sich ja auch ein Glas Wein. Sie merkt, dass sie lächelt.

Das Telefon klingelt. Immer noch lächelnd nimmt Ruth den Hörer ab.

«Hallo, Ruth. Hier ist Judy. Es geht um den Boss. Um Nelson.»

Sie weiß nicht genau, wann sie aufgehört hat zu lächeln. Sie weiß nur, dass sie es jetzt nicht mehr tut.

«Was ist denn mit ihm?»

«Er ist krank. Er liegt im Krankenhaus. Anscheinend ist es ziemlich ernst. Ich dachte, das solltest du wissen.»

Wieso, überlegt Ruth. Wieso denkt Judy, ich sollte das wissen? Für Judy sind Ruth und Nelson doch eigentlich nur lose befreundet, Kollegen, die miteinander an ein paar Fällen gearbeitet haben. Warum dann also dieser dringliche Anruf am Sonntagabend? Aber Ruth will es natürlich wissen.

«Was hat er denn?» Ihre Stimme ist kaum mehr als ein Flüstern.

«Das weiß niemand so genau. Cloughie hat vorhin mit Michelle telefoniert. Sie glauben, es ist ein Virus, eines von denen, auf die kein Medikament anspricht.»

«Ist er …?» Ruth hält inne, wagt es nicht, weiterzureden. Judys Ton ist freundlich, voll professionellem Mitgefühl.

«Er liegt im Koma, aber anscheinend versagen seine Organe nach und nach. Es sieht nicht gut aus. Michelle und die Mädchen sind bei ihm.»

Michelle und die Mädchen. Wie aus weiter Ferne hört Ruth sich selber sagen: «Danke, dass du mir Bescheid gesagt hast, Judy. Ich muss jetzt auflegen. Tschüs!»

Ruth legt auf und merkt, dass sie zittert. In all ihren schlimmsten Befürchtungen, ihren fiebrigsten «Was wäre, wenn»-Überlegungen hat sie sich doch niemals so etwas ausgemalt. Sie hat sich überlegt, dass Michelle und Nelson wegziehen könnten, und auch, dass Nelson in Ausübung seiner Dienstpflichten ums Leben kommen könnte – aber nie, niemals, dass er etwas so Banalem wie einem Virus erliegt. Das ist doch, als würde Herkules an einem Schnupfen sterben. Es kann einfach nicht sein. Sie setzt sich, steht wieder auf, macht den Fernseher an, macht ihn wieder aus. Was soll sie tun? Sie kann ja schlecht Michelle anrufen oder sie vor dem Krankenhaus abfangen. Sie versucht, sich zu erinnern, was sie als Letztes zu Nelson gesagt hat. Das muss im Museum gewesen sein. Nelson wollte ihre Unterredung gerade beenden, als Danforth Smith hereinplatzte. «Wir sind hier ja fertig, oder?», hat sie zu Nelson gesagt. Und er hat geantwortet: «Ja. Wir sind fertig.» Soll es das etwa gewesen sein? Fertig. Aus. Vorbei. Kann es tatsächlich eine Welt ohne Nelson geben? Sie denkt an ihre Tochter, die oben schläft. Womöglich hat Kate jetzt nie mehr die Möglichkeit, ihren Vater kennenzulernen. Ruth merkt, dass ihr Tränen über die Wangen laufen.

Das Telefon klingelt, und sie greift nach dem Hörer. Sie wappnet sich dafür, Judy mit ihrer mitleidigen Stimme sagen zu hören: «Es ist vorbei. Er ist von uns gegangen», oder einen anderen der zahllosen klischeehaften Euphemismen, die die Leute verwenden, um das Wort «tot» zu vermeiden. Doch es ist nur Shona. Ruth wird ganz schwach vor Erleichterung.

«Hi, Ruth! Was treibst du so?»

«Nichts weiter. Ich sitze vor dem Fernseher.» Um nichts in der Welt wird sie Shona von Nelson erzählen.

«Super. Kann ich vorbeikommen? Phil hat die Grippe und leidet schrecklich. Typisch Mann. Und ich langweile mich hier zu Tode. Ich bin den ganzen Tag noch nicht vor die Tür gekommen. Schwangersein ist die Hölle.»

Doch Ruth erscheint es gerade wie das Paradies. Als sie schwanger war, war Nelson noch gesund und am Leben, und Kate war in Sicherheit, geborgen in Ruths Bauch.

«Tut mir leid», hört sie sich sagen, «aber ich muss heute Abend noch richtig viel arbeiten.»

«Ach so. Na ja, macht nichts.» Shona klingt enttäuscht, wird aber gleich darauf wieder munterer. «Warst du denn bei dieser Aborigine-Tagung? Phil war auch eingeladen, fand das aber irgendwie zu abgedreht.»

«Das war es auch. Abgedreht, aber trotzdem interessant.»

«Bist du sicher, dass du nicht doch ein Stündchen plaudern magst?»

«Tut mir leid, Shona. Ich würde dich wirklich gern sehen, aber ich habe stapelweise Essays zu korrigieren.»

«Na gut. Dann bis demnächst.»

«Mach's gut. Hoffentlich geht es Phil bald besser.»

Draußen stürmt es immer noch. Die Haustür klappert, und Ruth hört, wie ihre Mülltonne umkippt. Sie erinnert sich daran, wie sie sich einmal im Salzmoor verirrt und Nelson sie gerettet hat. Er hat sich einen Weg über die verborgenen Pfade, die alten, geheimen Übergänge, gesucht, und ist gekommen, um sie zu retten. Dann denkt sie daran, wie er sich einmal ihretwegen in einen eiskalten Fluss gestürzt hat. Sie hat ihn als selbstverständlich hingenommen, Nelson und seinen tollkühnen Mut. Wie soll es werden, ihn nicht mehr in ihrem Leben zu wissen mit all seiner überbordenden, nervtötenden Präsenz? Obwohl sie Nelson erst seit ein paar Jahren kennt, kann sie sich das überhaupt nicht mehr vorstellen.

Als es an die Tür klopft, ist sie starr vor Schreck. Sie denkt an andere unerwartete Besucher zurück: Erik, Cathbad, David, einmal sogar Nelson selbst, in jener grauenvollen Nacht, nachdem sie Scarlets Leiche gefunden hatten.

Wer wird es diesmal sein? Der Schnitter mit Namen Tod? Das unsagbare Grauen aus der Erzählung von der Affenpfote? Vielleicht ist es ja auch nur Cameron, der sie auf einen Joint einladen und mit ihr über den Sinn des Lebens philosophieren will.

Sie öffnet.

Draußen steht Michelle.

24

«Kann ich reinkommen?», fragt Michelle.

Sie sieht furchtbar aus – ungeschminkt, die Haare ungewaschen, die Kleider zerknittert –, doch auf irgendeine rätselhafte Weise wirkt sie schöner denn je. Ruth findet, dass sie aussieht wie nicht von dieser Welt, eine Kreatur der Nacht, die zeitlose Verkörperung der schmerzerfüllten Frau.

«Aber klar.» Ruth tritt beiseite.

«Weißt du es schon?», fragt Michelle. «Das mit Harry?»

«Ja», sagt Ruth.

Michelle kommt herein und setzt sich auf das Sofa. Wie aus dem Nichts taucht Flint auf und macht Anstalten, ihr auf den Schoß zu springen. Ruth scheucht ihn weg.

«Möchtest du einen Tee oder einen Kaffee?» Ruth weiß selbst, wie absurd das klingt, doch Michelle scheint direkt aus dem Krankenhaus zu kommen. Womöglich hat sie den ganzen Tag noch nichts gegessen.

«Nein, danke», antwortet Michelle. Sie schaut auf ihre Hände, lange, elegante Finger, ein großer Brillant am Ringfinger der rechten Hand. Wie hat der junge Polizist Nelson sich bloß so einen Ring leisten können?

Ruth setzt sich ihr gegenüber hin und wartet. Etwas anderes bleibt ihr ja auch nicht übrig.

«Harry liegt im Koma», sagt Michelle schließlich. «Weißt du davon?»

«Ja», sagt Ruth. «Judy hat mich angerufen.»

«Judy? Ach, diese Polizistin. Was hat sie denn noch gesagt?»

«Nur, dass Nelson … Harry … sehr krank ist und niemand genau weiß, was er hat.»

«Ja. Sie glauben, es könnte ein Virus sein, aber sicher sind sie sich nicht. Im Augenblick reagiert er auf gar nichts. Es ist grauenhaft, sie behandeln ihn nur mit Mundschutz, weil sie nicht wissen, ob es vielleicht ansteckend ist.» Sie hält inne, holt tief Luft. «Er erkennt niemanden mehr, weder mich noch die Mädchen. Wir dringen einfach nicht zu ihm durch.»

«Das tut mir leid», sagt Ruth hilflos.

Michelle sieht sie an. Und Ruth überlegt, dass sie gerade wohl zum allerersten Mal miteinander allein sind. Wieder registriert sie die klassische Ebenmäßigkeit von Michelles Gesicht und den Ausdruck in ihren Augen. Etwas in ihrem Blick sorgt dafür, dass Ruth es wirklich mit der Angst zu tun bekommt.

«Weißt du, warum ich hier bin?», fragt Michelle.

Ruth schüttelt den Kopf.

«Ich will, dass du zu ihm gehst.»

«Was?»

Michelle sieht Ruth direkt an. Ihre Augen sind weit aufgerissen und schwimmen in Tränen.

«Ich will, dass du Harry besuchst», sagt sie. «Er vermisst dich.»

Ruth hört ihre eigene Stimme wie aus weiter Ferne. «Bestimmt nicht», sagt sie.

Wieder richtet Michelle diesen schrecklichen Blick voll

strahlender Schlichtheit auf sie. «Er ist nicht in dich verliebt. Das weiß ich auch. Aber ihm liegt sehr viel an dir. Und er leidet darunter, dass er dich nicht sehen darf. Er … An mich ist er gewöhnt. Aber ich dachte … wenn er dich sieht …»

Ruths Augen füllen sich ebenfalls mit Tränen, doch sie sagt nichts.

«Ich dachte mir, wenn er dich einfach sieht, deine Stimme hört …»

Ruth sieht Michelle an, die sie immer noch aus diesen großen, seltsam unschuldigen Augen mustert. In diesem Moment ist sie überzeugt, Michelle zu lieben, mehr noch, als sie Nelson jemals geliebt hat. Doch das ändert nichts an ihrer Antwort.

«Ich kann nicht. Es tut mir leid.»

«Warum denn nicht?»

«Ich habe Angst. Nelson ist krank, und keiner weiß, was es ist. Ich habe Angst, dass ich Kate irgendwie damit anstecke.»

Michelle steht auf. Sie ist größer als Ruth, doch jetzt scheint sie fast drei Meter groß zu sein, eine unversöhnliche Verfechterin des Rechts.

«Ich habe mich in dir getäuscht, Ruth. Ich dachte, du liebst ihn.»

Ruth schweigt.

«Bei allem, was ich von dir gedacht habe, wäre ich nie auf den Gedanken gekommen, dass du ihn nicht lieben könntest. Und das Seltsame ist, ich habe dich nicht dafür gehasst. Ich dachte vielmehr, damit hätten wir etwas gemeinsam. Ich liebe ihn nämlich. Ich liebe ihn mehr als alles andere.»

Der vergangene Sommer, dieser lange, kalte Sommer, in dem Nelson sich schließlich für Michelle und gegen

Ruth entschieden hat, war für Ruth eine der schrecklichsten Zeiten ihres Lebens. Sie war allein, und alle Welt war im Urlaub: Shona und Phil in der Toskana, die Nelsons (wie sie gehört hat) in Florida, Cathbad in einem Kloster auf Iona. Ruth hatte die Einladung ihrer Eltern ausgeschlagen, mit ihnen in ein christliches Ferienlager auf der Isle of Wight zu fahren. Stattdessen verbrachte sie die Zeit damit, lange Spaziergänge mit Kate im Sportwagen zu machen, auf den Kieswegen des Salzmoors, an der Küste von Cromer, durch die Straßen von King's Lynn. Hätte sie nicht allabendlich Schokoladenkekse in sich hineingestopft, sie hätte sogar abgenommen.

Doch vor allem wurde Ruth an diesen grauen, einsamen Tagen und endlosen Nächten von Angst verfolgt. Sie ließ sich von dieser Angst verzehren, gab sich ihr hin, schwelgte förmlich darin. Ganze Stunden verbrachte sie im Internet und suchte nach Informationen, die der Angst Nahrung gaben. Es war eine Angst vor Krankheiten, vor allem davor, dass Kate krank werden könnte. Anfang des Sommers waren die Nachrichten voll von der Panik um die Schweinegrippe. Bei ihren fieberhaften nächtlichen Internet-Recherchen stieß Ruth immer wieder auf Geschichten von kerngesunden Babys, die gerade noch fröhlich spielten und kurz darauf im Krankenhaus um ihr Leben rangen. Manche dieser Babys starben sogar. Und Ruth, in ihrer Einsamkeit nicht mehr ganz zurechnungsfähig, überlas den Umstand, dass die Kinder, die starben, meist schon vorher unter gesundheitlichen Beeinträchtigungen gelitten hatten. Sie wusste nur, dass Kate ihr womöglich genommen werden könnte. Ständig fühlte sie ihr die Stirn, leistete sich ein Thermometer, mit dem sich die Temperatur über das Ohr messen ließ, und benutzte es so oft, dass Kate eine Entzündung im Ohr bekam und die ganze Nacht brüllte. Und Ruth fühlte sich ernstlich am Rande des Wahnsinns, während sie mit ihrem kranken Kind auf und ab ging. Sie wusste nicht mehr, ob sie das alles weiterhin schaffen würde. Sie dachte darüber nach, mit Kate auf dem Arm ins Meer zu gehen und sich Eriks unerbittlichen Gezeiten auszuliefern. Hätte sie gewusst wie, sie hätte gebetet.

Doch es wurde wieder besser. Die Freunde kehrten aus dem Urlaub zurück, die Schweinegrippe verschwand aus den Nachrichten. Ruth ließ ganze Tage verstreichen, ohne bei Kate Temperatur zu messen. Die Uni fing wieder an, und sie vergrub sich in Arbeit. Auf den trüben Sommer folgte ein wunderschöner Herbst. Und doch, als sie Judy vorhin sagen hörte: «Sie glauben, es ist ein Virus, eines von denen, auf die kein Medikament anspricht», da stürzte alles wieder auf sie ein. Nelson stirbt an einem unbekannten Virus, und jetzt verlangt Michelle von ihr, dass sie auch Kate dieser Gefahr aussetzt. Wenn es nur um ihre eigene Sicherheit ginge, würde Ruth diese bereitwillig für Nelson opfern, davon ist sie überzeugt. Schließlich hat auch er schon sein Leben für sie riskiert. Aber sie muss an Kate denken, und Kate hat niemanden außer ihr.

«Es tut mir leid», sagt sie noch einmal.

Michelle rauscht zur Tür. «Leb wohl, Ruth. Ich hoffe, du fühlst dich nicht allzu schuldig.»

Eine vergebliche Hoffnung. Noch während das Motorengeräusch von Michelles Wagen im Dunkeln verklingt, fragt sich Ruth, ob es wohl möglich ist, an Schuldgefühlen zu sterben.

25

Ruth ist erleichtert, als es endlich Morgen wird. Sie kann die ganze Nacht nicht mehr als ein paar Minuten geschlafen haben. Doch diese wenigen Minuten waren mehr als ausreichend für schreckliche Träume: Nelson, der ertrinkt und ihr verzweifelt die Hand entgegenstreckt, Eriks Stimme, die vom Meer her nach ihr ruft, Cathbad, der sich in eine Schlange verwandelt und zischelnd fragt: «Schläfst du, Dreiäuglein?» Und Kate, immer wieder Kate: Kate, glühend vor Fieber, Kate tot in ihrem Bettchen, Kate im Dunkeln verirrt, auf der Suche nach ihr. Als Kates energisches Geschrei sie um sechs weckt, ist Ruth heilfroh, aufstehen zu dürfen. Sie duscht mit Kate auf dem Arm und geht dann nach unten, um den Tag zu beginnen. Sie ist so müde, dass sie glaubt, mit den Füßen in der Erde zu stecken und sie mit jedem Schritt entwurzeln zu müssen. Ein Kaffee versorgt sie kurzfristig mit genügend Energie, dass sie ihren Rucksack und Kates Windeltasche packen und ins Auto steigen kann, doch als sie bei Sandra ankommt, schwappen schon wieder gewaltige Wellen von Müdigkeit über sie hinweg.

«Sie sehen aber gar nicht gut aus», bemerkt Sandra. «Kriegen Sie die Grippe?»

Die Grippe. Aus Sandras Mund hört sich krank sein so normal an, eine lästige Störung, die man in den Griff kriegen und überwinden muss. Doch für Ruth ist schon das kleinste Schniefen von Kate ein Vorbote des nahen Todes. Warum empfindet sie das bloß so? Liegt es daran, dass ihre Eltern jeden Glauben an die moderne Medizin verloren haben, seit sie zu Gott gefunden haben? «Gott wird es richten», so lautet ihr neuer Glaubenssatz. Ruth macht ihren Eltern erbitterte Vorwürfe, weil sie sie nicht gegen Masern haben impfen lassen und sie deshalb während ihres Studiums ein paar albtraumhafte Wochen durchlebt hat. Auch die Phantasie ihrer Eltern ist merklich von

Weltuntergangsszenarien geprägt, in ihren Unterhaltungen geht es ständig um den Tod, das Jüngste Gericht, den Himmel und die Hölle. Auch der Teufel ist ein häufiger Bezugspunkt. Ob es daran liegt, dass Ruth manchmal hinter jeder Ecke grauenvolle Katastrophen vermutet? Oder ist es einfach nur ganz normaler Verfolgungswahn?

Die erste Vorlesung und ihr Tutorium übersteht sie mit Hilfe von noch mehr Kaffee, doch gegen Mittag schwächelt sie erneut. Sie hat ihre eigene eiserne Regel gebrochen und während der Veranstaltung das Handy angelassen. Jeden Moment rechnet sie damit, Judy sagen zu hören: «Es tut mir leid …» Vielleicht ruft sie aber auch gar nicht an. Vielleicht schickt sie ja einfach nur eine SMS: *N tot :-(*. Vielleicht macht sich aber auch niemand die Mühe, ihr Bescheid zu sagen, und sie wird sich durch diesen und den nächsten Tag quälen müssen, ohne zu wissen, ob Nelson lebt oder tot ist. Sie holt sich ein Sandwich aus der Cafeteria, bringt dann aber keinen Bissen davon hinunter. Sie sitzt einfach nur am Schreibtisch und betrachtet das Poster von Harrison Ford, dem Pin-up-Boy für Archäologen. Fast fühlt sie sich selbst wie in einem Indiana-Jones-Film, versucht verzweifelt, Fallen und Hindernissen auszuweichen, und jede neue Hürde ist nur noch perfider und ausgeklügelter als die vorherige. Soll sie Nelson besuchen? Auf einer Ebene hat ihre Angst etwas Irrationales. Kate kann sich ebenso gut bei Sandra mit einem Virus anstecken oder im Wartezimmer beim Arzt oder auf einem der Indoor-Spielplätze, auf die Ruth an regnerischen Samstagnachmittagen manchmal zurückgreift. Aber es wäre etwas völlig anderes, wenn Ruth die Ansteckung verschuldet, wenn sie selbst ihr Kind der Gefahr aussetzt, so wie Abraham, der Isaak zum Opferaltar führt. Zum Teufel mit ihren Eltern und ihren Bibelgeschichten! Sie lässt den Kopf auf den Schreibtisch sinken.

«Ruth!»

Ruth fährt wieder hoch. Cathbad steht vor ihr.

«Ich habe es eben gehört», sagt er.

Wie Michelle – geradezu erschreckend so wie Michelle – wirkt auch Cathbad wie vor den Kopf gestoßen, als hätte er gerade einen Autounfall hinter sich. Zusammen mit der Tatsache, dass er Alltagskleidung trägt, lässt ihn das förmlich schrumpfen. Cathbad ist nicht besonders groß, beherrscht aber normalerweise jeden Raum, den er betritt; jetzt lässt er sich auf Ruths Besucherstuhl sinken und sieht fast aus wie ein Student.

«Wer hat es dir gesagt?», fragt Ruth.

«Judy.»

Natürlich. «Gibt es denn etwas Neues?», fragt Ruth.

«Nein. Er liegt immer noch im Koma. Die Ärzte stehen vor einem Rätsel.»

Ruth erlaubt sich ein leises Aufatmen. Er ist nicht tot. Nelson ist noch am Leben, und solange er lebt, wird er auch kämpfen, was immer die Ärzte sagen.

«Ich glaube, es weiß keiner, was es ist», sagt sie.

Cathbad sieht sie aus großen Augen an. «Ich schon», sagt er.

Ruth muss beinahe lachen. «Wie meinst du das denn?»

«Ich weiß, was Nelson fehlt», sagt Cathbad. «Und wenn du mal genau drüber nachdenkst, dann weißt du es auch.»

Ruth starrt ihn an. Vielleicht macht die Müdigkeit sie ja begriffsstutziger als sonst, aber sie hat wirklich nicht die leiseste Ahnung, wovon Cathbad redet. Seit wann ist er denn unter die Mediziner gegangen?

«Und was fehlt ihm?»

«Er wurde mit einem Fluch belegt», sagt Cathbad.

Jetzt lacht Ruth tatsächlich, obwohl sie innerlich vor Zorn auf Cathbad kocht. Das ist jetzt wirklich nicht der richtige Moment für seinen mystischen Eso-Scheiß. Nelson ist krank. Er liegt auf der Intensivstation. Nichts anderes spielt eine Rolle. Doch dann sieht sie Cathbad an, und ihr Zorn verraucht. Er wirkt tatsächlich tief erschüttert. Sicher versucht er nur, auf seine Weise zu helfen.

«Du meinst, der Bischof hat ihn verflucht?», fragt sie, in Erinnerung an Teds Bemerkung. «Von wegen ‹Friede meinem Gebein›?»

«Nein.» Cathbad klingt, als fände er diesen Gedanken völlig abwegig. «Ich glaube, Bob hat ihn verflucht.»

«Bob?»

«Ja. Weißt du noch, an dem Abend bei dir zu Hause? In der Bonfire Night? Da habe ich Bob doch gesagt, er soll mit dem Knochen auf Lord Smith zeigen. Ich glaube, das hat er getan. Lord Smith ist noch in derselben Nacht gestorben.»

Und du warst ganz in der Nähe, denkt Ruth, weil du seine Tochter besucht hast. Caroline, die den Uluru so liebt und das rote Herz Australiens. «Aber wieso sollte Bob denn Nelson verfluchen?», fragt sie.

Cathbad runzelt die Stirn. «Das weiß ich auch nicht. Vielleicht war er ja wütend, weil die Polizei nichts unternommen hat, damit er seine Ahnen wiederbekommt. Vielleicht war Nelson aber auch nur gerade bei Smith, als der Fluch seine Wirkung entfaltet hat. Oder der Fluch ist falsch gelandet.»

«Falsch gelandet?»

«Das kann passieren», sagt Cathbad, «wenn es ein besonders mächtiger Fluch ist. Und Bob ist schließlich ein echter Schamane, ein Wirinum, wie es in seiner Sprache heißt. Er hat verheerende Kräfte. Vielleicht hat er ja alle verflucht, die irgendwie mit dem Museum zu tun hatten.»

«Und was ist mit mir?», fragt Ruth. «Ich war doch auch im Museum. Ich habe die Knochen sogar angefasst.»

«Um dich hat er einen Schutzkreis gezogen», sagt Cathbad. «Das hat er mir erzählt.»

Vermutlich sollte Ruth jetzt dankbar sein, doch sie fühlt sich einfach nur desorientiert, so als steckte sie immer noch in einem ihrer Angstträume fest. Wie kann es sein, dass sie hier mit Cathbad über Flüche und Schamanen diskutiert wie über ganz alltägliche Dinge? Dann merkt sie, dass Cathbad bereits weiterspricht. «… Bob hat Danforth Smith verflucht, und er ist tot. Ich weiß nicht, wie es dazu kam, aber irgendwie ist Nelson in diesen Fluch hineingeraten, aber er ist nicht tot. Er hat sich nur verirrt. Er wandert umher. Er hat sich in der Traumzeit verirrt.»

Ruth denkt an die Dunkelheit zurück, an das Feuer, das Geräusch der Klanghölzer. *Feuer ist unser Tor zur Traumzeit.* Ist das wirklich erst zwei Tage her?

«Und was können wir da tun?», fragt sie. «Wenn Nelson in der Traumzeit oder sonst wo festsitzt?»

«Ich werde ihn zurückholen», sagt Cathbad.

«Wie meinst du das, ‹ihn zurückholen›?» Gereiztheit und Angst geben Ruths Stimme einen bissigen Klang.

«Genau das. Ich werde in die Traumzeit eintreten.»

«Und wie?»

«Das brauchst du im Detail nicht zu wissen. Ich werde Drogen einnehmen, Halluzinogene, ich werde Eukalyptusblätter verbrennen, singen und bestimmte Kräuter kauen. Und dann, davon bin ich überzeugt, werde ich in die Traumzeit gelangen und kann Nelson dort suchen.»

«Und was, wenn du es nicht schaffst? Was, wenn du an einer gottverdammten Überdosis stirbst?»

«Ruth.» Cathbad sieht sie liebevoll an. «Ich weiß ja, dass du Angst hast, aber das brauchst du nicht. Ich weiß, was ich tue.»

Das, denkt Ruth, ist mit Abstand der beunruhigendste Satz, den sie jemals gehört hat.

«Cathbad.» Sie gibt sich alle Mühe, besänftigend zu klingen, Judys professionellen Ton nachzuahmen. «Du bist durcheinander. Wir sind alle durcheinander. Mein Gott, ich kann es immer noch nicht glauben. Nelson ist der allerletzte Mensch auf Erden, von dem ich gedacht hätte, dass er so krank wird. Aber jetzt ist er im Krankenhaus. Er ist in den allerbesten Händen. Und er ist zäh. Er wird es schaffen.» Wenn ich das nur oft genug sage, denkt sie bei sich, dann glaube ich es vielleicht irgendwann auch selber.

«Das Krankenhaus kann nichts tun», sagt Cathbad. «Das liegt außerhalb jeder Macht der modernen Medizin.»

«Hörst du dir eigentlich manchmal zu?», brüllt Ruth. «Hast du eine Ahnung, wie verrückt das alles klingt? Hier geht es nicht um Flüche oder … oder … um die Traumzeit. Nelson ist krank. Er hat sich irgendwas eingefangen. Kannst du nicht einmal im Leben einsehen, dass das nichts mit dir zu tun hat?!»

Danach ist es still. Ruth fragt sich, ob Phil sie im Büro nebenan brüllen gehört hat. Falls ja, steht er sicher gleich auf der Matte. Doch Phil lässt sich nicht blicken.

«Ich möchte es bei dir machen», sagt Cathbad.

«Wie bitte?»

«Am Salzmoor ist die Energie einfach besser. Und Bob ist in der Nähe, vielleicht kann ich ja ein bisschen von seiner Macht aufnehmen.»

«Sagst du mir gerade, du willst bei mir zu Hause auf einen Drogentrip gehen? Vor meiner Tochter? Was ist, wenn du stirbst? Dann ist sie fürs ganze Leben traumatisiert.»

«Ich auch», erwidert Cathbad trocken. Dann lächelt er. Er hat ein ungeheuer entwaffnendes Lächeln.

«Bitte, Ruth. Ich weiß doch, du würdest alles tun, um Harry zu helfen.»

Nelson ist im Dunkel. Er kann das Meer hören. Ist das Brighton oder Blackpool? Gegenwart oder Vergangenheit? Im Wasser, in der Brandung und der Rückströmung hört er Stimmen, doch er kann noch nicht verstehen, was sie sagen. Es sind auch Lichter zu sehen und Gegenstände, die sich gerade so außerhalb seiner Reichweite befinden. Er hört jemanden singen und überlegt, ob das wohl seine Mutter ist, ihr irischer Tonfall voll tiefem Schmerz. Dolores, der Tag der Sieben Schmerzen Mariens. Die schwarze Kutsche, von sechs schwarzen Pferden gezogen. Dreimal klopft der Fuhrmann an die Tür. Heißt das, er muss jetzt sterben? Falls ja, dann tut es gar nicht weh, aber irgendetwas stimmt nicht. Er kann noch nicht sterben. Er hat noch so viel zu tun. Seine Kinder. Er versucht, sich an ihre Namen zu erinnern. Es war einmal ein König, der hatte drei Töchter. Rebecca, Laura. Rapunzel, Rapunzel, lass dein Haar herunter. Und Kate. Kiss me, Kate. Wenn man die Stimme der Todesfee hört, weiß man, dass die Zeit gekommen ist.

Und dann sieht er aus der Dunkelheit ein Boot auf sich zukommen. Ein Boot, wie aus Stein gehauen. Und in dem Boot steht ein Mann, ein Mann mit langem silbergrauem Haar. Er trägt ein Band um den Kopf, fast wie eine Krone. Und seine Augen sind blau, furchterregend blau.

«Nelson», sagt er, in einem seltsam singenden Tonfall, der wie das Meer selber klingt. «Gib mir deine Hand, ich werde dich retten.»

Doch da reißt ihn die schwarze Flut wieder davon.

Gleich nach ihrem letzten Seminar packt Ruth ihre Sachen zusammen und strebt zur Tür. Cathbad hat gesagt, er wolle um neun kommen und «alles Nötige» mitbringen. Wird sie wirklich zulassen, dass er solchen Unsinn macht? Wird sie ihn um ein Feuer tanzen und dann nach oben gehen und Drogen nehmen lassen? In ihren eigenen vier Wänden? Was, wenn Cathbad stirbt und sie auf ewig als die Universitätsdozentin gilt, deren Kollege bei ihr zu Hause nach einer Drogenorgie gestorben ist? Und was, wenn er stirbt und sie ihn nie mehr wiedersieht? Was, wenn sowohl Cathbad als auch Nelson sterben und Kate ganz ohne Vaterfigur dasteht, bis auf Flint und den Postboten?

Aber sie kann auch nicht einfach herumsitzen und nichts tun. Sie hat sich zwar geweigert, Nelson selbst zu helfen, doch Cathbads Bemühungen, so irrwitzig sie auch sein mögen, kann sie sich nicht in den Weg stellen. Hat sie im Lauf der Jahre etwa schon so viel von Cathbads Hokuspokus verinnerlicht, dass sie eine Traumwelt, in der die Seelen zwischen Leben und Tod umherirren, doch für möglich hält? Sie hat Eriks Stimme im Ohr. *Ein falscher Schritt, und man ist tot, fährt direkt zur Hölle. Aber wenn man auf dem Pfad bleibt, führt er einen in den Himmel.*

«Ruth! Du siehst ja aus, als wärst du ganz woanders.»

Shona steht vor ihr, strahlend und wunderschön in einer lila Tunika über einer weißen Jeans. Ihr Haar, das im Licht der Nachmittagssonne fast orange wirkt, beißt sich hinreißend mit der Farbe des Oberteils. Sie sieht aus wie ein wandelndes Buntglasfenster.

«Ich wollte nur kurz ein paar Bücher für Phil holen. Er schlägt sich immer noch mit dieser Grippe herum, der arme Schatz.»

Deswegen ist Phil also vorhin nicht herübergekommen. Er leidet immer noch unter Männergrippe im Endstadium.

«Geht's dir gut, Ruth? Du siehst schrecklich blass aus.»

Vielleicht liegt es ja daran, dass Shona so sprühend und voller Leben wirkt, während sie selbst so niedergeschlagen ist – jedenfalls hat Ruth plötzlich das unwiderstehliche Bedürfnis, Shona alles zu erzählen.

«Es ist wegen Nelson …», fängt sie an.

Sie erzählt Shona von Nelsons Erkrankung und Michelles Besuch. Als sie zu dem Punkt kommt, dass sie Nelson besuchen soll, fragt Shona erwartungsgemäß: «Aber warum will Michelle denn, dass du Nelson besuchst?»

Ruth schweigt. Sie hat gewusst, dass Shona es früher oder später erfahren wird.

«Ruth! Ist Nelson etwa …?»

Ruth nickt.

«Ach du Schande!» Shona lässt sich schwer auf Ruths Besucherstuhl fallen. «Nelson ist Kates Vater?»

«Ja.»

«Und seine Frau weiß es?»

«Sie hat es bei der Taufe gemerkt.»

«Aber wie denn?»

Seltsam, diese Frage hat Ruth sich nie gestellt. «Ich weiß es nicht.»

«Mein Gott, Ruth.» Shona sieht sie fassungslos an, halb entrüstet, aber auch mit einer gewissen Bewunderung. «Nelson. Darauf wäre ich ja nie gekommen. Ich dachte immer, du magst ihn nicht besonders.»

«Er hat so seine Momente», erwidert Ruth trocken.

«Hattet ihr eine Affäre?»

«Es war nur eine Nacht», sagt Ruth. «Manchmal reicht das schon.»

«Eine Nacht? Lieber Himmel, Ruth, warum hast du mir das denn nicht erzählt?»

«Ich wollte es niemandem erzählen.»

«Weiß Cathbad davon?»

«Ich glaube, er ahnt es.»

«Und was ist mit Phil?»

«Bitte erzähl Phil nichts davon!»

Es entfährt ihr fast wie ein Schrei, und Ruth merkt, dass sie den Tränen bereits sehr nahe ist.

«Schon gut», beschwichtigt Shona. «Ich sage Phil nichts.

Und jetzt will Nelsons Frau also, dass du ihn besuchst. Meine Güte, das ist aber ganz schön großherzig von ihr.»

Ruth senkt den Blick. «Ich weiß.»

«Sie muss ihn wirklich lieben.»

«Ja, das tut sie.»

Shona mustert sie fragend. «Warum hast du dann nein gesagt?»

«Wegen Kate», sagt Ruth. «Ich habe solche Angst, dass sie krank wird.»

«Aber sie hat doch nicht gesagt, dass du Kate mitbringen sollst, oder? Kinder dürfen sowieso nicht ins Krankenhaus. Ich weiß das, weil nicht einmal Phils Söhne mich besuchen dürfen, wenn das Baby kommt. Ich finde das ja etwas übertrieben.»

«Ich weiß, aber vielleicht bringe ich ja Keime mit und stecke sie an. Kein Mensch weiß, was genau Nelson fehlt.»

Fast schon zaghaft sieht Ruth zu ihrer Freundin hinüber. Ein Teil von ihr wünscht sich, Shona würde ihr sagen, dass sie richtig handelt. Ruth hat mit dem Mann einer anderen Frau geschlafen und weigert sich jetzt, auch nur einen Finger zu rühren, um diesem Mann das Leben zu retten, aber sie tut trotzdem das Richtige. Ein anderer Teil aber will, dass Shona ihr sagt, sie solle sich nicht so anstellen, und sie mit dem nächsten Taxi ins Krankenhaus schickt.

Doch Shona mustert sie immer noch, als sähe sie sie zum ersten Mal.

«Michelle muss ihn wirklich sehr lieben», wiederholt sie.

Judy sitzt an Nelsons Schreibtisch. In den Schuhen eines Toten, denkt sie makaber. Aber Nelson lebt ja noch, und wo Leben ist, da ist auch Hoffnung, und wie die ganzen anderen nervigen, aber trotzdem merkwürdig beruhigenden Klischees sonst so lauten. Es gibt immer ein Licht am Ende des Tunnels. Wo hat sie das in letzter Zeit noch gleich gehört? Es muss erst schlimmer kommen, damit es besser wird, sagt sie sich grimmig, und wendet sich wieder ihrer Mitschrift des Gesprächs mit Randolph Smith zu. Glaubt sie wirklich, dass Danforth Smith unter verdächtigen Umständen gestorben ist? Sie hat eine Kopie der Sterbeurkunde angefordert. Todesursache: I. Myokardinfarkt, II. Diabetes mellitus. Eigentlich eindeutig: ein Herzinfarkt mit Komplikationen aufgrund einer bereits bestehenden chronischen Erkrankung. Aber was ist mit dieser unheimlichen Sache mit den Schlangen? Ist in jener Nacht etwas passiert, was Lord Smith im wahrsten Sinne des Wortes zu Tode erschreckt hat?

Sie denkt an Randolph. Sie fand ihn durchaus attraktiv, rein theoretisch, obwohl sie das Clough gegenüber natürlich niemals zugeben würde. Er ist auch nicht so recht ihr Typ; sie hatte nie etwas für solche reichen Schnösel übrig. Aber Cathbad ist ja eigentlich auch nicht ihr Typ, was nicht erklärt, warum sie die Finger nicht von ihm lassen kann, warum sie sich jedes Mal, sobald sie sich begegnen, die Kleider vom Leib reißen, obwohl sie sich jedes Mal von neuem hoch und heilig versprechen, dass das nie wieder vorkommen wird. Judy kann es sich nicht erklären, und sie versucht es auch gar nicht mehr. Die letzten paar Monate hat sie in einem Zustand permanenter erotischer Verzückung zugebracht, obwohl sie weiß, dass es böse enden wird. Und jetzt auch noch die Nachricht von Nelson … Cathbad war fix und fertig, als sie ihm davon erzählt hat, ganz anders als Ruth, die seltsam kalt reagiert hat. Beklommen fragt sie sich, ob Nelsons Erkrankung womöglich der letzte Schlag ist, der das Gebäude ihres Lebens endgültig zum Einsturz bringt. Der letzte Tropfen, der letzte Sargnagel und andere Klischees.

Sie muss eine weitere Teamsitzung einberufen, doch im Moment fühlt sie sich dazu noch nicht in der Lage. Clough und Tanya klappern die Transportunternehmen ab, Rocky ist auf einem Seminar, das ihn – wird ja auch allerhöchste Zeit – in einen «professionellen Polizeimitarbeiter des 21. Jahrhunderts» verwandeln soll. Nur Tom Henty ist im Haus, und Judy hat ein bisschen Angst vor Tom, der ein paarmal zu oft darauf hingewiesen hat, dass er schon Streife gefahren ist, als sie noch gar nicht auf der Welt war. Vielleicht sollte sie noch einmal in den Stall zurückfahren und Len Harris zur Rede stellen. Ohne Clough, der sich wegen der Pferde in die Hose macht und mit seinen Plattfüßen in Pferdeäpfel trampelt, ist das sicher viel einfacher. Sie gestattet sich ein kleines Lächeln, als sie an den Vorfall zurückdenkt. Dann hält sie inne, und das Lächeln gefriert ihr im Gesicht. Sie sieht den Haufen Pferdeäpfel wieder vor sich, hört Clough aus vollem Hals fluchen, und gleichzeitig sieht sie auch noch etwas anderes, das sie jetzt zum allerersten Mal registriert.

Sie weiß, was im Rennstall Slaughter Hill vor sich geht.

26

Es ist Nacht. Michelle sitzt an Nelsons Bett. Rebecca und Laura sind, erschöpft von der spätnächtlichen Aufregung und den emotionalen Anforderungen des Tages, nach Hause gegangen. Doch Michelle bleibt sitzen, löst den Blick nicht von den roten und grünen Lämpchen der Geräte und dem Spinnennetz in einer Ecke der stuckverzierten Decke. Einige Kilometer weiter, in unmittelbarer Nähe der Küste, schläft auch Kate, ohne etwas vom monumentalen Kampf ihres Vaters zu ahnen. Hinter ihr liegt in gewisser Weise auch ein monumentaler Kampf, weil sie sich geweigert hat, ins Bett zu gehen, während Cathbad im Haus und zu Späßen aufgelegt ist. Doch dieses eine Mal hat Ruth sich durchgesetzt, und nun schläft Kate unruhig in ihrem weißen Kinderbett, unter dem Traumfänger mit den Perlmuttmuscheln. Und im Garten, unter den Augen einer verängstigten und höchst skeptischen Ruth, die ihm aus einem Fenster im Obergeschoss zuschaut, verbrennt Cathbad Zweige und umrundet langsam die Flammen.

Nelsons Augen bewegen sich unter den geschlossenen Lidern. Michelle fragt sich, was er wohl sieht. Nelson ist immer so ungeduldig, so unfähig, still zu bleiben – es scheint fast unmöglich, dass er jetzt so daliegt, an Drähte und Infusionen und Bildschirme angeschlossen. Michelle kann sich nicht erinnern, wann sie ihn zuletzt schlafend gesehen hat. Nelson steht grundsätzlich vor ihr auf, geht nach unten und macht ihr einen Tee. Er mag den frühen Morgen, sagt er immer. Früher hat er sich sonntags die Morgenausgabe von *Match of the Day* angesehen. Michelle erinnert sich noch gut an die Titelmusik, diese wunderbar altmodische, beschwingte kleine Melodie, die zu ihr heraufdrang, während sie noch im Bett lag, im wohligen Bewusstsein des heißen Tees, der neben ihr wartete, und des Sonnenlichts, das durch die Vorhänge fiel. Als die Mädchen noch klein waren, haben sie *Match of the Day* immer mitgeguckt; beide waren eine Zeitlang passionierte Blackpool-Fans. In den letzten Jahren allerdings haben sie lieber ausgeschlafen und Nelson in einsamer Herrlichkeit mit dem Fernseher, der *Mail on Sunday* und seinem starken Morgentee allein gelassen. Ihm war das vermutlich sogar ganz recht.

Leise summt Michelle die Titelmelodie von *Match of the Day* vor sich hin. Was ist wohl nötig, damit er die Augen öffnet? Ein Gastauftritt der Elite-Mannschaft von Blackpool vielleicht? Michelle nimmt sich vor, den Manager gleich morgen anzurufen. Nelsons Mutter ist auf dem Weg von Blackpool hierher. Ein Besuch von Maureen müsste eigentlich selbst Tote aufwecken. Michelle hat ihre Schwiegermutter sehr gern, trotzdem ist ihr unwohl bei der Vorstellung, so viel Zeit mit ihr verbringen zu müssen, während sie sich beide vor Angst um ihren geliebten Harry verzehren. Maureen hält mit ihren Ansichten grundsätzlich nicht hinterm Berg, sie sagt Laura, dass sie viel zu dünn sei, und Michelle, dass sie zu viel Geld für Kleidung ausgebe. Der ersten Begegnung zwischen Maureen und dem mundschutzbewehrten Pflegepersonal sieht Michelle also nicht gerade optimistisch entgegen.

«Wach auf, Harry», flüstert sie. «Deine Mutter ist unterwegs hierher.» Haben seine Lider nicht ganz leicht geflattert? Er liebt seine Mutter, doch nach ein paar Tagen mit ihr ist sein Bedarf meistens völlig gedeckt. Über die Jahre hinweg hatten sie etliche gewaltige Auseinandersetzungen. Michelle hat jedes Mal versucht, zu vermitteln, doch irgendwann hat Nelsons Schwester Grainne sie darauf hingewiesen, dass sowohl Harry als auch seine Mutter die Streitereien offensichtlich genießen. Warum ihnen also den Spaß verderben? Seither versucht Michelle, das Gebrüll und die Vorwürfe der Undankbarkeit ihrer- und des ständigen Einmischens seinerseits geflissentlich zu überhören. Sie selbst steht – abgesehen von ihrer Verschwendungssucht – bei ihrer Schwiegermutter meistens hoch im Kurs, und nicht selten ruft Maureen Gott zum Zeugen an, dass Harry eine solche Frau gar nicht verdient. Maureen und Gott verstehen sich bestens, und der Allmächtige lässt sich bei jeder Streitigkeit bereitwillig heranziehen, um Maureens Sicht der Dinge zu bekräftigen.

Ob sie einen Priester zu Harry holen soll? Er ist katholisch aufgewachsen, hat aber seit Jahren kaum eine Kirche von innen gesehen. Da wäre Pater Hennessey, mit dem Nelson sich bei einem früheren Fall angefreundet hat, aber Michelle hat keine Ahnung, wie sie ihn erreichen kann. Aber wenn es etwas nützt, würde sie selbst beim Papst vorstellig werden. Sie fragt sich, ob Maureen womöglich einen Priester anschleppen wird; irgendeinen handzahmen hat sie doch immer in petto. Michelle ist sich bewusst, dass nur die Angst sie davon abhält, bei der nächstgelegenen katholischen Gemeinde anzurufen. Ein Priester, das würde bedeuten, dass Nelson ernstlich krank ist, vielleicht sterben wird. «Es kann so oder so ausgehen», hat der Arzt am Abend zu ihr gesagt. Doch für Michelle ist nur eine Möglichkeit vorstellbar. An die andere will sie nicht einmal denken.

Das Feuer ist erloschen. Cathbad kommt langsam zum Haus zurück. Er trägt seinen Umhang, der leise über das trockene Herbstlaub raschelt. Seine Miene ist konzentriert, die Augen halb geschlossen. Ruth, die ihn von oben beobachtet, weil sie sich nicht näher herantraut, fragt sich, ob er die Drogen wohl schon genommen hat. Sie hört ihn heraufkommen, schwere Schritte auf den unebenen Bodendielen. Aus dem Bad, von wo aus sie ihm zugeschaut hat, tritt sie auf den Gang hinaus. Cathbad geht einfach an ihr vorbei ins Gästezimmer. Sie hört, wie die Tür ins Schloss fällt. Die Stille lastet schwer auf dem Haus. In der Ferne hört Ruth einen Fuchs bellen, und in noch weiterer Ferne hört sie das Meer. War das alles? Wird sie jetzt bis zum Morgen warten müssen, bevor sie weiß, ob er noch lebt? Und was ist mit Nelson? Sie lauscht dem Rauschen des Meeres in der Dunkelheit und denkt an eine andere Nacht zurück, jene schreckliche und wundersame Nacht, in der Kate gezeugt wurde. Was hat Nelson damals noch zu ihr gesagt? *Danke, dass du da warst.* Nun, heute Nacht wird sie nicht für ihn da sein. Langsam geht sie in ihr Zimmer zurück.

Romilly Smith überprüft den Inhalt ihrer Tasche: Handy, Bürste, Parfum (*Après L'Ondée*), Smythson-Notizbuch, Zweitschlüssel, Schutzhandschuhe. Ein plötzliches Geräusch lässt sie ans Fenster treten und hinausschauen, doch draußen bei den Ställen ist alles ruhig. Caroline ist im Pub und verbrüdert sich mit den Angestellten. Randolph ist wahrscheinlich wieder heimlich in einer Schwulen-Bar unterwegs, obwohl er jetzt, nachdem sein Vater tot ist, eigentlich keinen Grund mehr hat, seine sexuelle Orientierung geheim zu halten. Romilly würde sich richtig freuen, wenn Randolph einen netten jungen Mann mit nach Hause brächte. Besser als eine weitere langweilige Freundin wie diese arme Clary, die sich seit Jahren ins Zeug legt, in der Hoffnung, dass Randolph ihr endlich einen Antrag macht. Tragisch, so was. Nein, Romilly würde einen passenden Freund mit offenen Armen empfangen. Passen muss er allerdings. Sie würde keinerlei Mühen scheuen, ihn vor jemandem zu schützen, den sie für ungeeignet hält.

Sie hängt sich die Handtasche um, schlüpft in ein Paar Ballerinas und geht zur Tür. Halb elf. Das Treffen findet um elf statt. Romilly lächelt, als sie in ihren Wagen steigt. Sie liebt solche nächtlichen Treffen.

Judy sitzt immer noch in Nelsons Büro und brütet über den Berichten des Rauschgiftdezernats. Jeder noch so kleine Informationsfetzen, den sie über die Operation Oktopus zusammengetragen hat, liegt irgendwo im Zimmer verstreut. Nelson würde einen Anfall kriegen. Auch Judy geht normalerweise sehr systematisch vor, doch heute ist sie geradezu verzweifelt in ihrem Vorhaben, dem Fall auf den Grund zu gehen. Auf irgendeine merkwürdige Weise scheint plötzlich alles davon abzuhängen: Nelson, Darren, Cathbad, einfach alles. Hektisch durchforstet sie Spurensicherungsberichte, Zeugenaussagen, die Berichte anderer Abteilungen. Irgendwo muss es doch sein.

Als ihr Handy brummt, merkt sie es erst gar nicht, weil es unter einem Stapel Papier vergraben ist. Erst als die Papiere in Bewegung geraten, als wollten sie zur nächsten Geisterbeschwörung antreten, fischt sie ihren treuen Blackberry darunter hervor.

Eine SMS. *Kommen Sie um 11 zum alten Tor. Es ist wichtig. Randolph.*

27

Nelson wehrt sich wie ein Wahnsinniger, als er den Tunnel näher kommen sieht. Er weiß, was das bedeutet, und er wird es nicht kampflos hinnehmen, ob er nun im Bett liegt oder nicht. Die lange Reise, das helle Licht, die Lieben, die vorausgegangen sind – nein, vielen Dank auch, aber jetzt noch nicht. Tut mir leid, Dad. Er kämpft, versucht verzweifelt, die unerbittliche Strömung hin zum Licht aufzuhalten. Ich bin noch nicht so weit, ruft er, und seine Finger gleiten an einer Oberfläche ab, die zugleich hart und flüssig zu sein scheint. Ich will nicht … Ein letztes Mal bäumt er sich auf, schlägt nach dem Nichts. Dann ist er im Tunnel.

Voller Entsetzen beobachtet Michelle, wie Nelson sich auf dem Bett wälzt, nach Atem ringt. «Schwester!», ruft sie mit vor Angst heiserer Stimme. «Schwester!»

Ganz leise öffnet Ruth die Tür zum Gästezimmer. Cathbad liegt auf dem Bett, flach auf dem Rücken, und rührt sich nicht. Die Jalousie ist hochgezogen, Mondlicht fällt ins Zimmer. Auf Zehenspitzen schleicht sich Ruth näher heran und fasst nach Cathbads Hand. Seine Haut ist kalt, doch sie spürt einen Puls. Er hat die Augen geschlossen, wie ein Standbild, und das lange Haar fällt ihm über die Schultern. Er lächelt. Falls er das überleben sollte, denkt Ruth, dann bringe ich ihn um.

Sie geht in ihr Zimmer zurück und legt sich hin. Kate schläft friedlich in ihrem Bettchen. Es ist erst halb elf. Was um Himmels willen soll sie mit all den vielen Stunden bis zum Morgen anfangen? Da wäre es ihr ja fast lieber, wenn Kate brüllend aufwacht. Doch Kate schläft weiter. Ruth geht nach unten und versucht es mit Fernsehen, doch bei *Newsnight* geht es heute um Drogenmissbrauch an Schulen, und der Film auf Channel 4 ist *Picknick am Valentinstag*. Ruth findet, sie hat für ein Leben genug von Drogen und seltsamen Vorfällen in Australien gehört. Sie würde gern etwas trinken, sollte aber wohl besser nüchtern bleiben, falls sie Cathbad überstürzt ins Krankenhaus fahren muss. Großer Gott, wenn er stirbt, dort in dem schmalen Bett, wo sie noch zwei Nächte zuvor mit Max … Sie geht wieder nach oben. Cathbad und Kate schlafen immer noch, obwohl sie beide ein wenig unruhig wirken. Der Wind frischt auf. Ein plötzlicher Regenschauer prasselt gegen die Fensterscheiben. Der Briefkasten klappert, als machte sich ein geisterhafter Postbote daran zu schaffen. Es ist elf.

Sie nimmt ein Bad, legt sich dann ins Bett und hört über Kopfhörer Radio. Zu dem beruhigenden Gemurmel der Sendung *Book at Bedtime* stehen ihr andere, weit weniger anheimelnde Bilder vor Augen. Eine andere Nacht, ein anderes Unwetter, ein Kind, das ihr eine Hand entgegenstreckt. Ein Wahnsinniger mit einem Messer. Ein totes Kind. Dann Nelson, der sich ihr mit verstörtem Blick zuwendet. *Ich will nicht zurück nach Hause. Das musst du auch gar nicht.*

Seufzend zieht Ruth sich die Decke über den Kopf. Falls diese Nacht jemals enden sollte, wird sie Nelson morgen besuchen. Sogar Kate wird sie mitnehmen.

Im Newmarket Arms gibt es wieder Karaoke. Caroline sitzt allein im hinteren Teil des Lokals und fragt sich, wo zum Kuckuck sie nur bleibt. Elf Uhr, hat sie gesagt. Es sieht ihr gar nicht ähnlich, zu spät zu kommen, so wie es Caroline nicht ähnlich sieht, pünktlich zu sein. Und dann ist das Wetter auch noch so scheußlich. Sie hört den Regen selbst noch über das Gegröle der Stallburschen hinweg, die heute *Don't Stop Me Now* singen. Ihr Glas ist fast leer, doch es ist ihr unangenehm, sich zwischen all den lachenden und redenden Leuten zur Theke vorzudrängeln. Seltsam: Da ist sie mutterseelenallein mit ihrem Rucksack durch den australischen Busch gereist und traut sich trotzdem nicht, sich in einem Pub auf dem Land etwas zu trinken zu holen. Sie hantiert mit ihrem Handy, um jeden Blickkontakt zu vermeiden. Schade, dass sie für später nichts mit Cathbad ausgemacht hat, aber der ist wohl wieder von der Bildfläche verschwunden. Sie hat ihm heute mindestens zwei, wenn nicht drei Nachrichten auf der Mailbox hinterlassen. Hoffentlich hält er sie nicht für eine Stalkerin. Es wäre einfach nur ein Trost, ihn jetzt hier zu haben mit seinem Umhang und ihn von Kraftmeridianen erzählen zu hören. Außerdem hätte sie dann wenigstens jemanden, mit dem sie noch etwas trinken könnte.

Verflixt. Caroline steckt das Handy ein. Sie wird jetzt einfach zur Theke gehen.

Judy, die draußen am Pub vorbeifährt, die Scheibenwischer auf doppelter Geschwindigkeit, denkt sich, dass es an einen Ozeandampfer nachts auf hoher See erinnert: Das Schiffsorchester spielt, der Kapitän hat alle drohenden Eisberge aus seinen Gedanken verbannt. Der Parkplatz ist voller Wagen. Wenn sie Glück hat, sind die Stallarbeiter allesamt hier im Lokal und grölen Take-That-Songs, und Judy kann in Ruhe mit Randolph reden. Doch als sie Licht und Lärm hinter sich lässt und in den Wald hineinfährt, fröstelt sie unwillkürlich. Sie muss daran denken, was ihr Vater von dem Kutschunfall erzählt hat: «In dunklen Nächten hört man noch die Schreie der Passagiere und sieht die Geisterpferde zwischen den Bäumen hindurchsprengen.» Auch an Danforth Smith muss sie denken und an die riesige giftgrüne Schlange. Was haben Iren nur immer mit diesen Gruselgeschichten? Judy fürchtet sich jedenfalls nicht vor Gespenstern. Trotzdem umklammert sie das Lenkrad ein wenig fester, sie will schließlich nicht von der Fahrbahn abkommen, und hier zwischen den Bäumen ist es derart dunkel, dass sie trotz der Scheinwerfer nur wenige, schummrige Meter weit sehen kann. Der Wind heult und peitscht die Äste hin und her. Wo ist die Abzweigung zum Rennstall? Sie müsste doch eigentlich längst da sein.

Wie aus dem Nichts taucht die Mauer vor ihr auf. Das alte Tor, hat Randolph geschrieben. Judy fährt an der Mauer entlang um den Park herum. Warum hat Randolph sich nur einen so unpraktischen Treffpunkt ausgesucht? Anscheinend will er irgendwem ausweichen. Seiner Mutter? Seiner Schwester? Judy überlegt, wie viel Randolph wohl von dem weiß, was im Rennstall vor sich geht. Sie hat es ja selbst eben erst herausgefunden. Aber wenn Randolph mit drinhängen würde, hätte er doch sicher nicht um ein Treffen mit Judy und Clough gebeten? Und er hätte ihnen auch nicht von den toten Schlangen und den Männern im Wald erzählt. Es sei denn, das war ein raffiniertes Ablenkungsmanöver. Aber Randolph macht auf sie nicht gerade einen raffinierten Eindruck. Es gäbe eine ganze Reihe anderer passender Adjektive, aber «raffiniert» gehört eindeutig nicht dazu.

Da ist es endlich, das Tor, es ragt in der Dunkelheit vor ihr auf. Und es wirkt tatsächlich alt. Eigentlich sieht es sogar so aus, als wäre es seit hundert Jahren nicht mehr geöffnet worden. Aber hat Randolph nicht gesagt, er sei kürzlich aus dieser Richtung gekommen, als er die unheimlichen Gestalten um das Feuer tanzen sah? Judy stellt den Motor ab und schaltet die Scheinwerfer aus. Es schüttet immer noch. Sie sollte wohl besser ihre Regenhaut aus dem Kofferraum holen. Und eine Taschenlampe. Mühsam streift sie sich die Regenhaut über; sie ist neongelb und verwandelt Judy in die perfekte Zielscheibe für jeden potenziellen Meuchelmörder. Aber hier sind doch keine Meuchelmörder. Das hier ist Norfolk und nicht Sizilien, was immer Clough auch behaupten mag. Trotzdem hat sie Vorsichtsmaßnahmen ergriffen und Clough gesimst, was sie vorhat. Sie ist sich allerdings ziemlich sicher, dass er die Nachricht heute nicht mehr lesen wird; sie weiß, dass er mit Trace unterwegs ist.

Mit gesenktem Kopf stapft Judy im Regen bis zur Mauer, die Taschenlampe in der Hand. Der Wind ist inzwischen sehr stark, sie muss sich fast krümmen, um noch dagegen anzukommen. Das Tor ist mit einem Vorhängeschloss verriegelt, und ein schwerer Stein liegt davor. Wie soll sie das bloß aufkriegen? Doch im Näherkommen sieht sie, dass das Vorhängeschloss offen ist und die Kette lose herabhängt. Und als sie gegen die eisernen Torflügel drückt, geben sie problemlos nach. Offensichtlich ist dieser Zugang kürzlich erst benutzt worden. Judy schwenkt ihre Taschenlampe einmal im Halbkreis. Sie sieht nur kahle Bäume, die sich im Wind biegen. Hinter den Bäumen kann sie eine weitere, niedrigere Mauer erkennen. Hat Randolph nicht gesagt, dass hier das alte Haus steht? Na toll, jetzt hat sie auch noch eine Ruine und damit vermutlich den Hausgeist der Familie Smith am Hals. Wo zum Teufel steckt Randolph?

Gerade überlegt sie, zum Wagen zurückzugehen, da sieht sie jemanden zwischen den Bäumen herankommen. Es scheint ein Mann zu sein. Judy ist unwillkürlich erleichtert. Diese ganze Spukschloss-Atmosphäre ist ihr doch ziemlich an die Nerven gegangen. «Randolph?», ruft sie.

«Nicht ganz», antwortet eine Stimme. Ohne große Angst dreht sich Judy in die Richtung, aus der die Stimme kommt. Und eigentlich hat sie auch noch keine richtige Angst, als sie sieht, dass der Mann Len Harris ist und dass er eine Pistole in der Hand hält.

28

Nelson wappnet sich bereits für die Ankunft im Licht, doch noch ehe er dort ist, spürt er einen Ruck, als würde er durch die Luft geschleudert. Er merkt, dass er mit den Füßen auf festem Boden steht. Kies, wie am Strand. Und es ist auch ein Strand, nur sind die Steine schwarz. Auch das Meer ist schwarz, wie Öl rollen die Wellen heran, sanft und rund. Nelson nimmt sich nicht die Zeit, sich zu fragen, wo er ist oder was er dort soll; er geht sofort weiter den Strand entlang. Er weiß, wie wichtig es ist, schnell zu sein. Er darf nicht stehen bleiben, er darf sich nicht umschauen. Erst einige Minuten später merkt er, dass jemand neben ihm geht. Noch bevor er das Gesicht sieht, registriert er den Schatten des Mannes, den Umhang, der sich wie ein Paar großer Flügel hinter ihm bauscht.

«Hallo, Harry», sagt Cathbad.

«Was wollen Sie hier?» Judy versucht, ihre Stimme nicht zittern zu lassen. Im Grunde versucht sie, wie eine professionelle Polizeimitarbeiterin des 21. Jahrhunderts zu klingen.

«Ich stelle Ihnen eine Falle», meint Len leichthin und kommt noch etwas näher heran. Aus dieser Entfernung wirkt die Pistole bestürzend real. «Und ich muss sagen, Detective Sergeant, Sie sind schon sehr leicht in die Falle zu locken. Eine SMS, die angeblich von dem Hohlkopf Randolph stammt, schon kommen Sie angetrabt, und auch noch ganz ohne Verstärkung! Wollten Sie die verfolgte Unschuld alleine retten? Sehr männlich von Ihnen.»

«Warum haben Sie mir die SMS geschickt?» Judy versucht, zum Tor hin zurückzuweichen. Sie ist nur wenige Meter von ihrem Wagen entfernt, wo sie sich in Sicherheit bringen, Verstärkung anfordern kann.

«Stehen bleiben!», bellt Harris mit einer Stimme, die sicherlich schon manches tobende Pferd zur Raison gebracht hat. Judy bleibt stehen. Sie schiebt eine Hand in die Tasche, um nach ihrem Handy zu suchen. Doch es steckt in ihrer Jeanstasche, da kommt sie unter der Regenhaut unmöglich dran. Sie hat es tatsächlich komplett vermasselt. Sie eignet sich nicht zur Ermittlungsleiterin. Wenn sie jetzt stirbt, werden die Nachrufe dann wohl freundlich sein? Wird man Darren ihre Uniform und einen gefalteten Union Jack überreichen? Und was ist mit Cathbad? Wird ihn jemand benachrichtigen? Oder wird er es vielleicht spüren, mit seinem vielgerühmten siebten Druidensinn?

«Was für ein Jammer», fährt Harris fort. «Ein tragischer Unfall. Bestimmt von diesen geheimnisvollen Eindringlingen erschossen, die Mr. Randolph beobachtet hat. Ich hab doch immer gewusst, dass sich seine Drogentrips irgendwann mal auszahlen. Was für eine tapfere Polizistin. Und dann auch noch so jung. Und so hübsch.» Er mustert sie anzüglich.

«Ich weiß alles», sagt Judy in heller Verzweiflung. «Von dem Drogenschmuggel und überhaupt. Ich weiß, dass Sie die Drogen von den armen Pferden schmuggeln lassen. Packesel im wahrsten Sinne des Wortes, was? Sie zwingen sie, die Drogen zu schlucken, und manchmal werden sie davon furchtbar krank, wie die beiden Pferde, die ich gesehen habe. Fancy und das andere. Aber das interessiert Sie nicht, richtig? Für Sie sind das keine Lebewesen. Nur Mittel zum Zweck.»

«Sehr wortgewandt», sagt Harris, und seine Stimme klingt, als würde er grinsen. «Aber wer soll Ihnen denn dieses Märchen glauben? Armes kleines Polizistenmädchen, das hört sich doch an, als hätten Sie selbst ein bisschen von Randolphs Wunderpulver genascht.»

«Ich habe bereits einen Bericht geschrieben», schwindelt Judy. «Und ich habe Beweise. An den Drogen wurde Stroh gefunden, das lässt sich zum Stall zurückverfolgen. Und ich habe ein Kondom im Pferdemist gesehen. Auch das lässt sich zurückverfolgen.»

Doch Judy hat die Bedeutung des kleinen Plastiksäckchens in den Pferdeäpfeln, in die sich Cloughs Schuh verirrt hat, ja in dem Moment gar nicht erkannt. Das kam erst im Nachhinein. Die Pferde mussten Drogen schlucken, die in Kondome verpackt waren. Wie hat Clough das noch gleich genannt? Ü-Eier. Jedes Mal wieder 'ne Überraschung.

«Das ist doch Mist», sagt Harris. «Oder soll ich lieber

sagen: Pferdemist? Sie haben nichts gegen mich in der Hand.»

Judy stürzt sich auf ihn, will ihm die Pistole aus der Hand schlagen. Doch Len Harris ist zu flink für sie, er weicht ihr aus, und sie fällt der Länge nach in den Matsch. Im nächsten Moment spürt sie den kalten Lauf der Pistole, der sich an ihre Wange drückt. Das war's. Sie schließt die Augen und fragt sich, warum sie jetzt nicht an Darren denkt, an Cathbad oder an ihre Eltern, sondern an ihr altes Pony Ranger. Doch dann folgt kein Knall, kein Nirwana und auch keine triumphale Auffahrt zum Himmel (sie weiß selbst nicht recht, was davon sie erwartet hat); stattdessen wird Len Harris von einer Naturgewalt umgerissen, die plötzlich aus der Dunkelheit auftaucht. Judy bleibt am Boden hocken und wagt nicht, sich zu rühren.

«Verdammt, Johnson», brüllt die Naturgewalt. «Lauf!»

Es ist Clough.

Ärzte und Schwestern umringen Nelsons Bett. Michelle wird nach hinten gedrängt. Sie sieht nur noch weiße Kittel. Jemand bringt eine Maschine herein, die mit Nelsons Brust verkabelt wird.

«Wir verlieren ihn!», ruft einer der Ärzte.

Michelle steht an die Wand gedrückt. Sie fühlt sich, als hätte ihr Herz ihren Körper verlassen.

«Was machst du denn hier?», fragt Nelson.

«Ich versuche, dich zu retten», sagt Cathbad.

Die schwarzen Wellen schlagen an den Strand. Der Himmel ist voll von schwarzen Vögeln.

«Man nennt das Murmuration», sagt Cathbad.

«Was nennt man so?»

«Wenn die Stare sich sammeln. Das ist Murmuration.»

«Was ist mit mir passiert?», fragt Nelson.

«Ich weiß es nicht. Interessant, oder?»

Die Wellen brechen sich weiter an den Steinen. Die unerbittlichen Gezeiten.

Clough zerrt Judy auf die Füße, und sie rennen blindlings in die Dunkelheit. Judy hat ihre Taschenlampe verloren und keine Ahnung, wohin sie laufen. Doch Clough scheint es zu wissen, und das genügt ihr für den Moment. Sie läuft ihm nach, der Wind schlägt ihr ins Gesicht. Irgendwo in der Nähe hört sie Len Harris umhertaumeln. Bitte, lieber Gott, lass uns das Tor vor ihm erreichen. Gott muss wohl ein offenes Ohr haben, denn gleich darauf taucht das gewaltige Tor vor ihnen auf. Judy hört die Torflügel rasseln, als Clough daran rüttelt.

«Scheiße», ruft er. «Scheiße!»

«Was denn?»

«Es ist abgeschlossen.»

Wie kann es abgeschlossen sein?, denkt Judy. Doch Clough packt sie schon wieder am Arm. «Los, komm!» Sie drehen sich um und laufen in den Park hinein, dorthin, wo die Bäume sind und die Mauern des alten Anwesens. Len Harris ist nicht zu sehen. Sie rennen weiter, zwischen scheinbar endlosen Baumreihen hindurch.

Romilly sieht dem Pastor dabei zu, wie er das Tier vorsichtig aus dem Kunststoffbehälter hebt. Früher haben sie Terry den «Tierarzt» genannt, weil er ein geradezu enzyklopädisches Wissen über Tiere (und Drogen) besitzt, doch dann ist die Gruppe übereingekommen, dass Tierärzte normalen Ärzten zwar bei weitem vorzuziehen, aber dennoch nicht frei von aller Schuld am Tierreich sind. Behandeln Tierärzte nicht auch Rennpferde und unterstützen die Fuchsjagd? Zumindest hier in der Gegend tun sie das. Niemand weiß mehr so genau, wie man stattdessen auf den geistlichen Bereich verfallen ist, doch es liegt auf der Hand, dass der Spitzname zu Terry passt, der mit seiner Bügelfaltenjeans und dem adretten V-Ausschnitt tatsächlich aussieht wie ein hipper junger Pastor an seinem freien Tag. Er hat sogar eine Nickelbrille, die er jetzt abnimmt, um sich die Augen zu reiben.

«Wie schön sie ist!» Romilly betrachtet die Schlange in Terrys behandschuhten Händen.

«Ja», sagt Terry. «Eine *Vipera berus.* Man beachte das typische Rautenmuster.»

«Und sie ist auch ordentlich giftig?»

«Sie ist nicht sehr angriffslustig», sagt Terry, «aber giftig ist sie schon. Ein Biss von ihr ist kein Spaß.»

Terry greift nach einem gefütterten Briefumschlag und lässt die Schlange sanft hineingleiten. Das Päckchen zischt vernehmlich.

«Das schadet ihr doch hoffentlich nicht», meint Romilly, «so eingepackt zu sein?»

Terry schüttelt den Kopf. «Sie kann bis zu drei Tage ohne Nahrung überleben.»

«Wessen Name steht auf dem Umschlag?»

«Michael Malone. Er ist Labortechniker, ich habe seinen Namen von der Website.»

Der Name sagt Romilly nichts. Sie nickt nur zustimmend. Ein ordentlich adressiertes Päckchen hat größere Chancen, auch ans Ziel zu gelangen. Der Plan sieht vor, es um Mitternacht vor dem Fachbereich Naturwissenschaften zu deponieren. Man wird sie auf den Überwachungsbändern sehen, doch genau das wollen sie ja auch. Sie werden vermummt sein und Skijacken tragen, mit der Aufschrift «Animal Action» auf dem Rücken. Romilly hat die Jacken selbst entworfen.

«Mein Mann hatte schreckliche Angst vor Schlangen», sagt sie jetzt.

«Geht vielen Leuten so.» Terry verschließt den Umschlag sorgfältig.

«Kann sie jemanden töten?», will Romilly wissen.

Terry sieht sie an. «Willst du denn, dass jemand stirbt?»

«Natürlich nicht! Wir wollen doch nur ein Zeichen setzen.»

«Ja», sagt Terry. «Sie kann einen Menschen töten.»

Ruth fühlt Cathbads Puls. Er ist stark verlangsamt. Ob sie einen Arzt rufen soll? Was ist mit Cameron von nebenan? Er und seine Kumpels von der Eliteschule kennen sich doch bestimmt mit Drogen aus. Ruth tritt ans Fenster. Im Garten schwelt das Feuer noch, ein schauriges orangefarbenes Glimmen in der Dunkelheit. Ruth schaut noch einmal hin, das Gesicht dicht an die Scheibe gepresst. Da steht jemand in ihrem Garten und schaut in die Glut. Eine hochaufgerichtete Gestalt mit Umhang und langem Stab. Die Gestalt bewegt sich und scheint dann wieder im Dunkel zu verschwinden, mit wehendem Umhang, der das Gesicht freilegt. Ruth gefriert das Blut in den Adern. Es ist Bob Woonunga.

Judy und Clough rennen wie verrückt, stolpern über Äste, rutschen beinahe auf dem feuchten Laub aus. Judy hat nicht die leiseste Ahnung, wohin sie laufen. Sie richtet den Blick fest auf Cloughs schwarze Jacke mit den tröstlichen reflektierenden Streifen. Sie stolpert und knickt schmerzhaft um, doch Clough schaut nicht einmal zurück. «Los, komm!», ruft er. Sie humpelt ihm nach. Wie groß kann so ein Park denn sein? Sie müssten doch längst an einer Straße oder einem Pfad sein. Irgendwo in der Nähe kracht und splittert es, als würde ein Baum umstürzen. Es grenzt an Wahnsinn, mitten in einem solchen Unwetter im Wald zu sein. Aber die ganze Sache grenzt ja an Wahnsinn, und irgendwo hier, ganz in der Nähe, ist ein Mann mit einer Pistole. Judy stolpert weiter. Sie hat Seitenstechen. Lange hält sie nicht mehr durch.

Dann ist die schwarze Jacke mit einem Mal verschwunden. Wo zum Teufel ist Clough? Judy bleibt stehen, und ihr Keuchen übertönt selbst das Lärmen des Windes. Sie macht ein paar Schritte vorwärts und fällt, stürzt inmitten von Geröll und kaputten Ästen kopfüber abwärts.

«Los, Johnson!», ruft eine vertraute Stimme. «Steh auf!» Judy liegt keuchend auf dem Boden. Sie weiß, dass Clough ihr das Leben gerettet hat, und sie wird ihm ewig dankbar sein, doch gerade jetzt, in diesem Moment, könnte sie ihn fast hassen. «Wo sind wir?», fragt sie.

«Ich glaube, wir sind auf der Rennbahn», sagt Clough, und Judy registriert, dass der Untergrund recht weich ist. Die Allwetterbahn. Und ganz in der Ferne sieht sie Lichter.

«Los, komm!», sagt Clough noch einmal, und wie zwei erschöpfte Rennpferde nehmen sie die Allwetterbahn in Angriff. Hinter ihnen tobt der Wind durch die Bäume.

«Wo gehen wir hin?», fragt Nelson zum wiederholten Mal.

«Ich weiß es nicht», antwortet Cathbad erneut. Er summt leise vor sich hin. Alles bleibt gleich: der Himmel, das Meer, der Strand. Ist das ein Traum?, fragt sich Nelson. Aber er spürt doch die Kiesel unter den Füßen, er riecht das Meer, sogar den leichten Kräuterduft, den Cathbad verströmt.

«Der Flow», sagt Cathbad jetzt, «du musst dich ganz dem Flow anvertrauen.»

Doch Nelson kann sich nichts anvertrauen, was er nicht mal sehen kann. Er stapft weiter den Strand entlang, auf der Suche nach einem Ausweg.

Bob umrundet das Feuer und reckt hin und wieder seinen Stab gen Himmel. Was macht er da? Verwünscht er Cathbad? Zeigt er mit dem Knochen auf ihn? Oder versucht er, ihn zu retten? Und Nelson? Will auch Bob in die Traumzeit eintreten? Wird er mit Cathbad um Nelsons leblose Hülle kämpfen? Ruth weiß, dass das alles Unsinn ist, doch hier, im Dunkeln, während der Wind um das Haus tobt, kommt es ihr gar nicht mehr so unsinnig vor.

Jetzt bleibt Bob stehen und blickt zum Haus hinauf. Ruth weiß nicht, wie gut sie am Fenster des dunklen Zimmers zu sehen ist. Sie weicht zurück bis zur Wand. Bob hat seine Wanderung wieder aufgenommen, tritt einmal in den Feuerschein hinein, einmal aus ihm heraus. Dann bleibt er plötzlich stehen und mustert etwas am Boden. Was mag das sein? Ruth drückt das Gesicht wieder an die Scheibe. O Gott, es ist Flint. Der rotgetigerte Kater ist von irgendwoher aufgetaucht und streicht Bob jetzt um die Beine. Weg von ihm, Flint! Sie schickt ein Stoßgebet zu Mutter Juliana und ihrer Katze. Bitte, beschütze Flint. Lass nicht zu, dass Bob ihn in eine seiner unheimlichen Traumzeit-Kreaturen verwandelt.

Cathbad regt sich im Schlaf. Das ist alles nur deine Schuld, würde Ruth ihn am liebsten anschreien. Ich sollte jetzt friedlich schlafen, mit meinem Kind im Bettchen neben mir und meinem Kater am Fußende. Stattdessen ist sie in eine grausige Traumwelt geraten, in der Schlangen und heilige Tiere durch die Dunkelheit schleichen und zwei ihrer besten Freunde zwischen Leben und Tod schweben. Sie geht den Gang entlang, um nach Kate zu sehen. Da hört sie ein Geräusch von unten. Was war das? Ist Bob eingebrochen? Hat Cathbad die Gartentür überhaupt abgeschlossen? Ruth steht wie erstarrt, fest entschlossen, ihr Kind mit ihrem Leben zu verteidigen. Cathbad muss selbst sehen, wo er bleibt. Dann trappeln Katzenpfoten die Treppe hinauf, und ein vorwurfsvolles Maunzen schallt ihr entgegen. Gott sei Dank. Es ist nur Flint, der durch die Katzenklappe hereingekommen ist. Ruth nimmt ihren Kater auf den Arm und drückt ihn fest an sich.

Die Lichter werden immer heller. Judy sieht die Mauern um die Stallungen und das Haus, das sich in der Ferne aus dem Dunkel erhebt. Gott sei Dank. Sie haben es geschafft. Ihr Knöchel schmerzt, sie ist patschnass und hat das Gefühl, ihr Herz müsste jeden Augenblick zerspringen, doch zugleich fühlt sie sich auch seltsam euphorisch. Sie haben es durch den dunklen Wald geschafft, und dort, wenige Meter vor ihnen, ist Zuflucht, ein Telefon, Verstärkung. Der Wind tost immer noch, doch es hat aufgehört zu regnen. Gerade will sie sich zu Clough umdrehen und ihn beglückwünschen, ihm danken, als das denkbar furchterregendste Geräusch die Nacht zerreißt. Eine Art langgezogenes Jammern, guttural und schmerzerfüllt. Wie erstarrt bleibt Judy stehen. Sie hätte es nicht für möglich gehalten, jemals noch mehr Angst haben zu können, doch jetzt ist ihr, als stünden ihr sämtliche Haare zu Berge.

«Was um Himmels willen war das?», flüstert sie.

«Hört sich an wie ein Esel», sagt Clough munter.

«Ein Esel?»

«Ja, ein wiehernder Esel. Komm. Wir müssen weiter.»

Was hat denn ein Esel in einem Rennstall zu suchen?, überlegt Judy, während sie sich beeilt, Clough hinterherzukommen. Sie wird ihn ganz sicher nicht noch einmal aus den Augen verlieren. Jetzt sind sie an der Mauer vor den Stallungen, sie sieht den Uhrenturm und die Führanlage im Mondschein aufragen. Das Licht kommt aus dem Häuschen gleich neben dem Haupttor.

«Das ist Carolines Haus», keucht Judy.

«Sie ist mit Trace befreundet», ruft Clough. «Sie wird uns helfen.»

Judy ist nach wie vor nicht allzu gut auf Caroline zu sprechen, doch inzwischen ist sie bereit, jedem zu vertrauen, der sie nicht mit einer Pistole bedroht. Sie denkt an ein warmes Haus, an Licht, ein Telefon. Und setzt sich in Bewegung.

Kaum sind sie auf dem Hof, springt die Sicherheitsbeleuchtung an und blendet sie beinahe. Wieder erfüllt der fürchterliche Laut die Nacht. Es ist nur ein Esel, sagt sich Judy, doch es macht ihr trotzdem eine Heidenangst. Irgendwer im Haus muss den Lärm doch hören. Randolph vielleicht? Oder die geheimnisvolle Lady Smith? Jeden Moment kann Len Harris auftauchen und sie abknallen wie Ratten. Doch niemand lässt sich blicken. Sie laufen über den Parkplatz, vorbei an den Sportwagen und Jeeps (Judy ist inzwischen ganz sicher, dass der blaue Ferrari Len Harris gehört), und drücken Sekunden später auf die Klingel mit dem Schild: «Besucher bitte hier melden».

Caroline lässt sich mit dem Öffnen Zeit, doch als sie schließlich an die Tür kommt, ist sie in kompletter Straßenkleidung. Sie sieht verändert aus, denkt Judy. Vielleicht liegt es ja daran, dass sie die Haare hochgesteckt hat.

«Polizei», keucht Judy. «Wir müssen bei Ihnen telefonieren.»

«Die Leitung ist tot», sagt Caroline. «Wegen dem Unwetter.»

«Ich habe mein Handy dabei», sagt Clough. «Können wir reinkommen?»

Caroline tritt beiseite. «Ich mache Ihnen einen Tee», sagt sie. «Sie sind ja patschnass.»

Sie führt sie ins Wohnzimmer. Clough tippt auf seinem Handy herum, findet aber kein Netz. Judy hat ihr Handy verloren. Sie sinkt in einen Sessel und hat das Gefühl, dass nichts mehr eine Rolle spielt.

«Wie hast du mich überhaupt gefunden?», fragt sie Clough.

Er blickt auf. «Du hast mir eine SMS geschickt, weißt du nicht mehr? Ich habe alle paar Minuten aufs Handy geschaut. Ich dachte, vielleicht gibt es was Neues vom Boss. Aber ich hätte echt nicht gedacht, dass du allein hierherfährst wie so eine gottverdammte Nancy Drew. Mensch, Johnson, wie kannst du nur so blöd sein?»

«Ich weiß auch nicht», sagt Judy. «Ich dachte, ich hätte den Fall gelöst. Ich dachte, ich kann das alles alleine regeln.» Sie erzählt ihm von den Packeseln. Clough pfeift tonlos durch die Zähne. «Na klar, die Hälfte von den Pferden kommt ja aus dem Nahen Osten. Die perfekte Tarnung. Genial.»

«Schön, dass Sie das so sehen», sagt eine Stimme von der Tür her. Dort steht Len Harris neben Caroline. Und beide haben Pistolen in der Hand.

Die Stimmen haben eingesetzt. Sie kommen aus dem Meer. Nelson weiß, dass er nicht auf sie hören darf. Wenn man hinhört, ist man verloren. Wenn man auf das Klopfen an der Tür reagiert, ist man verloren. Er wappnet seinen Geist gegen das sanfte, verführerische Flüstern aus der Tiefe. Michelle, Ruth, Laura, Rebecca, seine Mutter. Es sind immer Frauenstimmen. Er darf sie nicht an sich heranlassen. Er muss weiter neben Cathbad den Strand entlanggehen. Einen Fuß vor den anderen setzen. Doch es ist schwer, schwerer als alles, was ihm jemals abverlangt wurde.

«Hier entlang», sagt Caroline zuvorkommend. Die Pistole, die sie auf Judys Brust gerichtet hält, trübt den Gesamteindruck allerdings ein wenig.

«Sie machen einen ganz gewaltigen Fehler», plustert sich Clough vor Len Harris auf.

«Nein, den Fehler haben Sie gemacht», meint Harris. Er wirkt kein bisschen außer Atem. Ist er auch durch den Wald gekommen, oder hat jemand draußen vor dem Tor mit dem Wagen auf ihn gewartet? Das muss dann wohl Caroline gewesen sein, Caroline, die das Tor verschlossen, es dann für Harris wieder geöffnet und ihn, ruhig und zügig wie ein Taxi, zu ihrem Haus gefahren hat. Caroline, Traces Freundin, von der Clough meinte, man könne ihr vertrauen.

Harris lächelt jetzt, und sein ledriges Gnomengesicht nimmt einen weitaus weniger gütigen Ausdruck an. Er ähnelt einem Kobold, vielleicht auch einem Troll. «Sie sind in die Stallungen geraten», sagt er, «und da gab es leider einen tragischen Unfall.»

Er sieht Caroline an. «Die Führanlage?», schlägt sie vor.

«Perfekt.» Er wedelt mit der Waffe. «Da lang.» Judy und Clough bleibt nichts anderes übrig, als ihm Folge zu leisten. Clough überlegt, auf Harris loszugehen und zu versuchen, ihm die Pistole zu entreißen, aber falls ihm das gelingt, wird Caroline höchstwahrscheinlich Judy erschießen. Und falls es misslingt, erschießt Harris ganz sicher ihn. Sie sehen alle beide aus, als hätten sie Erfahrung mit Schusswaffen. Er könnte sich ohrfeigen, dass er keine Verstärkung angefordert hat. Und Judy könnte er noch viel fester ohrfeigen.

Sie gehen über den Hof, wo es bis auf den Wind ganz still ist. Judy überlegt, um Hilfe zu rufen – aber wer würde sie hören? Die Pferde vielleicht? Der Kater? Der Esel? Sie fragt sich, wo Randolph und Romilly stecken; nicht, dass sie ihnen jetzt eine große Hilfe wären. Der Matsch schmatzt unter ihren Schritten, als sie sich der Führanlage nähern. Was hat Harris mit ihnen vor? Wenn er sie töten wollte, hätte er das doch sicher längst getan. Oder hat er sich vielleicht etwas Abwechslungsreicheres ausgedacht?

Mit einem Tritt öffnet Harris die Tür zur Führanlage, und Judy und Clough werden in eines der Abteile geschubst. Sie hören, wie die Tür abgeschlossen wird und die Schritte sich entfernen. Sie wechseln einen Blick. Man hat sie in ein dreieckiges Holzabteil gesperrt, das an der breitesten Stelle gerade zwei Leuten nebeneinander Platz bietet. Clough wirft sich gegen die Tür. Das Holz knarrt, hält aber stand.

«Hast du dein Handy noch?», fragt Judy.

«Nein. Hat der Mistkerl mir weggenommen.»

«Was haben sie mit uns vor?»

«Keine Ahnung», sagt Clough grimmig.

«Ich kann gar nicht glauben, dass Caroline da mit drinhängt.»

«Ich auch nicht. Trace hat mir immer erzählt, sie wäre so der abgehobene Typ, liebt Vögel und kleine Tiere, wie man's halt so kennt. Bin gespannt, was sie sagt, wenn ich ihr das erzähle.»

Sie schweigen und denken beide dasselbe. Wird Clough je Gelegenheit bekommen, seiner Freundin von Carolines Heimtücke zu erzählen? Komischerweise findet Judy es sehr viel schwieriger, sich vorzustellen, dass Clough ums Leben kommt, als sich ihren eigenen Tod auszumalen. Fühlt sie sich etwa so schuldig, dass sie in gewisser Hinsicht glaubt, den Tod verdient zu haben?

Das Klappern von Hufen holt sie wieder in die Gegenwart zurück. Sie sieht zu Clough hinüber, der die Lippen zusammenpresst und die Fäuste ballt. Richtig eindrucksvoll sieht er aus. All die Jahre hat Judy sich über das Neandertaler-Verhalten ihres Kollegen mokiert; jetzt ist sie froh darüber. Die Hufe kommen näher. Dann wird die Tür aufgeschlossen, und Len Harris steht vor ihnen, die Waffe im

Anschlag. Neben ihm steht Caroline und hält ein großes schwarzes Pferd am Halfter. Das Pferd reckt den Hals und stampft auf der Stelle, und Judy fühlt sich an Nelson erinnert.

«Wir haben Ihnen den Necromancer gebracht, zur Gesellschaft», sagt Harris. «Furchtbar traurig. Zwei Polizisten, zwei bedauernswerte Polizeibeamte, von einem wildgewordenen Pferd zu Tode getrampelt. Und wild ist er, das kann ich Ihnen flüstern.»

Judy glaubt ihm aufs Wort. So aus der Nähe wirkt der Necromancer riesig und höchst furchterregend. Er verdreht die Augen, stampft mit den schweren Hufen auf. In ein paar Sekunden werden sie hier mit ihm auf engstem Raum eingesperrt sein. Clough sieht verängstigt aus, seine ganzes Macho-Gehabe ist beim Teufel. Er drückt sich gegen die Abteilwand. Harris gibt dem Pferd mit einem Klaps auf die Flanke das Startsignal. Caroline lässt das Halfter los, und das gewaltige Tier ist nur noch wenige Zentimeter von Judy entfernt. Sie sieht seine roten Nüstern und die rollenden, gereizten Augen. Sie riecht seinen holzig-animalischen Geruch, den sie noch von ihrem einstigen Pony kennt und der – erstaunlich genug – selbst jetzt noch beruhigend auf sie wirkt.

«Viel Spaß!», ruft Harris. Die Führanlage setzt sich in Bewegung. Judy verliert das Gleichgewicht und fällt. Das gewaltige Pferd steht dräuend über ihr.

29 Plötzlich sind da Stufen, weiße Stufen, die von dem schwarzen Strand nach oben führen. Und er steigt hinauf, direkt hinter Cathbad, der mit wehendem lila Umhang vorangeht. Und selbst in diesem Traum oder was es auch ist, worin er da steckt, spürt er, dass diese Stufen ein gutes Zeichen sein müssen. Aufwärts ist immer gut. Ganz anders als der Tunnel. Beim Tunnel hat er mit jeder Faser seines Seins gespürt, dass das eine ganz schlechte Idee war. Aber Stufen – und dann auch noch weiße Stufen! – müssen doch ein Fortschritt sein. Da erfasst ihn, ohne jede Vorwarnung, eine riesige Welle. Er schwankt, verliert den Halt, und gleich darauf ertrinkt er in schwarzem Wasser, und es ist niemand da, der ihm helfen kann.

Michelle fand die fieberhafte Aktivität ja bereits furchtbar, doch diese plötzliche Stille ist noch viel schlimmer. «Was ist denn los?», schreit sie, doch niemand antwortet ihr.

Judy rappelt sich hoch. Clough neben ihr ist in heller Panik, hämmert wie wild gegen die hölzernen Wände der Führanlage. Der Necromancer dreht sich zu ihm um, mit gebleckten Zähnen und angelegten Ohren.

«Clough!», ruft Judy. «Hör auf, verdammt noch mal! Du machst dem Pferd Angst.»

«Ich mache ihm Angst?» Doch Clough hört trotzdem auf, um sich zu schlagen. Keuchend rückt er näher an Judy heran. Der Necromancer verdreht den Hals wie eine Schlange und schnappt nach ihm.

«Großer Gott!»

«Bleib ruhig.»

Judy versucht, sich ihre alten Pferdeflüsterer-Fähigkeiten wieder zu vergegenwärtigen. «Ruhig, Pferd», sagt sie. «Ganz ruhig.» Der Necromancer stellt ein Ohr wieder auf, sieht aber immer noch verärgert drein. Die Führanlage bewegt sich weiter. Wütend schlägt das Pferd aus, und man hört Holz splittern.

«Ganz ruhig», sagt Judy mit deutlich weniger Überzeugungskraft. Der Necromancer versucht, sich in dem schmalen Abteil umzudrehen, und gerät immer mehr in Zorn. Judy und Clough werden in die Spitze des Dreiecks gedrängt. Ein Huf schlägt aus und erwischt Clough am Bein. Mit einem Aufschrei fällt er zu Boden. Der Necromancer schlägt von neuem aus, und Judy schafft es gerade noch, Clough aus seiner Reichweite zu ziehen. Doch das Pferd dreht sich weiter, kommt immer näher. Im Dunkeln sehen sie nichts als seine Blesse und das Weiß der verdrehten Augen. Judy muss an die anderen Pferde denken, die sich vor Schmerzen gewunden haben. Steht der Necromancer womöglich auch unter Drogen? Er wirkt jedenfalls sehr viel bösartiger, als ein normales Pferd sein sollte. Jetzt dreht er ihnen fatalerweise das Hinterteil zu und sammelt seine Kräfte, um mit der muskulösen Hinterhand auszuschlagen. Judy und Clough kauern sich zusammen, versuchen, das Gesicht zu schützen. Mehr können sie nicht tun.

Dann werden sie nach vorn geschleudert, als die Führanlage anhält. Auch der Necromancer stolpert und ist kurzfristig abgelenkt. Dann geht die Tür auf, und eine Stimme sagt mit sehr viel mehr Nachdruck, als Judy ihn aufbringen konnte: «Ruhig, Junge. Ganz ruhig.» Sofort stellt das Pferd die Ohren auf und lässt den Kopf sinken. In ihre Ecke gekauert, spürt Judy nur die plötzliche Weite und Stille, als das Tier weggeführt wird. Sie rappelt sich hoch. In der offenen Tür steht Randolph Smith und tätschelt dem Necromancer die Nüstern.

«Alles in Ordnung?», fragt er.

«Bestens», knurrt Clough, der böse humpelt. Sie wanken aus der Führanlage in die kalte Nacht hinaus, wo der Wind noch immer an den Bäumen zerrt. Randolphs schwarzes Haar und die Mähne des Necromancers wehen um die Wette.

«Hat Harris Sie da eingesperrt?», fragt Randolph.

«Harris und Caroline», sagt Judy. «Sie stecken unter einer Decke.»

«Aber Caroline ist doch hier», sagt Randolph. Jetzt bemerkt auch Judy die Frau hinter ihm, eine hochgewachsene Frau mit langem dunklem Haar. Judy mustert sie, so weit die Dunkelheit das zulässt.

«Aber wer war dann …?»

«Tamsin», sagt Caroline. «Das war Tamsin. Wir sehen uns sehr ähnlich.»

Ist das tatsächlich möglich? Judy hat geglaubt, Caroline zu erkennen, aber sie hat sie zuvor ja nur einmal gesehen. Und weil sie ohnehin mit ihr gerechnet hat, hat sie die dunkelhaarige Frau, die ihnen öffnete, auch gar nicht genauer betrachtet. Und Clough, das hat er selbst gesagt, hat sie noch nie gesehen.

«Tamsin», wiederholt Judy.

«Wir waren heute Abend im Pub verabredet», sagt Caroline. «Aber sie ist nicht gekommen.»

«Harris und sie sind beide in die Drogensache verwickelt», meint Randolph. «Wir vermuten das schon seit längerem, stimmt's, Caro?»

«Wir hatten Vermutungen», sagt Caroline. «Aber wir waren uns nicht sicher …» Sie bricht ab.

«Wo sind sie denn jetzt?», fragt Judy. «Sie sind beide bewaffnet. Wir müssen Verstärkung anfordern.»

«Drüben im Haus sind sie nicht», sagt Randolph. «Von da kommen wir gerade.»

«Können wir jetzt vielleicht aufhören zu plaudern und diese Verstärkung anfordern?», lässt Clough sich vernehmen. Seine Stimme klingt gepresst, er hat offensichtlich Schmerzen.

«Kommen Sie mit zu mir», sagt Caroline. «Ich gebe Ihnen was für das Bein.»

«Ich suche im Park», sagt Randolph, «weit können sie ja nicht sein. Sie werden bestimmt zurückkommen, um nach Ihnen zu sehen.» Und damit schwingt er sich ohne ein weiteres Wort auf das ein Meter siebzig große Pferd. Der Necromancer tänzelt wie ein Schlachtross, wirft den Kopf zurück und ruckt mit dem Hinterteil. Randolph lacht bloß. Das Pferd trägt kein Zaumzeug, nur ein Halfter. Noch vor ein paar Minuten war der Necromancer ein tobendes Etwas aus Muskeln und Zorn. Jetzt wirkt er wie das perfekte Reitpferd: feurig, aber doch beherrscht. «Bis später», ruft Randolph, dann galoppiert er hufeschlagend mit dem Necromancer in die Nacht hinein.

Judy sieht ihnen mit offenem Mund nach. «Ich dachte, Randolph versteht nichts von Pferden.»

«Wer hat Ihnen denn das erzählt?», meint Caroline entrüstet. «Er ist ein hervorragender Reiter.»

Ruth steht am Schlafzimmerfenster und hält Flint weiterhin im Arm. Der Sturm tobt jetzt noch lauter, die verkümmerten Bäume im Garten werden hin und her gepeitscht. Bob hat eine weitere Runde um die Glut gedreht, nun bleibt er stehen und hebt seinen Stab eindeutig in ihre Richtung. Ist das ein Gruß oder eine Drohung? Ruth kann es nicht sagen, denn Bob dreht sich gleich wieder um und zwängt sich durch das Gestrüpp hindurch zurück in seinen eigenen Garten. Das Feuer ist jetzt fast erloschen. Ruth schaut auf den Wecker auf ihrem Nachttisch. Fast zwei. Sie denkt an das Krankenhaus, so viele Kilometer weit weg in dieser sturmgepeitschten Nacht. Was mag mit Nelson sein? Lebt er noch oder ist er tot? Erreicht die

Seele um drei Uhr morgens nicht ihren Tiefpunkt, weshalb um diese Zeit auch so viele Menschen sterben? Flint maunzt, und sie setzt ihn auf den Boden. Sie hört ihn noch missmutig durchs Zimmer stromern, als sie sich ins Bett legt. Eigentlich rechnet sie damit, noch stundenlang wach zu liegen, doch als sie die Augen schließt, schläft sie sofort ein.

Mit Carolines Handy fordert Judy eine bewaffnete Einsatzstaffel an. In einem Punkt hat Tamsin nämlich die Wahrheit gesagt: Die Leitungen sind tatsächlich tot. Auch mit Whitcliffe telefoniert sie; er stellt zahllose unangenehme Fragen («Warum sind Sie überhaupt da hingefahren?»), erklärt dann aber, er werde sich auf den Weg machen. Danach schickt Judy noch eine Einheit zu Len Harris' Wohnung und einen Streifenwagen der Londoner Polizei zu Tamsins Stadthaus.

«Aber ihre Kinder …» Caroline verzieht verzweifelt das Gesicht.

An die hätte Tamsin vielleicht denken sollen, bevor sie unter die Drogenschmuggler gegangen ist, denkt Judy. Laut sagt sie: «Sie machen das sicher ganz diskret.» Aber wie diskret kann man schon um zwei Uhr morgens an eine Tür klopfen? Die Zeit liest sie von Carolines Wohnzimmeruhr ab, einem merkwürdigen Gebilde aus Chrom, das Dalís berühmten flüssigen Uhren nachempfunden ist. Es passt perfekt zu dieser surrealen Nacht. Ist sie tatsächlich mit einer Pistole bedroht, von Clough gerettet und dann auf engstem Raum mit einem wildgewordenen Gaul zusammengepfercht worden? Es muss wohl so gewesen sein. Da sitzt Clough und lässt sich von Caroline das Bein verbinden. Der Necromancer hat ihm mit seinem Huf eine tiefe Wunde am Schienbein geschlagen, die heftig blutet. Caroline meint, er bräuchte eine Tetanusspritze. Clough brummt nur skeptisch. Und Judy hat das Gefühl, dass Caroline froh ist, sich praktisch betätigen zu können. Solange sie mit Desinfektionssalbe und Watte hantiert, wirkt sie ganz gefasst und gesammelt, doch kaum ist sie mit dem Verbinden fertig, sinkt sie in einen Sessel und vergräbt den Kopf in den Händen. Judy tätschelt ihr die Schulter.

«Ganz ruhig.» Doch das hat bei Caroline genauso wenig Erfolg wie vorher beim Necromancer – wahrscheinlich, weil man in einer solchen Lage einfach nicht ruhig bleiben kann.

Das Klappern von Hufen draußen trägt nur noch mehr zu der unwirklichen Atmosphäre bei. *Der Räuber kam geritten zu des alten Gasthofs Tür.* Das Gedicht hat Judy in der Schule gelernt. Wenn sie sich recht erinnert, geht es nicht gut aus. Die Tür fliegt auf, und Randolph kommt herein, einem Räuber gar nicht unähnlich in seiner Jeans und dem weißen Hemd, nass bis auf die Haut, das schwarze Haar zerzaust.

«Keine Spur von ihnen.»

«Lens Wagen steht aber noch draußen», sagt Caroline.

«Welcher ist das?» Judy kann sich die Frage nicht verkneifen.

«Der Ferrari.»

Treffer.

«Tammys Wagen habe ich nirgendwo gesehen. Und das Tor ist mit dem Vorhängeschloss verriegelt.»

«Sie hat uns eingeschlossen», sagt Judy. «Tamsin hat uns eingeschlossen, damit Harris uns abknallen kann. Er hat mir eine SMS geschrieben, die angeblich von Ihnen kam, und mich zum alten Tor bestellt. Als ich dort ankam, hat er mich mit einer Pistole bedroht.»

Randolph mustert sie einen Moment lang eingehend. «Wie sind Sie denn auf die Sache mit den Drogen gekommen?», fragt er.

Judy erzählt ihm von den Packeseln und dem Kondom im Pferdemist. An der Stelle muss Clough laut lachen, doch Randolph und Caroline sehen weiterhin tief betroffen drein. Randolph fröstelt, und Caroline reicht ihm eine Decke, die er sich um die Schultern legt.

«Aber was ist mit den ganzen anderen Vorfällen?», fragt Randolph. «Den Schlangen und den Männern im Wald? Das habe ich mir doch nicht eingebildet.»

Caroline gibt einen eigenartigen Laut von sich, der irgendwo zwischen Lachen und Heulen liegt. «Das war ich.»

«Was?!»

«Ich habe die Schlangen platziert, über der Box vom Necromancer und vor der Küchentür. Ich wollte, dass Dad die Schädel zurückgibt. Es ist ein Skandal, dass er sie behalten darf. Ein Verstoß gegen die Menschenrechte. Schlangen habe ich deshalb genommen, weil ich wusste, dass er sich davor fürchtet, und wegen der Großen Regenbogenschlange. Aber dann ist er gestorben, und ich habe mir solche Vorwürfe gemacht …» Sie bricht erneut in Tränen aus.

«Wusste Cathbad davon?», fragt Judy scharf.

«Aber ja.» Caroline blickt mit nassen Augen zu ihr auf. «Wir haben ein Räucherritual im Wald abgehalten, Cathbad, Bob und ich. Es sollte Dad nur dazu bringen, die Schädel zurückzugeben. Es sollte ihn doch nicht töten!»

«Du warst einer von diesen Männern?», fragt Randolph fassungslos.

«Na ja, ich bin groß», erwidert Caroline indigniert. «Du hast wahrscheinlich einfach nur gedacht, dass ich auch ein Mann bin. Außerdem warst du bestimmt betrunken oder zugedröhnt.»

Das bestreitet Randolph nicht, und Judy muss an Lens Bemerkung über Randolphs «Wunderpulver» denken. Sie ist stinksauer auf Cathbad. Wie kann er es wagen, mit Caroline durch den Wald zu tollen und ihr, Judy, kein Wort davon zu sagen, obwohl er weiß, dass sie Ermittlungen führt? Er lässt sie dastehen wie die letzte Idiotin.

«Jetzt reicht's», sagt Randolph unvermittelt. In seine karierte Decke gehüllt müsste er eigentlich ein bisschen albern aussehen, doch stattdessen wirkt er würdevoll, wie ein Indianerhäuptling. Unter den Augen des verletzten Clough und der immer noch schluchzenden Caroline geht er zu dem Schreibtisch in der Zimmerecke hinüber und kritzelt etwas auf ein Blatt Papier. Dann dreht er sich zu Judy um und drückt ihr das Blatt in die Hand.

Ich, Randolph, Lord Smith, gebe hiermit dem Volk der Noonuccal die Schädel seiner Ahnen zurück.

Das Schriftstück ist auf den 10. November 2009, 2 Uhr 30, datiert.

Judy setzt gerade dazu an, etwas zu sagen, da wird das Zimmer von Blaulicht erhellt. Die Verstärkung ist endlich eingetroffen.

Nelson strampelt im Meer. Er sieht Lichter, hört Stimmen, doch sie sind schon viel zu weit weg. Die Wellen schlagen über seinem Kopf zusammen – schwarzes Wasser, das ihm den Atem nimmt. Er kämpft und ringt nach Luft, doch er weiß, dass ihn bald auch dieser Kampfgeist verlassen und er sich einfach nur noch treiben, der Flut überlassen wird. Ein letztes Mal bäumt er sich mit übermenschlicher Kraft auf, und als er den Kopf hebt, sieht er wieder das Boot, dessen steinerne Reling wie von einem inneren Leuchten erhellt ist. Wenn er nur eine Hand heben und dem Boot winken könnte. Das Wasser ist hart wie Glas. Er kann es nicht durchbrechen. Doch dann, mit einem letzten verzweifelten Ruck, hat er eine Hand über Wasser, und wie durch ein Wunder greift jemand fest danach.

«Alles klar, Nelson. Ich hab dich.»

«Cathbad. Lass mich nicht los.»
«Ganz sicher nicht.»

30

Ruth wacht davon auf, dass das Radio ihr von umgestürzten Bäumen, verschütteten Straßen und Dörfern ohne Strom erzählt. Draußen ist es immer noch dunkel. Sechs Uhr. Im Garten kann sie gerade noch die Überreste des Feuers ausmachen. Kate schläft; noch hat Ruth es nicht begriffen, doch es ist das erste Mal seit ihren frühesten Säuglingstagen, dass Kate die Nacht durchgeschlafen hat. Für den Moment hat Ruth aber Wichtigeres im Kopf. Sie zieht ihren Bademantel über und läuft über den Gang ins Gästezimmer. Auch Cathbad schläft, er liegt auf der Seite, ein Arm hängt auf den Boden herab.

Ruth schüttelt ihn unsanft. «Cathbad! Cathbad!»

Cathbad öffnet die Augen. «Hallo, Ruth. Ist es schon Morgen?»

Ruth spart sich die Antwort. Cathbad lebt. Mehr braucht sie nicht zu wissen. Sie eilt zurück ins Schlafzimmer, wo Kate gerade zu quäken beginnt, wickelt ihre Tochter und zieht sie warm an. Kate ist von dieser Wendung der Dinge so überrumpelt, dass sie sich ganz still verhält und Ruth mit ihren großen, dunklen Augen aufmerksam beobachtet. Dann zieht Ruth sich selber an, wirft einfach wahllos etwas über. Sie geht nach unten, füttert Flint (der angesichts des frühen Starts ebenfalls überrascht, wenn auch durchaus erfreut wirkt), macht Kate ein Porridge und sich selbst einen schwarzen Kaffee. Und als der Morgen gerade über dem Salzmoor heraufdämmert, trägt sie Kate nach draußen, zum Wagen. Sie weiß nicht genau, wann die Besuchszeit anfängt, aber sie ist entschlossen, so früh wie möglich im Krankenhaus zu sein.

Im Wagen stellt sie den Lokalsender ein und erfährt, dass das Unwetter der letzten Nacht halb Norfolk verwüstet hat. In der Nähe von Swaffham ist ein Baum auf ein Auto gestürzt, in Cromer wurden Wohnwagen zerstört, und der Zugverkehr von und nach Norwich ist massiv eingeschränkt. Doch anscheinend gibt es nichts, was Ruth daran hindern würde, zum Universitätsklinikum zu gelangen. Sie fährt vorsichtig, weicht herabgefallenen Ästen und verstopften Gullys aus. Auf der Straße nach King's Lynn fährt sie durch zentimetertiefes Wasser; sie rutscht ein wenig, doch der kleine Wagen bleibt insgesamt gut auf der Fahrbahn. In den Vororten sieht sie umgekippte Mülltonnen, deren Inhalt sich halb auf die Straße ergießt, und abgestürzte Reklametafeln, die die Schönheiten Norfolks preisen. Ruth fährt weiter, ohne sie zu beachten. Nach einiger Zeit wechselt sie wieder zum Kultursender zurück, und wie immer empfindet sie die vertrauten Stimmen, die von Kriegen, Katastrophen und Wirtschaftskrisen berichten, als ausgesprochen beruhigend. Es ist inzwischen fast sieben.

Sie zahlt eine horrende Summe, um auf dem Parkplatz vor dem Krankenhaus parken zu dürfen, und trägt Kate zum Haupteingang. Es dauert ein paar Minuten, bis sie die Intensivstation gefunden hat. Nach dem Weg fragen will sie nicht, weil sie fürchtet, man könnte ihr sagen, dass Kleinkinder dort nicht hineindürfen. Aber Kate wird ihren Vater sehen, koste es, was es wolle. Kate empfindet das Ganze als Abenteuer und stapft tapfer neben Ruth durch endlose Schwingtüren, treppauf und treppab, in diesen und jenen Aufzug und über eine rundum verglaste Verbindungsbrücke. Letztere fasziniert sie ungeheuer.

Sie sind ganz von Himmel umgeben, und da fliegen doch tatsächlich Tauben unter ihren Füßen durch. «Vogel!», ruft Kate begeistert. «Vogel!» – «Komm her, Kate.» Ruth nimmt sie auf den Arm. Sie müssen rechtzeitig kommen, das müssen sie einfach.

Doch vor dem Eingang zur Intensivstation wacht ein Zerberus. Eine Krankenschwester, die sich ihnen buchstäblich in den Weg stellt, die Hände in die Hüften gestemmt.

«Mit dem Kind können Sie da nicht rein.»

«Aber wir müssen zu Harry Nelson», keucht Ruth. «Es ist dringend.»

«Der ist nicht hier.»

Ruth spürt, wie die Knie unter ihr nachgeben. Sie kommt zu spät. Nelson ist tot, und sie muss mit dem Wissen leben, dass sie ihn im Stich gelassen hat. Während sie noch versucht, sich die schicksalhafte Frage abzuringen, hört sie hinter sich eine Stimme. «Ruth?»

Unter einem Schild, das Besucher dazu anhält, sich die Hände zu waschen, steht Michelle. Sie steckt gerade ihr Handy wieder ein. Hat sie ihre Töchter angerufen? Was hat sie ihnen gesagt? Ihr bleiches, verschlossenes Gesicht gibt keinerlei Anhaltspunkt. Mit Kate auf dem Arm eilt Ruth auf sie zu.

«Bist du also doch gekommen, ja?», sagt Michelle.

«Ist er …» Ruth bricht ab. Sie ist ein solcher Feigling, bis ins Letzte.

Michelle sieht sie lange an, dann sagt sie, mit kaum wahrnehmbarem Lächeln: «Er ist wieder bei Bewusstsein. Er wurde auf die Normalstation verlegt.»

«Was? Großer Gott!» Ruths Beine versagen ihr unvermittelt den Dienst, und sie sinkt mit Kate auf den nächstbesten Stuhl.

«Ja. Gegen drei Uhr morgens.» Michelle klingt, als spräche sie mit sich selbst. «Er ist noch sehr schwach, aber sie meinen, er wird wieder ganz gesund.»

«O Gott!» Ruth beugt sich vor, und die Tränen tropfen ihr nur so aus den Augen. Kate streckt neugierig die Hände danach aus. «Mum?»

«Ich fahre jetzt nach Hause, um ein bisschen zu schlafen», fährt Michelle fort. «Ich habe gerade die Mädchen angerufen. Sie haben beide auch kein Auge zugetan.»

Aber ich schon, denkt Ruth, und Kate auch. Es kommt ihr vor, als wären sie beide bei einer wichtigen Prüfung durchgefallen. Sie steht auf. «Danke», sagt sie. «Danke, dass du es mir erzählst.» Und damit wendet sie sich ab, um mit Michelle in Richtung Ausgang zu gehen.

Michelle hält sie mit einer gebieterischen Geste auf. «Willst du denn nicht zu ihm?»

«Doch … aber … ich dachte …»

Michelle deutet auf eine Tür links von ihnen. «Er ist da drin. Sie lassen dich bestimmt rein. Na los. Bring Kate zu ihm.»

Judy räumt auf. Sie hat gerade eine intensive Befragung durch Whitcliffe absolviert und fühlt sich, als hätte sie mehrere Jahre nicht geschlafen. Len Harris ist am Flugplatz von King's Lynn aufgegriffen worden, wo er ein eigenes Flugzeug stehen hat. Wahrscheinlich ist er zum Rennstall zurückgekommen, hat dort die Polizeiautos gesehen und die Flucht ergriffen. Jetzt ist er gerade dabei, alles zu gestehen. Tamsin ihrerseits ist seelenruhig nach London zurückgefahren, um dort ihr Leben als unbescholtene Anwältin und zweifache Mutter wiederaufzunehmen. «Das Haus hätten Sie sehen sollen», hat einer der Kollegen aus London Judy am Telefon erzählt. «Wie aus dem Katalog, perfekt bis ins Letzte, ein Range Rover und ein BMW in der Garage, die Kinder beide auf Privatschulen.

Arme Würmchen. Die haben mir wirklich leidgetan, wie sie da mit ihren Strohhütchen zur Schule abgezogen sind, während ihre Mutter ins Gefängnis wandert.»

Ob Tamsin den Drogenschmuggel wohl deshalb initiiert hat, um ihre Kinder mit Strohhüten auf eine Privatschule schicken zu können? Das erscheint Judy als Grund nicht ganz ausreichend. Tamsin kommt aus einer reichen Familie, sie hat offensichtlich hart gearbeitet, um sich eine eigene Karriere zu schaffen. Ihr Mann ist ein erfolgreicher Banker. (Judy fragt sich, ob er wohl von der Sache wusste oder ob er geglaubt hat, die Autofee hätte den Range Rover und den BMW gebracht.) Eigentlich sollte man meinen, dass es Tamsin an nichts hätte mangeln dürfen, auch ohne dass sie zur Verbrecherin wird. Vielleicht will man ja umso mehr, je mehr man hat? Oder das Abenteuer hat sie gereizt, der Gedanke, vor der Nase ihres Vaters und ihrer Schwester komplexe illegale Geschäfte durchzuziehen. Oder aber es war ihr zu viel, dass es immer nur um die Pferde ging. Laut Caroline ist nämlich Tamsin die Einzige, die sich tatsächlich nichts aus Pferden macht. Randolph war Amateur-Jockey, Caroline hat ohne viel Lohn und Anerkennung im Reitstall geschuftet, doch Tamsin konnte die Pferde nie leiden.

Sie hatte sich so weit wie irgend möglich von der Welt des Ausmistens, der Ausritte im Morgengrauen und der endlosen, mühseligen Plackerei entfernt, nur um sich von Len Harris, der über einige Erfahrung sowohl mit Pferden als auch mit Drogen verfügt, wieder zurücklocken zu lassen. Harris allerdings behauptet, es sei alles von Tamsin gekommen, bis hin zu dem Vorschlag, die Pferde zum Schmuggeln von Drogen zu missbrauchen. «Das hat ihr einen Riesenspaß gemacht.» Er behauptet, Tamsin habe ihn zum Mitmachen gezwungen, er habe nur ihre Befehle befolgt. Doch je mehr Judy darüber erfährt, wie das

Ganze tatsächlich abgelaufen ist, desto weniger Mitgefühl empfindet sie für Harris. Manchmal wurden die Drogen mit Hilfe eines Schlauchs in den Magen der Pferde gebracht (daher auch das Kondom im Pferdemist), doch bei Stuten wurden sie oft auch in die Scheidenöffnung eingeführt, die dann zugenäht wurde, damit die Schmuggelware an Ort und Stelle blieb. Anscheinend ist dieses Zunähen bei Zuchtstuten eine Standardprozedur, sodass es nicht weiter auffiel. Judy wird allein bei der Vorstellung schon ganz schlecht. Derzeit streitet Tamsin aber noch alles ab.

Die Reaktion von Romilly Smith, die am Dienstagmorgen nach Hause kam und etliche Streifenwagen in ihrer Einfahrt vorfand, ist sogar noch interessanter. Sie wirkte nicht im Mindesten überrascht zu hören, dass ihre älteste Tochter Drogen geschmuggelt und mit Unterstützung eines Komplizen versucht hat, zwei Polizeibeamte zu ermorden.

«Arme Tammy», meinte sie nur und ließ sich in einen Sessel sinken. «Ich habe ihr einfach nicht genügend Aufmerksamkeit gegeben.»

«Blödsinn», erwiderte Randolph, der immer noch wie Ben Hur höchstpersönlich umherstürmte. «Sie ist einfach nur habgierig. Und sie wollte uns eins auswischen. Uns zeigen, wie blöd wir sind.»

Besonders seltsam fand Judy aber, dass kein Mensch wissen wollte, wo Romilly die ganze Nacht gesteckt hat. Sie trug Jeans und einen schwarzen Pulli und sah für Judys kritischen Blick reichlich zerzaust aus. Wo war sie die Nacht über? Bei einem Liebhaber? Caroline ist anscheinend im Newmarket Arms gewesen. Nachdem Tamsin nicht auftauchte, hat sie überraschend Gesellschaft von Trace bekommen, die wahrscheinlich immer noch sauer war, weil Clough sie versetzt hat. Judy dachte an das schäbige kleine Pub zurück, mit seinen hellen Lichtern und der lauten Musik, wie ein Leuchtturm im dunklen Wald. Es fiel ihr schwer, sich Caroline und Trace am Mikro vorzustellen, wie sie *I Will Survive* grölen. Oder vielleicht auch nicht. Randolph war in einem «Privatclub» in King's Lynn. Zeugen? Offenbar zahllose.

Als Judy ins Revier zurückkam, musste sie mit leichtem Unmut feststellen, dass in dieser Nacht nicht nur die Operation Oktopus für Aufsehen gesorgt hat. Gegen ein Uhr war in der Zentrale ein Anruf eingegangen, der meldete, an der University of North Norfolk sei ein verdächtiges Päckchen aufgetaucht. Sofort wurde eine Spezialeinheit entsandt, doch vor Ort fand man keine Bombe, sondern eine Giftschlange in einem gefütterten Umschlag. Wer schickte denn eine Schlange an eine Universität (adressiert war das Päckchen an jemanden aus dem Fachbereich Naturwissenschaft)? Irgendwelche militanten Tierschützer, meinte Tom Henty lakonisch, das sei alles schon da gewesen. Und Judy stellte fest, dass sie wirklich zu gern wüsste, was Romilly Smith gegen ein Uhr früh getrieben hat.

Schließlich gab Judy ihren Bericht ab, unter geflissentlicher Aussparung bestimmter Aspekte, beispielsweise ihrer eigenen Fehleinschätzung, allein zum Rennstall zu fahren. Dafür betonte sie umso mehr, dass Clough sie gerettet hat. Whitcliffe versuchte immer wieder, Clough nach Hause zu schicken, damit er sich ausruht, doch er blieb eisern da, hinkte wie Long John Silver umher und verdrückte ein riesiges McDonald's-Frühstück. «Da könnte eine Belobigung rausspringen», hat ihm Whitcliffe in Aussicht gestellt. Clough grinste Judy an und wischte sich Ketchup vom Kinn. Typisch. Sie löste den Fall, und Clough heimste die Lorbeeren ein.

Seit einigen Stunden durchkämmt die Spurensicherung den Rennstall Slaughter Hill und hat bereits so viele Drogen gefunden, «dass man die Queen Elizabeth 2 drauf schwimmen lassen könnte», wobei Judy nicht ganz begreift, wozu man ein Kreuzfahrtschiff auf lupenreinem kolumbianischem Kokain schwimmen lassen soll. Das Rauschgiftdezernat vermutet, dass das Koks über Dubai gekommen ist. Vermutlich waren immer, wenn eine Ladung Pferde aus dem Nahen Osten eingeflogen wurde, ein oder zwei davon mit Drogen bestückt. Judy fragt sich, wie viele Stallburschen da wohl mit drinhingen. Sie denkt an Billys ängstlichen Blick zurück, an die betonte Nonchalance der Jockeys. Eigentlich müssen etliche von ihnen eingeweiht gewesen sein, so regelmäßig, wie die «Packesel» zusammenbrachen. Sie ist allerdings überzeugt, dass Randolph und Caroline nicht die geringste Ahnung hatten. Randolph konsumiert zwar hin und wieder Drogen, doch der eigentliche Profi war Tamsin. Nelson hat ihr von der geheimnisvollen «Lady» erzählt, die der Pastor im Museum getroffen haben will. Ob das Tamsin war? Vielleicht haben im Museum, das einsam und praktisch unsichtbar in seiner unspektakulären Seitenstraße liegt, mehrere solcher Treffen stattgefunden. Neil Topham, der diesem kostspieligen Laster ebenfalls frönte, war vermutlich eingeweiht. Und Danforth Smith, der seine Pferde angeblich so liebte und kannte? Wusste er davon?

Tanya Fuller hat Randolph verhört und Judy ein «Boah!» gesimst. Treffend formuliert, findet Judy und denkt daran, wie Randolph in seinem weißen Hemd in die Nacht geritten ist. Der Räuber. *Den Dreispitz in der Stirn, die Rüsche bis zum Kinn.* Wenn sie noch die Kraft dazu hätte, wäre sie selbst scharf auf ihn.

Gegen halb zehn ist Judy endlich mit allem fertig und gerade dabei, Nelsons Büro aufzuräumen, da steckt Clough den Kopf zur Tür herein. Sie registriert, dass er immer noch kaut.

«Michelle hat gerade angerufen. Dem Boss geht's besser.»

«Wirklich?»

«Ja. Gegen drei Uhr früh ist er wohl zu Bewusstsein gekommen. Die Ärzte sagen, er wird wieder.»

Um drei Uhr früh, denkt Judy. Eine halbe Stunde nachdem Randolph sich bereiterklärt hat, die Schädel an das Land ihrer Herkunft zurückzugeben. Nicht, dass sie an diesen ganzen Unsinn glauben würde.

«Fährst du jetzt endlich heim?», fragt sie.

«Ja. Ich brauche schließlich meinen Schönheitsschlaf.»

Judy spart sich die offensichtliche Antwort. Sie erwähnt auch nicht, dass Clough inzwischen auf dem falschen Bein humpelt. Sie steht in seiner Schuld und muss jetzt etwa ein Jahr lang nett zu ihm sein. Leicht wird das allerdings nicht.

Als sie die Akten der Operation Oktopus in das Fach mit den abgeschlossenen Fällen räumt, klingelt ihr Handy. Cathbad. Erst jetzt wird ihr klar, dass sie die ganze Nacht auf diesen Anruf gewartet hat. Plötzlich verspürt sie bleierne Müdigkeit; am liebsten würde sie sich gleich hier auf den verdreckten Teppichboden legen und eine Woche lang durchschlafen.

«Hallo, Cathbad.»

«Hallo, Judy.»

«Hast du von Nelson gehört?»

«Nein. Was ist mit ihm?»

«Er ist wieder bei Bewusstsein. Sie glauben, dass er wieder ganz gesund wird.»

«Das freut mich.» Cathbad klingt nicht weiter erstaunt. Aber im Grunde ist er ja nie erstaunt.

«Wo bist du?», fragt sie.

Cathbad lacht. «Bei Ruth. Lange Geschichte.»

Das gilt wohl für alles, denkt Judy und rückt die Stifte auf Nelsons Schreibunterlage zurecht.

«Sehen wir uns später?», fragt Cathbad. «Ich muss dir so viel erzählen.»

«Tut mir leid», sagt Judy. «Es wird kein Später mehr geben.»

Ruth tritt an das Bett. Nelson liegt mit geschlossenen Augen da, das Kinn dunkel von Bartstoppeln. Nicht zum ersten Mal bemerkt Ruth, dass er erstaunlich lange Wimpern hat. Von einer Klemme an seinem Finger geht ein Kabel weg, und eine Krankenschwester macht sich an einem Blutdruckmessgerät zu schaffen. Sie blickt auf.

«Mit dem Kind dürfen Sie hier aber nicht rein.»

«Nur ganz kurz», bittet Ruth. «Sie ist seine Tochter.»

Die Schwester mustert sie skeptisch und denkt wahrscheinlich an Michelle und Nelsons andere, ältere Töchter. Doch in dem Moment schlägt Nelson die Augen auf.

«Hallo, Ruth.»

«Hallo, Nelson.»

«Ist das Katie?»

Ruth hält die Kleine so, dass er sie sehen kann. Kate klatscht in die Hände und ruft, wie aufs Stichwort: «Dada!»

«Aber wirklich nur ein paar Minuten», sagt die Krankenschwester. Nelson stehen Tränen in den Augen. «Sie hat Daddy zu mir gesagt.»

Ruth verzichtet auf die Bemerkung, dass Kate das zu jedem männlichen Wesen im Umkreis von dreißig Kilometern sagt. Sie ist den Tränen selbst gefährlich nahe.

«Wie geht es dir?»

Nelson runzelt die Stirn. «Keine Ahnung. Das Letzte, was ich weiß, ist, dass wir von Brighton nach Hause wollten.»

«Du hast im Koma gelegen. Wir waren alle ganz krank vor Sorge.»

«Michelle hat's mir schon erzählt.»

«Sie war unglaublich», sagt Ruth leise. «Sie ist dir praktisch nicht von der Seite gewichen.»

«Ich weiß», sagt Nelson. «Die Schwestern meinen, sie hätte mich mit ihrer Willenskraft zurück ins Leben geholt.»

«Wissen sie denn, was du hattest?»

«Nein. Ich bin ein medizinisches Wunder.» Er schließt die Augen wieder.

«Fühlst du dich immer noch schlecht?» Nervös hält Ruth nach der Schwester Ausschau, doch die steht mit ihren Kolleginnen an der Tür und plaudert über die letzte Folge von *X-Factor*.

«Ein bisschen schwummerig. Ich hatte richtig seltsame Träume. Cathbad kam darin vor.»

«Cathbad?»

Ruth hat wohl einen etwas scharfen Ton angeschlagen, denn Kate, die durch den frühen Start in den Tag etwas knatschig ist, fängt an zu weinen. Ruth versucht, sie mit ihrem schwarzen Katzen-Schlüsselanhänger abzulenken. Die Schwestern schauen bereits herüber.

Nelson betrachtet Kate. «Sie ist so groß geworden.»

«Sie kann schon sechzehn Wörter.»

«Mehr als ich.»

Sie lächeln einander an, und plötzlich liegt deutlich mehr in der Luft als bloßes Wohlwollen. Ruth betrachtet Nelsons Haar, das an den Schläfen inzwischen fast völlig grau ist. Sie hat das verrückte Verlangen, es zu streicheln.

Doch dann wird die erotische Spannung wie von einem Wirbelwind weggefegt. Eine üppige Dame im lila Mantel stürmt die Station.

«Harry! Wie geht's denn meinem Jungchen?»

Nelson zuckt zusammen. «Hallo, Mum.»

Maureen Nelson rückt zum Bett ihres Sohnes vor und registriert dabei jede kleine Einzelheit in seinem Erscheinungsbild und dem des Zimmers. «Du brauchst Wasser am Bett», erklärt sie. «Das ist ein menschliches Grundrecht.»

«Mir geht's gut, Mum.»

«Gut? Michelle hat erzählt, du wärst fast gestorben. Sie ist halb durchgedreht vor Angst. Wie kannst du ihr so was antun?»

«Ich hab's ja nicht mit Absicht gemacht», brummt Nelson ziemlich bockig.

Maureens Laser-Blick richtet sich bereits auf Ruth und Kate, die eifrig an dem Schlüsselanhänger kaut.

«Wer ist das?»

«Das ist Ruth. Eine … eine Freundin.»

«Was für ein süßes Baby», sagt Maureen. Bei ihr klingt es wie «Babby». Sie hat einen starken irischen Akzent, was Ruth nun gar nicht erwartet hat.

«Fahren Sie lieber wieder heim mit dem Baby.» Maureen macht es sich am Bett ihres Sohnes bequem. «In so einem Krankenhaus wimmelt es nur so von Keimen.»

31

Ruth will noch nicht nach Hause. Sie ruft Sandra an, um ihr zu sagen, dass sie Kate heute nicht bringen wird, dann gehen sie zum Frühstücken in die Cafeteria des Krankenhauses, eine unwirkliche Welt voller Patienten, die am Tropf hängen, und Pflegepersonal, das gerade die Nachtschicht beendet. Ruth trinkt schwarzen Kaffee und isst Spiegeleier mit Speck, Kate knabbert an einem Stück Toast. Anschließend nimmt Ruth Kate mit an die Uni. Als sie dort ankommen, ist die Hölle los.

Der Naturwissenschaftstrakt ist abgeriegelt, und auf

dem Campus-Gelände stehen Studierende und Dozenten herum, die zu gleichen Teilen verängstigt und fasziniert wirken. Ruth hört etwas von Paketbomben, von Anthrax-Sporen, von maskierten Männern, die bei Nacht die Mauern erklommen haben. Die Studenten tippen alle auf ihren Smartphones herum und aktualisieren ihren Facebook-Status: *Bombendrohung an der Uni!!!*

Phil, der unter einem Baum sitzt und eine Banane verdrückt, erzählt Ruth allerdings etwas anderes.

«Eine *Schlange?*»

Ruth fühlt sich wie Medusa: den ganzen Kopf voller Schlangen. Sie muss an Bob Woonunga denken. *Die Schlange ist das Totem meines Stammes.* Auch die Gedichte über die Regenbogenschlange fallen ihr wieder ein und die steinerne Ringelnatter unter dem Fuß des Bischofs Augustine.

«Anscheinend irgendeine Otter», sagt Phil. «Einfach so in einer Versandtasche. Sie vermuten, dass militante Tierschützer dahinterstecken.»

Kate zeigt auf die Banane. «Haben!» Phil lacht und bricht ein Stück für sie ab. Er ist bester Laune und scheint sich wieder vollständig von seiner Grippe erholt zu haben. Ruth schämt sich ein wenig für Kates energisches Vorgehen, ist aber zugleich beeindruckt, wie schnell sie Phil um den Finger wickelt. Ruth hat es selbst noch nie geschafft, dem Institutsvorstand ihre Wünsche so unmissverständlich klarzumachen.

«Und du rätst nie, an wen sie adressiert war», sagt Phil.

Das Schlimme ist: Ruth glaubt durchaus, es erraten zu können.

«Doch nicht an Cathbad?»

«O doch. Seit heute Morgen sucht die Polizei fieberhaft nach ihm. Weißt du zufällig, wo er steckt?»

«Nein», sagt Ruth. Sie hat nicht vor, Phil zu erzählen, dass Cathbad derzeit bei ihr im Gästezimmer seinen Drogentrip ausschläft. «Aber er wird schon wieder auftauchen.»

«Tut er ja immer, stimmt's?» Phil steht auf und klopft sich das Gras von der Hose. «Na, anscheinend machen sie jetzt wenigstens die Türen wieder auf.»

Die Veranstaltungen für den Tag sind alle abgesagt, und Ruth geht mit Kate in ihr Büro hinauf, um ein paar Examensarbeiten zu holen. Bisher hat sie der Versuchung stets widerstanden, ihre Tochter mit in die Uni zu nehmen. Nach Kates Geburt gab es zahllose Aufforderungen von weiblichen Lehrstuhlmitarbeitern (und natürlich von Phil), doch Ruth hat gezögert, diese beiden Seiten ihres Lebens zu vermischen. Aber als sie jetzt zusieht, wie Kate durch das Büro tapst und Bücher aus den Regalen zieht, fühlt es sich merkwürdig richtig an, sie hier zu haben. Denn ob sie nun will oder nicht: Ruth ist inzwischen beides, Archäologin und Mutter. Sie lächelt und bringt eine kleine Feuerstein-Axt aus Kates Reichweite.

Debbie, die Institutssekretärin, bietet sich an, mit Kate in die Cafeteria zu gehen. Eigentlich ist Ruth ja der Ansicht, dass Kate heute schon mehr als genug Aufregung hatte, aber alle sind so wahnsinnig nett, dass sie es einfach nicht ausschlagen kann. Es herrscht eine fiebrige, unwirkliche Atmosphäre im Gebäude. Kein Mensch arbeitet; alle stehen herum und reden über Giftschlangen und Paketbomben. Selbst ein paar emeritierte Professoren, die Ruth seit Jahren nicht mehr gesehen hat, sind aus ihren Löchern gekrochen, um sich in die fröhlichen Gespräche über Tod, Mord und schwere Körperverletzung einzuschalten. Phil ist ganz in seinem Element, tätschelt hier und da beruhigend eine Schulter und prahlt mit seinen Kontakten zur Polizei.

Nachdem Debbie mit einer völlig überdrehten Kate auf dem Arm abgezogen ist, durchwühlt Ruth ihren Schreibtisch nach Hausarbeiten und Vorlesungsskripten. Unter einer Promotionsschrift mit dem Titel *Syphilis, Frambösie und andere Krankheiten im Spiegel der Knochenstruktur* entdeckt sie einen Artikel über Bischof Augustine, den Janet Meadows ihr geschickt hat. Sie liest die ersten paar Zeilen und fühlt sich auf der Stelle zurückversetzt zu jenem Nachmittag an Halloween: der leere Museumssaal, das offene Fenster, die Buchseiten, die der Wind umblätterte.

Sie greift nach dem Telefon. «Hallo», sagt sie. «Hier ist Ruth Galloway. Können wir uns treffen? Ja, das passt mir gut.»

Ruth parkt in der Nähe von The Walks, einem Park im Zentrum von King's Lynn. Es ist ein alter Park, und mittendrin steht eine Kapelle aus dem 15. Jahrhundert, in der es spuken soll. Außerdem gibt es einen Kinderspielplatz und einen Bach, auf dem Enten schwimmen. Es ist ein schöner Nachmittag, und es sind etliche der Leute unterwegs, die nachmittags um zwei nicht arbeiten müssen: Rentner, Mütter mit Vorschulkindern, ein Vogelbeobachter, den Ruth etwas misstrauisch beäugt. Erwartungsgemäß lässt Kate die ansehnlicheren Vögel links liegen und tapst einer räudigen Taube hinterher, und es dauert nicht lange, bis zwei weitere krakeelende Kleinkinder sich zu ihr gesellen. Ruth sieht ihnen glücklich zu, bis ihr kalt wird und sie Kate schließlich zum Weitergehen überreden kann. Sie passieren die Red-Mount-Kapelle, ein merkwürdiges, sechseckiges Bauwerk mit einer angeblichen Reliquie der Jungfrau Maria. Ruth denkt an die Visionen von Bischof Augustine. Religion ist wirklich eine sonderbare Angelegenheit: jungfräuliche Geburten, Teufel, die sich als Schlangen tarnen, Brot, das in Fleisch verwandelt wird – wenn man so etwas glauben kann, dann glaubt man vermutlich auch sonst alles. Möglicherweise ist genau das der Reiz daran.

Sie überqueren die Brücke und gehen durch zunehmend weniger grüne und angenehme Straßen bis zum Smith-Museum. Dort ist zu Ruths Erstaunen eine Frau damit beschäftigt, Blätter von den Stufen zu fegen. Als sie näher kommt, erkennt sie Caroline Smith. Sie rechnet nicht damit, dass Caroline sich an sie erinnert, doch auf ihren zaghaften Gruß hin sagt die andere: «Sie sind doch Ruth, nicht wahr? Die Freundin von Cathbad?»

Zögernd bekennt sich Ruth dazu, Cathbads Freundin zu sein.

«Haben Sie schon gehört?» Caroline schiebt sich ein paar dunkle Haarsträhnen hinters Ohr. Sie wirkt übertrieben freundlich, fast ein bisschen manisch.

«Was soll ich gehört haben?»

«Die Schädel werden zurückgegeben», sagt Caroline. «Randolph hat gestern Nacht zugestimmt. Wir werden eine Rückführungszeremonie abhalten. Das wird wunderbar. Bob ist gerade hier.»

Ruth weiß nicht recht, wie sie es finden soll, Bob zu begegnen. Sie glaubt zwar eigentlich nicht, dass er für Lord Smiths Tod und Nelsons Krankheit verantwortlich ist, aber wenn sie an die geheimnisvolle Gestalt vergangene Nacht in ihrem Garten denkt, traut sie ihm doch nicht recht über den Weg. Sie erinnert sich noch gut an seine Miene, als er ihr von dem Mann mit dem Schädel auf dem Kaminsims erzählt hat. *Er ist inzwischen tot. Die Macht der Ahnen ist groß.*

«Das freut Sie sicher», sagt sie zu Caroline.

«Und wie!» Caroline strahlt sie an. «Die böse Tat wird wiedergutgemacht. Mutter Erde wird ihren Frieden haben. Jetzt wird einfach alles gut.»

Ruth denkt an Mutter Julianas Mantra: *Alles wird gut sein, und alles wird gut sein, und jegliches Ding, es wird gut sein.* Warum fällt es ihr bloß so schwer, das zu glauben?

«Und was wird aus dem Museum?», fragt sie.

«Ach, das übernehme ich», sagt Caroline mit einem weiteren strahlenden Lächeln. «Ich habe große Pläne. Es wird alles völlig anders werden.»

«Und der Rennstall?»

«Na ja, nach dieser Drogensache …»

«Was denn für eine Drogensache?» Ruth würde am liebsten losbrüllen, stattdessen bleibt sie mit Kate an der Hand stehen und lächelt tapfer weiter. Hier ist einfach viel zu viel im Gange, was sie nicht versteht.

Caroline knipst ihr Lächeln wieder an. «Wenn der Rennstall den Betrieb wiederaufnehmen darf, wird Randolph ihn führen. Das hat er sich immer gewünscht. Er ist toll mit den Pferden. Und ich mache aus dem Museum einen echten Erfolg. Wir werden eine lokalhistorische Ausstellungsreihe starten, angefangen mit ‹Augustine: der erste weibliche Bischof›.»

«Hört sich spannend an», meint Ruth. «Ich bin hier mit jemandem verabredet. Kann ich reingehen?»

«Aber sicher! Sie wartet schon.»

Im Licht des Nachmittags wirkt das Museum verlassen, aber freundlich. Gleich neben der Eingangshalle geht ein Saal ab, den Ruth bisher noch nicht bemerkt hat. Er ist voller Schmetterlinge, die mit Stecknadeln aufgespießt und mit Namensschildern in viktorianischer Schnörkelschrift versehen sind. Kate findet die Schmetterlinge wunderbar, doch ihre eigentliche Begeisterung gilt den ausgestopften Tieren. Begeistert rennt sie von Vitrine zu Vitrine und ruft: «Fuchs! Hund! Katze!» So begrenzt ihr Tiernamen-Repertoire auch sein mag, so wenig Grenzen kennt ihre Freude. Und Ruth stellt fest, dass auch sie die Tiere, selbst die mordlüsternen Möwen, jetzt wohlwollender betrachtet.

Schließlich erklärt Kate sich bereit, sich weiter durch

Lord Percival Smiths Studierzimmer («Mann!») und die lange Galerie führen zu lassen. Im Saal für Lokalgeschichte steht Janet Meadows am Fenster.

«Hallo, Ruth», sagt sie.

«Hallo. Danke, dass Sie sich die Zeit nehmen.»

«Aber gerne. Ist das Ihre kleine Tochter?»

«Ja, das ist Kate.»

«Hallo, Kate.»

«Fuchs», sagt Kate.

Ruth mustert Janet und erinnert sich an ihre Erwiderung, als Ruth bemerkte, Augustines Schlange sehe ja nicht allzu furchterregend aus: *Er hat sie unterworfen. Das Böse wurde besiegt. Er war ein großer Heiliger.*

Sie denkt an den Saal, wie er an jenem Tag war: der Sarg, der Museumsführer, die Schlange und der einzelne Schuh.

«Sie waren hier, stimmt's?», sagt sie. «An dem Tag, als Neil tot aufgefunden wurde.»

Janet sieht mit einem Mal argwöhnisch drein. «Das habe ich Ihnen doch schon gesagt. Ich wollte zur Sargöffnung kommen, aber es war ja alles abgesperrt.»

«Aber Sie waren schon früher da, nicht? Sie haben die Schlange hier hereingebracht und den einzelnen Schuh, um an Augustine zu erinnern.»

Janet muss entweder ein zweites Paar Schuhe mitgehabt haben oder barfuß nach Hause gelaufen sein. Ruth vermutet Letzteres. Natürlich muss sie barfuß gegangen sein, um es demjenigen gleichzutun, den sie für einen «großen Heiligen» hält.

«Sie hatten kein Recht, sein Grab so zu schänden», sagt Janet jetzt. «Er … sie wollte doch nicht, dass man ihren Sarg öffnet. Deshalb war er ja dort, wo er gefunden wurde. Also habe ich die Schlange hier hereingestellt, eine Ringelnatter in einem Glaskasten, um ihnen Augustines

Warnung in Erinnerung zu rufen. Und auch den Schuh. Es war ein Schuh von Jan ...» Eine Sekunde lang fragt sich Ruth, wer Jan ist, dann fällt es ihr wieder ein. Jan ist beziehungsweise war Janet. Ihr früheres Ich, Jan Tomaschewski. «Ich war auch als Jan gekleidet», fährt Janet fort, «mit einem meiner alten Anzüge. Es war kein Mensch im Museum. Ich habe die Schlange aus dem Saal für Naturgeschichte geholt und sie hierhergebracht. Der Sarg stand auf einem Tisch mitten im Raum – offen.»

«Offen?»

«Ja, zumindest ein wenig. Ich glaube, der Direktor hat ihn aufgemacht. Ich hörte ihn drüben in seinem Büro herumhantieren. Also habe ich die Schlange und den Schuh hier deponiert. Auch den Museumsführer habe ich hingelegt und ein paar Wörter unterstrichen, einfach als Warnung. Dann hörte ich Schritte und bin aus dem Fenster geklettert. Ich glaube nicht, dass mich jemand gesehen hat, und falls doch, hat man nur einen Mann in Anzug und Hut gesehen. Keine Frau.» Sie macht eine pseudokokette Pirouette.

Es können höchstens Minuten vergangen sein, denkt Ruth, bevor ich hereinkam und Neil Topham tot oder zumindest halbtot vorgefunden habe. Warum in aller Welt hat er den Sarg geöffnet? Er war doch auch verschlossen, als er hier stand. Ruth denkt daran, wie problemlos Phil die Nägel entfernen konnte, viel leichter, als man hätte denken sollen. Der Sarg war ja bereits geöffnet worden, nur wenige Tage zuvor.

«Warum hat Neil den Sarg geöffnet?», fragt Ruth.

Janet zuckt die Achseln. «Was weiß ich? Vielleicht wollte er einfach mal kurz reinschauen. Vielleicht war er zu ungeduldig. Wie auch immer, es hat ihn jedenfalls erwischt, den armen Kerl. Bischof oder Bischöfin Augustine hat Rache geübt.»

Am Nachmittag ist Nelson so stabil, dass er auf eine andere Station verlegt wird. Der Ausflug macht ihm Spaß. Ein Tapetenwechsel ist nie verkehrt, und da die Träger anscheinend beschlossen haben, den längstmöglichen Weg zu wählen, bekommt er dabei auch einiges vom Krankenhaus zu sehen. Außerdem bietet ihm der Umzug einen guten Vorwand, seiner Mutter zu sagen, sie solle doch zu Michelle nach Hause fahren und sich ein wenig ausruhen. Widerstrebend willigt sie ein, kündigt aber an, abends wiederzukommen und ihm etwas Ordentliches zu essen zu bringen. «Der Fraß, den man in solchen Einrichtungen vorgesetzt bekommt, bringt einen doch sofort um.» Da auch Michelle versprochen hat, ihm etwas zu essen zu bringen, rechnet Nelson fest mit einem Kampf der Titaninnen um den Shepherd's Pie. Vielleicht ist Michelle aber auch so erschöpft, dass sie Maureen das Feld bereitwillig überlässt. Sie kann gut mit seiner Mutter. Zumindest deutlich besser als er.

Auf der neuen Station geht es um einiges entspannter zu. Nelsons Bett steht am Fenster, und das Schwesternzimmer ist ganz am anderen Ende. Er zieht daraus den berechtigten Schluss, dass er wohl außer Gefahr ist. Und seine Genesung macht ja auch bemerkenswerte Fortschritte. Er konnte schon allein essen, trinken und pinkeln – die drei Meilensteine im Leben eines Krankenhauspatienten. Allerdings kann immer noch kein Mensch sagen, warum es ihm so schnell wieder bessergeht und was ihm vorher gefehlt hat. «Gestern Nacht dachten wir, Sie kratzen uns ab», hat einer der Ärzte ihm munter verkündet. Nelson lächelte schwach. Er findet Nahtoderfahrungen natürlich wahnsinnig spannend, wer tut das nicht? Aber es macht ihm doch zu schaffen, dass so viel passieren konnte und er nichts davon mitbekommen hat, weil er schlief, bewusstlos war. Natürlich hat er sich mit dem Tod auseinandergesetzt, das muss man ja als Polizist, aber er hat doch immer damit gerechnet, dass sein letztes Stündlein schlägt, während er die entscheidende Rolle in irgendeinem Drama spielt: Geiseln befreit, einen Terroranschlag vereitelt, Kinder aus einem brennenden Haus rettet. Nie hätte er gedacht, dass der Sensenmann anklopfen könnte, während er schläft.

Nelsons erster Besucher an diesem Nachmittag ist Clough. Er rückt mit einem Blumenstrauß an, den er «aus Sicherheits- und Hygienegründen» im Vorraum lassen muss. Nelson weiß gar nicht, wo er hinschauen soll. Cloughie bringt ihm Blumen! Als Nächstes knüpft er ihm wahrscheinlich ein Freundschaftsarmband. Trotzdem ist er froh darüber, auf den neuesten Stand gebracht zu werden. Clough erzählt ihm von der Operation Oktopus, unter Betonung seiner eigenen Heldenhaftigkeit, und Nelson ist angemessen beeindruckt. Er hat immer gewusst, dass dort im Rennstall irgendetwas faul ist, wäre aber nie auf die Idee gekommen, dass er sich als Zentrum eines internationalen Drogenrings entpuppen könnte. Da hat Judy allerbestes Ermittlergespür bewiesen. Weniger Gespür hat sie allerdings damit gezeigt, mitten in der Nacht allein loszuziehen, nur weil sie eine SMS bekommen hat. Sie hat Glück gehabt, dass die Sache noch so glimpflich abgelaufen ist. Der Teil mit dem Necromancer und der Führanlage gefällt Nelson besonders.

«Im Ernst, Boss, der war so groß wie ein Elefant. Und diese Zähne! Er hat mich angegriffen, aber ich konnte ihn gerade noch abwehren. Wenn man mich reizt, entwickle ich Bärenkräfte. Allerdings hat mir das Mistviech ein Stück Bein weggetreten. Wollen Sie mal sehen?»

«Nein danke.»

«Ich glaube, die ganze Sache hat Johnson ziemlich erschüttert.»

«Das glaube ich.»

«Es gab ja Leute, die fanden, ich hätte die Ermittlungsleitung übernehmen sollen, aber ich weiß nicht …» Clough bricht bescheiden ab. Nelson schweigt, obwohl er selbst tatsächlich Clough die Leitung übertragen hätte. Judy ist zwar die bessere Ermittlerin, aber Clough ist länger dabei, und das zählt schließlich auch. Nelson legt großen Wert auf Gerechtigkeit; das kommt wohl daher, dass er das jüngste von drei Kindern war.

Clough ist kaum wieder durch die Schwingtür verschwunden, da rückt auch schon der nächste Besucher an – in einem recht zerknautschten lila Umhang.

«Hallo, Cathbad.»

«Hi, Nelson. Du siehst besser aus.»

«Du hast mich doch gar nicht gesehen, als ich krank war. Dem Tod von der Schippe gesprungen, stimmt's, Kindchen?», fragt er die Schwester, die gerade vorbeigeht.

«So hat man's mir erzählt», sagt sie und zieht das Laken glatt. «Auf der Intensivstation hatten sie ihn schon aufgegeben.»

«Was für eine Erfahrung», bemerkt Cathbad, als sie sich wieder entfernt hat.

«Ich erinnere mich ja an nichts», sagt Nelson. «Allerdings hatte ich ganz komische Träume. In manchen kamst du auch vor.»

«Ich weiß», sagt Cathbad.

«Wie, du weißt?», fragt Nelson. Er hat ganz vergessen, wie nervtötend Cathbad sein kann.

Cathbad beugt sich vor. Nelson bemerkt, dass er erschöpft aussieht und dazu noch unglücklich; aber sein gewohntes Charisma hat er dennoch nicht verloren.

«Ich weiß, was du hattest, Nelson. Du wurdest verflucht. Irgendwie bist du in einen Fluch hineingeraten, der für

Danforth Smith bestimmt war. Ihn hat das umgebracht, doch du warst zu stark dafür. Du hattest dich in der Traumzeit zwischen Leben und Tod verirrt. Also bin ich gekommen, um dich zu retten.»

«Du … bist gekommen, um …» Nelson ist sprachlos. Er hat ja immer gewusst, dass Cathbad gewaltig spinnt, aber das? Das grenzt ja schon an Wahnvorstellung. Er fragt sich, ob Cathbad wohl auf Drogen ist.

Cathbads nächste Worte tragen nicht zu seiner Beruhigung bei. «Ich habe ein Trankopfer vorbereitet und gewisse Substanzen eingenommen. Dadurch bin ich in einen Traumzustand getreten und konnte dich retten kommen.» Er lächelt Nelson voller Zuneigung an.

«Na, da bin ich aber froh.» Nelsons Stimme trieft vor Sarkasmus. «Ich hoffe, ich habe mich auch artig dafür bedankt?»

«Du glaubst, du erinnerst dich an nichts», sagt Cathbad, «aber du erinnerst dich sehr wohl. Du erinnerst dich an das Wasser und die Dunkelheit und an Erik, der die Pforte zum Jenseits bewacht hat.»

Offenbar erwartet er keine Antwort auf diese Bemerkung, was sich ganz gut trifft, denn Nelson hat definitiv nicht vor, darauf zu antworten. Stattdessen beugt sich Cathbad zum Nachttisch und nimmt sich eine Handvoll von den Trauben, die er mitgebracht hat.

«Hast du gehört, dass man mich gestern Nacht umbringen wollte?», fragt er im Plauderton.

«Ist das auch in deiner verdammten Traumwelt passiert?»

«Nein. Man hat mir eine Giftschlange geschickt.»

«Wie bitte?» Nelson richtet sich mühsam auf. «Was sagst du da?»

«An der Universität wurde eine Giftschlange deponiert, und auf dem Umschlag stand mein Name. Die Polizei hat mich angerufen, als ich gerade auf dem Weg hierher war. Ich habe gesagt, ich bin mit dir befreundet.»

Nelson stöhnt innerlich auf. Das fehlt ihm gerade noch, dass die Zentrale glaubt, sein bester Kumpel sei ein Hexenmeister im lila Umhang. Und was zum Teufel soll da schon wieder die nächste Schlange? Er denkt an die Briefe zurück, die mit einer Großen Schlange gedroht haben. Waren das wieder diese Elginisten? Aber gehört Cathbad nicht selbst dazu?

«Weiß man schon, wo sie herkam?»

«Sie vermuten, dass es irgendeine Tierschutzorganisation war, aber ich habe da so meine Zweifel. Ich habe viele Feinde. Der Schlange geht es übrigens gut», fügt er hinzu. «Sie haben sie in einen Zoo in der Nähe von Great Yarmouth gebracht.»

Dazu kann Nelson nichts weiter sagen. Er sieht Cathbad dabei zu, wie er seelenruhig Trauben futtert. Es ist still auf der Station, die anderen Patienten scheinen alle zu schlafen. Die Nachmittagssonne malt Vierecke auf den abgetretenen Linoleumboden. Eine uralte Frau schiebt einen Rollwagen heran, auf dem Kaffee, Tee und quadratische Kuchenstücke stehen. Ist Cathbad nun verrückt oder nicht?

Eins steht jedenfalls fest: Nelson wird nie einer Menschenseele verraten, dass er tatsächlich Erik gesehen hat.

Kate will noch einmal zu den ausgestopften Tieren, und so sieht Ruth sich gezwungen, sich erneut den Glasaugen auszusetzen. Kate bleibt ewig stehen, die Nase so fest an die Scheibe gedrückt, dass sie beschlägt, und betrachtet die Füchse in ihrem plastischen Bau. Auf einem Zweig über ihnen balanciert halsbrecherisch ein Eichhörnchen.

«Fuchs», sagt Kate hingerissen.

«Ja, Fuchs», wiederholt Ruth, die langsam wirklich nach

Hause will. «Wie der phantastische Mr. Fox. Jetzt sag dem Fuchs mal auf Wiedersehen, Kate. Wir müssen zurück nach Hause, zu Flint.»

«Fuchs.» Kate schenkt ihr gar keine Beachtung. «Fuchs Flint Fell.»

«Eine gute Beobachtungsgabe», sagt eine Stimme hinter ihnen. Im Spiegel der Vitrinenscheibe sieht Ruth Bob Woonungas Lächeln. Instinktiv tritt sie zwischen ihn und Kate. Kate hinter ihr macht wieder ihr Didgeridoo-Geräusch.

«Keine Angst, Ruth.» Bob klingt belustigt. «Ich bin doch Ihr Freund. Ihr netter Nachbar.»

Ist er das wirklich? Zu ihr war er tatsächlich immer freundlich. Hat er nicht an seinem Einzugstag Flint gefunden? Und sowohl Flint als auch Kate lieben ihn heiß und innig. Cathbad mag ihn ebenfalls, obwohl er ihn anscheinend auch für fähig hält, einen Fluch auszusprechen, der Menschen töten kann.

«Ich höre, die Schädel werden zurückgegeben», sagt Ruth. «Das freut Sie sicher sehr.»

Bob spielt bereits Kuckuck mit Kate, doch als er Ruth ansieht, liegt absolut nichts Verspieltes in seiner Miene. «Natürlich freue ich mich», sagt er. «Aber ich komme gerade aus dem Keller. Wie diese Knochen aufbewahrt worden sind! Kein Respekt, keine Wertschätzung, nicht einmal ein Hinweis darauf, dass es sich um Menschen handelt. Ich sage Ihnen, Ruth, mir hat sich fast der Magen umgedreht.»

«Ich habe doch in meinem Bericht geschrieben, dass sie unter desolaten Bedingungen aufbewahrt werden», erwidert Ruth matt.

«Ja, das weiß ich.» Bobs Stimme wird weicher. «Ich wusste die ganze Zeit, dass Sie auf unserer Seite sind.»

Hat er deswegen einen Schutzkreis um mich gezogen?,

fragt sich Ruth. Doch sie glaubt ja nicht an Flüche. Verstohlen greift sie nach Kates Hand.

«Wir sollten langsam los.»

«Ich hoffe, Sie kommen zur Rückführungszeremonie. Das wird etwas ganz Besonderes, das verspreche ich Ihnen.»

«Ja, ich würde gern kommen. Danke.»

«Wiedersehen, Ruth.» Bob tritt beiseite. «Wiedersehen, Kate.»

Als sie den Saal verlassen, entdeckt Ruth den Glaskasten mit der grünen Schlange; im Licht der Nachmittagssonne sieht es so aus, als würden ihr die Glasaugen zublinzeln.

Der dritte Besucher ist Judy. Sie hat weder Blumen noch Trauben dabei. Stattdessen legt sie Nelson zwei knallbunte Taschenbücher auf den Nachttisch.

«Ich dachte, Sie hätten vielleicht gern was zum Lesen.»

Eigentlich liest Nelson nicht viel. Das eine Buch hat einen Totenkopf auf dem Cover, das andere eine Nazifahne. Er überfliegt die Rückseitentexte: Verschwörung ... Krieg ... Folter ... Erpressung ... Tod. Judy scheint ihn ja nicht gerade für ein Sensibelchen zu halten.

«Ich habe schon von gestern Nacht gehört», sagt er.

«Von wem? Ach, war Clough hier? Was hat er Ihnen denn erzählt?»

«Nur, dass Sie die Operation Oktopus aufgeklärt haben.»

Judy entspannt sich ein wenig. «Das war ein glücklicher Zufall. Eine Reihe von glücklichen Zufällen.»

«Für mich hat es sich eher nach guter Polizeiarbeit angehört.»

Judy wendet den Blick ab. «Ich hab's vermasselt. Clough musste mich retten.»

«Mich hat er auch mal gerettet», sagt Nelson. «Machen Sie sich nichts draus.»

«Ich hätte da nie ohne Verstärkung hinfahren dürfen, aber ich wollte den Fall allein lösen.»

«Polizeiarbeit ist Teamarbeit», sagt Nelson, der im Leben noch nicht einmal auf Verstärkung gewartet hat.

«Stimmt.» Judy spielt mit dem Desinfektionsspray herum. «Clough ist wohl teamfähiger als ich.»

«Wie ich höre, hat er ein wildgewordenes Pferd niedergerungen.»

Judy lacht. «Einen Heidenschiss hat er gehabt, hat er Ihnen das nicht erzählt? Man konnte aber auch Angst kriegen, auf so engem Raum mit diesem Pferd. Ich mag Pferde wirklich gern, aber ich glaube, einstweilen will ich keines mehr sehen.»

«Dann fahren Sie also nicht noch mal hin, um Randolph Smith zu treffen?»

«Hat Clough Ihnen erzählt, dass ich auf ihn stehe? Das stimmt nicht. Gestern Nacht war er allerdings wirklich toll. Ich weiß nicht, was passiert wäre, wenn er nicht rechtzeitig aufgetaucht wäre.»

«Dann war also die ältere Schwester das schwarze Schaf?»

«Ja. Sie war immer die Kluge und konnte die anderen beiden nicht leiden. Den Vater hat sie auch gehasst, nach allem, was man hört. Wobei Caroline, die Jüngere, auch ein bisschen spinnt.»

Sie erzählt Nelson von den toten Schlangen und den tanzenden Männern im Wald.

«Schon wieder Schlangen», bemerkt Nelson.

«Ja, Danforth Smith hatte wohl Angst vor ihnen.»

Mit Recht, denkt Nelson. Laut sagt er: «Und diese Caroline ist mit Cathbad befreundet? Das passt ja.»

«Sie wollte unbedingt, dass ihr Vater die Aborigine-

Knochen zurückgibt. So wie es sich anhört, ist sie ziemlich besessen davon.»

«Glauben Sie, sie hat die Briefe an den Museumsdirektor geschickt? In dem Saal, wo die Leiche gefunden wurde, stand doch eine Schlange. Vielleicht war sie das ja auch.»

«Ich weiß nicht. Den Museumsdirektor hat sie überhaupt nicht erwähnt. Es schien ihr nur um ihren Vater zu gehen. So, als wäre er an allem schuld.»

«Väter sind immer an allem schuld», brummt Nelson.

Judy denkt an ihren gemütlichen, pferdeverrückten Vater. «Ich finde Väter ganz in Ordnung», sagt sie.

Sie klingt wieder so sehr wie früher, dass Nelson schon hofft, die schweigsame, verschlossene Judy wäre für immer verschwunden. Vielleicht können sie sich jetzt wieder ganz der Polizeiarbeit zuwenden. Er wird ihr mehr Verantwortung übertragen. Schließlich hat sie sich bei der Operation Oktopus gar nicht so schlecht geschlagen. Aber dann verdirbt sie alles, indem sie ihm sagt, dass sie schwanger ist.

Flint ist ganz aus dem Häuschen, Ruth und Kate zu sehen. Er war den ganzen Tag allein im Haus, erzählt er ihnen, indem er ihnen geschmeidig und schnurrend um die Beine streicht, und ist vollkommen vernachlässigt und verhungert. Tatsächlich hat er die ganze Zeit im Trockenschrank geschlafen. Ruth füttert ihren Kater und setzt eine Pasta auf. Es ist zwar erst fünf, aber schon ganz dunkel draußen. Kate ist sicher müde, sie hat nur kurz im Auto geschlafen. Vielleicht hat die vergangene Nacht ja eine wundersame neue Ära des Durchschlafens eingeläutet. Sie werden um sechs essen, dann liegt Kate um sieben im Bett, und Ruth kann den ganzen Abend fernsehen und Weißwein trinken. Himmlisch.

Cathbad und die Ängste der letzten Nacht hat sie schon fast vergessen. Nelson wird wieder gesund. Michelle hat sie zu ihm gelassen, und vielleicht erlaubt sie Nelson jetzt ja sogar, Kate regelmäßig zu sehen. Immerhin hat sie zugegeben, dass er sie vermisst. Ruth weiß, wie viel es Michelle gekostet hat, ihr das einzugestehen, wie viel es sie überhaupt gekostet hat, zu Ruth zu fahren und sie zu bitten, ihren Mann zu besuchen. Sie hat gesagt, sie würde alles für ihn tun. Ruth ist sich nicht sicher, ob sie jemals einen Menschen so sehr geliebt hat. Bis auf Kate natürlich.

Fast rechnet sie damit, dass Max anruft, doch das Telefon schweigt. Nach den letzten paar Tagen kommt es ihr richtiggehend seltsam vor, dass niemand an die Tür klopft und sie um Hilfe anfleht oder etwas von der Traumzeit erzählt. Nach dem Essen versucht Ruth, Kate ein Bilderbuch über Percy den Parkwächter vorzulesen, doch Kate zieht es vor, mit ihrem Plastikgemüse durchs Zimmer zu rennen. Ruth ist wild entschlossen, den Fernseher auszulassen, doch Kate schaltet ihn für sie ein (sie liebt die Fernbedienung), und kurz darauf dösen sie gemeinsam vor den *Teletubbies.* Ruth zwingt sich, wieder aufzustehen. Sie muss Kate noch ein kleines Weilchen wach halten. Routine, ruft sie sich streng zur Ordnung, es geht vor allem um Routine. Sie setzt Kate in ihrem Bett ab und lässt ein Bad ein, und eine halbe Stunde lang mühen sie sich beide damit ab, im Wasser herumzuplanschen. Kate fallen bereits die Augen zu, als Ruth sie ins Bett legt, und sie schläft, noch ehe Ruth die zweite Seite des Parkwächter-Buchs zu Ende gelesen hat. Ruth liest das Buch trotzdem aus. Es gefällt ihr, dass die Tiere darin nach dem großen Gewitter alle ein neues Zuhause in dem großen Baum finden. Das Sozialamt von Norfolk wird nach dem Unwetter der letzten Nacht sicher nicht so effizient vorgehen.

Schließlich schleicht sie sich auf den Flur hinaus. Den ganzen Abend über hat sie sich davor gedrückt, ins Gästezimmer zu schauen, doch jetzt öffnet sie ganz leise die Tür. Das Bett ist ordentlich gemacht, und auf der Bettdecke liegt eine einzelne, wunderschöne lange Feder, wie von einem Fasan. Ruth bleibt lange stehen und betrachtet sie.

Nelsons letzter Besucher überrascht ihn am meisten: Chris Stephenson, der zur Stationstür hereinstolziert, als wäre er auf Staatsbesuch. Zu Nelsons Leidwesen wird er gleich von zwei Schwestern erkannt, die um ihn herumscharwenzeln und ihn mit «Doktor Stephenson» anreden. Sogar einen Tee bieten sie ihm an, obwohl die alte Frau mit dem Rollwagen längst verschwunden ist.

«Hey, Nelson», begrüßt ihn Stephenson. «Doch noch nicht tot?»

«Noch nicht.»

«Sie raten nie, warum ich hier bin.»

«Wollten Sie mir etwa Blumen bringen?»

«Die sind doch verboten. Aus Sicherheits- und Hygienegründen.» Stephenson hat gar kein Geschenk mitgebracht, nicht einmal Trauben. Daraus schließt Nelson, dass es sich eher um einen Geschäftsbesuch handeln dürfte als um bloße Sorge um sein Wohlergehen.

Die Schwestern bringen Tee in abgestoßenen grünen Tassen. Stephenson reitet endlos darauf herum, dass er keinen Zucker braucht, weil er selbst schon süß genug ist. Zum ersten Mal an diesem Tag wird Nelson wieder leicht übel.

«Ihre Freundin Ruth Galloway», sagt Stephenson als Einleitung und nimmt einen schlürfenden Schluck von seinem Tee.

«Was ist mit ihr?», fragt Nelson argwöhnisch. Er ist sich nie sicher, wie viel seine Kollegen über seine Beziehung zu Ruth wissen. Judy scheint gewisse Vermutungen über

Kates Herkunft zu hegen; Clough hat wahrscheinlich noch nie einen Gedanken daran verschwendet.

«Wissen Sie noch, der Bischof? Der sich dann als Transe entpuppt hat? Ruth hatte Material zur Analyse ins Labor gegeben, diesen Seidenstoff, in den das Skelett gewickelt war. Heute sind die Ergebnisse gekommen, und wissen Sie, was die gefunden haben?»

«Ich halt's kaum aus vor Spannung.»

«Spuren von Aspergillus.»

Er lehnt sich zurück, scheint auf eine Reaktion zu warten. Nelson mustert ihn kühl. «Das sagt mir gar nichts, Chris.»

«Schimmelpilzsporen, wahnsinnig giftig. Diese Sporen können Hunderte, sogar Tausende von Jahren überdauern. Sobald sie mit Luft in Berührung kommen, dringen sie in Nase, Mund und Schleimhäute ein. Sie können Kopfschmerzen, Erbrechen und Fieber auslösen. Bei Menschen mit einem schwachen Immunsystem können sie auch zu Organversagen und zum Tod führen.»

Nelson sieht ihn an. «Danforth Smith.»

«Genau. Sie haben doch gesagt, er war Diabetiker. Das hat sein Immunsystem geschwächt. Er ist an Herzversagen gestorben. Eventuell ist er ja mit den Sporen in Kontakt gekommen. Wenn wir eine Autopsie vorgenommen hätten, wüssten wir das.» In seiner Stimme liegt Bedauern.

«Und der Museumsdirektor», sagt Nelson. «Neil Topham. Wenn er den Sarg geöffnet hat …» Er denkt an das Werkzeug in Tophams Büro, an das offene Fenster, den im Wind wehenden Vorhang. Falls die Sporen in die Luft gelangt und in Tophams Mund und Nase eingedrungen sind …

«Er war ein Junkie», sagt Stephenson, taktvoll wie immer. «Da ist das Immunsystem komplett im Eimer. Eine Prise Aspergillus, schon liegt er flach. Der Tod ist durch

Lungenversagen eingetreten. Wahrscheinlich sind die Sporen direkt in die Lunge eingedrungen.»

«Hat dieses Asperdingsbums, dieser Pilz, auch mich krank gemacht?»

«Würde ich mal vermuten. Sie standen neben Lord Smith, als der Sarg geöffnet wurde. Wahrscheinlich haben Sie eine volle Ladung abgekriegt, aber weil Sie ein gesunder Mann sind, konnte Ihr Immunsystem sich dagegen wehren.»

Aber nur gerade so, denkt Nelson. Dann fällt ihm noch etwas ein. «Was ist mit Ruth? Sie war doch auch da.»

Stephenson lacht. «Darüber habe ich auch nachgedacht. Aber als sie gerade in den Sarg schauen wollte, hat ihr Handy geklingelt. Sie ist ein paar Schritte weggegangen, und Sie und Lord Smith haben als Erste hineingesehen. Wer immer Ruth da angerufen hat, hat ihr vermutlich das Leben gerettet.»

Nelson würde einiges darauf verwetten, dass er weiß, wer Ruth angerufen hat. Es kommt nur einer in Frage. Cathbad, der große Retter.

«Und diese Sporen … können die auch Albträume und Wahnvorstellungen auslösen?»

Stephenson mustert ihn neugierig. «Möglich. Zu den Symptomen gehört hohes Fieber. Warum fragen Sie?»

«Lord Smiths Frau hat erzählt, er hätte vor seinem Tod hohes Fieber gehabt, Dinge gesehen und im Schlaf geschrien.»

«Das wird dann wohl der Aspergillus gewesen sein. Ganz sicher werden wir das aber nie sagen können.»

Haben die giftigen Sporen bei Danforth Smith Albträume von Schlangen und geisterhaften Reitern verursacht? Haben sie Nelson in eine Schattenwelt aus Meer und Himmel versetzt, wo ein Mann in einem steinernen Boot seinen Namen rief? Stephenson hat recht: Ganz sicher wird er das wohl nie sagen können. Doch es sieht so aus, als wären die Aborigines unschuldig – als wäre letztendlich doch der Bischof schuld gewesen.

«Ich werde den Ärzten sagen, sie sollen mal Ihre Lunge röntgen», meint Stephenson fröhlich. «Vielleicht findet sich da ja was.»

«Na, vielen Dank auch.»

«Was ist denn so schlimm daran? Ist doch der reinste Erholungsurlaub hier.»

Erholung? Nelson hat das Gefühl, schon lange nicht so wenig Ruhe gehabt zu haben wie heute. Und als Stephenson wieder nach draußen schlendert, sieht er von weitem schon Michelle und Maureen kommen, mit Schüsseln voll nahrhaftem Essen in der Hand.

32

Der Necromancer galoppiert um die Kurve der Allwetterbahn und wirbelt schwarze Erde hinter sich auf. Oben auf dem Hügel, zwischen den Bäumen, steht eine Frau. Das Pferd erschrickt heftig über die unerwartete Gestalt, es steigt auf die Hinterbeine, die Nüstern vor Angst geweitet. Der Reiter jedoch lacht nur und setzt sich ein wenig fester im Sattel zurecht.

«Tut mir leid», sagt Romilly Smith. «Habe ich ihn erschreckt?»

Randolph lacht. «Er zieht nur eine Show ab.» Er tätschelt dem Tier den bebenden Hals. «Ruhig, Pferdchen.»

«Ich hatte ganz vergessen, wie gut du reitest», meint Romilly und geht neben dem Pferd her.

«Ich auch.» Randolph lockert die Zügel, damit der Necromancer den Hals strecken kann. «Nicht, dass ich reiten kann, aber dass es mir so viel Spaß macht. Ich war total verzweifelt, als ich zu groß wurde, um Jockey zu werden.»

«Du würdest doch auch gar kein Jockey sein wollen, Schatz. Die ständige Diät ist Gift für die Haut.»

Randolph lacht wieder und lenkt das Pferd in Richtung Stall. Romilly geht weiter neben ihm her. Auf dem Boden liegt noch Raureif, ihre eleganten Stiefel knirschen im Gras.

«Und du willst also tatsächlich den Stall übernehmen?», fragt sie.

«Ich möchte es zumindest versuchen», antwortet Randolph. «Stört dich das?»

«Keineswegs. Ich denke, ich werde ohnehin ausziehen. Damit ich dir nicht so auf der Pelle hocke.» Romilly betrachtet ihren Sohn, wie er so lässig auf dem großen schwarzen Pferd sitzt. Er ist wirklich zauberhaft, denkt sie. Ich bin froh, dass ich ihn mit keiner anderen Frau zu teilen brauche.

«Triffst du dich noch mit ihnen? Mit der Gruppe?»

Romilly schweigt einen Moment, die Hand am Hals des Necromancers. «Nun, die Gruppe hält sich wohl erst einmal bedeckt ... nach diesem anonymen Tipp gestern Nacht.»

Ein paar Minuten gehen sie schweigend weiter. Beide wissen, dass Randolph der Polizei den Hinweis gegeben hat. Schließlich sagt Randolph wie zur Rechtfertigung: «Du weißt schon, dass man so was nicht einfach machen kann. Anderen Leuten Giftschlangen schicken.»

«Ja, ich weiß.» Romilly seufzt. «Aber es hätte wenigstens etwas Bewegung in die Sache gebracht. Die Leute wären aufmerksam geworden.»

«Glaubst du, die Polizei verdächtigt dich?»

«Oh, bestimmt, ich bin ja schließlich vorbestraft. Aber

wir haben alle Alibis für gestern Nacht. Trotzdem schade, dass es nicht geklappt hat. Wir hatten das seit Ewigkeiten geplant.»

«Ein Unschuldiger hätte dabei zu Tode kommen können.»

«Es sterben jeden Tag unschuldige Tiere», kontert Romilly. Doch sie sagt es ohne echtes Feuer, als wäre sie mit den Gedanken woanders.

«Und dann dieser Pastor», fährt Randolph fort. «Das ist doch ein Psychopath.»

«Da irrst du dich», meint Romilly triumphierend. «Er hat sich kategorisch geweigert, Neil umzubringen.»

Randolph zieht die Zügel so abrupt an, dass sein Pferd ins Stolpern kommt. «Wie bitte?»

«Ich hatte ihn gebeten, Neil verunreinigte Drogen zu verkaufen, und er hat sich geweigert. Du siehst also, er ist äußerst prinzipientreu. Zumindest für einen Drogendealer.»

«Du wolltest, dass er Neil umbringt? Aber warum denn?»

Romilly sieht zu ihm hinauf. «Weil Neil dich zu den Drogen gebracht hat. Das werde ich ihm nie verzeihen.»

«Das war doch gar nicht er. Wir haben ein paar Nächte miteinander verbracht, weiter nichts. Mein Gott, mit den Drogen habe ich schon in der Schule angefangen. Neil hat mich nur damit versorgt. So wie dein Freund, der Pastor.»

«Wie auch immer», sagt Romilly ruhig. «Er hatte schlechten Einfluss auf dich. Ich war froh, als er starb. Ich hatte vorher schon versucht, ihn zu vertreiben. Deswegen habe ich ihm auch die Briefe geschrieben.»

Randolph sieht seine Mutter an, deren silbergraues Haar vom Wind zerzaust wird. Sie sieht wunderschön aus, aber auch furchterregend, und ihm ist, als würde er sie eigentlich gar nicht kennen.

«Was denn für Briefe? Die, von denen die Polizei die ganze Zeit redet?»

«Ach, haben sie die doch gefunden? Ja, ich habe Neil ein paar Briefe geschrieben, in denen es um die Schädel ging, weil ich ihm Angst machen wollte. Auf die Idee gebracht hat mich der Brief, den Dan von diesen Elginisten bekommen hat. Ich wollte, dass Neil kündigt, dass er nach Hause zurückkehrt. Er hatte dich nicht verdient.»

«Aber du kannst doch nicht …» Randolphs Stimme versagt. Inzwischen sind sie bei den Stallungen angekommen, und die Hufe des Necromancers klappern auf dem Asphalt. Randolph lässt ihn anhalten.

«Ich nehme keine Drogen mehr», sagt er. «Einen Rennstall zu führen, das verträgt sich nicht mit Drogen. Man muss morgens einfach zu früh aufstehen. Und zu viel kann sich ein einzelner Mensch auch nicht zumuten.»

Romilly lächelt zu ihm hinauf. «Menschen sind schrecklich. Nicht mal annähernd so nett wie Tiere.»

Randolph denkt darüber nach und begreift, dass seine Mutter ihr ganzes Leben nach diesem Grundsatz ausgerichtet hat. Sind sie deswegen alle so verkorkst, Caroline, Tamsin und er? Weil sie spürten, dass ihre Mutter die Tiere im Grunde lieber hat als sie?

«Dann willst du also mit dem Tierschutzaktivismus weitermachen?», fragt er. «Falls die Gruppe sich je wieder zusammenfindet?»

«Ach, ich gründe einfach eine neue Gruppe. Diesmal strikt gewaltlos. Wir werden bei Fuchsjagden demonstrieren und so weiter. Ich werde mir irgendwo ein kleines Häuschen kaufen und mich ganz der Sache widmen.»

Na großartig, denkt Randolph. Bisher hat er seiner Mutter verschwiegen, dass er unter die Jäger gehen will. Er hatte immer schon eine Schwäche fürs Jagen – als Kind hat er sich immer heimlich davongeschlichen zur Jungfuchsbejagung –, und für die Pferde ist es ein hervorragendes Training. Er freut sich schon darauf, seine Mutter auf den Barrikaden stehen zu sehen. Und an die Gewaltlosigkeit glaubt er auch nicht recht.

«Glaubst du, Dan hat es gewusst?», fragt Romilly unvermittelt. «Dass ich andere hatte?»

Randolph steigt ab und lockert den Sattelgurt des Necromancers. Vom erhitzten Körper des Pferdes steigt Dampf auf.

«Nein», schwindelt er. «Ich glaube nicht, dass Dad etwas geahnt hat.»

«Das hoffe ich.» Romilly tritt beiseite, um einen Stallburschen vorbeizulassen, der zwei Pferde zur Führanlage bringt. «Ich wollte ihn nämlich nie verletzen. Mir war einfach nur ... langweilig.»

«Ja.» Randolph nimmt dem Pferd den Sattel ab. «Langeweile ist für einiges verantwortlich.»

«Aber ihr werdet euch jetzt doch bestimmt nicht mehr langweilen. Du kannst dich um den Rennstall kümmern, und Caroline hat das Museum. Ich habe sie lange nicht so glücklich gesehen. Seit ihrer Rückkehr aus Australien nicht mehr.»

Nicht, dass du je etwas unternommen hättest, weil Caroline unglücklich ist, denkt Randolph. Sie ist ja kein Beagle und auch keine Laborratte. Der Necromancer reibt den Kopf an seiner Schulter, und plötzlich verspürt auch Randolph eine große Welle der Zuneigung zu allen Tieren. Den Necromancer interessiert es nicht, ob er schwul ist oder hetero, ob er Drogen nimmt oder nicht. Solange Randolph ihn füttert und lange Ausritte mit ihm macht, ist ihm alles andere egal. Randolph krault dem Pferd liebevoll die Ohren und dreht sich dann zu seiner Mutter um.

«Es wird eine große Party im Museum geben», sagt er.

«Caroline organisiert sie, um die Rückgabe der Schädel zu feiern. Kommst du?»

Romilly hebt eine behandschuhte Hand und streichelt ihm die Wange. «Nein, Schatz, ich glaube, das spare ich mir. Wie man es auch dreht und wendet, ich habe einfach die Nase voll von diesem Museum.»

33

Die Rückführungszeremonie findet am 15. Dezember statt. Am Morgen hat Ruth das fünfzehnte Türchen an Kates Adventskalender geöffnet. Die Schokolade hat sie selbst gegessen, um Kates Zähne zu schonen. Was sie doch für eine gute Mutter ist! Weihnachten scheint plötzlich unangenehm nahegerückt. Die letzte Semesterwoche ist angebrochen, und das schwarze Brett im Institut ächzt nur so unter den Ankündigungen von Weihnachtsfeiern und Weihnachtskonzerten. Phil und Shona geben an Heiligabend eine Party – «noch einmal auf den Putz hauen, bevor das Baby kommt» –, und Ruth überlegt schon jetzt, wie sie darum herumkommt. Sie fragt sich, ob sie wohl den Mut aufbringen wird, Max an Weihnachten einzuladen. Seit der Elginisten-Tagung haben sie noch ein weiteres Wochenende zusammen verbracht, und selbst für Ruths überkritischen Blick ist es eigentlich ganz gut gelaufen. Sie weiß, dass Max keine lebenden Verwandten mehr hat, und sie selbst würde alles tun, um Weihnachten nicht mit ihren Eltern und ihrem Bruder feiern zu müssen.

Auf der Fahrt von der Universität zum Smith-Museum erlaubt sie sich, sich ein Weihnachten mit Max und Kate im Salzmoor auszumalen. Sie könnte einen Weihnachtsbaum kaufen. Ruth ist jetzt einundvierzig und hatte noch nie einen eigenen Weihnachtsbaum. Das kann doch eigentlich gar nicht sein. Schon sieht sie sich zusammen mit Kate den Weihnachtsbaum schmücken. Sie könnten Weihnachtsbaumschmuck aus Salzteig basteln – für Ruth, ähnlich wie die Kartoffelstempel, der Gipfel guten Mutterseins. Sie könnten in die Stadt fahren und den Weihnachtsmann besuchen, obwohl Ruth Einkaufszentren nicht leiden kann – und den Weihnachtsmann im Übrigen auch nicht. Sie weiß noch, wie sie vor zwei Jahren Nelson mit seiner Frau und seinen Töchtern beim Weihnachtseinkauf beobachtet hat. Damals hat sie auch Michelle zum ersten Mal gesehen, die ihr auf den ersten Blick unsympathisch war. Wie viel sich seither verändert hat! Ruth hat sich selbst so sehr verändert, dass sie sich kaum mehr wiedererkennt.

Michelle hat eingewilligt, dass Nelson Kate einmal im Monat sehen darf, und das erste Treffen auf dem neutralen, federnden Boden eines Indoor-Spielplatzes war erwartungsgemäß mühsam. Nelson hat mit Kate gespielt, während Michelle und Ruth zusammen Kaffee tranken und sich über Weihnachten, Familie und selbstgebackene Mince-Pies austauschten, die doch so viel besser schmecken als gekaufte. Wenn Kate sich erst einmal an ihn gewöhnt hat, wird Ruth Nelson mit ihr allein lassen. Das dürfte für alle Beteiligten einfacher werden. Vielleicht findet Kate in Michelle ja eine Art Tante. Das wäre auch dringend nötig; sie braucht schließlich jemanden, der mit ihr shoppen geht, wenn sie ins Teenageralter kommt.

Ob Kate in Max auch eine Art Vater findet? Das bleibt abzuwarten. Selbst in Ruths Festtagsphantasie bleibt Max eher im Hintergrund, kümmert sich um den Glühwein und röstet die Kastanien. Trotz allem hat sie offenbar nicht das Bedürfnis, ständig einen Mann um sich zu haben. Doch Max wird heute auch kommen, und vielleicht kann sie das Thema Weihnachten dann ja ansprechen. Es gibt schließlich kaum einen besseren Anlass als eine Rückführungszeremonie für australische Ureinwohner, um über Weihnachten nachzudenken.

Ruth stellt den Wagen auf dem Museumsparkplatz ab und denkt zurück an den Tag vor einem knappen Monat, als sie hier ankam und Neil Topham tot im Saal für Lokalgeschichte fand. Die Familie Smith hat ihren Museumsdirektor nicht einfach vergessen. Die lokalhistorische Sammlung soll in «Sammlung Neil Topham» umbenannt werden, und laut Cathbad überlegt Randolph Smith, an der Universität einen Topham-Preis für Geschichte auszuloben.

Cathbad ist auch der Erste, den Ruth sieht, als sie die Eingangshalle betritt. Er ist ganz in die Betrachtung des großen Alk vertieft. Der mottenstichige Vogel hat Carolines eifrige Modernisierungsbestrebungen als Einziger überlebt. Ansonsten ist der Eingangsbereich frisch gestrichen, und die Karte von King's Lynn und das Porträt von Lord Percival Smith wurden durch Computerbildschirme ersetzt, auf denen die Besucher ihren Aufenthalt im Museum auf einer Skala von «Super» bis «Enttäuschend» bewerten können. Anstelle des verstaubten Kronleuchters schlängeln sich moderne Lichtinstallationen die Decke entlang, und zu Ehren der australischen Ureinwohner unter den geladenen Gästen hängt an einer Wand die rotschwarze Aborigine-Flagge mit der gelben Sonne in der Mitte.

Ruth ist überrascht. «Meine Güte! Das hat sich ja ganz schön verändert.»

Cathbad dreht sich lächelnd zu ihr um. «Ich weiß. Caroline streicht inzwischen alles und stöpselt alles ein, was nicht bei drei auf den Bäumen ist.»

Cathbad wirkt ehrfurchtgebietend mit seinem pelzbesetzten Umhang und dem offenen langen Haar. Ruth freut sich, ihn wieder einmal in vollem Ornat zu sehen. Die letzten paar Male haben sie sich in der Cafeteria der Uni getroffen, und Cathbad trug seine Alltagskleidung und den weißen Laborkittel. Er sah darin aus wie jeder andere Labortechniker mittleren Alters, und in seinen Augen lag ein irgendwie trauriger und niedergeschlagener Ausdruck, der wiederum Ruth traurig machte. Cathbad hat ihr erzählt, Judy habe die Beziehung zu ihm beendet. «Sie sagt, sie will ihrer Ehe eine echte Chance geben. Natürlich habe ich sie darin unterstützt. Sie hat einen starken Geist.» Und Judy wirkt tatsächlich stark in letzter Zeit. Vielleicht liegt es ja daran, dass sie während Nelsons Krankheit die Ermittlungen leiten musste, doch wann immer Ruth Judy in letzter Zeit begegnet ist, hat sie sich ganz als professionelle Polizistin gegeben. Ruth überlegt, ob Judy wohl heute kommen wird. Sie weiß, dass Nelson und Superintendent Whitcliffe erwartet werden. Whitcliffe wird sogar eine Rede halten, in der er, laut Nelson, pflichtschuldigst auch auf Mutter Erde und die mystische Einheit der Völker zu sprechen kommen will.

Ruth und Cathbad gehen durch die naturgeschichtliche Abteilung. Die ausgestopften Tiere sind alle noch da, samt blutverschmierten Klauen und Schnäbeln, und Ruth stellt fest, dass sie im Grunde traurig wäre, wenn sie verschwänden. Das einzige Zugeständnis an die Modernisierung ist hier eine interaktive Tafel, die die gefährdeten Arten auflistet und die ganze Welt rot, gelb und grün blinken lässt. Ruth tippt auf Australien, und das Bild eines Koalabären füllt den Monitor. Aber Koalabären können doch unmöglich vom Aussterben bedroht sein? Sie kommen schließlich in allen Werbeanzeigen vor.

Cathbad steht vor einer Vitrine mit der Aufschrift «Wanderalbatros».

«Das wäre doch ein toller Name, nicht?», sagt er. «Wandernder Albatros.»

«Bitte sei so gut und nenn dein nächstes Kind nicht Albatros.»

«Ich bekomme kein Kind mehr», sagt Cathbad.

Sie betreten das nachgebaute Arbeitszimmer, wo der Hirschkopf immer noch von der rotgestrichenen Wand herabschaut. Ruth betrachtet die Wachsfigur von Lord Percival Smith, dem Mann, der es für eine gute Sache hielt, Menschenknochen zu sammeln und sie in Kisten aufzubewahren. Ihr fällt auf, dass das Schild mit der Aufschrift «Abenteurer und Tierpräparator» verschwunden ist. Bob und Caroline werden sicher eine Formulierung finden, die ihn besser beschreibt.

Diesmal nehmen sie nicht den Durchgang, der in den Saal für Lokalgeschichte führt, sondern den mit der Aufschrift «Sammlung Neue Welt». Und dort findet sich tatsächlich eine neue Welt: ein langer, heller, weiß gestrichener Raum, dessen Türen auf eine Veranda hinausgehen. Die Regenbogenschlange füllt mit bunten Farbklecksen die Wände, dazwischen finden sich stark vergrößerte Wörter aus Bobs Gedichten. Es gibt eine Vitrine mit Kinderzeichnungen und ein Känguru aus Pappmaché zu bestaunen. Ruth fragt sich, wohin wohl Lord Smiths Brenneisen und Dingofallen verschwunden sind. Falls sie hier noch irgendwo sein sollten, sind sie von schwarz-rot-gelben Fahnen verdeckt. Australien ist ein Land der Grundfarben – Dunkelheit hat hier keinen Platz.

Am Ende des Saals schenkt Caroline Smith in einem prachtvollen goldenen Kleid mit stilisiertem Aborigine-Muster Champagner aus. Der Tisch neben ihr biegt sich unter Essen und Getränken und ist mit Kiefernzweigen dekoriert. Der Duft erinnert Ruth an ihren erträumten Weihnachtsbaum. Clough tut sich bereits am Buffet gütlich, und etliche Lokaljournalisten schlendern mit Gläsern in der Hand herum. Neben Caroline steht ein attraktiver Mann im schwarzen Anzug und versprüht Charme.

«Darf ich euch meinen Bruder Randolph vorstellen?», sagt Caroline.

Das also ist der Mann, den Judy immer nur den «Räuber» nennt. Er wirkt tatsächlich sehr verwegen, wie der Held aus einem Georgette-Heyer-Roman. Cathbad und Ruth geben ihm die Hand, und Randolph macht ein wenig Smalltalk über den Anlass und das Wetter (sonnig, aber kalt).

«In Australien sieht es sicher anders aus.»

Bob Woonunga hat Ruth erzählt, dass er den Winter in Australien verbringen wird. «Im Dezember brauche ich einfach Wärme.» Ruth muss an ihre Freundin denken und an die Weihnachtskarten mit dem Weihnachtsmann beim Sonnenbad. Ihr käme Weihnachten in der Sommerhitze einfach verkehrt vor. Trotzdem muss sie zugeben, dass die ganze Geschichte sie dazu gebracht hat, Australien mit neuem Interesse zu betrachten. Sie sieht sich durch roten Sand laufen und den Sonnenuntergang über dem Ayers Rock beziehungsweise dem Uluru, wie Caroline ihn immer nennt, betrachten. Sie malt sich blaues Meer und endlose Sandwüsten aus, die die Große Regenbogenschlange höchstselbst geschaffen hat. Sie denkt an die Seelen, die aus Schlamm geformt wurden, an die Wolken- und die Regengeister und an die Dämonen, die bei Nacht Jagd auf Kinder machen. Doch, ihre Vorstellung von dem Land hat sich seit *Nachbarn* sehr erweitert, und das verdankt sie wohl wirklich ihrem eigenen netten Nachbarn. Alles in allem freut sie sich darauf, wenn Bob zu Trimesterbeginn wiederkommt.

Sie pflichtet Randolph bei, dass in Australien sicher so manches anders ist, und nach ein paar weiteren Höflichkeitsfloskeln wendet er sich ab, um weitere Neuankömmlinge zu begrüßen. Ruth nimmt sich eine Handvoll Chips und sieht sich nach jemandem um, mit dem sie sich unterhalten könnte. Wenn Max kommt, möchte sie gern in ein Gespräch vertieft sein und nicht wie der letzte Loser allein am Buffet stehen.

«Hallo, Ruth.» Clough. Der Einzige, den man unter Garantie immer da findet, wo es Essen gibt. Ruth begrüßt ihn überschwänglich. Sie fragt sich, ob Nelson wohl schon da ist.

«Hallo, Clough. Wie geht es Ihnen?»

«Ich schlag mich so durch.» Clough lächelt tapfer. Er wurde für eine Tapferkeitsmedaille vorgeschlagen und humpelt immer noch gelegentlich – wenn er gerade daran denkt. «Und Sie? Wie geht es Ihrem Baby?»

«Bestens. Eigentlich ist sie ja gar kein Baby mehr.»

«Sie freut sich bestimmt schon auf Weihnachten.»

«Allerdings.» Kate kann jetzt bereits «Weihnachten», «Weihnachtsmann» und, zu Ruths Bestürzung, «Jesuskind» sagen. Ruth fragt sich, wer ihr das wohl beigebracht hat.

«Weihnachten ohne Kinder ist einfach kein richtiges Weihnachten.»

Ruth mustert ihn interessiert. Ob Trace und er wohl über Kinder nachdenken? Angeblich haben sie sich kürzlich einen Hund angeschafft. Sie fragt Clough danach und wird dafür mit zahllosen Fotos eines Labradoodle-Welpen belohnt.

«Die einzige Rasse, auf die Trace nicht allergisch ist.»

«Der ist wirklich süß», sagt Ruth wahrheitsgemäß.

«Soll ich dir auch mal Fotos von meinem Hund zeigen?» Max schaut ihr über die Schulter, und Ruth dreht sich lächelnd zu ihm um.

«Hallo.»

«Hallo, Ruth.»

Clough, der die Begrüßung neugierig verfolgt hat, entfernt sich und hinterlässt dabei eine Krümelspur.

«Wie geht's Klaudia?», fragt Ruth.

«Sehr gut. Sie lässt Flint schön grüßen.»

«Möchte sie vielleicht … möchtet ihr …» Doch bevor sie ausreden kann, erscheint Bob Woonunga, dessen Umhang noch deutlich weiter und pelzbesetzter ist als der von Cathbad, in der Tür und bittet alle nach draußen.

Im kleinen Garten des Museums, im Schatten der Bürogebäude und des Wohnblocks, der von Stanley, dem Schrecken aller Hundehalter, verwaltet wird, hat Bob ein Feuer entzündet. «Man nennt das ein *Coolamon*», erläutert Max und erzählt ihr, dass er hofft, in Sussex bald eine eigene Rückführungszeremonie abhalten zu können. Da Eukalyptuszweige Mangelware sind, besteht das Feuer hauptsächlich aus Kiefernzweigen, die duften wie teurer Badezusatz.

Bumm! Ruth zuckt zusammen, doch es sind nur Cathbad und seine Freunde mit den Clapsticks. Eine eigentümliche Prozession formiert sich. Vorneweg Bob in seinem Umhang und nun auch einem Kopfschmuck aus Federn, der etwas deklamiert und manchmal auch einen seltsam abgehackten Schrei hören lässt, der in der eisigen Luft widerhallt. Hinter ihm folgen Caroline und Randolph; sie tragen eine rechteckige Kiste zwischen sich, bei der es sich, wie Ruth vermutet, wohl um den Sarg mit den Schädeln und Knochen der Ahnen handelt. Hinter ihnen kommen Alkira Jones und Derel Assinewai mit einer zweiten Kiste. Ihnen folgt ein kleines Mädchen, ernst wie eine Brautjungfer. Es hält eine lange Feder in der Hand, wie sie Ruth auf dem Bett in ihrem Gästezimmer gefunden hat.

Caroline und Randolph stellen ihre Kiste vor dem Feuer ab, Alkira und Derel tun es ihnen gleich. Dann entrollt

Randolph sorgfältig eine Aborigine-Flagge und breitet sie über die Särge. Judy, die den Vorgang von der hintersten Reihe aus verfolgt, erinnert sich daran, wie sie sich ihr eigenes Begräbnis ausgemalt hat, den Zapfenstreich, den gefalteten Union Jack. Neben ihr steht Darren und greift lächelnd nach ihrer Hand. Er freut sich so über das Baby, dass er ihr praktisch nicht mehr von der Seite weicht. Judy kneift die Augen zusammen, um zwischen den Rauchschwaden Cathbad zu erkennen. Eigentlich müsste er mit so einem Umhang lächerlich aussehen, doch Judy findet ihn atemberaubend, wie einen Krieger aus vergangenen Tagen. Darren drückt ihr die Hand. «Bist du müde?» Judy schüttelt den Kopf.

Jetzt räuspert sich Randolph und zieht ein Blatt Papier aus der Tasche. «Im Namen aller Angehörigen der Familie Smith, lebend oder tot …», liest er vor. Ruth muss an Bischof Augustine denken, der ja auch ein Mitglied der Familie Smith war. Um seine (beziehungsweise ihre) Überreste wird bereits erbittert gestritten. Randolph will, dass sie in der Kathedrale beigesetzt werden, ganz in der Nähe der Statue mit der Warnung vor der großen Schlange, doch Janet Meadows und andere Lokalhistoriker verlangen ein Privatbegräbnis, was den Wünschen des Bischofs ihres Erachtens mehr entspricht. Der Sarg wird eine neue Bleibe im Smith-Museum finden, wobei Ruth, nachdem Nelson ihr von den giftigen Pilzsporen erzählt hat, bereits erwägt, von künftigen Besuchen abzusehen. Sie mustert Phil, der stolz neben Shona steht. Hatte er seine Grippe ebenfalls dem Bischof zu verdanken? Das bringt auch nur Phil fertig, mit einem tödlichen Keim in Berührung und dann mit einer kleinen Männergrippe davonzukommen.

«Im Namen aller Angehörigen der Familie Smith, lebend oder tot», verkündet Randolph, Lord Smith, «bitte ich hier und jetzt um Vergebung für die Taten meiner Vorfahren, die diese Knochen gewaltsam aus ihren geheiligten Ruhestätten entfernt haben.» Er hält kurz inne und sieht Caroline an. «Unsere Vorfahren haben Unrecht getan, indem sie die Knochen entwendeten, und auch mein Vater hat Unrecht getan, indem er sie hier im Museum behielt, obwohl er sie längst den Gefilden ihrer Väter hätte überantworten müssen.» Eine schöne Formulierung, denkt Ruth. Hat er die von Bob, der ihn aufmunternd anlächelt, oder von Caroline, die mit wildem Blick ins Weite schaut? Ob sie findet, dass eigentlich sie diese Rede hätte halten müssen? Schließlich war sie es, die sich für die Rückgabe der Gebeine eingesetzt hat. Und jetzt soll Randolph im Mittelpunkt stehen, bloß weil er ein Mann ist? Das zumindest hat sich seit der Zeit von Bischof Augustine nicht geändert.

«Wir geben die Ahnen der Mutter Erde und der Liebe ihres Volkes zurück. Wir gedenken jener, die von uns gegangen sind, allen voran meines Vaters, Lord Danforth Smith.» Er stockt ein wenig, sieht wieder zu Caroline hinüber. Dann gewinnt seine Stimme ihre Kraft zurück. «Wir gedenken auch Neil Tophams, dem das Museum so viel bedeutet hat und der die alten Verstorbenen auf seine Weise ehrte.» Er hebt den Kopf, stolz wie ein französischer Adliger, der noch eine letzte Ansprache hält, bevor man ihn zur Guillotine führt. «Wir bitten darum», sagt er, «dass unsere Familie, die Familie Smith, von dem Fluch befreit werden möge, den unser Vater auf sich gezogen hat. Wir bitten darum, frei zu sein, so wie die Ahnen nun frei sind.»

Applaus brandet auf, spärlich und ein wenig blechern hier draußen im Freien, doch die meisten Gäste sind sichtlich perplex, dass von einem Fluch die Rede ist. Ruth beobachtet, wie Phil hinter vorgehaltener Hand mit Shona kichert, und auch einige Reporter lächeln, während sie sich bereits die amüsante Wendung ausmalen, die sie ihrem Artikel geben wollen. Doch Caroline drückt ihrem Bruder mit echter Dankbarkeit die Hand, und Bob Woonunga bedenkt beide mit einem gütigen Lächeln.

Jetzt setzt Whitcliffe zu einer endlosen Rede über die Verständigung unter den Völkern an. Nelson, der neben ihm steht und eine solidarische Miene aufgesetzt hat, hätte insgeheim nichts dagegen, wenn ein Aborigine-Blitz vom Himmel herabfahren und seinen Chef in eine Kröte verwandeln würde. Er sucht Ruth in der Menge und sieht sie neben diesem Archäologen stehen, der ihm vor knapp zwei Jahren solchen Ärger gemacht hat. Sind die zwei jetzt zusammen? Wahrscheinlich sollte er ihnen alles Gute wünschen; Ruth kann etwas Gesellschaft gut brauchen, und er selbst ist schließlich verheiratet und seit seiner Erkrankung und anschließenden Wunderheilung anscheinend noch verheirateter als je zuvor. Michelle scheint Eifersucht und Missgunst hinter sich gelassen zu haben; jetzt ist sie fast beängstigend stark und optimistisch. Sie hat sogar eingewilligt, dass er Katie sehen darf. Nelsons Miene wird weich, als er an Katie denkt.

Schließlich kommt Whitcliffe doch noch zum Ende. Bob hält eine kurze, dafür umso poetischere Rede, mit der er die Ahnen zurück im geheiligten Land begrüßt. Streng genommen sind sie natürlich überhaupt noch nicht rückgeführt. Ihr Weg endet erst, wenn das Flugzeug des Luftfahrtunternehmens Qantas sie in zwei Tagen am Flughafen von Brisbane absetzen wird. Und auch danach haben sie noch eine weite Reise zu Land und Wasser vor sich, bis zu den Minjerribah, den Inseln in der Bucht. Dennoch ist die Übergabe im Grunde bereits abgeschlossen. Bob reicht Randolph und Caroline die Hand, Derel legt das Didgeridoo an die Lippen, und eine neue Melodie erklingt – eine glücklichere, fröhlichere Weise. Der Rauch des Feuers steigt in den Winterhimmel empor (später wird Stanley sich telefonisch beschweren). Das kleine Mädchen, Alkiras Tochter, wirft gewissenhaft die Feder in die Flammen.

Vielleicht ist ja der Rauch schuld, doch plötzlich erheben sich die Stare, die auf den umliegenden Dächern saßen, in die Luft und bilden ihre eigene pechschwarze Wolke. Murmuration, denkt Nelson. Woher kennt er bloß dieses Wort? Als die Menge sich zerstreut, findet er sich plötzlich neben Randolph Smith wieder.

«Wie läuft es denn mit dem Rennstall?», fragt er.

Tamsin Smith und Len Harris sitzen beide in Untersuchungshaft und erwarten ihren Prozess. Tamsin streitet weiterhin alles ab, und da sie sich einen ebenso teuren wie skrupellosen Anwalt genommen hat, wird es wohl ein ordentlicher Kampf werden. Nelson freut sich bereits darauf; er hat seit Ewigkeiten keinen richtig guten Kampf mehr ausgefochten.

«Gar nicht so schlecht», sagt Randolph. «Einige Eigentümer haben ihre Pferde zwar umgesiedelt, aber es bleiben trotzdem noch genug, die sich loyal zeigen. Und wir haben ja auch noch die Pferde, die Dad gehört haben, den Necromancer zum Beispiel. Auf ihn setzen wir große Hoffnungen. Wir werden ihn wohl nächstes Jahr beim Grand National laufen lassen.»

«Haben Sie das gehört?», sagt Nelson zu Clough, der Chips mampfend in der Nähe steht. «Ihr Lieblingspferd läuft beim Grand National. Da müssen Sie doch setzen.»

«Dieses Pferd will ich nie wieder sehen», erklärt Clough würdevoll.

Randolph lacht. «Er hat sich vollkommen verändert, Sergeant. Sie würden ihn nicht wiedererkennen. Ich reite ihn zweimal täglich, und er ist lammfromm.»

«Wenn Sie's sagen», meint Clough.

Ruth und Max beobachten die Vögel, die am dämmrigen Himmel ihre Kreise ziehen. Ruth denkt an das Salzmoor, diese einsame, geliebte Landschaft, und daran, mit Kate und Max am Strand spazieren zu gehen.

«Möchtest du an Weihnachten zu uns kommen?», platzt sie heraus. «Es wird ganz ruhig, nur Kate und ich, aber wir könnten einen Weihnachtsbaum kaufen und ein paar Kastanien rösten.»

Auf Max' Gesicht malt sich ein Lächeln, das eines Bob Woonunga würdig wäre. «Sehr gern», sagt er.

Dann nimmt er ihre Hand, und Ruth ist verblüfft. Es ist so lange her, dass sie eine Beziehung hatte, und sie hat ganz vergessen, wie man sich als Paar benimmt. Hält man sich tatsächlich so an den Händen? Es fühlt sich ziemlich seltsam an, aber man muss schließlich alles mal ausprobiert haben. So lässt sie ihre Hand in seiner.

«Hallo, Ruth.»

«Hallo, Nelson.» Ruth will ihre Hand wegziehen, doch Max hält sie nur umso fester. «Erinnerst du dich noch an Max Grey?»

«Klar», sagt Nelson ohne allzu viel Begeisterung. «Wie geht's denn immer? Sie haben ja einen ganz schön weiten Weg von … Brighton, oder?»

«Ich wollte die Zeremonie nicht versäumen», sagt Max. «Und natürlich Ruth besuchen.»

«Na, ich kann ja verstehen, dass Sie nicht in Norfolk leben», sagt Nelson. «Kein besonders toller Ort, was?»

«Im Gegenteil», sagt Max und lächelt Ruth liebevoll an. «Mir gefällt Norfolk ausgesprochen gut. Und ich habe so das Gefühl, als würde ich in Zukunft deutlich mehr Zeit hier verbringen. Ich werde sogar Weihnachten mit Ruth feiern.»

Es könnte so einfach sein, denkt Ruth, während sie Nelson nachschaut, der zwischen den vielen Menschen und den Rauchschwaden verschwindet. Nelson ist glücklich verheiratet, und Ruth beginnt gerade eine neue Beziehung mit einem Mann, an dem ihr wirklich etwas liegt. Nelson darf Kate sehen; und vielleicht schaffen die vier Erwachsenen es ja im Lauf der Zeit, Freunde zu werden.

Es könnte so einfach sein. Aber das ist es nicht.

Danksagung

Die Familie Smith und der Rennstall Slaughter Hill sind reine Erfindung. Weil ich aber wissen wollte, wie ein echter Rennstall funktioniert, habe ich einige Zeit in den unglaublichen Cisswood Racing Stables in Lower Beeding zugebracht und möchte mich bei Jayne und Gary Moore für ihre Gastfreundschaft und ihre Hilfe bedanken. Ein besonderer Dank geht auch an Lucy Moore, die mich herumgeführt und mir sämtliche Fragen beantwortet hat. Es versteht sich natürlich von selbst, dass Jayne und ihre ungeheuer talentierte Familie nicht das Geringste mit Danforth Smith und Co. gemeinsam haben.

Auch das Smith-Museum hat keine Entsprechung im wahren Leben, obwohl in vielen britischen Museen menschliche Überreste aufbewahrt werden, deren Rückgabe von Interessenverbänden gefordert wird. Für die Einzelheiten einer solchen Rückführung bin ich John Danilis' wunderbarem Buch *Riding the Black Cockatoo* (Allen and Unwin) zu großem Dank verpflichtet.

Bischof Augustine ist fiktiv, doch die Päpstin Johanna hat es offenbar wirklich gegeben.

Ich danke Michael Whitehead für die Hintergrundinformationen über Blackpool und entschuldige mich bei Sarah Whitehead, die in Orangerot hinreißend aussieht, für den Fußballwitz. Andrew Maxted und Dr. Matt Pope danke ich für ihr archäologisches Fachwissen und Keith Jones, dem Pferdearzt der Extraklasse, für sein Fachwissen über Pferde. In allen Fällen habe ich den Rat der Experten allerdings nur so weit befolgt, wie es zur Handlung passte, und alle Fehler oder Ungenauigkeiten, die daraus entstanden sind, gehen einzig und allein auf mein Konto.

Leider kenne ich seinen Namen nicht, aber ich möchte mich doch bei dem reizenden Domführer in der Kathedrale von Norwich bedanken, der mich auf Mutter Julianas Katze hingewiesen hat. Und ich danke Becki Walker für die Hilfe beim Korrekturlesen.

Wie immer geht ein großer Dank an meine Lektorin Jane Wood, meinen Agenten Tim Glister und alle Mitarbeiter bei Quercus und bei Janklow and Nesbit, die immer weiter an mich glauben. Und ich danke von ganzem Herzen allen Verlagen weltweit, die es mit Ruth versuchen wollen.

Meine Liebe und mein Dank gehören wie immer meinem Mann Andrew und unseren Kindern Alex und Juliet.

Ich widme dieses Buch meinen Freundinnen Nancy und Anita, mit denen ich so viel von meiner Kindheit geteilt habe, und dem Andenken an ihre Mutter, Sheila Woodman, die mich immer zum Schreiben ermuntert hat.

E. G., im Januar 2012

«Ruth Galloway, Expertin für Funde aus römischer Zeit, ist etwas ganz Besonderes.» (Spectator)

TOTENPFAD
DR. RUTH GALLOWAYS ERSTER FALL

Die Knochen sind alt, das ist Dr. Ruth Galloway sofort klar. Das Mädchen hingegen konnte noch nicht so alt gewesen sein. Wie sie zu Tode gekommen ist, kann Ruth nicht mehr ermitteln, aber die Faserreste an ihren Handgelenken lassen vermuten, dass sie gefesselt und der Flut ausgesetzt worden ist. Doch das war schon vor 2000 Jahren geschehen. Es hat nichts mit dem Fall der vermissten Lucy Downey zu tun. Oder? Detective Chief Inspector Harry Nelson bittet Ruth um ihre Mithilfe. Als kurz darauf ein weiteres Mädchen verschwindet, muss Ruth entdecken, dass sie den Täter besser kennt, als sie glaubt. Und er sie …

ISBN 978 3 499 25219 8

KNOCHENHAUS
DR. RUTH GALLOWAYS ZWEITER FALL

Die Knochen eines Kindes liegen in einer Baugrube in Norfolk, nur der Schädel fehlt. Für Dr. Ruth Galloway sieht alles nach einer rituellen Opfergabe aus römischer Zeit aus. Damals begrub man Menschenopfer unter Türschwellen, als Geschenk an den Gott Janus. Die Analyse ergibt jedoch: Diese Knochen stammen aus der Neuzeit. Ein harter Fall für die hochschwangere Ruth. Denn kurz darauf tauchen auf der Türschwelle ihres einsamen Cottages am Salzmoor seltsame Opfergaben auf, und an einer Steinmauer steht ihr Name – mit Blut geschrieben. Jemand scheint fest entschlossen, Ruth Angst einzujagen. Todesangst.

ISBN 978 3 499 25220 4

GEZEITENGRAB
DR. RUTH GALLOWAYS DRITTER FALL

Am Fuße eines einsamen Kliffs in Norfolk werden bei Untersuchungen zur Küstenerosion Knochen gefunden. Dr. Ruth Galloway stellt fest: Sechs Menschen liegen an dieser unzugänglichen Stelle begraben, wahrscheinlich seit Jahrzehnten. Eine genaue Analyse ergibt: Die Männer waren Deutsche, wurden gefesselt und per Kopfschuss getötet. Ruth vermutet, dass die Leichen aus dem Zweiten Weltkrieg stammen. Opfer eines Kriegsverbrechens? Oder Täter? Zusammen mit DCI Harry Nelson begibt sie sich auf Spurensuche …

ISBN 978 3 8052 5023 8

MIX
Papier aus verantwortungsvollen Quellen
FSC® C083411

Das für dieses Buch verwendete FSC®-zertifizierte Papier
Lux Cream liefert Stora Enso, Finnland.